로쿠스 솔루스

로쿠스 솔루스
Locus Solus

레이몽 루셀 지음
오종은 옮김

상상의 숲

이모션북스

Locus Solus

Raymond Roussel

목차

9   제 1장
35   제 2장
71   제 3장
129   제 4장
253   제 5장
281   제 6장
327   제 7장

352   옮긴이 후기
366   레이몽 루셀 연보

로쿠스 솔루스

나의 누이인 엘싱겐 공작 부인에게 바친다.

R. R.

제 1 장

친구이자 과학자인 마르샬 칸트렐 선생은 4월 초의 이 목요일에 몽모랑시에 있는 자신의 아름다운 저택을 둘러싸고 있는 넓은 정원을 보러 오라고 나와 그 밖의 몇몇 친한 사람들을 불렀다.

로쿠스 솔루스란 이름을 가진 이 대저택은 칸트렐이 풍성한 결과가 예상되는 자신의 연구에 몰두하는 조용한 은신처 같은 곳이다. 이 외떨어진 장소['로쿠스 솔루스'란 라틴어의 원래 뜻-옮긴이]에서 그는 파리의 혼잡에 시달리지 않으면서 하지만 그럼에도 연구의 필요에 따라 어딘가 특수한 도서관에 가야 한다거나 학회에서 강연을 한다거나 하는 경우에 15분이면 수도에까지 나가는 것이 가능하다.

그의 끊임없는 발견에 감탄하고 그 연구의 완성을 몸을 아끼지 않고 돕는 열성적인 제자들에 둘러싸여 칸트렐이 일 년의 대부분을 보내는 곳이 바로 이곳 로쿠스 솔루스이다. 이 저택에는 여러 조수들이 일하고 있을 뿐 아니라 설비가 잘 갖추어진 모범적인 실험실이 몇 개나 있다. 그리고 그는 재산가인데다 특별히 신경을 써야할 사람도 없는 독신자이므로 여러 다양한 목적을 가진, 힘든 일이 많은 연구에서도 어떠한 물질적인 곤란함에 시달리는 일 없이 모든 생활을 과학에 바칠 수 있는 것이다.

방금 전에 3시의 종이 울렸다. 날씨는 좋고 태양도 맑은 하늘 위에서 비추고 있었다. 칸트렐은 저택에서 많이 떨어지지 않은 곳에서 오래된 나무 아래 버들 나무로 만든 의자 위에 앉아 우리를 기다리고 있었다.

마지막 손님이 도착하자 그는 바로 일어나 걷기 시작했고

제 1장

우리는 말없이 그의 뒤를 따랐다. 키가 크고 갈색의 머리를 하고 있으며 밝은 표정을 하고 있고 눈, 코도 잘 자리를 잡고 있는 칸트렐은 엷은 콧수염에다 지성이 넘치는 눈을 하고 있어 44세의 나이로는 보이지 않을 정도였다. 그 열성적이며 설득력이 있는 목소리는 그의 매력적이고 명쾌한 화술을 더 돋보이게 하면서 그를 강연이나 좌담의 대가로 만들어 주었다.

우리는 얼마 전부터 조금 가파른 오르막길을 걷고 있었다.

중턱의 길가에서 상당히 깊은 돌로 된 웅덩이 속에 이상할 정도로 오래된 조각상이 서 있는 것을 우리는 보았다. 그것은 검게 그을린 흙을 마르게 한 다음에 만든 것 같았는데 제법 매력이 있는, 미소 짓는 벌거벗은 아이들의 상이었다. 두 팔은 공물을 바치는 자세로 앞으로 뻗은 채였고 두 손은 웅덩이의 천장을 향해 올린 상태였다. 그리고 예전에는 뿌리를 내린 것이었지만 지금은 완전히 말라버린 작은 풀이 오른 손에서 자라고 있었다.

방심한 상태로 길을 걷고 있던 칸트렐은 우리들이 던진 질문에 대답하지 않으면 안 되었다. "이것은 이븐 바투타[아랍의 여행가-옮긴이]가 팀북투[서아프리카 수단의 도시-옮긴이 주]의 한복판에서 본 산토니카를 가진 동맹자의 상입니다."라고 그는 조상을 가리키면서 말했는데 그 후 그 유래를 우리에게 가르쳐 주었다.

칸트렐 선생은 유명한 여행가 에슈노즈와 친한 사이였다. 에슈노즈는 젊은 시절에 한 아프리카 답사의 여행에서 팀북투까지 간 적이 있었다.

로쿠스 솔루스

출발 전에 자신이 동경하는 지역의 문헌을 완전히 섭렵한 그는 마르코 폴로 이후 14세기 최대의 탐험가로 간주되고 있던 아랍의 신학자 이븐 바투타가 쓴 견문기를 반복해서 읽었다.

이븐 바투타가 다시 한번 긴 행정의 탐험여행을 시도해서 수수께끼의 도시 팀북투를 본 것은 많은 기억할만한 지리상의 발견에 의해 장식된 그 인생의 종막을 맞이할 무렵으로 유유자적하면서 영광의 맛을 음미하던 시기의 일이었다.

에슈노즈는 독서를 하는 도중에 특히 다음의 에피소드에 주목했다.

이븐 바투타가 혼자서 팀북투에 들어갔을 때 비탄에 찬 정적이 도시를 지배하고 있었다.

당시 이곳의 국왕 자리에 있던 사람은 여왕 뒤르 세를로 그녀는 20세가 되어가고 있었지만 아직 남편을 선택하지 못하고 있었다.

뒤르 세를은 마침 월경 폐절의 무서운 발작에 시달리고 있었다. 그 결과 울혈은 뇌에까지 미쳐서 거의 광기에 찬 행동을 일으켰다.

이러한 장해는 여왕이 가지고 있던 절대권력으로 인해 국민들에게 중대한 피해를 미치게 되었다. 그녀는 비상식적인 명령을 내릴 뿐 아니라 이유도 없이 사형선고를 연이어 내렸던 것이다.

혁명이 일어나도 이상할 것이 없는 상황이었다. 그러나 이러한 착란의 시기 외에는 그녀는 아주 대단한 지혜와 선의로 통치를 하는 편이어서 국민들이 예전에 맛본 적이 없는 선정을 펴고 있었다. 사람들은 여왕을 무너뜨려서 미지의 운명에 몸을 맡기기 보다는

제 1장

일시적인 재난을 견디고 그 후에 오는 긴 태평 세월을 기다리는 쪽을 택했다. 의사들도 누구 한 사람 여왕의 병을 치료하지를 못하고 있었다.

그래서 이븐 바투타가 도착했을 때는 이제까지 없었던 격렬한 발작이 뒤르 세를을 괴롭히고 있었다. 그녀의 한 마디로 아주 많은 죄없는 사람들이 처형되었으며 수확한 농작물을 그대로 태워버리기도 했다. 국민들은 기근의 공포를 견디면서 발작이 끝나기만을 기다렸지만 그것은 생각했던 것 이상으로 길어져서 상황은 점점 견디기 어려운 것이 되어가고 있었다.

팀북투의 광장에 사람들은 영험이 있다고 믿는 주물을 세워 두었다. 그것은 검은 색의 흙으로 만들어진 아이들의 상으로 예전에 뒤르 세를의 조상이었던 포루코 왕이 통치하던 시대에 기묘한 사정으로 건립되었던 것이었다.

평상시의 현재의 여왕과 같은 양식과 자애를 갖추었던 포루코 왕은 많은 법률을 공포하고 스스로 모범을 보여주면서 나라에 커다란 번영을 가져다 주었다. 그는 농업에 대한 해박한 지식을 가지고 있어서 파종과 수확에 관한 낡은 방법을 개혁하고 여러 성과를 올리기 위해서 스스로 경작을 감독했다.

인접하는 여러 부족들은 이러한 국정을 부러워해서 그가 내놓은 정령과 조언의 혜택을 받으려고 포루코와 동맹을 체결했지만 그렇다고 자치권을 잃은 것은 아니고 언제라도 완전한 독립을 되찾을 권리만은 보유하고 있었다. 그래서 체결한 것은 복속의 동맹이 아니라 우정의 동맹으로서 필요한 경우에는 함께 힘을 합쳐

공동의 적에 대처하도록 하는 동맹이었다.

커다란 동맹이 체결되고 엄숙히 선포되자 사람들은 기쁨에 어쩔줄 몰라했는데 이 대단한 일을 영구히 전하는 기념으로서 가맹한 각 부족의 토지에서 가져온 흙만을 사용해 조상을 만들기로 결정을 내렸다.

각 부족은 포루코의 보호를 받기로 함으로써 얻어진 풍요의 상징으로서 부식토를 선택해서 각각의 분량을 보내왔다.

주제를 잘 선택하는 걸로 유명한 조각가가 모든 부식토를 섞은 다음에 미소를 띤 아이의 상을 세웠다. 그 상은 이제는 하나의 가족이 된 여러 부족의 진정한 공통의 자식으로서 이 동맹을 더욱 강고한 것으로 하는 것처럼 생각되었다.

팀북투의 광장에 마련된 이 작품에는 그 유래 때문에 현대어로 번역하면 '동맹자'에 상당하는 이름이 붙여졌다. 멋진 기술로 만들어진 이 벌거벗은 아이는 펼친 손의 등이 땅쪽을 향하고 있고 눈에 보이지 않는 공물을 바치는 것처럼 두 팔을 앞으로 뻗고 있었지만 이 상징적인 몸짓은 약속된 풍요와 번영의 혜택을 보여주고 있었다. 상은 나중에 말라서 단단해지면서 오래 버틸 수 있을 정도의 견고함을 갖추게 되었다.

기대에 크게 어긋나지 않게 합병 이후에 황금시대가 시작되었다. 그들은 이 행운을 동맹자상의 덕택이라고 생각했고 수많은 소원을 바로 들어주는 이 전능한 주물에 대해 열렬한 신앙을 바치게 되었다.

뒤르 세를 여왕의 치하가 된 후에도 부족연합은 여전히

존속하고 있었으며 동맹자상도 역시 맹목적인 숭배를 받고 있었다.

여왕의 착란이 악화되기만 했기 때문에 사람들은 무리지어 이 흙으로 만든 상에게 가서 재액을 물리쳐달라고 소원을 빌기로 했다.

이븐 바투타의 견문기에 의하면 사제와 고관이 맨 앞에 선 거대한 행렬이 동맹자상에까지 와서 정해진 의식에 따라 열렬한 기도를 올렸다고 한다.

그날 밤 격렬한 폭풍우-커다란 피해를 가져올 일종의 돌풍-가 이 지방을 덮쳤다. 폭풍우는 팀북투를 곧 지나갔는데 주변에 둘러싼 것들 덕택에 동맹자상은 별다른 피해를 입지 않았다. 이어지는 며칠간 천지가 교란된 결과로 격렬하게 비가 내리기도 했다. 그 사이에 여왕의 광란은 갈수록 심해지면서 매시간 새로운 재앙을 불러왔다.

이제 사람들이 동맹자상에 대해서도 절망을 하게 된 어느 날 아침 그 상의 오른쪽 손에서 이제 곧 피어날 것 같은 작은 풀이 자라났다. 어느 누구나 주저 없이 이것이야말로 뒤르 세를의 병을 낫게 하려고 어린이 상이 내려준 기적의 약이라고 믿었다.

비 내리는 날과 햇빛이 화창한 날이 교차로 이어지면서 풀은 쑥쑥 자라서 엷은 노란색의 작은 꽃이 피었다. 사람들은 꽃을 뽑아서 마른 다음에 바로 광란의 절정에 있던 여왕에게 투여했다.

늦어지던 월경이 바로 시작되면서 뒤르 세를은 드디어 병에서 해방되어 예전대로의 이성과 공정과 선의를 되찾았다. 국민들은 기뻐하면서 커다란 의식을 행해서 동맹자상에게 감사의 뜻을 바쳤다. 또 미신적 믿음에서 다른 어디에도 씨를 뿌리지 않고 그

상의 손 안에 이 수수께끼의 풀을 그대로 남겨두었다. 다음의 발작에 대비해서 시간에 맞추어 물을 주어 기르기로 결심했다. 이 풀은 그 때까지 그 지방에는 보이지 않았던 것으로 그것이 자란 이유는 폭풍우에 의해 먼 지방에서 선택되어서 온 한 알의 씨가 상의 오른손에 떨어져 비 때문에 살아나게 된 부식토 안에서 자란 것이라고 밖에는 생각할 수가 없었다. 사람들이 믿는 바에 따르자면 전능한 동맹자상이 스스로 폭풍우를 일으키게 한 다음에 그 손까지 씨가 가도록 하고 비가 내리도록 했다는 것이었다.

이상이 이븐 바투타의 보고에 있는 것으로 탐험가 에슈노즈가 애독하는 부분이었다. 그는 팀북투에 도착하자마자 동맹자상에 대해 물어보았다.

동맹을 맺고 있던 여러 부족 사이에 분열이 생긴 결과 아무 의미가 없게 되어 버려서 이 주물은 광장에서 제거되어 단순한 골동품으로서 사원의 다른 유물과 함께 방치되어 있었고 아주 오래전부터 망각의 대상이 되어 있었다.

에슈노즈는 그것을 보고 싶어 했다. 깨끗하고 변함없이 미소 짓고 있는 어린이의 손에는 아직 그 풀이 남아 있었다. 이제는 아주 말라비틀어져 있지만 탐험가가 알아낸 바에 의하면 그것은 여러 해에 걸쳐 뒤르 세를의 새로운 발작을 진정시키면서 결국에 완치시켰다고 한다.

에슈노즈는 직업상 필요한 식물학의 기초적인 지식을 가지고 있었으므로 예전의 모습을 가지고 있는 이 낡은 풀이 한 줄기의 바다쑥artemisia maritim이라는 것을 알았다. 그리고 이 국화과 식물의 꽃을 건조해서 만든 산토니카라는 이름의 노란 약은 아주 소량 복용하기만 해도 아주 강력한 통경제通經劑의 작용을 한다는 것을 생각했다. 재료원이 풀 하나만으로는 아주 부족한 편인데도 이 약이 언제나 뒤르 세를에게 잘 들었던 것은 정말로 복용량이 아주 적어도 되었기 때문이다.

현재의 방치된 상태로 보아서 충분히 동맹자상을 입수할 수 있다고 생각한 에슈노즈가 상당한 액수를 제시하자 두 개의 답과 함께 바로 받아들여졌다. 거기에서 이 기묘한 상을 유럽으로 가져오게 된 것인데 그 유래가 칸트렐의 강한 관심을 끌어들였다.

그래서 에슈노즈는 이 관심을 근거로 삼아 동맹자상을 칸트렐에게 넘겨주고 최근에 서거했던 것이다.

우리의 흥미를 끌어들이는 이 영광을 누렸던 상징적인 어린이의 상과 마른 풀에 쏟아지던 우리의 시선은 이윽고 웅덩이처럼 움푹 패인 곳의 상당히 긴 돌 덩어리의 아래 부분에 새겨진 세 개의 장방형의 고부조高浮彫에 이끌게 되었다.

우리들의 눈앞에는 지면과 동맹자상이 서있는 받침의 사이에 위아래로 겹쳐진 길쭉한 정교하게 색이 입혀진 세 개의 작품이 펼쳐졌다. 그것들은 돌덩어리 전체와 마찬가지로 아주 오래된 것이라는 인상을 주었다.

처음의 고부조는 들판 위에 서서 뽑아낸 꽃을 양팔 가득히 안은 채로 지평선 저 너머로 바람에 휘날리는 얇은 구름이 그려내는

D'ORES['지금이야말로'의 뜻-옮긴이]라는 글자를 황홀한 표정으로 쳐다보고 있는 젊은 여자를 표현하고 있었다. 색채는 많이 엷어지긴 했지만 여기저기 남아있어서 섬세하면서도 변화무쌍한 것이었고 특히 저녁놀에 그을린 구름 부분은 아직도 선명하게 남아 있었다.

그 밑의 두 번째 조각화는 호화로운 방에 앉아 자수를 입힌 파란 쿠션의 커다랗게 열린 매듭에서 분홍색의 옷을 입은, 한쪽 눈이 없는 인형을 꺼내려고 하는 같은 여자를 보여주고 있었다.

지면에 가까운 세 번째 작품에는 분홍색의 옷을 입은 외눈박이 사내가 나온다. 앞의 인형과 똑같이 닮은 이 사내는 보통 크기의 녹색의 대리석의 덩어리를 몇 사람의 구경꾼에게 향해 가리키고 있었는데 묻힌 금괴가 반쯤 드러나 있는 이 돌의 상부의 표면에는 Ego라는 문자가 날짜와 함께 얇게 조각이 되어 있었다. 중경에는 녹색의 대리석의 산의 중턱에 있는 커다란 동굴 같은 것에 통하는 것으로 보이는, 철책에 의해 닫혀진 짧은 터널이 보였다. 마지막 두 개의 소재에 있어서 색채 특히 파란색, 분홍색, 녹색, 금색은 어떤 강력함을 가지고 있는 것 같았다.

칸트렐은 질문을 받자 이 세 폭짜리 조각의 유래에 대해 가르쳐주었다.

지금부터 7년 전 15세기의 맹렬한 폭풍우에 의해 파괴되고 모래에 묻힌 브루타뉴의 도시 글로아닉을 발굴하기 위해 회사가 만들어진다는 것을 알자 그는 투기심에서가 아니라 단지 틀림없이 피를 끓게 할 결과를 가져올 것에 틀림없는 이 원대한 계획을 도와줄 목적으로 많은 주식을 샀다.

이윽고 장소의 선정에서 잘못을 범하지 않은 발굴 작업의 결과 많은 귀중품이 출토되었고 그것들은 바로 공매에 붙여져 유럽의 많은 미술관들이 앞다투어 이것을 사려고 했다.

발굴품이 도착할 때마다 그 곳에 있었던 칸트렐은 어느날 밤 최근 출토된 안이 비어있는 커다란 감실의 토대의 표면에 그려진 세 개의 고부조를 보고 아서 왕 전설에 있는 다음과 같은 아르모리카[브르타뉴의 옛날 명칭-옮긴이]의 전설을 떠올렸다.

예전에 수도 글로아닉에 살고 있던 케르라구에조 국-프랑스 서쪽 끝에 자리한 황량한 지방-의 국왕인 쿠르믈랑은 아직 젊은데도 불구하고 이전부터 좋지 않았던 건강이 급격히 나빠지는 것을 느꼈다.

쿠르믈랑은 왕비 플레브느크가 첫 아이인 어린 공주 엘로를 낳다가 죽어버리는 바람에 5년째 홀아비였다.

몇몇의 형제가 호시탐탐 왕위를 노리고 있었는데 쿠르믈랑은 아마 조만간 그가 죽게 되면 법에 따라 엘로가 후계자가 되지만 아직 어리기 때문에 여러 음모에 휘말리는 것이 아닌가 하고 걱정이 되었다.

케르라구에조 국의 군주가 대대로 받는 '마시브'라고 불리는 금으로 된 무거운 관을 쿠르믈랑이 갖고 있었는데 이것은 보석이 많이 박혀 있다거나 호화롭거나 하지는 않았지만 아주 역사가 오래된 것으로 지금은 절대적인 왕권의 상징처럼 되어 있어서 그것이 없으면 어떠한 군주도 하루도 통치할 수가 없는 것이 되었다. 물신숭배가 더욱 심해지면서 국민들은 어떠한 정통성보다도 이 왕관을 더 가치있는 것으로 생각하게 되었다. 그래서 파수꾼을 붙여 아무도 모르는 장소에 신중히 숨겨놓은 이 왕관을 자신만의 술책을 꾸며 손에 넣는 왕위찬탈자가 나타난다면 그를 지배자로 인정할 것임에 틀림없을 것이다.

쿠르믈랑의 선조인 쥬엘 대왕은 아주 오래전에 케르라구에조 왕국과 그 수도를 건설하고 명령에 의해 '마시브'를 만들게 한 다음 처음으로 이 왕관을 받은 인물이다.

많은 업적을 이룬 다음 거의 백 살이 되어 죽은 쥬엘은 전통에 의해 신격화되었고 별이 되어서 이제 하늘에서 국민들을 지켜보고 있다고 생각되었다. 이 나라에서는 누구나 별자리에서 그를 찾아내 기도를 하곤 한다.

쿠르믈랑은 이 유명한 선조의 초능력을 믿었기 때문에 고민 끝에 무언가 좋은 수단을 꿈에서라도 알려달라고 그에게 기도를 했다. 형제들이 성공할 것이라는 희망을 갖지 않게 하기 위해 즉위에 반드시 필요한 왕관을 그들이 손이 닿지 않는 곳에 숨기는 것을 그는 오랫동안 생각해왔다. 그러나 엘로가 일단 적들에게 대항할만한 나이가 되어 여왕으로 나설 무렵이 되면 그들이 왕관을 찾아낼 생각으로 힘과 음모를 동원하면 아이에게 비밀을 알아내는 것은 그리 힘든 일이 아닐 것이므로 숨겨둔 곳을 그녀에게 가르쳐줄 수도 없는 형편이었다. 이 일을 충실히 맡아서 해줄 사람도 필요했지만 왕은 일의 중대성으로 인해 주저하고 있었다.

제 1장

쥬엘은 자손의 기도를 듣고서는 꿈에 나타나 현명한 수단을 가르쳐주었다.

이후 쿠르믈랑은 그 지도대로만 행동하게 되었다.

그는 왕관을 녹여서 장방형의 보통의 금괴로 만든 다음 예전에 쥬엘의 조사여행으로 유명해진 마의 산 모르느 베르['녹색의 작은 산'이라는 뜻-옮긴이]에 향했다. 쥬엘은 만년에 국민들이 행복한가 아닌가 그리고 지방관들이 공정한가 아닌가를 알아내려고 시찰하면서 아직 한 번도 가본 적이 없는, 인적도 없는 지방에서 야영을 하곤 했다.

대리석의 녹색의 색과 빛으로 사람들의 눈을 끌어들이는 수수께끼의 산 모르느 베르의 중턱에 왕의 텐트가 처졌다. 왕은 호기심에 끌려 휴식의 준비가 이루어지는 도중에 산에 올라가보려고 지질을 확인하기 위해 단단한 지면을 철봉으로 두들기면서 걷고 있었다. 두들길 때마다 지하에서 묘한 울림이 들려와 그를 놀라게 했다. 그는 멈추어 서서 이상한 곳 몇 군데를 다시 두들겼는데 둔한 메아리가 되돌아 왔다. 이 메아리는 산중턱에까지 울리고 있어서 커다란 동굴이 존재한다는 것을 확실히 보여주는 것이었다.

밤이 되어 날씨가 쌀쌀해졌으므로 적당한 야영의 장소를 찾아내자 쥬엘은 그 이상 올라가는 것을 중단하고 부하들에게 이 동굴의 입구라고 할만한 곳을 찾으라고 했다.

왕은 탐색의 결과 별 소득이 없자 초조해하면서 입구가 모래로 덮여있을지도 모른다면서 소리가 잘 울리는 장소의 모래를 제거해보라고 명령했다.

로쿠스 솔루스

인부 몇 사람이 갖고 있는 도구를 다 사용해 통로가 있을 것이 예상되는 곳을 두들긴 결과 사람 한명이 겨우 지나갈만한 통로가 드디어 나타났다.

쥬엘은 횃불을 손에 들고 좁은 통로를 들어갔는데 안이 녹색의 대리석으로 이루어져 있으며 지질학상 특이하게도 거대한 금괴를 함유하고 있는 멋진 동굴이라는 것을 알게 되었다. 금괴는 노출되어 있는 부분만으로도 상당한 부에 해당하는 것이었고 안에 깊게 묻혀있는 것까지 생각하면 거의 그것의 열배는 되지 않을까 생각되었다. 경탄을 하면서도 쥬엘은 건국의 시조인 자신의 수완으로 인해 평화로운 번영을 누리고 있는 왕국에 있어 현재로는 별 쓸모가 없는 이 부를 미래에 혹시 있을지도 모르는 사적인 욕심에서 지켜야 한다고 생각했다.

왕은 그러한 생각을 말로 하지는 않으면서 수행하고 있는 사람들을 안에 들어가게 했다. 그리고 밤은 그 편안한 동굴에서 평화롭게 지냈다.

다음날 가장 가까운 마을에 연락을 해서 불러온 인부들이 왕의 지휘 하에 일을 시작했다. 맨 앞의 좁은 입구는 모래를 모두 제거한 결과 넓은 터널이 되었고 그 도중에는 동굴의 배수를 행한 다음에 양쪽에 커다란 철책을 설치했다. 거기에는 왕의 엄명에 따라 열쇠는 채우지 않았다.

그 다음에 쥬엘은 전원을 앞에 모은 다음에 주술을 행해서 두 개의 주문을 외우도록 했다. 그는 처음의 주문에 의해 산의 외부가 영원히, 어떠한 단단한 도구에 의해서도 상처받지 않도록 했고 두 번째 주문에 의해서는 높고 완강한 철책이 닫히도록 해서 이것을 파괴하는 것도, 제거하는 것도 불가능하도록 했다.

왕은 이어서 참석자들에게 귀중한 사실을 알려주었다. 즉 그의 죽음에 관한 어떤 초자연적인 사건을 말하는 주문을 조금의 실수도 없이 외우면 철책이 일시적으로 열린다는 것을 알려주었다. 이 문구는 그 자신도 이제는 모르며 따라서 그도 원한다고 해도 그걸 다시 손에 넣는 것이 불가능하다는 것이다. 미래의 수 세기에 걸쳐 단 한번 커다란 국난이 생겨서 이 보물의 도움이 필요할 경우에 쥬엘은 그 후계자 중 한 사람에게 꿈을 사용해 그 수수께끼의 말을 가르쳐 줄 것이라는 것이다. 그가 지금 '열려라 참깨'의 요점을 미리 가르쳐주는 이유는 이렇게 해두면 도전자가 계속 나타나서 철책을 열려고 시도할 것이고 그 결과 완전히 밀폐된 이 중요한 금맥이 망각의 바닥으로 떨어지는 것을 막는데 도움이 될 것이기 때문이라는 것이다.

한 달 후 순시를 마치고 글로아닉에 돌아온 쥬엘은 어느 맑게 개인 날 저녁에 천수를 다하고 영광에 싸인 채 죽었다. 그러자 갑자기 새로운 별이 하늘에서 빛났다. 국민들은 이것이야말로 최근 쥬엘이 그 죽음에 즈음해서 일어날 것이라고 예언한 초자연적인 사건이라는 것을 알았으며 이 생각지도 못한 별을 왕국의 운명을 영원히 지켜보는 왕의 영혼이라고 확신하게 되었다.

어떤 사실에 대해 언급하면 모르느 베르의 막대한 부를 손에 넣기 위한 주문을 얻을 수 있는가를 알았기 때문에 쥬엘의 자식인 야심만만한 새 왕은 마법에 걸린 철책 앞에서 죽은 선왕의 별에의 변신을 말하는 여러 가지 문구를 이것저것 반복해서 외워보았다. 그러나 정확히 말하는 것은 불가능했다. 양쪽으로 잠긴 철책은 잠긴 채로 남아 있었다. 그 후에도 비슷한 시도가 이루어졌지만 결국 소득을 얻지는 못했다.

그런데 쿠르믈랑은 꿈 속에서 왕국을 위협한 정치적인 소란에서 지키기 위해 굳게 다물고 있던 쥬엘의 입에서 이 주문을 들었던 것이다.

그는 모르느 베르의 입구에서 몇 세기에 걸쳐 여러 왕들이 시도를 했지만 결국 밝혀내지는 못했던 다음의 주문을 외웠던 것이다.

"하늘의 별, 쥬엘은 불탄다."

철책이 크게 열렸고 그가 녹색의 동굴로 들어가자 다시 닫혔다. 그는 쥬엘의 동기를 알고 있었으므로 그 명령에 따라 그 왕관을 숨기려고 여기에 왔던 것이다. 많은 사람들이 들어오려고 했지만 실패했던 이 동굴만큼, 이처럼 오랫동안 사람이 들어오지 못했던 이 동굴만큼 무언가를 숨기기에 좋은 장소가 어디에 있을 것인가? 거기에다가 책략가가 정확한 '열려라 참깨'를 알아맞힌 경우에도 용해되어 모양이 바뀐 '마시브'와 전혀 구별이 되지 않는 무수한 금괴가 동굴 속에 있기 때문에 그 무서운 찬탈에 대한 방비책이 된다. 실제 민중의 물신숭배를 생각할 때 원래의 금속을 사용해 그대로 복원된 선조 전래의 왕관을 받는 자만이 왕이 될 수 있는 것은 틀림없다. 그런데 이 존경할만한 금괴를 그것과 같은 다른 많은 금괴 속에서 어떻게 알아낼 수가 있을 것인가?

쿠르블랑이 녹색의 대리석에 반쯤 묻힌 가는 원석을 별로 힘들이지 않고 빼낸 다음 거기에 생긴 작은 틈에 귀중한 금괴를 밀어 넣자 그것은 잘 들어갔고 바로 동굴 여기저기에 있는 휘록암 속에 함유되어 있는 다른 비슷한 것들과 구별이 힘들어지게 되었다.

그러나 문제의 금괴가 너무 특징이 없어서는 오히려 나중에 엘로가 머리에 쓸 왕관을 원래대로의 모양으로 되돌릴 단계에 문제가 된다. 확실한 표시를 해 놓지 않으면 그 소재의 신성함을 민중들에게 증명할 수 없게 되어 왕위에 앉을 가능성을 잃어버릴지도 모르는 일이다.

쿠르블랑은 이번에는 쥬엘의 지시에 따라 단도의 끝으로 가급적 가는 글씨로 녹색의 돌의 표면에 서명을 쓰기 시작했다.

케르라구에조의 왕들은 당초부터 중요한 서류에는 이름 대신에 그들이야말로 그 치세 동안에는 모든 것의 시작이고 끝인 존재라는 의미에서 그들의 위광을 더욱 높이는 Ego라는 글자를 쓰곤 했다. 철자는 같은 것이어도 필체와 날짜에 의해 서명한 군주가 누구인가를 알 수는 있었다.

쿠르블랑은 이러한 경우에는 그의 글씨라는 걸 확실히 알 수 있는 필체를 선택해서 예의 Ego라는 글자를 쓰고 날짜를 적은 다음 바로 서명 전체를 얇게 모래를 덮어 가렸다. 이 최후의 조치로 해서, 게다가 왕은 동굴의 가장 어두운 장소를 골라 이 돌을 두었기 때문에 혹시 찾는 이가 아주 운이 좋아서 제대로 된 '열려라 참깨'를 말한다고 해도 사정을 알지 못하는 한 단서가 되는 서명을 발견하는 것은 거의 불가능한 일이 되었다.

　쿠르블랑은 밖에 나오기 위해 효능이 확실한 예의 주문을 외워서 철책을 열었다. 그것은 그의 뒤에서 바로 닫혔다.

　돌아오자마자 그는 세부적인 것은 밝히지 않으면서도 공식적으로 '마시브'는 이제 용해되어 모르느 베르에 안치되어 있다는 것 그리고 쥬엘이 꿈속에서 통행의 주문을 그에게 가르쳐 주었다는 것을 사람들에게 알렸다. 한번 잃어버리기라도 하면 국민들을 위험한 절망에 몰아넣을 수도 있는 성스러운 금이 안전한 장소에 숨겨져 있으며 장래의 군주들의 왕권을 보증해줄 것이라는 것을, 미래를 믿게 해주기 위해, 국민들이 알 필요가 있다고 보았기 때문이다.

　이미 죽음이 가까이 와 있음을 느끼고 있던 쿠르블랑은 서둘러서 쥬엘이 내린 다른 명령을 수행했다. 쥬엘은 만사를 맡길 수 있는, 믿을만한 심복의 역할로 궁정의 광대역인 르 키예크를 걱정하지 말고 선택하라고 명령을 내렸는데 거기에 대해 여러가지 조언까지 해주었다.

　애꾸눈에다가 추한 용모를 하고 있는 르 키예크는 사람들의 조롱의 대상이 되는 자신의 그로테스크한 용모를 과장하기 위해 멋쟁이들이 하듯이 언제나 분홍색의 복장을 하고 있었다. 말을 걸면 이상한 소리를 하는 친구로 우스꽝스러운 언동으로 유명하지만 그 아래에는 왕에 대해 충성을 바치는 진실되고 선량한 마음이 숨어 있었다.

　쿠르블랑은 처음에는 이 선택에 놀랐지만 잘 생각해보니

이번에는 쥬엘의 현명함에 감탄하게 되었다.

르 키예크는 누구보다 안심하면서 일을 맡길 수 있는 인물로 신분이 천하고 바보 취급을 받는 인물이기 때문에 굉장한 비밀을 숨기고 있을 인간으로 전혀 보이지 않으며 거기에다가 무언가 말을 하게 하려면 어떠한 압력이나 협박에도 쉽게 굴복할 염려가 없는 인간이었다.

왕은 이 광대에게 무조건적으로 안으로 들어가기 위한 주문, 예의 금괴의 장소, 증거가 되는 서명의 존재 등을 알려주었다. 왕가의 딸로서의 자각을 갖고 르 키예크 같은 하층의 인간에게는 없는 인장을 몸에 띠고 있는, 살아 있는 신인 엘로가 행동의 때가 되면 바로 르 키예크를 만나러 가서 비밀을 알려달라고 요청할 것이다. 미리부터 관심과 호의를 보여서는 주위의 의심을 살 염려가 있으므로 그 날이 되어서야 고아인 엘로는 왕으로부터 비밀을 미리 들었던 기묘한 인간이 있다는 것을 알게 될 것이다-단 그 수단은 르 키예크 자신도 모르는 것으로 지금으로서는 그는 오랜 기간 조용히 기다리지 않으면 안 된다. 이렇게 말해서 광대에게 확실히 주지시킨 다음 쿠르믈랑은 딸의 장난감 상자 속에서 분홍색의 옷을 입은 인형을 꺼내서 그 한쪽 눈을 뽑았다.

왕비인 플레브느크는 임신 중에 누구의 손도 빌리지 않고 호사스러운 파란 색의 쿠션에 자수를 하고 있었는데 그것은 이제 태어날 아이가 산후의 축별식의 날까지 자신의 산욕을 치를 때 가까이에서 재우기 위한 것이었다. 쿠르믈랑은 엘로에게 갑작스럽게 타계한 불쌍한 모친이 결국 사용하지 못했던 이 유품을 귀중히 해야 한다고 얘기해두었다. 그는 가장자리의 꿰맨 곳을 열어서 안에 들어있는 깃털 사이로 인형을 집어넣은 다음에 시녀에게 명해서 어쩌다보니 터졌다고 하면서 다시 꿰매라고 명했다.

    왕은 단 둘이만 있을 때 이 이야기는 누구한테도 하면 안 된다고 말한 다음에 엘로에게 파란 쿠션 안에 그녀에게 주는 선물이 들어있지만 하늘에서 지시가 있을 때까지는 뜯어서 안을 뒤져서는 안 된다고 가르쳐주었다.

    쿠르믈랑은 마지막까지 쥬엘의 지시에 따라서 모든 것을 진행했다. 그리고 마음속으로는 모든 것을 미리 예측하는 쥬엘의 통찰을 칭송했다. 실제로 적에 맞설 수 있을 나이가 되면 하늘로부터 지시를 받게 되어있는 엘로이지만 귀중품이니까 그때까지 없어질 염려는 없는 파란 쿠션 안을 뒤져서 어른인 자신에게 어울리지 않는 소박한 장난감이 주어진 것을 이상하게 생각할 것이고 그래서 무언가의 상징이 아닐까 하고 생각하게 될 것이다. 계속 생각하는 사이에 인형의 분홍색의 복장과 한쪽 눈밖에 없다는 점을 보고는 틀림없이 광대 르 키예크를 생각하게 될 것이고 그에게 질문을 하게 될 것이다. 거기에다가 왕자인 숙부들이 강한 압력을 가해서 아직 어리고 약한 엘로에게 파란 쿠션의 비밀을 억지로 알아내려고 한다고 해도 그 뜻밖의 선물의 외견을 보고는 하늘로부터의 신호를 기다리고 있다는 사실을 자백하게 할 정도로 물고 늘어질 이유는 없는 것이고 또 귀중한 증거자료라고 생각했는데 소녀의 나이에 어울리는 기묘하고 재미있는 인형이 깃털 속에서 나오게 되면 선물을 의외의 장소에 숨겨두어서 딸을 더 기쁘게 하려는 아버지의 변덕이라고밖에 생각하지 않을 것이다. 그 물선을 대단한 것이 아니라 생각해 다시 엘로에게 되돌려줄 것이다. 그녀는 그때는 그것을 사용해 놀 것이지만 그 후 갑자기 하늘의 계시를 받게 되면 원래대로라면 쿠션 속을 뒤져야 할 때가 이제 왔다고 생각하게 될 것이다. 그리고 청춘의 한복판에 있는 자신의 나이와 선물의 유치함이 전혀 어울리지 않는다는 것을 눈치챌 것이고 곧 생각을 거듭하게 되면 인형의 눈의 특징을 간파해서 당연히 르 키예크와 비교할 생각에서 그를 찾아가게 될 것이다.

얼마 후에 쿠르플랑은 죽었다. 그의 형제들은 엘로가 아이라는 것을 기화로 삼아 도당을 조직해서는 내전을 시작했으며 각자가 권력을 얻으려 다투게 되었다. 그러나 '마시브'를 복원할 수 있는 성스러운 금이 없었기 때문에 그 중에 누구 한 사람 왕으로서는 인정받지 못하고 있었다.

특히 왕가의 금괴가 보관되어 있기 때문에 매혹의 장소가 된 모르느 베르의 철책을 열어보려고 새로운 문구를 이것저것 시도했지만 어느 것이나 효과가 없었다. 엘로는 목적에 도달하기 위한 무언가를 아버지로부터 들었음에 틀림없다고 본 숙부들은 그녀에게 질문을 퍼부었지만 비밀은 결국 지켜졌다.

이후 무정부 상태가 왕국을 좀먹었다. 엘로 자신 '마시브'를 손에 넣기까지는 여왕이 될 수 없기 때문이다. 변함없이 분홍색의 옷을 입고 있지만 쿠르플랑으로부터 종신 연금을 받아서 부자가 된 르 키예크는 산책로에서 궁정에서 보던 사람들을 만나거나 하면 그들에게 농담을 걸어서 웃음 짓게 했다.

로쿠스 솔루스

시간은 흘렀다. 18세가 된 엘로는 그치지 않는 혼란과 내전으로 인해 거의 붕괴할 지경에 이른 나라를 구할 수단이 자신에게 주어지는 것이 아닌가 기대하면서 아버지가 예언한 하늘의 인장을 계속 생각하고 있었다.

7월의 어느 날 저녁 젊은 공주가 두 팔에 꽃을 안은 채로 여름이면 항상 체재하는 조상 전래의 성으로 혼자 돌아왔을 때 지는 태양이 던지는 호사스럽고 붉은 석양이 지평선을 가로지르는 긴 구름을 물들이고 있었다.

지는 태양이 만들어내는 몽환적인 광경을 보기 위해 멈추어 선 엘로는 몇 개의 가는 구름이 미풍의 작용으로 이상한 곡선을 그리다가 나중에는 문자로 D'ORES 라는 문구를 만들어내는 것을 보았다.

그 전체는 이윽고 대기 속에서 사라져버렸다. 하지만 엘로는 하늘에 나타난 것으로 보아 이것이 바로 예고된 계시에 틀림없다고 생각해서 가슴이 설레는 것을 느꼈다. 지금이야말로 행동해야 한다고 생각했다.

그녀는 성에 돌아오자 파란 쿠션을 열었다. 그녀는 그것에 대해 여전히 깊은 존중의 뜻을 가지고 있었지만 어머니의 손이 닿은, 성화된 물건이라는 점 때문에 그러한 기분이 이상하게 생각되지는 않았다. 그녀는 안에서 인형밖에 찾아내지 못해서 처음에는 실망하긴 했지만 오랫동안 생각하는 사이에 장난감과 자신의 나이가 전혀 어울리지 않는다는 것에서 점차 어떤 생각으로 기울어지게 되었다.

 갑자기 그녀는 옷의 색깔과 한쪽 눈의 눈알이 없다는 점에서 이 수수께끼의 인형이 르 키예크를 생각나게 한다는 것을 깨달았다.

 그녀는 그를 성으로 부른 다음 모든 것을 말했다.

 그러자 이번에는 르 키예크가 왕에게 들은 명예 있는 비밀을 그녀에게 밝히고 구름의 명령을 그대로 따라 모르느 베르에 바로 가야 한다고 간청했다. 이것은 호기라고 판단해서 하늘에서 보낸 긴급의 명령이라는 것이다. 왜냐하면 당시 왕위 찬탈자들은 서로 격렬한 전투를 벌이다 서로의 힘을 깎아먹는 형국이었고 숭배의 대상인 금괴를 그녀가 손에 넣으면 가는 곳마다 만인의 열광을 끌어낼 것이고 왕권의 정통적 승계자인 그녀를 방해하는 자는 누구 한 사람 없을 것이라는 것이다.

 엘로는 광대를 데리고 커다란 가마에 타서 바로 출발했다. 르 키예크는 여행의 목적을 곳곳에서 명확히 말했기 때문에 무정부상태와 황폐에 종지부를 찍는 기념할만한 행사를 빨리 보고 싶은 생각에서 많은 사람들이 행렬에 동참하게 되었다.

 그래서 젊은 공주는 대군중에 휩싸여 모르느 베르에 도착했다. 이 군중들은 금괴를 식별하는 장면에서 많은 입회인이 있으면 좋겠다고 생각한 르 키예크를 아주 기쁘게 했다.

 광대는 주문을 작은 소리로 조용히 외워서 철책을 열게 하고 동굴 안의 정해진 장소로 향했다. 그 사이에 군중의 일부도 그의 행위에 조금도 이상한 것이 없다는 것을 증명하기 위해 안으로 들어오도록 했다.

로쿠스 솔루스

르 키예크가 지시하자마자 쿠르믈랑 왕의 대리석의 돌은 많은 손에 의해 들린 다음으로 밖으로 나오게 되었다. 아주 짧은 사이였지만 철책은 아직 크게 열려 있었고 마지막 침입자가 밖으로 나오자 드디어 닫혔다.

광대는 표면을 덮고 있는 모래의 층을 털어 낸 다음에 돌의 윗면에 있는, 왕가의 금괴 가까이에 새겨진 죽은 왕의 서명을 모두에게 보여주었다. 이렇게 해서 금괴는 확인이 된 것이다.

엘로는 녹색의 돌을 자신의 가마에 실은 다음 글로아닉으로 향했다. 여행이 성공했기 때문에 그녀는 가는 곳마다 열광적인 환영을 받았으며 군중의 행렬은 머무는 곳마다 커져만 갔다. 왕위를 노리던 자들은 행렬을 도중에 저지하려고 병사들에게 명령을 내렸지만 별 소용이 없었으며 병사들은 금괴를 되찾은 것을 알고는 그 마술적인 영광에 가까이 다가가려고 다들 공주의 밑으로 들어가 버렸다.

사람들은 공주를 무등에 태워 궁전에까지 들어왔고 엘로는 되찾은 금으로 다시 한번 '마시브'를 만들게 해서 어느 날 "여왕 만세!"의 환호성이 들리는 가운데 공식적으로 그 왕관을 썼다. 밤이 되자 사람들은 쥬엘 왕의 별이 평소보다 더 밝게 빛난다고 생각했다.

그 후 여왕은 동굴 안의 금을 사용해서 나라를 재건하려고 했다. 그를 위해 개발단이 바로 조직되었다. 철책을 열게 하는 문구는 공표되어 삽을 든 노동자들의 출입이 쉽게 이루어졌다. 그리고 얼마 안 되어 녹색의 대리석의 깊은 곳에서 대량으로 나온 금 덕으로 왕국은 번영을 누리게 되었다.

제 1장

드디어 웃음을 되찾게 된 엘로는 국민들의 사랑을 받게 되었으며 르 키예크의 공헌에도 가능한 한 보답을 하려 했다.

환희의 와중에 왕관을 쓴 젊은 여왕의 조상이 만들어졌고 성녀의 상처럼 커다란 장에 안치하기로 했으며 그 밑에는 이 숭고한 사건을 기념하는 세 개의 착색 고부조가 새겨진 것이다.

그런데 조사의 결과 칸트렐이 주주가 되어 있는 회사의 최근의 발굴품이 바로 이 장이라는 것이 확실해졌다.

상은 없었는데 발굴 시에는 먼 옛날의 모든 것을 매몰시키는 대변동 때 밀려서 쓰러진 것인 모양으로 장의 밑에는 여러 조각으로 부서진 단면이 흩어져 있다는 것을 조사 결과 알 수가 있었다.

선생은 전설이 기이하게도 현실의 사건이라는 것을 일부 증명하는 이 유서 있는 물건이 탐이 났다. 그는 높은 가격을 불러서 이 물건에 대한 운 좋은 낙찰자가 되었다. 그리고 그것을 정원에 두고 그 역사와 가치라는 면에서 어울리는 상을 찾아내지 못했기 때문에 그 내부는 6년간 빈 상태로 두었던 것이다. 최근에 이르러 오래되고 빛나는 동맹자상이야말로 가장 어울린다고 생각하게 되었다. 이 상은 이리하여 비바람에서 벗어나 이곳에 서게 된 것이다.

우리들은 이 두 개의 진귀한 물품에 마지막으로 시선을 던진 다음에 이미 혼자서 고갯길을 올라가고 있는 칸트렐의 뒤를 쫓았다.

로쿠스 솔루스

제 2 장

올라갈수록 초목이 드물어졌다. 지면은 점차 모든 것이 다 드러난 상태가 되었고 도착한 곳은 풀 한 포기 없는, 그저 넓디 넓은 광장이었다.

우리들은 그 구조로 볼 때 도로를 다듬을 때 사용하는 몽둥이 모양의 '돌출봉突出棒'과 비슷한, 도로포장용 기구의 일종이 서있는 쪽으로 몇 걸음 다가갔다.

이 돌출봉은 금속으로 만든 것이었지만 겉모습은 가벼워 보였고 엷은 황색의 작은 경비행기의 아래에 매달려 있는 형국이었다. 비행기는 그 아래에 원형의 입이 나팔 모양으로 열려져 있고 그 윤곽은 몽골피에의 열기구를 연상케 했다.

그 아래의 지면에는 아주 기묘한 것이 놓여 있었다.

상당히 넓은 장소에 모양이나 색이 다 제각각인 인간의 이빨이 거의 모든 곳에 펼쳐져 있었다. 눈부실 정도로 하얀 이빨이 갈색과 밤색의 모든 색조를 보여주는 담배 피는 사람의 어금니와 대조를 이루고 있는가 하면 애매한 엷은 갈색에서 아주 지저분해 보이는 황갈색까지 모든 황색을 전부 다 갖춘 기묘한 묶음도 있었다. 연한 것과 진한 것이 섞인 파란 이빨이 이 향연에 참여하고 있었고 많은 검은 이빨과 엷거나 혹은 진한 붉은 색의, 피로 물든 많은 치근이 이것을 보완하고 있었다.

모양과 크기도 가지각색이어서 커다란 어금니와 괴물 같은 송곳니가 거의 있는지 없는지 구분이 안가는 유치乳齒와 이웃해 있었고 납으로 된 충전재와 금이빨이 발하는 무수한 금속적인 빛이 여기저기서 번뜩이고 있었다.

제 2장

지금 돌출봉이 서 있는 장소에서는 쭉 늘어선 한 무리의 이빨이 그 색의 교차적인 변화만을 사용해서 미완성이기는 하지만 그럴듯한 그림을 만들어내고 있었다. 그 전체는 지하의 동굴의 연못가에 할 일 없이 누워서 자고 있는 용병을 연상케 하는 것이었다. 자고 있는 남자의 머리에서 나온 얇은 연기 안에는 거의 투명한 공기의 공을 보고 공포에 휩싸여 반쯤 몸을 수그리고 있는 11명의 젊은 남자들이 떠 있었는데 이것은 이 남자가 꾸고 있는 꿈을 보여주는 것이다. 하늘 높이 나는 한 마리의 하얀 비둘기의 목표가 되어 있는 것처럼 보이는 이 공은 지상의, 죽은 한 마리 새 주위에 엷은 그림자를 드리우고 있었다. 지하 동굴의 지면에 서있는 횃불의 약한 빛 안에서 닫힌 한 권의 고서가 용병의 곁에 놓여 있었다.

이 기묘한 이빨의 모자이크에서는 노란색과 갈색이 주조를 이루고 있다. 다른 색은 좀 드문 편으로 여기저기서 신선하고 매력적인 색 배합을 더해주고 있었다. 멋진 하얀 이빨로 만들어진 비둘기는 빠르고 우아하게 비상하는 모습을 하고 있었다. 치근은 교묘하게 배치되어 용병의 장비에 색을 더해주고 한편으로는 책의 곁에 던져져 있는 조금 색이 바랜 모자를 장식하는 깃털장식이 되는가 하면 다른 한편으로는 금이빨을 잘 모아서 만든 동의 자물쇠로 채워진, 붉은 색의 거대한 망토가 되어 있다. 파란 이빨의 치밀한 조합으로 만들어진, 파란 경마용 바지는 검은 이빨이 묘사하는 아주 긴 장화 안쪽으로 들어가 있었다. 잘 보이는 장화의 바닥은 개암나무 색깔의 이빨의 집합으로 이루어져 있고 납의 충전재를 한 이빨이 일정한 간격을 두고 박은 징의 역할을 하고 있었다.

돌출봉이 지금 머물고 있는 곳은 왼쪽 장화의 위였다.

그림 바깥에서는 이빨이 여기 저기 화면을 만들어내는 일이 없이 아주 난잡하게 놓여져 있었다. 가운데에서 가장 먼 위치에 있는 이빨이 스스로 주위의 경계선을 만들어 내고 게다가 그 주변에는 빈 터가 펼쳐져 있어서 주변에는 높이 수 센티의 말뚝을 박아 고정한 다음에 로프를 연결해 놓고 있었다. 우리들은 전부 이 다각형으로 된 칸 앞에 서 있었다.

갑자기 돌출봉이 혼자 공중으로 상승해서는 약한 바람의 힘을 받아 15에서 20걸음 정도의 거리를 똑바로, 천천히 비행한 후에 우리들이 있는 곳에서 멀지 않은, 담배로 인해 갈색으로 변해버린 애연가의 이빨 위에 멈추었다.

칸트렐은 따라오라는 신호를 한 다음에 로프를 넘어서 아무 것도 없는 지대를 가로 질러 그 비행하는 기구에 다가갔다. 우리는 전부 여기저기 펼쳐져 있는 이빨에 닿지 않도록 주의하면서 그 뒤를 따랐다. 왜냐하면 이 이빨의 배치는 언뜻 보면 무질서해 보였지만 사실 명백히 고심과 숙고의 결과였기 때문이다.

가까이에서 태양빛을 받아 빛나는 돌출봉이 내는 철컥철컥하는 소리가 몇 번이나 들렸다.

흥미진진한 설명을 아끼지 않는 칸트렐은 여러 장치가 있는 쪽으로 우리들의 주의가 향하도록 했다.

이 비행선의 정수리 부분에는 옷깃 모양의 그물로 주위를 둘러싼 상태였고 그대로 벗어져 나온 알루미늄제의 자동 밸브가

제 2장

보였으며 그것에는 셔터를 동반한 원형의 입구가 열려져 있고 그 곁에는 문자반이 작은 크로노미터가 붙어 있다.

기구의 밑에는 가는 그물이 수직으로 달려 있었는데 이것은 아주 가는, 가볍고 빨간 비단실로 이루어진 예의 그물의 하부를 이루는 것으로 바구니 대신에 알루미늄의 둥그런 화분을 수직으로 아주 낮게 열린 구멍을 통해 매달고 있었다. 뚜껑을 뒤집은 것 같은 이 화분 안에는 그 낮은 바닥에 황토색의 물질이 얇은 층을 이루면서 넓혀져 있었다.

화분의 안에는 정중앙에 이 비행기구의 본체 그 자체를 이루는 알루미늄의 가는 원주가 리벳에 의해 수직으로 고정되어 있었다.

이 기둥의 상부에는 역시 알루미늄제의 긴 막대기가 원형의 화분보다도 높고 하늘을 향해 비스듬하게 뻗어 나가고 있었는데 그 맨 끝은 세 개로 나뉘어져 있었다. 세 개의 가지는 각각 맨 끝에 아주 커다란 크로노미터를 받치고 있었으며 원주가 같은 둥그런 거울이 이들 크로노미터와 서로 등을 맞대고 반대를 향하고 있었다. 세 개의 문자반은 각자 제멋대로 바깥쪽의 서로 다른 방향을 향하고 있는 것에 비해 은으로 테두리를 한 세 개의 거울은 가운데의 공통의 공간에 면해서 각각 거의 서쪽, 남쪽, 동쪽을 향하고 있었다. 첫 번째 거울이 태양의 빛을 포착해 그것을 두 번째 거울의 가운데에 반사하고 두 번째 거울은 더욱이 그것을 바구니 대신의 둥근 화분에 되돌려주고 있었는데 한편 세 번째 거울은 아무런 역할도 하는 것 같아 보이지 않았다. 거울은 각각 그 안쪽의 상하좌우로 별도로 꼽혀진 이빨을 갖는 네 개의 수평의 축봉軸棒에 의해 크로노미터에 고정되어 있었다. 이들 축은 어떤 거울에 대해서도 크로노미터를 관통하고 시계의 것보다 직경이 얼마쯤 작은 문자반의 주변 부분에 돌출해 있었다.

크로노미터의 장치와 연결되어 있는 눈에 보이지 않는 톱니바퀴의 움직임에 따라서 네 개의 축은 여러 가지의 전진 및 후퇴 운동을 할 수 있으며 거울을 모든 방향으로 향하게 하는 것이 가능했다. 각각의 축의 끝에는 금속제의 작은 공이 붙어 있어 그 공의 3분의2 정도가 움직이고 있는 거울의 배면에 고정되어 움푹 파인 불완전한 구체 속에 들어가 있었다. 이러한 부착방법이 반사경을 모든 방향으로 움직이게 하는 것을 쉽게 해주고 있었다.

매일 이 세 개의 장치는 해가 떠서 질 때까지 태양의 운행을 쫒고 있었다. 아침에 동쪽 방향을 향한 거울이 처음에 태양의 빛 전체를 포착했다. 태양이 남중하게 되면 그것은 움직이지 않게 되고 이번에는 맞은편의 거울이 그 역할을 했다. 남향의 거울은 아침부터 저녁까지 계속 움직이면서 양옆의 거울의 어떤 때에는 한쪽이, 다른 때에는 다른 쪽이 방사하는 광선을 언제나 두 번째에 반사하는 것으로 불변의 방향을 향해서 보내는 것이었다.

끝이 세 개로 나누어진 비스듬한 방향의 몽둥이의 중앙에서 짧고 똑바로 지주가 뻗어나가고 있었는데 이 지주는 곧 맨끝이 두 개의 곡선으로 나뉘어서 천장을 향하는 돌기를 갖춘 반원을 만들어내고 있었으며 비스듬한 몽둥이에 대해 수직방향인 이 반원은 강력한 원형 렌즈의 틀이 되어 있었다. 수평의 직경이 이 반원의 직경과 같은 렌즈는 두 개의 곡선의 정수리 부분에 있어서 두 개의 핀으로 안쪽에서 고정되어 있었다.

가장 먼 거울이 간접적으로 보내는 태양광선의 묶음을 도중에 정확히 포착하는 이 렌즈는 광선에 대해서 평행하게 놓여 있었다.

문자반이 곡선의 한쪽의 상부에 바깥을 향해서 부착된 아주 작은 크로노미터는 그 움직임과 인접하는 축을 미묘하게 연동시키는 것에 의해 엄밀히 정해진 어떤 순간에 렌즈를 회전시키는 역할을 수행하고 있었다.

전체를 안정시키기 위해 맨 앞에 아령을 반으로 한 것 같은 둥근 분동分銅이 붙어 있는 수평의 금속 몽둥이가 알루미늄의 원주에 나사로 고정되어서 렌즈와 거울은 반대의 방향으로 튀어나와 있었다.

거대한 나침반 같은 것에 붙어 있었던 것 같은, 커다란 자기를 띤 바늘이 기둥의 가운데 정도의 높이에서 직각방향으로 그걸 횡단하고 있었다. 좌우와 길이가 같은 그 바늘은 자기에 의해 비행기의 비행방향을 일정하게 하기 위한 것이었다. 북쪽을 가리키는 그 맨 끝은 남쪽을 향하는 거울의 바로 아래에 위치하고 한편 남쪽을 가리키는 바늘의 맨 끝도 마찬가지로 둥근 분동의 바로 아래에 있었지만 단 이쪽은 양자의 사이가 가장 근접해 있는 것이었다.

기둥의 기반에 있어서는 가구의 다리의 미니어처를 연상시키는 세 개의 알루미늄제의, 휘어져 있는 세 개의 갈고리가 기둥 바로 아래 테두리를 지탱해주고 있었다. 어느 것이나 맨 끝이 지면에 닿아 있어서 돌출한 몽둥이를 안정시키는데 충분했다. 돌출한, 모양이 좋은 그 곡선의 아래쪽에는 문자반을 바깥쪽으로 향하게 하고 갈고리 그 자체보다 약간 큰 크로노미터가 부착되어 있었다.

세 개의 갈고리의 맨 가운데에 전부 안쪽으로 향하도록 각각 세 개의 가는 바늘이 수평으로 고정되어 있었는데 그 끝은 기둥의 축의 바로 아래 공간에 한 개만 존재하는, 파란 금속제의 작은 똬리쇠의 주위의 부분에 아주 조금 들어가 있었다. 크기는 같았지만 얇은 회색의 두 번째의 똬리쇠가 1밀리의 간격을 두고 바로 위에 가는 수직의 축봉에 매달려 있었고 그 똬리쇠 표면의 중앙에 그 일단이 접합되어 있는 이 축봉의 또 한쪽의 끝은 기둥 속으로 사라져버렸다.

기둥의 맨 밑, 세 개의 갈고리가 접착되어 있는 높이의 약간 위, 기둥의 바깥쪽의 한 지점에 마지막 크로노미터가 붙어 있었다.

돌출봉을 충분히 점검할만한 시간을 준 다음에 칸트렐은 우리들을 데리고 원래 있던 곳으로 돌아갔다. 한참 후에는 우리들은 다시 한번 로프를 풀어서 그 바깥쪽의 전과 같은 위치에 서있었다.

희미한 진동의 소리가 얼마 후에 우리들의 시선을 장치의 아래쪽으로 향하게 했다. 세 개의 갈고리 사이의 회색의 똬리쇠가 축봉에 눌려서 밑으로 내려가 다른 똬리쇠와 곧 함께 되어 이제 그 두 개는 밀착한 채로 있었다. 두 개가 합체한 바로 그 순간 그것들의 밑에 있었던 갈색의 이빨이 지면에서 떨어져 무언가 이상한 자기작용에 따라 파란 똬리쇠의 안쪽으로 빨려 들어갔다. 동시에 일어난 것으로 생각되는 이 두 개의 충격음은 귀에는 그냥 하나의 소리처럼 들렸다.

그 직후 렌즈가 섬광을 내뿜었다. 렌즈는 그 수평의 직경을 축으로 해서 갑자기 4분의 1 회전하고 남쪽으로 향하고 있는 거울이 비스듬하게 아래쪽으로 내보내는 광선의 묶음을 이번에는 수직으로 자르는 것이 되었다. 이 조작의 결과 렌즈를 자르는 광선은 비행장치의 아래의 원형의 화분 속에 펼쳐지고 있는 노란색의 물질 전체에 강력하게 집중했다. 그물 아래의 몇 개의 가는 그물이 이 갑작스러운 빛남 속에 약간의 그림자를 드리웠다. 이렇게 해서 만들어진 강한 열 탓으로 황토색의 물질은 약간은 가스를 배출한 모양으로 가스는 나팔 모양으로 열린 입에서 기구 속으로 들어가는 것 같았다. 가스 주머니가 점차 부풀어 올랐기 때문이다. 이윽고 상승이 충분히 이루어지면 장치 전체가 천천히 공중으로 떠올랐다. 한편 렌즈는 같은 방향으로 다시 한번 4분의 1 회전하고 태양광선을 보내는 것을 그만두고 노란 물질을 그림자 속에 두었다.

우리들이 그 쳐진 로프 밖에 머물고 있는 사이에 바람이 변해서 돌출봉은 이빨이 만들어낸 그림 쪽으로 되돌아갔다. 단 두 번째의 비행은 처음 비행과는 상당히 방향이 달라져 있었다. 비행기가 향한 곳은 용병이 자고 있는 지하 동굴의 가장 어두운 구석이었다.

비행 중에 갈고리 중 하나가 내부의 바늘이 반 센티 아래로 내려간 덕에 자동적으로 길어 졌다.

이윽고 기구는 눈에 보이게 줄어들었고 비행장치는 하강을 해서 짙은 색의 이빨이 모여서 지하의 연못의 제방을 그려내고 있는 화면 위에 두 개의 갈고리를 세웠다. 한편 이제 그 모습을 드러낸 바늘은 빈 터의 한 가운데에 착륙했다. 착륙의 순간에는 비행선의 맨 위의 밸브가 아직 열려있는 것이 보였지만 일정량의 가스를 방출해버리자

로쿠스 솔루스

그 셔터가 소리도 없이 닫혔다. 셔터는 알루미늄의 단순한 원반으로 그 가장자리에 연결되어 있는 어떤 종류의 회전축 위에서 면을 바꾸지 않고 회전하고 숨거나 나타나거나 하는 식으로 되어 있었다. 우리들은 이제 유추에 의해 익숙하지 않은 우리의 눈에는 처음에 그 작동을 전혀 알 수 없었던 렌즈와 밸브에 의해 돌출봉이 어떻게 비행하게 되는지를 이해할 수 있게 되었다.

3개의 갈고리 사이의 회색의 뾰리쇠가 축봉에 묶여서 다시 올라와서 파란 뾰리쇠와의 사이가 다시 1밀리 정도 벌어졌다. 이 때문에 자력이 작동하지 않게 된 것을 바로 보여주고 비행장치와 함께 공중을 날아온 니코틴 투성이의 이빨이 파란 뾰리쇠의 안쪽에서 땅에 떨어지고 모자이크가 아직 만들어지지 않은 부분을 메꾸었다. 새롭게 운반되어 온 이빨의 색은 인접하는 이빨의 색과 조화를 이루며 화면은 약간이긴 하지만 적당한 곳에 적절한 가필이 이루어지면서 조금 진척되어 가는 것을 알 수 있었다.

렌즈가 예의 방향으로 4분의 1 회전하고 빛을 받아 열이 올라가게 된 황토색의 물질이 가스를 배출해서 기구를 부풀게 했다. 기구는 렌즈가 다시 회전하고 늘어난 바늘이 그 덮개 대용의 갈고리 안까지 돌아가는 사이에 떠올랐다. 바람의 방향은 바뀌지 않았다. 그리고 돌출봉은 멀리 어느 정도 떨어진 분홍색의 가늘고 뾰족한 치근이 있는 곳까지 직선으로 비행한 다음 밸브의 조작에 의해 그 위에 떨어진 다음 멈추어 섰다.

이 때 칸트렐이 이 기묘한 비행하는 운반 장치의 존재 이유를 설명하기 위해 입을 열었다.

제 2장

그는 일기예보의 기술을 그 가능한 한계까지 밀고 갔다. 감도가 엄청 좋고 정확한 여러 기구에 의한 조사 덕택에 그는 일정한 장소에 있어서 모든 바람의 방향과 세기는 물론 어떠한 작은 구름의 발생도, 그 크기와 두께에다 압축의 가능성까지도, 모두 10일 전에 알 수가 있었다. 그는 그 예측이 얼마나 완벽한가를 과시하기 위해 태양과 바람의 움직임을 결합하는 것만으로 미적인 작품을 만드는 것이 가능한 장치를 고안했다.

그는 지금 우리들 눈앞에 있는 '돌출봉'을 만들고 그것에다 그 모든 이동을 조절하기 위해서 다섯 개의 고급 크로노미터를 붙였다. 가장 위에 있는 것은 밸브의 개폐를 맡고 있고 나머지 네 개는 거울과 렌즈를 움직이고 노란 물질을 사용해 태양의 열로 기구를 부풀리는 역할을 하는 것이다. 이 물질은 특수하게 조제했기 때문에 어떠한 열의 영향을 받아도 일정량의 수소를 방출하는 것이었다. 렌즈를 사용하고 그 위에 태양광선을 모으는 것만으로 부양력을 갖는 방사물이 나오게 하는 이 황토색 물질의 조성을 발명한 것은 물론 칸트렐 선생 자신이다.

칸트렐은 이렇게 해서 태양광선 이외의 도움을 받지 않고 오래전부터 예측 가능한 움직임을 이용해 정확한 비행을 수행할 수 있는 장치를 자신의 것으로 했던 것이다.

그는 그 이후 이것을 이용해 예술작품을 만들기 위해 어떠한 소재를 써야할 것인가 검토했다. 복잡한 모자이크만이 이 기계에 빈번한 왕복운동을 시키는데 있어 적합한 것으로 생각되었다. 그런데 여러 가지 색을 가진 여러 파편들을 단속적으로 움직이게 하는 자력을 사용해 몽둥이의 하부에 흡입시킨 다음 그 후에 그것을 필요한 곳에서 방출시킬 필요가 있었다. 칸트렐은 마지막으로 몇 년 전 자기 혼자서 해냈던, 실험에서 항상 좋은 결과를 냈던 발명을 이용하기로 결심했다.

 그 발명이란 위험하고 유해한 마취제는 전혀 사용하지 않고 고통도 전혀 주지 않으면서 이빨을 뽑는 진기한 방법이었다.

 칸트렐은 오랜 연구의 결과 아주 복잡한 조성을 가진 두 개의 금속을 얻어냈다. 그것들을 서로 접근시키면 저항하기 어려운 특수한 자력이 발생하고 게다가 그 자력은 인간의 이빨 속에 있는 석회 성분에만 작용하는 것이었다.

 한쪽의 금속은 회색이고 다른 쪽은 강철과 같은 파란 광택을 띠고 있었다. 그는 양쪽에서 반경 1밀리의 똬리쇠를 절단해서는 회색의 쪽을 가는 줄로 비스듬한 방향으로 고정하고 그리고 파란 쪽의 주위에는 수평방향으로 방사상을 이루며 배치된 3개의 짧은 축봉의 끝을 일정한 간격을 두고 집어넣었다. 이들 축봉의 다른 쪽 끝은 작은 손잡이가 붙어있는 작은 실린더 위의 원주에 고정되어 있다. 그는 양 손을 따로 사용해 우선 환자의 입 안에 이 실린더를 집어넣고 두툼하고 시커먼 아래 부분을 빼야할 이빨의 양 옆의 이빨에 붙인 다음 그 다음에 회색의 똬리쇠를 가져와서 그것을 파란 똬리쇠에 접착시켰다. 바로 자력이 생겼는데 이 자력은 참으로 급격하고 강력한 것이어서 나쁜 이빨은 환자가 어떠한 고통의 충격도 느낄 새가 없이 마치 호출에 응하듯이 치경을 떠나 세 개의 축봉과 마찬가지로 백금으로 되어 있고 어떤 시련에도 견딜 수 있는 실린더 안을 통과해 파란 똬리쇠 쪽으로 날아가는 것이다. 아래쪽의 이를 뽑을 때는 파란 똬리쇠를 위로 하고 실린더를 이처럼 통상의 위치에 놓는 것이지만 반대로 위쪽의 이가 문제가 될 경우에는 조작은 같지만 실린더와 회색의 똬리쇠의 위치를 완전히 반대로 하지 않으면 안 되었다. 입 안에 이가 별로 없거나 옆의 이빨이 없는 경우에는 그는 방법을 보다 간단히 하기 위해 상아로 만든 여러 개의 평행육면체 중에서 적당히 하나를 선택해 대용품으로 사용했다. 한 쪽은 이빨의 위에, 다른 쪽은 이 상아의 대용품 위에 있게 되는 실린더는 이리 하여 원하는 대로의 움직임을 하게 되는 것이다. 양 옆에 완전히 이빨이 없고 나쁜 이빨 하나만 고립해 있는 경우에는 두 개의 평행육면체가 필요했다. 버팀목이 되는 양 옆의 이빨의 크기가 안 맞는 경우에는 여러 두께의 것으로 된 작고, 정방형인 상아를 사용했다. 그 하나를 낮은 이빨 위에 놓으면 수술의 순간만은 이빨의 높이를 완전히 같은 높이로 할 수 있었다.

 원자의 특수한 배합의 결과 생긴 자력은 그 축이 두 개의 똬리쇠의 중심을 지나고 그 직경이 똬리쇠의 그것과 같고 그 길이는 부정형의 실린더의 어두운 내부에서만 작용하는 것이었다. 그래서 회색의 똬리쇠가 관계없는 이빨을 자신 쪽으로 끌어당길 염려는 없었으며 파란 똬리쇠는 목적하는 이빨에만 작용하고 인접하는 이빨은 조금도 끌어들이는 일이 없었다. 이 한정된 작동은 그 특이한 강렬함으로 인해 원하는 결과를 충분히 줄 뿐 아니라 그 급격함 때문에 고통도 전혀 없었다. 한번 이빨이 뽑혀서 파란 똬리쇠에 부착되면 칸트렐은 바로 회색의 똬리쇠를 떼어놓았다. 그는 자력이 장애물이 있음에도 불구하고 남아 있으며 환자 내지는 그 자신의 잘못된 작동의 결과 문제가 없는 이빨의 부분에도 강한 충격을 줄 우려가 있는 것을 실험에 의해 확인한 바 있기 때문이다.

얼마 지나지 않아 이 방법은 세상에도 알려져 로쿠스 솔루스 저택에는 이빨에 염증을 일으킨 사람들이 무리를 지어 찾아왔다. 그들은 모두 고통을 전혀 주지 않으면서도 치통의 원인을 제거해버리는 이 신속하고 쾌적한 방법에 크게 기뻐하면서 돌아갔다.

칸트렐 선생은 뽑은 이빨을 쓰레기를 버리는 곳에 그냥 쌓아두었다. 이 쓸모없는 것들에 대해 생각할 기회가 없었기 때문에 그 처리도 자연히 뒤로 미루어졌다.

새로운 계획의 탄생 후에 그는 이렇게 미루어 둔 것을 마음으로 기뻐했다. 덕택에 도움이 될 수 있으며 쓰기도 쉬운 소재가 주변에 남아 있었기 때문이다.

그는 모자이크의 제작에 이빨의 재고를 사용하기로 결심했다. 이빨은 색도, 모양도 가지 각색이어서 이 미친 것 같은 작품에 딱 어울렸다. 쇠와 납의 빛에 더해서 치근에 있는 선혈의 붉은 흔적도 소재를 더욱 충실하고 다양한 것으로 해줄 것임에 틀림없었다.

그는 '돌출봉'의 아래 부분의 지주 역할을 하는 세 개의 갈고리 사이에 이빨의 수술에 사용한 것과 똑같은 두 개의 새로운 똬리쇠를 부착했다. 단 이번에는 자력이 너무 강력한 것이 되어서는 안 되므로 두 개의 금속의 조성에 약간 변화를 주었다. 실제 지상에 뿌려져 있는 이빨을 모으는 것이 문제여서 이빨을 치경에서 뽑을 필요는 없었기 때문이다. 만약 처음 것과 같은 강력한 똬리쇠를 사용한다면 소재를 어떤 지점에서 다른 지점으로 옮기는 비행 중에 자력이 미치는 범위의 지면의 이빨을 끌어들이게 되어서 이빨은 차례대로 수직으로 날아올라서 미리 있던 이빨에 붙어버리게 될 것이다. 모양도 색깔도 처음 것과 같았지만 새로운 똬리쇠에는 아주 가까이에 오지 않는 한 이빨을 끌어들이는 힘은 없었기 때문에 이러한 큰 불편을 겪을 염려는 없었다. 알루미늄의 기둥의 밑둥에 부착된 크로노미터가 수직 방향의 축봉을 움직여서 일정의 순간에 두 개의 똬리쇠를 접근시키거나 떨어지게 하면서 이러한 자력의 작동을 단속적인 것으로 한 것이다.

칸트렐은 모자이크의 소재에 여러 가지 색을 입힌 연철의 파편을 사용해도 같은 결과를 얻었을 것이다. 그랬다면 전자석이 어려움이 없이 활동해 전류의 단속에 의해 붙었다 떨어졌다 할 수가 있었을 것이다.

하지만 이런 방법이면 날아 다니는 돌출봉의 안에 무언가 지장을 일으키는, 무게가 어느 정도 되는 전지장치를 붙일 필요가 있을 것이다.

그래서 그는 처음의 아이디어를 선택했다. 이것은 그가 물론 자랑으로 삼고 있는 이전의 발명을 전과는 다른 형태로 이용할 수 있는데다 미리 생각한 예술적 의도에 기대지 않고 그냥 우연만이 모양과 색이 정해진 소재가 사용되는 특이한 그림에 생각지도 못한 효과를 가져올 지도 모른다는 매력도 있었다.

나침반 역할을 하는 큰 바늘을 붙여 '돌출봉'을 완성했다고 생각한 후 칸트렐은 또 하나 충족시켜야 할 조건이 남아 있다는 걸 깨달았다. 이동을 하면서 쓸 이 기계는 장래의 작품의 여러 부분에 체류하고 있는 사이 완전히 수직적인 위치를 확보하지 않으면 안 된다. 그런데 모자이크가 진척되면 진척될수록 세 개의 갈고리는 이빨이 지탱하는 지점이 되기 때문에 전체의 밸런스를 잃게 될 가능성이 나오게 된다. 한번 기울게 되면 '돌출봉'은 규칙 바른 움직임을 하는 거울의 아주 정확한 방향 결정에 커다란 지장을 주어 새로운 상승은 불가능해지게 된다.

    칸트렐은 이 중대 문제를 해결하기 위해 세 개의 갈고리의 밑을 묶어서 갈고리의 각각에 작은 크로노미터를 붙여서 이 톱니바퀴의 장치가 필요한 때에는 갈고리의 내부에 장치한 신축이 자유로운, 맨 끝이 둥그런 바늘을 시동시키는 것이 가능하도록 했다.

    하나의 갈고리가 이미 모자이크의 일부를 이루고 있는 이빨의 위에 있는 경우 다른 두 개는 그 끝이 지면에 닿도록 각각의 바늘에 의해 미리 늘려지는 것이다. 때로는 두 개의 갈고리가 이빨에 닿는 경우도 있을 것이지만 그 때에는 하나만이 바늘을 사용하게 된다.

    부착된 가는 바늘이 이빨의 두께가 다 비슷하기 때문에 이빨의 면의 고저에 따라 길어지기도 짧아지기도 할 것이다. 실제로 어금니와 앞니, 성인의 이와 아이의 이, 거기에다가 턱의 대소에 의한 차이도 더해져서 가로 방향으로 늘어놓으면 이의 높낮이는 실로 다양하다고 할 정도이다. 이 사실은 작품의 마지막 마무리의 효과를 손상하게 되지는 않을 것이다. 모자이크의 그림으로서의 힘은 표면의 단순한 부조화에는 그다지 괘념하지 않는데 있는 것이다. 그러나 칸트렐은 세 개의 바늘을 크로노미터로 조절하는 데 있어 나중에 이 사실에 커다란 고려를 하지 않으면 안 되게 된다. 극단적인 예를 든다면 성인의 어금니와 아이의 앞니는 그 고저의 차는 상대적으로 상당히 큰 것이어서 갈고리 하나가 그 중의 어느 쪽을 선택한다면 나머지 두 개는 접지를 위해 내부의 바늘의 장단을 조절하지 않으면 안 되는 것이다. 게다가 두 개의 갈고리가 크기가 다른 두 개의 이빨을 동시에 목표로 하는 경우에는 언제나 어느 한쪽은 바늘에 의존하지 않을 수 없다. 마지막의 어딘가 하나만이 떨어진 간격을 메꾸게 되어 세 개의 갈고리가 세 개의 이빨 위에 내려앉을 경우에는 지면과의 접촉이 전혀 없는데도 때로는 하나 혹은 두 개의 바늘의 도움을 받지 않으면 안 되는 경우도 생기게 될 것이다.

    이러한 여러 가지의 특수한 사정이 있는 것이어서 가장 아래의 세 개의 크로노미터의 조절이 특히 곤란한 일이 되는 것은 틀림없었다. 다행히 그는 추가되는 바늘의 견지에서 본다면 실제의 모자이크의 설치 장소만을 걱정하면 되고 주변에 관해서는 그 필요는 없다고 생각했다. 주변은 공간이 충분히 있어서 '돌출봉'이 이빨을 들어올리는 데 있어 세 개의 갈고리가 자연스럽게 지면에 내려갈 수 있도록 이빨을 여기저기 뿌려놓으면 된다고 보기 때문이다. 이용할 수 있는 풍향에 구속되기는 하지만 칸트렐은 적어도 이빨이 묘사하는 그림의 바깥으로 향하는 비행의 각 도착점을 무한정의 직선에 따라서 멋대로 선택할 수가 있었다. 그러기위해서는 밸브의 크로노미터의 작동에 느리게 하거나 빠르게 하거나 조절할 수만 있으면 충분했다. 이 행동의 자유의 덕택으로 실험의 처음에서부터 점차 비어가는 광대한 지면에 있어 모든 종류의 혼잡을 피할 수가 있었고 몽둥이는 이빨을 들어 올리는 일에 있어 갈고리의 바늘을 결코 쓸 필요가 없었던 것이다.

제작하는 예술작품에 관해서 칸트렐은 소재부터 해서 당연히 갈색과 황색을 주로 사용할 것이므로 약간 칙칙한 색을 선택하려고 생각했다. 빛이 전혀 닿지 않는 어딘가 지하의 동굴에서 펼쳐지는 흥취 있는 장면이라면 그의 아이디어에 딱 어울린다고 생각되었다. 그는 에싸이어스 테그네르[Esaias Tegnér. 19세기 스웨덴의 시인. 『프리치오프 이야기Frithjof's saga』는 그의 대표작이다-옮긴이]의 책 『프리치오프 이야기』의 속에 있는 '리테르Den Rytter'이라는 제목의 스칸디나비아의 어느 이야기를 떠올렸다. 이것은 프랑스의 민속학자 파이요 로캉시가 그 안의 주요한 삽화에 완전히 동감했기 때문에 아래와 같은 번역을 생각해낸, 교훈적인 민간설화였다.

1650년에 노르웨이의 부유한 영주 고에르츠 후작은 신하 중 한명인 스켈데루프 남작의 처인 아름다운 크리스텔에 완전히 푹 빠졌다.

고에르츠는 용병으로 돈이 된다면 어떤 일에도 주저하지 않고 나서는 악당 아그를 불렀다.

그는 자신이 가진 저항하기 어려운 연정을 열렬한 언어로 말한 다음에 꿈에도 그 모습이 나타나는 그 여자를 몰래 유괴해서 데려오면 한 재산을 줄 수 있다고 그 용병에게 약속했다.

제 2장

혹시 있을지 모르는 귀찮은 일을 피하기 위해 고에르츠는 욕망을 채우려 할 경우에 검은 가면을 쓸 생각을 하고 있었다. 왕에게 호소하면 무시무시한 보복을 받는 것은 틀림없는 일이므로 크리스텔에게 증거를, 아니 의혹의 씨앗조차도 잡혀서는 안 되는 것이다.

아그는 활동을 시작해서 기회를 엿보기 위해 남작의 성 가까이에 살기로 했다.

어느 날 밤 성의 정원에 숨어서 주위를 살펴보던 그는 혼자서 산책을 하고 있던 크리스텔이 이쪽 방향으로 오는 것을 보았다. 그는 틈을 살피다가 뛰어나가서 이 불운한 여인을 습격했는데 두 손을 다 썼지만 그녀의 외침소리를 막지는 못했다. 스켈데루프는 위급을 알리는 소리를 듣자 몇 명의 하인들을 데리고 금방 달려와서는 아내를 구출하고 범인을 잡았다.

격분한 성주의 명령에 의해 아그는 즉각 정원 아래에 있는, 수풀 안에 비밀의 입구를 가진 동굴로 끌려갔다.

이 은신처는 오랫동안 사용하지 않았지만 예전에는 성의 지하실에 통하고 있는 것이어서 적의 공격을 받아 승산이 없을 때 수풀을 통해 언제라도 몰래 들어올 수 있는 피난소로 만든 것으로 성의 아주 일부의 사람들밖에 모르는 곳이다.

스켈데루프는 체포한 아그와 부하들과 함께 동굴의 가운데까지 오자 내려올 때 불을 붙였던 기름이 잘 나오는 나뭇가지를 점토질의 땅에 꽂아 넣었다.

동굴 속에는 썩은 연못이 있어 악취와 습기가 주위를 가득 채우고 있었다.

　남작은 용병을 그의 묘가 될 이 조용한 은신처에 버려둔 채로 하인들을 데리고 왔던 길을 되돌아 지상으로 나갔다. 하인들은 그의 눈앞에서 한 사람의 힘으로는 도저히 움직일 수 없는 붉은 색의 큰 돌 몇 개로 입구를 막았다. 이 돌들은 그 가까이에 있는 정원의 오솔길로 통하는, 무너진 인조암굴에 있던 것이다. 성의 지하와 연결되는 통로는 이미 반세기 이상 무너진 벽돌로 인해 막혀 있어서 아그는 사람들에 의해 구출될 수 있는 희망은 전혀 없었고 따라서 자신에게 다가올 완만한 죽음을 피할 방법도 없었다.

　아그는 입구에 쌓인 빨간 돌들을 움직여보려고 쓸모없는 시도를 해본 다음 넓은 감옥 안을 한번 돌아보았다. 그래서 면밀한 조사의 결과 탈출의 희망은 전혀 없다는 것이 판명되었다.
　조사하는 도중에 그는 어두운 구석에서 여기저기가 썩은 낡은 책을 한 권 주웠다. 그것은 거기에 쓰레기처럼 버려진 책들 더미가 습기와 쥐들 때문에 다 엉망이 되었지만 거의 유일하게 살아남은 것이었다.
　횃불 곁으로 돌아와 그 책을 비추어보니 제목이 『켐페 비제르 이야기집』이었고 '여왕 소피를 위해 소렌슨 베델 간, 1591년'이라고 되어 있었다.
　마음을 어지럽히는 불길한 생각에서 잠시라도 벗어날 수 있지 않을까 기대하면서 아그는 땅에 드러누워 여기저기를 펼치면서 읽었는데 '물 구슬 이야기'라는 다음과 같은 소박한 전설을 읽게

제 2장

되었다.

옛날 에이츠볼[노르웨이의 도시 이름-옮긴이] 가까이에 고결한 영혼과 성실함으로 잘 알려진 롤프젠이란 왕이 있었다.

커다란 부를 소유하고 있는 롤프젠은 덕이 많고 청순하기로 유명한 딸 울프라를 깊게 사랑하고 있었다. 그에 비해 교활하고 비열한 11명의 아들들은 아주 싫어하는 쪽이었다.

롤프젠이 죽자 현명한 울프라는 단 한 사람 상속자로 지명되어 가장 나이가 어린데도 아버지의 모든 재산을 손에 넣게 되었다.

11명의 형제들은 분노에 미쳐 날뛰면서 사악한 요정 군베르를 만나러 가서 어떠한 마법을 써서라도 울프라를 죽게 해달라고 간청했다.

의뢰자들의 나쁜 의도를 알면서도 그것에 편들기로 한 요정은 유감스럽지만 자신의 힘에도 한계가 있어 울프라를 직접 죽게 하는 것은 힘들다고 말했다. 그녀는 다만 그녀를 일년간 비둘기로 변하게 하는 것만 가능하다는 것이다. 단 그 기간 중에 푸글레콩게리게-새의 왕국이라는 의미로 그녀가 망명의 시기를 보내게 될 그 은신처를 말한다-에서 발견하면 그들은 간단히 그녀를 죽일 수 있을 것이라고 했다.

청년들이 군베르의 제안을 받아들이자 그녀는 콧소리로 주문을 외운 다음에 울프라는 비둘기로 변해서 어딘가로 날아가게 될 것이니 나중에 그녀의 재산을 마음대로 차지할 수 있을 것이라고 알려주었다.

요정은 여러 가지 충고와 함께 밖으로 나오자 새의 왕국까지 날아가서 그들을 안내해 줄 홍방울새가 들어가 있는 조롱을 넘겨주고 게다가 목적을 달성하는 순간에 죽음의 위협으로부터 그들을 지켜줄 마법의 문구도 알려주었다.

실제로 푸글레콩게리게는 멋모르고 덤벼드는 사냥꾼들이 들어오는 것을 막기 위해 그리 크지 않은 물방울 모양의 정령에 의해 지켜지고 있는 것이었다.

이 기묘한 물방울의 그림자에 닿게 되면 모든 것은 그 자리에서 죽어 버린다. 이러한 위험은 밤중에도 여전히 존재하는데 공기가 아주 맑아서 달이나 별이 강한 빛을 발하고 그렇게 되면 그림자가 생기기 때문이다.

군베르가 가르쳐준 마법의 문구를 큰 소리로 외우게 되면 물방울은 저 멀리로 사라진다.

11명의 형제는 요정과 헤어졌다. 요정은 일을 빨리 진행하도록 권했다. 만약 그들이 울프라의 생명을 끊어놓지 못한다면 그녀는 일 년 후에 푸글레콩게리게를 떠나서 본 모습으로 돌아와 원래의 지위를 차지하며 찬탈자들을 물리쳐서 재산도 되찾게 될 것이라고 했다.

형제들은 누이가 실종되었기 때문에 소유주가 없게 된 아버지의 재산을 제일 먼저 빼앗았다.

그들은 군베르의 서두르라는 충고를 잊어먹고 일 년 가까이 먹고 마시고 돈을 물 쓰듯이 하면서 장래의 일은 생각하지도 않고 현재만을 즐겼다.

제 2장

운명의 날이 다가오는 며칠 전이 되어서야 겨우 다가오는 위험을 깨닫고 홍방울새를 풀어준 다음에 출발했다. 조롱 안에는 영양가 있는 여러 가지 곡물들이 보급되도록 되어 있었던 것이다.

가는 길을 잘 아는 듯 일정한 방향으로 가는 새의 뒤를 쫓아 그들을 몇 개의 산과 강을 넘어서 결국 새들의 날갯짓과 지저귐으로 가득 찬 넓은 숲의 근처까지 왔다. 홍방울새가 나는 것을 멈추었는데 그것은 푸글레콩게리게에 도착했다는 신호였다.

해가 높고 태양이 밝게 비추고 있었다. 11명의 형제는 갑자기 요정이 예고한 물방울이 나타나는 것을 보고 겁을 먹었다. 그들은 자신들의 몸을 지켜줄 문구를 생각해봤지만 연일 계속된 여흥으로 인해 완전히 잊어먹어서 아무리 노력해도 생각이 나지 않았다.

구슬은 지상에 맑은 그림자를 그리면서 다가오더니 처음엔 지쳐서 날개 짓도 하지 못하면서 간신히 날고 있는 홍방울새의 모습을 태양에서 가려주었다. 새는 벼락에 맞은 것처럼 소리 하나 내지 못하고 바로 떨어져 죽었다.

그때부터 무시무시한 추격이 시작되었다. 청년들은 공포에 몸을 떨면서 집요하게 쫓아오는 하늘의 재앙에서 피하려고 했다. 경쟁은 오래 계속되지는 않았다. 물방울은 아주 민첩한데다가 죽음의 그림자를 벗어나려고 하는 청년들의 도주로를 미리 예측하고 있었기 때문이다.

그런데 아주 오래전부터 한 마리의 비둘기가 푸글레콩게리게에서 나와 사투가 펼쳐지는 이 공터를 향해 저 높이서 날아오고 있었다.

로쿠스 솔루스

그림자에 닿아서 죽는 것을 피하기 위해 구슬의 위로 날면서 비둘기는 부리를 밑으로 향해 하늘을 휘젓는 이 놀랄만한 물을 마지막 한 방울까지 마셔버렸다.

11명의 형제는 그들의 눈앞에 있는 것이 울프라라는 것을 알고는 감동했으며 후회의 심정에 땅에 무릎을 꿇었다.

비둘기는 홍방울새 대신에 안내를 해주면서 그들을 귀로에 나서게 한 다음에 뒤를 따라갔다.

고향이 보이는 곳에까지 오자 주문에 걸린 시간이 다 되었기 때문에 착한 울프라는 다시 원래 여자 모습으로 돌아갔으며 상대의 행위의 의도를 알고 있었음에도 불구하고 화해의 말을 건넨 다음에 형제들을 향해 손을 내밀었다.

형제들은 자신들의 행동을 뉘우치고 앞으로는 누이의 곁에 살겠다고 했고 부를 다시 손에 쥔 누이는 그들에게 다정하게 대해주면서 충분히 은덕을 베풀었다.

스켈데루프 남작 때문에 산 채로 매장되어 버린 동굴 안에서 아그는 독서를 통해 약간이나마 망각의 시간을 보낼 수가 있었다.

그는 졸음이 몰려오자 책을 옆에 두고 몸을 눕힌 다음 바로 잠이 들었다.

지금 방금 읽은 이야기에서 나온 꿈을 꾸게 되었고 물 구슬 때문에 공포에 휩싸인 11명의 형제가 나타났다. 구슬은 안내인 격인 홍방울새에게 그림자를 씌워 죽게 했고 다른 한편 눈처럼 하얀 비둘기가 쫓김을 당하는 사람들을 구조하려고 날아오고 있었다.

제 2장

비둘기의 모습이 점차 커져 나중에 바로 자기 옆에 온 것처럼 느껴졌다. 눈을 뜨자 자신의 곁에 크리스텔이 서 있는 것이 보였다. 그를 일으켜 세우려고 그의 손을 누르고 있었다.

그녀는 지하의 동굴 입구에 빨간 돌이 놓여진 다음에 일어난 일을 짧게 간추려서 말했다.

자신을 덮친 사람이 당하게 될 끔찍한 죽음을 생각하자 가만히 있을 수 없게 된 그녀는 성의 도서관에서 스켈데루프 영지내의 아주 오래된 건물의 도면 및 여러 사항이 기록되어 있는 고문서를 한 무더기 챙겨서는 자기 방으로 가져갔다.

그녀는 타인에게 부탁을 했다가는 발각될 염려가 있다고 생각해서 이들 기록 중에 자기 혼자서 아그가 있는 곳까지 갈 수 있는 비밀의 통로에 대해 알아내려고 했던 것이다.

상세한 조사의 결과 그녀의 희망은 실현되었다.

그녀는 복잡한 문장 하나하나를 머리속에 집어넣은 다음 밤중에 성의 지하실까지 가서 손을 들어서 어둡고 울퉁불퉁한 벽에 숨겨져 있는 용수철을 눌렀다.

그러자 지면에 있는 돌 중의 하나가 높이 올라왔는데 네 개의 굵은 피스톤에 의해 지지되어 있었다. 돌이 올라와 생긴 구멍에는 물이 가득 차 있었다. 크리스텔이 같은 벽의 약간 오른 쪽에 있는 용수철을 누르자 바로 물이 내려 버리고 지하의 복도에 이르는 계단이 나타났다. 그녀는 계단을 내려가 바로 얼마 전까지 있던 차가운 물에 젖어 있었던 어두운 터널 안으로 들어갔다.

이렇게 해서 그녀는 아그가 있는 지하 동굴 바로 아래의, 보통은 물이 차 있는 연못의 아래까지 오게 되었다. 두 번째 용수철을 누른 결과 이 연못의 물이 빠지면서 터널의 물을 배수시켰던 것이다. 그녀는 느슨한 비탈면을 이루고 있는 연못의 안쪽을 조심해서 올라가서 동굴의 지면에 도달한 다음에 깊은 잠에 빠져있는 아그를 깨우게 되었던 것이다.

아그는 이 이야기를 듣고 놀라면서 크리스텔과 자기 몸을 스쳤다고 생각해서 그 감촉에 의해 눈을 뜨게 한 하얀 비둘기 사이에, 꿈이 만들어낸 그 관계에 깊은 감동을 받았다. 어느 쪽이나 박해로 곤경에 처하게 된 무구한 존재가 시련을 이겨내고 자신에게 재앙과 위험을 가져다준 그 사람을 구원하러 온다는 것이었다.

그가 이런 생각에 빠져 있을 때 크리스텔은 뒤를 따라오라고 신호를 하면서 아까의 그 연못의 비탈면을 내려가 젖은 바닥에 뚫려 있는 지하 통로까지 오게 되었다.

한참 동안 말없이 걸은 끝에 두 사람은 성의 지하실의 비밀 통로를 통해 밖으로 나왔다.

크리스텔은 벽의 아래쪽에 있는, 처음 두 개의 용수철과 같은 수직선상에 대를 이루고 있는, 좌우 두 개의, 아직 사용하지 않은 용수철을 눌러 우선 물을 원래대로 돌려놓고-물은 전과 같은 수면에 도달해 동굴의 연못이 다시 가장자리까지 물이 찼다는 것을 보여주었다-다음에는 지면의 돌을 다시 내려놓았다. 그 정방형의 돌은 지면에 생긴 작은 비밀의 구멍을 완전히 밀폐해버렸다. 크리스텔은 성과 지하의 동굴 사이에 문 하나밖에 없던 시절에

제 2장

도주를 할 때 도움이 될 것이 틀림없는 이러한 비밀의 통로를 만들어 놓은 건축가의 선견지명에 탄복했다. 왜냐하면 문 따위는 벽돌이 없어도 영리한 적이라면 간단히 막아버릴 수 있기 때문이다. 그녀는 몇 시간 전에 읽었던 도서실의 자료 중에 있는, 정확한 설명이 붙어있는 지하실의 여러 가지 단면도를 본 덕택에 비밀의 통로의 메카니즘을 확실히 머리에 새겨둘 수가 있었다. 즉 지하의 수로가 여기에서 동방 3 킬로에 있는, 정확히 같은 높이의 수면을 이루면서 펼쳐지는 모이센 호수와 동굴의 연못을 연결하고 있었다. 두 번째의 용수철은 그것을 누르고 있으면 어느 용기 속에 수도관에서 물을 주입해준다. 용기는 가득 차게 되면 아래로 내려가게 된다. 연접봉과 레버가 복잡하게 연결되어 이것이 시동되면 수로를 차단하고 동시에 연못의 아래, 깊이 2미터 지점에 설치된 배수구를 연다. 그렇게 되면 연못은 바로 자연의 우물로 흘러가게 되어 물이 없어지게 된다. 그때 수위가 낮아진 결과 지하의 동굴과 성 사이에 통행이 가능해지게 된다. 세 번째의 용수철은 강하게 누르면 용기의 밑에 만들어진 셔터를 일시적으로 밀어 열게 한다. 용기는 물이 나가면서 바로 원래 위치로 떠오르게 된다. 그 사이에 연접봉과 레버는 처음의 경우와는 반대로 작동해 우물에의 배수구를 막고 수로를 개방한다. 그렇게 되면 모이센 호수가 다시 연못에 물을 채우게 된다. 첫 번째 용수철과 네 번째 용수철이 지면의 돌을 올라오게 하는 것도 역시 물을 채우고 다음에 비우는 이 원리를 동일하게 사용한 것이다.

    크리스텔은 아그를 데리고 어두운 계단을 올라간 다음 미리 준비한 열쇠로 현관의 문과 정원의 문을 연 다음 자신을 습격한 남자를 완전히 자유롭게 해주면서 동시에 그의 죄도 용서해주었다.

　아그는 이 절호의 기회를 포착해 다시 한번 상대를 유괴하고 한 재산 챙기려고 하는 것이 아니라 캠프 비제르 이야기에 나오는 11명의 형제들의 회개의 영향을 받아 크리스텔 앞에 무릎을 꿇고 회한과 감사의 마음을 전하려 했다.

　그리고 나서 그는 어둠속으로 사라졌고 크리스텔 쪽은 말없이 자신의 거처로 돌아갔다.

　원래 바라던 대로 어두운 지하의 동굴이 무대가 되는 이 주제를 채택하게 되자 칸트렐은 정원 복판 바람이 부는 방향이 변하기 쉬운, 가능한 풀이 잘 자라지 않는 장소를 선택했다. 이러한 끊임없는 바람의 변화는 '돌출봉'이 그림을 제작할 때에 하지 않으면 안 되는 무수한 왕복운동에는 아주 도움이 되는 것이었다. 그는 사용하기로 한 장소를 평평하게 한 다음에 그 후에 일몰의 끝 무렵에서 시작해 비도 폭풍우도 없는 시기가 2백40시간 계속되는 것이 일기예보 장치에서 나타나는 것을 참을성 있게 기다렸다. 실제로 바람이 너무 세면 실험은 생각하기 어렵고 약간이나마 비가 세게 내리는 경우에도 비행선의 외피가 젖어서 무겁게 되고 거울과 렌즈가 흐려지기 때문에 미리 조정해둔 것들이 흐트러질 우려가 있었던 것이다.

　때가 되자 그는 그 바람이 부는 장소에 하늘을 나는 곤봉과 서로 잡아당기는 두 개의 금속의 발견 이후 그것을 사용해 뽑은 이빨들이 들어있는 커다란 상자를 가지고 왔다. 그는 예상대로의 날씨가

제 2장

되는 것을 눈앞에 두고서는 하루 밤새 경이적인 빛을 내는 특수한 라이트를 사용해 소재가 되는 이빨들을 여러 색채에 따라서 분류해 모으는 작업에 몰두했다. 이 라이트는 그의 최근의 발명품으로 어떠한 화가도 이것을 사용하면 별이 나온 다음에도 대낮과 같이 안심하고 작업을 할 수 있다는 것으로 아틀리에와 연구소 등에서 혁명적인 발명으로 여겨졌다. 그는 '돌출봉'에게는 당연히 무의미한 긴 밤의 시간을 복잡한 준비를 하는 시간으로 삼으려고 시계의 바늘이 문자반을 20번 회전하는 기간의 출발점에 저녁시간을 지정해놓았다. '돌출봉'쪽은 해가 뜨면 바로 일을 시작해 예고된 기간 중의 낮의 이용할 수 있는 시간은 모두 사용하고 십일 째의 저녁에 그것을 끝낼 예정으로 되어 있다.

그는 잠시라도 시간을 쓸모없이 하지 않도록 하는 한편 어느 초상화가가 그의 지시대로 이빨과 치근의 수에 따라 여러 색조를 사용해 그린 유화를 참고하면서 예술작품을 탄생시키는 일에 착수했다. 그는 앞으로 모자이크가 그려질 곳은 빈 터로 남겨 놓으면서 그 주위에 곤봉이 그 비행 사이에 끌어들일 수 있도록 이빨들을 뿌려 놓았다.

이빨들은 그 여러 형태에 따라 정해진 화면의 장소에 정확히 운반이 되도록 미리 적절한 방향을 향하도록 배치되었다. 특별히 만든 작은 톱을 이용해 치관에서 절단된 치근도 마찬가지로 배치되었다.

이빨을 배치하는 이러한 집중력을 필요로 하는 일과 병행해서 그는 각각에 9개의 크로노미터가 부착되어 있는 어떤 보조장치와 모터를 1초의 천분의 일의 정확성으로 접속시키는 미묘한 일도 수행해냈다. 이들 크로노미터는 한번 태엽을 감으면 그대로 2백33시간-그 해의 태양의 위상으로 볼 때 첫날의 시작에서 마지막 날의 저녁까지 계속되는 제작의 시간보다 약간 많게 잡은 시간이다- 움직이게 될 것이다.

 미풍이 몇 시 몇 분 몇 초에 어느 방향으로 불지를 알고 있으므로 특수한 크로노미터에 의해 움직이는 렌즈는 그 시간에 맞추어 노란 물질의 위에 태양광선을 모아 같은 위치에 계속 머물게 될 것이다. 단 시간의 장단은 대기의 투명도나 운행의 위치에 좌우되는 태양의 열에 의해 변화하며 또 태양의 불타는 원 위를 지나가는 구름의 두께나 태양을 덮어버리는 기간 여하에 의해서도 다르게 된다. 그는 렌즈에 관한 일에 있어서는 그물의 비단실 몇 개가 만들어내는 아주 작은 그림자까지도 최종적으로는 고려에 넣었다.

 밸브의 크로노미터에 의한 조정에는 세심한 주의가 필요했다. 강한 바람이 부는 경우 일하지 않고 있는 '돌출봉'이 바람에 밀려버릴 위험도 있고 더 저항력을 붙여서 안정시키기 위해 전체를 무겁게 할 목적으로 비행과는 관계없이 일부 기구의 공기를 빼는 것이 때로는 필요해지기도 한다. 이러한 특별한 사정은 당연 렌즈에도 영향을 미치게 되어서 렌즈는 그 후에는 잃어버린 수소를 보충하기 위해 노란 물질에 더 오래 빛을 비추지 않으면 안 될 것이다.

 기둥의 아래의 이빨이 붙은 다음에 그걸 빼내기 위해 사용되는 두 개의 똬리쇠의 일은 점검이 더 간단했다. 그것에 비해 손잡이의 연결용의 크로노미터의 조정에는 놀랄만한 계산이 필요했다. 거울에 대해 보면 그 위치의 이동은 태양의 운행을 따라가는 것만이 목적이므로 규칙대로 이루어지는 것이지만 단 황도면에 대한 적도면의 경사에 의해 태양의 운행에는 나날이 변화가 생기기 때문에 거울 전체가 향하는 방향은 매일 조금씩 바꾸지 않으면 안 될 것이다.

장치는 일몰에서 다음 해 뜰 때까지 전혀 움직이지 않으면서 어떠한 간섭도 전혀 받아들이지 않는 식이었다. 크로노미터가 마지막 날까지 미리 세트되어 있기 때문이다. 문자반이 그대로 보이도록 되어 있는데 바늘이 흐트러지는 일 없이 항상 정확한 시간을 가리키고 있는가 아닌가를 항상 확인할 수가 있었.

칸트렐은 닭 울음소리와 함께 준비를 마치고 그 후에는 황토색의 물질의 도움을 전혀 빌리지 않고 아주 보통의 방법으로 얻어진 수소를 평형을 지키는데 필요한 양만큼 경기구輕氣球에 집어넣었다. 이제 곤봉은 바람의 여러 방향으로의 변화를 이용해 바깥쪽의 네 개의 가는 모서리를 제외하면 모델이 되는 유화를 확대한 것으로 그대로 재현하고 십일 째의 저녁에는 모자이크를 완성하게 될 것이다. 네 개의 모서리를 없애버렸는데 이건 없어도 별 문제가 없고 주제 전체를 손상할 우려는 조금도 없었다. 모서리를 위해 준비된 이빨은 당연히 사용하지 않을 것이므로 쓰레기로 처리했다. 그 다음에 칸트렐 선생은 자신의 계획을 공표해 사람들이 언제라도 와서 이 장치의 조촐한 비행을 보고 트릭이 전혀 없다는 걸 확인할 수 있도록 저택의 문을 개방했다. 멋진 무대의 주위에 낮은 못을 박은 다음에 로프로 주위를 감게 했는데 이것은 사람들이 혹시 너무 가까이 다가와 바람의 흐름을 방해하는 일이 없도록 하기 위한 것이다. 드디어 '돌출봉'이 크림색의 이빨 위에 놓여졌다. '돌출봉'은 거기서 가장 적절한 최초의 바람이 부는 것을 이용할 순간을 기다렸다.

    실험은 벌써 7일이나 계속되어서 거의 끝나가는 형국이었다. 지금까지로 봐서는 이 이동기계는 크로노미터의 멋진 적응력 덕택에 이빨과 치근을 언제나 원하는 대로의 장소로 운반을 했었다. 비행은 바람이 끊임없이 변덕을 부리는 바람에 계속 행해지는 경우도 있고 한편 미풍이 같은 방향으로 언제까지 불기 때문에 몇 시간이나 기다려야 하는 경우도 있었다. 때로는 외부인들이 작은 그룹을 이루고 나타나서는 칸트렐이 말하기 시작하면 몇 사람이 경기구의 다음의 상승을 보기 위해 그에게 다가오기도 했다.

    칸트렐 선생이 즉흥의 강연을 끝내려고 할 때 우리들이 이미 알고 있는 마른 소리가 '돌출봉'을 지지하는 세 개의 손잡이 쪽에 사람들의 주의를 끌어들였다. 기둥의 아래쪽에 있는 크로노미터의 보조장치가 움직이는 축봉에 눌려서 회색의 똬리쇠가 다시 내려와서 파란 똬리쇠에 밀착해버린 것이다. 파란 똬리쇠의 안쪽에는 아까까지 '돌출봉'의 목표였던 치근이 갑자기 생긴 자력 때문에 올라와서 붙어버린 것이다.

    렌즈가 보급분의 수소를 만들기 위해 언제나처럼 한번 회전해서 곤봉이 치근을 붙인 다음에 날아가는 사이에 다시 한번 돌았다.

아주 완만한 바람이 용병의 모자의 위에 펼쳐지는 깃털 장식 쪽으로 '돌출봉'을 가게 했다. 밸브가 마침 좋은 때에 열려서 '돌출봉'은 착륙하면서 퐈리쇠의 분리에 의해 물고 있던 수확물을 낙하시켜 아주 붉은 치근이 묘사하고 있는 깃털 장식의 정중앙의 부분에 비하면 색이 미묘하게 엷은 가장자리의, 엷은 분홍색의 부분을 이렇게 해서 완성시켰다. 손잡이는 높이가 같은 세 개의 산호색의 이빨에 의해 지탱되고 있었으므로 안쪽의 연장용 다리는 하나도 쓸 필요가 없었다.

거의 바로 렌즈가 상승력을 만들어내기 위한 새로운 조작을 진행해 이어서 다시 한번 4분의 1만큼 회전했다. 이 회전은 언제나 반드시 시계의 침이 정한 방향을 향해서 행해진다.

곤봉은 아까까지의 비행의 축선에 따라 똑바로 날아서 밸브의 덕택에 진주보다도 하얀 멋진 이빨 위에 내려앉았다. 칸트렐의 말에 따르면 이 이빨은 어떤 매력적인 미국여성의 빛나는 치열의 일부를 이루고 있는 것이었다고 한다.

퐈리쇠가 접근해서 자력이 생기는 순간 흐름이 빠른 구름이 태양의 원 전체를 숨기고 공기의 층 안에 여러 변동을 가져오게 되어 새로운 바람이 불기 시작했다.

렌즈는 회전해서 다시 활동의 위치로 돌아갔다.

구름의 베일의 통과는 칸트렐이 처음부터 알고 있었기 때문에 그것에 관계가 있는 크로노미터의 접속은 당연히 원래부터 조정되어 있었다. 렌즈는 구름을 신경 쓰지 않고 빛을 모으기 위한 위치를 계속 잡고 있었는데 그 시간은 태양에 전혀 구름이 걸리지 않고 필요한 수소를 생기게 하는데 몇 초면 충분했던 앞의 두 번과는 달리 아주 길었다.

부양하기 위한 조작이 끝나자 '돌출봉'은 소리도 없이 날아올라 풍향이 변함에 따라 용병의 꿈속의 비둘기를 목표로 정하고 날개의 끝부분의 적당한 곳에 유백색의 이빨을 공급했다. 이번에는 크로노미터에 따라 손잡이 하나의 내부의 연장용 발이 비행이 끝날 무렵 그 둥그런 끝부분으로 착지하기 위해 천천히 내려왔다. 다른 손잡이는 보다 높은 같은 수평면에 놓여 있는 두 개의 이빨을 발판으로 삼고 있었기에 이 연장용 다리 덕택에 균형을 잡을 수가 있었다.

밸브 때문에 공기가 빠져 있었던 경기구는 렌즈가 일정 기간 작용한 덕택으로 다시 수소의 공급을 받아 부풀어 올랐다. 그리고 연장용 발의 침이 자동적으로 손잡이 안으로 돌아가는 사이 같은 방향을 계속 유지하면서 멀리에 있는, 아주 모양이 좋은 파란 이빨을 잡으러 갔다. 이 이빨은 제2제정의 연대기에 의하면 카스틸리오네 백작 부인[피렌체 출신으로 이탈리아의 정치가 카부르의 부탁을 받고 나폴레옹 3세에게 접근했던 미녀-옮긴이]의 치열의 아름다움을 손상하고 이 절세의 미녀의 유일한 약점으로 꼽혔던 그 이빨과 꼭 닮은 것이었다.

그 순간 걸려 있던 구름이 빠른 속도로 지나가버림에 따라 태양은 다시 그 빛과 열의 모든 것을 되찾았다.

태양이 다시 나타났기 때문에 일시적인 흐림으로 생긴 역방향의 바람이 잦아들고 미풍이 전과 거의 같은 방향으로 다시 불기 시작했다.

렌즈는 이 떠도는 기계의 비행을 촉진시키는데 긴 노력을 하지 않고도 일을 마쳤다. '돌출봉'은 용병의 승마용 바지까지 우아하게 한 번 비행한 다음 밸브의 작용에 의해 거기에 내려앉았다.

여기서는 손잡이의 착지점은 지면과 두께가 다른 울트라마린색의 두 개의 이빨로 고저에 차가 있었다. 그러나 미리 각각의 크로노미터가 작용해 두 개의 바늘이 내려왔기 때문에 지금으로는 긴 쪽이 접지하고 또 한쪽은 다른 쪽에 비해 작은 이빨 위에 앉았다.

새롭게 온 남색의 이빨은 정확히 필요한 장소에 낙하했다. 기구는 급히 보급을 받자마자 검고 커다랗고 추한 어금니까지 직선거리를 날아갔다. '돌출봉'은 그 이빨의 주위에 손잡이를 내려놓았지만 세 개의 손잡이에서는 얼마 전부터 전부 연장용 다리의 침이 모습을 감추고 있었다.

칸트렐은 자신의 기억에 의하면 다음 비행까지는 아직 상당히 시간이 필요할 것이라고 말하면서 천천히 발걸음을 광대한 정원의 다른 구역을 향해서 움직였다.

로쿠스 솔루스

제 3 장

목표로 칸트렐 선생이 선택한 것은 광장의 바깥 쪽에 서 있는 것으로 그 찬란한 빛 때문에 이제까지도 몇 번 멀리서부터 우리의 시선을 끌어당기던 일종의 거대한 다이아몬드였다.

높이 2 미터, 폭 3 미터의 타원형을 이루고 있는 이 놀라운 보석은 섬광이라고 해도 좋을 정도로 번쩍거리고 있는데 대낮에도 똑바로 쳐다보기도 힘들 정도로 빛나고 있었다. 그 비교적 작은 기반부가 아주 낮은 인공의 바위 안에 들어가 있어서 고정되어 있고 진짜 보석처럼 절단면이 재단되어 있으며 그 안에는 여러 가지 것들이 움직이고 있는 것 같았다. 가까이 다가가면 몇 몇 소절, 아르페지오, 위아래로 왔다 갔다하는 음계가 기묘하게 조합되어 묘한 음악이 들렸다.

아주 가까이 와서 보면 알수 있듯이 실제로는 다이아몬드처럼 보였던 것은 물을 채운 거대한 수조에 다름 아니었다. 그 물결치는 수조 안에는 명백히 무언가 특별한 성분이 포함되어 있었다. 빛을 방출하고 있는 것은 유리 면이 아니라 물이었기 때문에 그 빛은 물의 어느 부분에도 존재하는 것처럼 생각되었다.

절단면의 어딘가 한 지점에 시선을 두었다 약간 시선을 옮기면 수조의 내부를 전부 볼 수 있게 되어 있다.

한 가운데에는 살색의 타이스를 입은 젊고 우아한 여성이 바닥에 서서 완전히 물에 잠긴 채로 조용히 머리를 좌우로 흔들면서 아름답고 매력적인 몸짓을 해보이고 있었다.

그녀는 입술에 밝은 미소를 띠고 있는데 전신이 액체 속에 있음에도 불구하고 아주 쉽게 호흡을 하는 것처럼 보였다.

제 3장

물속에 펼쳐진 그 블론드의 멋진 머리는 위로 올라가려고 하고 있었지만 수면까지는 닿지 않았다. 머리카락 하나 하나가 물의 덮개에 의해 덮여 있는 것 같아서 약간만 움직여도 물과 맞부딪쳐 진동을 전달했다. 이처럼 현絃이 된 머리카락은 그 길이에 따라 높낮이가 여러 가지인 소리를 내는 것이다. 이 현상이 다이아몬드에 다가감에 따라 우리가 들었던 그 멋진 음악의 정체였다. 이 여성은 머리를 흔들 때의 강력함과 속도에 여러 가지 변화를 주는 것에 의해 음악을 의도한대로 만들어내는 것이었고 솜씨 있게 크레센도와 디미누엔도를 조절했다. 음계, 소절, 아르페지오는 풍부한 선율을 내면서 어떤 때는 높게, 어떤 때는 낮게 적어도 세 옥타브의 범위 내에서 음악을 빚어내고 있었다. 때로는 연주자는 머리를 가볍게, 살짝 흔들기만 해서 아주 한정된 음역에 자신을 가두기도 했다. 그리고서 상반신에 커다랗고 끊임없는 회전운동을 주기 위해 허리를 흔들어서 이 기묘한 악기가 갖는 가능성 전체를 사용해 음악에 최대한의 폭과 울림을 주려고 했다.

이 이상한 반주는 어딘가 고민하는 물의 정령을 연상시키는 여자의 아름다운 포즈와 더할 나위 없이 일치하는 것이었다. 소리가 물속에서 퍼져나가기 때문에 음색에는 독특한 맛이 있었다.

간혹 깜짝 놀랄만한 동물이 한 마리 그녀의 앞을 지나 경쾌하게 헤엄을 치면서 거대한 수조 안을 돌아다니고 있었다. 발톱이 달린 네 개의 다리를 가지고 있다는 점에서 명백히 지상에 사는 동물이었다. 털 하나 없는 그 분홍색의 피부는 참으로 인상적이어서 보는 사람을 당혹하게 했다. 하지만 눈을 보면 그것이 어떤 동물인지 확실히 알 수 있었다. 그것은 의심할 여지없이 고양이의 눈이었기 때문이다.

오른쪽에는 얄팍한 어떤 것이 실에 매달린 채 50 센티 정도의 깊이에서 떠다니고 있었다. 이것은 인간의 얼굴에서 뼈, 살, 피부의 모든 것을 제거한 후에 남은 것이었다. 뇌는 그 안에서 근육과 신경이 복잡한 그물망을 사방 팔방으로 전해주고 있었다. 그 구석 구석을 받쳐주는 것은 거의 눈에 보이지 않는, 가는 골조로서 그 덕택에 전체는 원형을 유지하고 있었고 신경과 혈관의 묶음을 보기만 해도 뺨과 입과 눈의 장소를 정확히 구분할 수가 있었다. 각각의 섬유는 물의 정령의 머리를 둘러싸고 있던 덮개를 연상케 하는, 하지만 더 두꺼운 물의 피막에 의해 둘러싸여져 있었다. 세 개로 나뉘어진 실의 끝이 뇌의 바로 아래의 골조 주위에 연결되어서 전체를 지탱하고 있었다.

안을 들여다보면서 오른쪽으로 돌아가면 물속에 움직이지 않고 서 있는, 완전히 수직의 기둥이 보였다.

커다란 수조의 바닥에는 끝이 뾰족한 긴 금속제의 나팔 모양의 것이 몇 개 구멍이 뚫린 채로 가라앉아 있었다.

칸트렐이 말한대로 왼쪽으로 돌아 다른 절단면 앞에 선 우리는 인형 비슷한 어떤 것들이 물 속을 똑바로 올라가다가 아직 수면에 닿기 전에 다시 밑으로 가라앉고, 그리고 잠시 쉰 다음에 다시 상승하는 것을 보았는데 이것들은 혼자이기도 하고 둘이기도 하다가 때로는 무리를 짓기도 했다.

칸트렐 선생은 처음에 짝을 이루고 있는 두 명을 가르키면서 이렇게 설명했다.

제 3장

"알렉산더 대왕을 암살할 목적으로 훈련을 받은 거대한 새가 왕을 목졸라 죽이려고 하는 것을 용사 비를라스가 막고 있는 순간입니다."

눈앞에 있는 것은 하나의 드라마 전체를 떠오르게 하는 것이었다. 자기 몸에 다가오는 비극을 눈치채지 못한 영웅은 동양풍의 호사스러운 소파에서 잠에 빠져 있다. 한쪽은 베개에 가까운 벽에 고정된 금실이 그의 목 주위에 매어져 있었고 다른 쪽은 녹색의 거대한 새의 다리에 매어져 있어서 새가 날개를 펴서 명령을 받은 방향으로 실을 끌어 당기면 그를 목졸라 죽일 것 같은 형국이었다. 구원자인 튼튼한 근육을 가진 용사는 선 채로 두 손을 뻗어서 그 새를 잡으려 하고 있었다. 아무래도 상당히 단단한 실이 아까와는 달리 이제는 아래에서 공중에 머물고 있는 새를 지탱하고 있는 것 같았다.

장면 전체가 물의 위쪽 방향으로 올라갔다. 표면에 가까운 곳에서 커다란 물거품이 갑자기 금실이 매어져 있는 벽의 윗부분에서 나왔다. 거품의 발생은 내부의 메카니즘을 미묘하게 시동시키는 것 같았다. 즉 다음과 같은 몇 개의 움직임이 생겼다. 새는 날개짓을 하면서 날아갔고 실의 매인 부분은 왕의 목을 졸랐으며 한편 용사는 이제는 손에 닿는 곳에 있는 새를 잡으려고 두 손을 내밀었다. 새의 비상은 원인이 아니라 결과였고 실이 혼자서 되감기면서 새를 받치고 있는 쪽의 실을 조금 늘려주었기 때문에 생긴 일이었다.

거품이 나오자 하강이 시작되었다. 그 사이에 용사는 두 손을 좌우로 열었고 실은 다시 느슨해지면서 새를 원래의 위치로 되돌렸다. 일단 바닥에 도달하자 전체는 잠시 가만히 있다가 새롭게 상승을 시작했다. 이 상승도 전과 같은 높이에 도달하면 거품이 나오면서 이미 앞에서 본 동작을 반복하면서 끝난다.

"이마에 불에 데인 무시무시한 자국을 가진 빌라도입니다." 칸트렐은 수면에 수직으로 떠오르고 있는 다른 인형을 가리키면서 말했다.

거기에는 선 채로 고뇌로 일그러진 얼굴로 두 손을 올리면서 불안과 공포의 표정을 지으며 반쯤 눈을 감은 빌라도의 모습이 있었다. 맨 위에 올라가게 되면 기포가 후두부의 주변에서 나와 그것과 동시에 아마도 머리 속에 부착된 전구에 의한 것이라 추정되는 빛에 의해서 어떤 모양이 빌라도의 이마에 번쩍이면서 나타났다. 그것은 화염의 선만을 사용해 그려진, 죽어가는 그리스도상이었다. 칸트렐은 성스러운 십자가 아래에 한쪽은 성모가, 다른 쪽엔 막달라 마리아가 경건하게 무릎 꿇고 있는 모습을, 그리고 두 사람의 옷의 틈이 백열의 선에 의해 빌라도의 눈썹 위에 그려지고 있는 모습을 우리에게 보여주었다.

인형이 천천히 내려가고 있는 사이에 그 빛의 그림은 사라졌지만 그것은 다음의 상승 시에 다시 불타오르기 위한 것이었다.

칸트렐은 인지 손가락으로 다른 인형을 가리키면서 다음과 같이 짧게 설명했다.

"질베르가 발벡[시리아의 고대도시, 옛날 이름은 헬리오폴리스-

제 3장

옮긴이]의 폐허에서 위대한 시인 미시르의 유명한 시스트람[고대 이집트에서 제례에 쓰이던 타악기-옮긴이]을 연주하고 있는 것입니다."

질베르는 열광적인 표정을 하면서 아주 오래된 건물의 잔해 같아 보이는 돌의 산을 오르고 있었다. 그리고 다섯 개의 방망이를 갖춘 시스트람을 오른 손에 들어 자랑스럽게 높이 올리고 무언가를 말하려는 듯이 입을 열고 있었다.

인형이 다 올라왔을 때 오른쪽 어깨에서 나온 중간 크기의 거품은 이번에는 올라간 팔을 움직였다. 팔은 마치 진동을 하게 하는 것처럼 시스트람을 즐겁게 연주하고 있었다.

"자기를 엿보고 있는 세 남자의 눈에 피의 땀이 더 많이 나오는 것처럼 보이려고 침대 속에 숨겨놓은 칼을 사용해 자기 몸에 일부러 상처를 내고 있는 난장이 피치기니입니다."

칸트렐의 이러한 설명은 지금 수조의 바닥에 가라앉아 움직이지 않고 있는 한 집단에 대해 말한 것이다.

잘 보이는 장소에 약간 난쟁이 차림의 인물이 그 몸 크기에 맞는 요람 속에서 턱까지 시트를 덮고 자고 있었다. 그의 몸에 무슨 일이 생기지 않을까 하고 주의깊게 쳐다보는 세 명의 남자 쪽을 쳐다보는 그 눈은 생생하면서도 교활한 표정을 짓고 있었다. 이윽고 전체는 보다 높은 곳을 향해 가볍게 상승하기 시작했다. 그리고 어느 순간이 오자 베개의 정수리 부분의 구석에 생긴 사람 눈에 띄지 않는 구멍에서 커다란 거품이 나오자마자 메카니즘이 시동하기 시작하면서 놀라운 결과가 생겼다. 아주 작은 피의 땀이 난쟁이의 추악한 얼굴에 구슬 모양으로 떠오르는 것에 비해 시트 쪽에는 엄청난 출혈을 하기라도 한 것처럼 커다란 핏자국이 새겨지게 된 것이다. 이 붉은 색은 엷은 쪽이나 진한 쪽이나 곳곳에 있는 작은 구멍에서 작은 거품이 갑자기 나오는 바람에 생긴 것들이다. 이 네 명이 출발점이었던 바닥으로 돌아가는 사이에 담홍색의 분말은 완전히 녹아서 물에는 조금도 흔적을 남기지 않았다.

"아틀라스[그리스 신화에서 하늘을 지탱한다고 하는 거인-옮긴이]가 잠시 천구天球를 어깨에서 내려 놓은 다음에 화가 나서 산양자리를 발로 걷어차고 있는 것입니다."

다른 잠수인형이 떠오르는 도중에 우리의 시선의 표적이 되었는데 이에 대해 칸트렐은 자세히 설명해주었다. 이쪽으로 등을 돌린 아틀라스는 무릎을 구부려 차려고 하는 다리의 안쪽을 보이면서 빛나는 천구를 쳐다보려 머리를 돌리는 순간이었다. 그의 뒤에 떨어져 있는 천구에는 엄청나게 많은 작은 별들이 빛나고 있었는데 그것들은 어느 것이나 브릴리언트 컷의 다이아몬드로 만들어진 것으로 천구에서의 실제 위치대로 배열되어 있고 거의 눈에 보이지 않는 은실의 그물로 연결되어 있었다. 수면 가까이에 오면 그 머리의 정수리 부분에서 수 센티 입방의 공기가 분출되면서 아틀라스는 산양자리를 발목으로 걷어차서 별의 위치를 이동시킴으로서 천체기술학의 작지만, 유일한 오류를 수정했다. 하강을 하게 되면 걷어찬 발은 원래의 위치로 돌아오고 오류는 다시 나타난다.

칸트렐은 가라앉는 아틀라스의 바로 뒤를 쫓는 삼인조를 지칭해서 다음과 같이 짧게 말했다. "도취해서 기도하는 젊은 여자를 보고 순간적으로 자신의 무신론을 의심하는 볼테르입니다."

산책의 동반자인 팔을 확실히 잡은 채로 곤혹스러워 하는 옆모습을 보이고 있는 볼테르가 몇 걸음 떨어진 곳에서 하늘에 얼굴을 향한 채로 무릎을 꿇고 열심히 기도하는 젊은 여자를 불안한 듯이 쳐다보고 있었다. 다 가라앉아 수조의 단단한 바닥에 기대서 잠시 휴식을 취한 다음 이 소품은 조용히 다시 상승하기 시작했다. 위에까지 오게 되면 이 기묘한 승천은 Dubito['의심한다'는 뜻-옮긴이]라는 라틴어로 끝을 알린다. 이 단어의 여섯 글자는 볼테르의 입술에서 나오는 많은 거품에 의해 완전히 정자체로 그려졌다.

"어머니의 팔에 안긴 생후 5개월의 리하르트 바그너가 어느 사기꾼에게 특이한 예언을 하게끔 하는 순간입니다."

수중예술의 마지막 작품으로 이동하면서 칸트렐 선생이 말했다.

거기에서는 왼쪽 팔에 갓난아이를 안은 한 여자가 다른 쪽 손의 인지 손가락으로 사기꾼 같아 보이는 노인을 가리키고 있었다. 노인은 잉크통의 뚜껑이 열려 있는 잉크 스탠드가 놓여 있는 테이블의 위에서 그녀에게 흔한 줄 부스러기를 닮은 회색의 가루가 깔려 있는 바닥이 평평한 잔을 보여주고 있었다. 물의 표면 가까이에서 잉크통에서 한번 분출한 다량의 공기는 이번에는 여자의 손목에 움직임을 주어서 그 인지 손가락은 잔의 테두리를 세 번 날카롭게 두드렸다. 그러자 줄 부스러기가 안으로 푹 들어가면서 파인 곳이 만들어졌고 그 움푹 파인 곳들은 물에 흔들리면서도 점차 명확한 모양을 만들게 되면서 충분히 읽을 수 있는 문자를 그려냈다.

로쿠스 솔루스

결국엔 미래의 〈파르지팔〉의 작가에 어울리는 '도둑맞다'라는 말을 그려내기에 이른다. 이 한 무리가 가장 깊은 곳에 돌아가는 사이에 줄 부스러기도 원래대로 평평하게 되는 것을 볼 수 있다. 이 뭉쳐져 있는 줄 부스러기는 사실 가짜였고 그것이 만들어내는 효과도 실제로는 눈속임에 지나지 않았다. 장치를 세 번에 걸쳐 조작해서 사실은 미리 문자를 만들어 내는 구멍을 준비해 두었기 때문이다.

이 일곱 개의 수중인형은 수직의 왕복운동을 제각각 행하고 있었기 때문에 일정한 순간에 있어 그것들은 각자 다른 높이를 차지하고 있었다.

잠수인형을 다 보여준 칸트렐은 이번에는 우리들을 조금 뒤로 물러서게 한 다음 수조의 윗부분을 가리켰다. 정가운데에 원형의 입구가 열려 있고 그 가장자리에는 테를 둘렀는데 마치 거대한 보석처럼 보이게 하려고 그 테에도 요철을 만든 부분, 수평하게 만든 부분이 있었다. 입구의 가까이에는 '소테른'[도수가 높은 화이트 와인임-옮긴이]이라고 쓰여진 라벨이 붙어 있는 화이트 와인의 병과 일곱 마리의 해마가 헤엄치고 있는 큰 항아리가 놓여 있었다. 각각의 해마의 가슴쪽의 돌출한 부분에는 긴 실이 통해 있어서 좌우 동일한 크기의 이 실은 아래로 내려가 하나가 되어서 얇은 금속제의 피복 안에 들어가 있었다. 이렇게 만들어진 얇은 일곱 개의 궤선[배농을 위해 피하로 통하는 얇은 털을 말함-옮긴이]은 각각 무지개의 일곱 색깔을 띠고 있다.

제 3장

산대가 항아리 곁에 놓여져 있었다.

칸트렐 선생은 붉은 색의 커다란 알약이 몇 개 들어있는 사탕 주머니를 꺼낸 다음 조심스럽게 입구를 열었다. 주머니 안에서 알약을 하나 꺼낸 다음 몇 걸음 걸은 다음에 거대한 다이아몬드의 입구에 그것을 교묘하게 집어넣었다. 다시 절단면 앞에 선 우리는 자주빛의 가벼운 구슬 같은 것이 물에 떨어져 천천히 가라앉는다고 생각했는데 갑자기 분홍색 피부의, 털이 없는 예의 동물이 그것을 받아먹는 것을 보았다. 칸트렐은 이 동물은 털이 완전히 빠진 진짜 고양이로 콩-덱-렌Khóng-děk-lèn이란 이름이라고 말했다. 아쿠아 미캉스aqua-micans-그는 우리 눈앞의 번쩍번쩍 빛나는 물을 이렇게 불렀다-는 특수한 산소화작용의 결과 여러 가지의 기묘한 특성을 갖추게 되었는데 특히 순수한 지상의 생물이 그 안에서 아무런 부자유를 느끼지 않으면서 호흡을 할 수 있다는 것이다. 그래서 머리를 휘날리면서 음악을 연주하는 여성-우리들은 칸트렐의 입에서 그녀가 무용수인 포스틴느에 다름 아니라는 걸 알게 되었다-도 고양이와 마찬가지로 물 속에 깊이 있음에도 전혀 문제가 없었던 것이다.

칸트렐 선생은 몸짓으로 우리의 시선을 오른쪽으로 향하게 한 다음 뇌만 남은, 즉 근육과 신경만으로 이루어진 인간의 머리를 가리키면서 그것이 당통[프랑스 혁명기의 유명한 정치가-옮긴이]의 머리의 현재 남은 부분이며 아주 오래전 여러 일이 있는 후에 그의 것이 되었다고 말했다. 섬유 하나 하나를 완전히 뒤덮고 있는 아쿠아 미캉스의 껍질이 전체를 강력하게 대전帶電시키고 있었다. 게다가 지금 이 순간에 칸트렐이 이야기하는 도중에 배경에서 흐르고 있는 선율이 담긴 진동을 일으키고 있는 것도 포스틴느의 머리를 감싸고 있는 바로 같은 껍질인 것이다.

    칸트렐은 아무 말도 하지 않은 채 콩-덱-렌에게 신호를 보냈다. 바닥까지 혼자 내려간 고양이는 그 끝이 수조의 벽면에 부착되어 있는 금속제의 나팔을 귀에까지 닿을 정도로 얼굴에 확실히 뒤집어썼다. 여기 저기 구멍이 뚫려 있어 안에서 밖을 내다볼 수 있는, 이 빛나는 보조기관을 부착한 다음 고양이는 당통의 머리를 향해 헤엄을 쳤다.

    그는 방금 전에 고양이가 먹었던 알약은 그 특수한 화학성분의 효과에 의해 고양이의 몸 전체를 아주 강력한 살아있는 배터리로 변화시키게 되고 그 전력은 이 나팔 속에 집중되어 그 끝이 도체에 살짝 닿기만 해도 전기가 흐르게 된다고 했다. 이미 잘 훈련을 받은 덕택에 콩-덱-렌은 그 이상한 마스크의 뾰족한 부분으로 당통의 뇌에 살짝 닿기만 하는 요령을 잘 알고 있었다. 그렇게 되면 아쿠아미캉스에 덮여서 이미 전기를 띠고 있는 뇌의 근육과 신경은 강력한 방전작용을 받아 예전에 습관적으로 하던 행위를 갑자기 생각이 나기라도 한 것처럼 하게 되는 것이다.

    목적한 장소에 도착하자 고양이는 금속제의 원추의 끝으로 눈 앞에 떠있는 뇌를 가볍게 건드렸다. 그러자 갑자기 뇌의 섬유가 놀랄만한 운동을 시작했다. 방금 전까지 정지해 있던 이 뇌가 다시 생명이 되돌아 오기라도 한 듯 했다. 어떤 종류의 근육이 없는 눈을 여기 저기에 향하게 하는 것처럼 보였고 다른 한편으로는 다른

제 3장

근육이 눈썹과 이마에 해당하는 부분을 올리거나 내리거나 했으며 찌푸리거나 풀어지거나 하기도 하는 등 주기적으로 움직이기 시작했다. 특히 입술의 근육이 놀랄 정도로 민첩하게 움직였는데 이것은 명백히 예전에 당통이 가지고 있던 연설의 재능에 유래하는 것이었다. 이쪽에 옆모습을 보이고 있던 콩-덱-렌은 헤엄치는 동작을 하면서 얼굴의 곁에 머물러 있었다. 그러나 우리들의 눈에서 얼굴을 숨기는 일은 전혀 하지 않았다. 가끔 나팔과 경뇌막의 접촉을 중단시키기도 했지만 곧 원래대로 돌려놓았다. 중단된 사이에 일단 정지했던 얼굴의 동작은 전류가 다시 흐르자 또 시작되었다. 고양이는 아주 신중히 조심스럽게 접촉했으므로 얼굴은 접촉되지 않는 때에도 실의 끝에 의해 약간 흔들리는 정도였다. 실의 다른 쪽 끝에는 흔한 고무의 흡반이 붙어 있어 커다란 보석의 투명한 천정에 붙도록 되어 있었다.

  칸트렐은 전에 비슷한 실험을 할 때 입의 근육의 움직임을 해석할 수 있도록 어느 정도 훈련을 했기 때문에 대연설가의 입술 부분이 발하는 문구를 그때마다 우리에게 가르쳐줄 수가 있었다. 그것은 애국의 정열에 넘치는 연설에서의 한 부분이었다. 과거에 대중들을 모아놓고 행했던 그 매력적인 웅변이 기억을 관장하는 뇌의 부분에서 떠올라서 자동적으로 예전에 얼굴이었던 것의 아래 부분에서 재생되었던 것이다. 얼굴의 근육의 강렬한 움직임은 역시 지나간 시대의 밑에서 되살아난, 의회활동 중의 잊기 어려운 몇 시간에 대한 기억의 잔재에서 생긴 것으로 당통의 추한 얼굴이 연단 위에서는 얼마나 표정이 풍부한 것이 되는가를 보여주었다.

로쿠스 솔루스

칸트렐이 한마디 뭐라고 명령하자 고양이는 얼굴에서 떨어졌고 머리는 갑자기 생기를 잃었다. 고양이는 그리고나서 앞다리를 사용해 원추형 용기를 벗었는데 용기는 이윽고 바닥으로 천천히 내려갔다.

우리들에게 움직이지 말라고 지시하면서 칸트렐은 거대한 다이아몬드의 주위를 일주하고 우리들의 반대쪽에 서있는, 니켈로 도금을 한 금속제의 발받침에 올라가서는 결국에는 원추의 입구를 내려보는 곳까지 올라갔다.

그는 산대를 사용해 해마를 한 마리씩 병에서 꺼내서 아쿠아미캉스에 옮겼다. 그러자 거기에 생각지도 않은 광경이 나타났다. 가슴의 좌우에 인공적으로 붙여진 두 개의 입의 테두리가 간혹 내부에서부터 밀려서 열리면 기포를 배출하고 그것이 다 끝나면 다시 닫혔다. 이 현상은 처음에는 천천히 정기적으로 반복되었지만 얼마 전부터 아주 빈번해졌다. 해마-칸트렐 선생이 해마라고 했기 때문에 우리는 그것이 해마라는 걸 알아볼 수 있었다-는 이 두 개의 배출구가 없으면 이 커다란 다이아몬드 안에서는 살 수가 없었던 것이다. 지상의 생물의 호흡에 맞도록 만들어진 빛나는 물이 필연적으로 수서동물에게 강제하게 되는 여분의 산소가 거기에서 나오고 있었던 것이다.

어떤 해마의 왼쪽에도 그들과 같은 색의 밀랍이 발라져 있었다.

칸트렐은 소테른의 병 뚜껑을 열고 안에 있는 것을 이 이상한 수조 안에 조금씩 부었다. 그런데 포도주는 조금도 섞이는 기색을 보이지 않고 아쿠아 미캉스에 닿자마자 단단해 지면서 바로 주위와 같은 마법 같은 빛을 띠게 되고 태양의 한 조각을 닮은 멋진 노란색의 덩어리로 변해버렸다. 해마들은 이 현상을 보자마자 자신들이 적당한 장소에 작은 원을 그리면서 모였고 그 원의 가운데에 위에서 내려오는 그 빛나는 덩어리를 받아서 자신의 몸의 평탄한 면을 사용해 하나의 커다란 덩어리로 만들었다. 칸트렐 선생은 밑에서 기다리는 해마의 무리에게 새로운 재료를 계속 내려 보냈다. 해마는 그걸 전혀 피하지 않으면서 전부 받아놓았다.

양에 대해 까다로운 그는 이윽고 충분하다고 판단되자 뚜껑을 연지 얼마 안되는 병을 커다란 항아리 곁에 두었다.

그때 해마들은 반경이 겨우 3 센티의 빛나는 노란색의 공을 안고 있었다. 몸으로 비비는 것에 뛰어난 이들은 이것을 이리저리 굴리면서 역시 밀랍을 바른 몸의 면만을 사용해 이것을 완전한 구체로 만들려고 애쓰고 있었다.

얼마 안되서 이들은 표면에서나, 안에서나 어디에도 붙여놓은 흔적이 없는, 완전히 균질한 구체를 만들어냈다. 그들은 그 구체를 갑자기 내려놓은 다음에 관선의 색이 정확히 무지개의 색과 일치하도록 옆으로 일렬로 늘어섰다.

구체는 그들의 배후에서 혼자서 내려갔다. 관선의 양끝의 높이까지 오자 구체는 자석처럼 7개의 짧은 금속의 덮개를 당겼다. 해마가 구체를 당겨서 움직이기 시작하자 전체의 갑작스러운 움직임에 구체의 무게가 이에 저항한 결과 이 연결이 수평으로 쫙 펴졌다.

로쿠스 솔루스

놀라움의 외침소리가 우리들의 입술에서 새어 나왔다. 전체가 아폴론의 마차[그리스 신화에서 태양 즉 아폴론은 마차를 타고 하늘을 달린 것으로 되어 있다-옮긴이]와 흡사한 것이 되어버렸기 때문이다. 구체 때문에 아쿠아 미캉스는 더욱 그 빛이 강화되었지만 실제로 그 노란 색의 반투명의 구체는 빛나는 광선에 의해 감싸져서 태양 그 자체였다.

수면에는 준마들의 가슴에서 배출된 무수한 거품이 끊임없이 떠올랐다가 사라졌다. 이윽고 그들은 가라앉은 채인 작은 원주의 주위를 돌기 시작했다. 관선이 더 뻗어 나가지 못하기 때문에 멋진 곡선을 그리면서 빛나는 구체와 접촉하고 있는 것은 금속제의 덮개의 끝부분뿐이었다. 일행은 왼쪽으로 나아가 당통과 포스틴느를 차례로 숨긴 다음 잠수인형이 머무는 장소를 돌았고 그후 오른쪽으로 방향을 바꾸어서 우리들 앞을 통과했다.

칸트렐은 이제 경주를 할 것이라고 선언하고 우리들을 향해 각자 걸고 싶은 말에 걸라고 말했다. 그 다음에는 해마-가공의 코스에의 원근에 따라 핸디캡이 부여되는 것으로 했다-에게는 일을 간단히 하기위해 이름 대신에 라틴어의 서수를 붙일 것이라고 했다. 즉 가장 유리한 보랏빛의 관선을 프리무스[라틴어로 '첫 번째'의 뜻-옮긴이]라고 이하 이것에 준한다는 것이다. 우리들은 자신들이 선택한 해마를 큰 소리로 말했지만 판돈은 거의 형식적인 수준의 소액으로 했다.

돌고 있던 한 무리가 완전히 일렬로 늘어서서 원주가 있는 곳에 오자 칸트렐은 코스의 길이를 미리 트랙을 3번 도는 것으로 정하고 착오가 없도록 팔을 사용해 커다란 제스츄어를 해보였다. 영리한 동물들은 이것을 바로 이해하고 세 개의 가슴 지느러미와 등 지느러미를 사용해 다투어서 빨리 달리려고 했다.

우아하게 턴을 한 후에 경쟁자들은 빠르게 왼쪽으로 돌진했다. 테르티우스[라틴어로 '세번째'의 뜻-옮긴이]가 선두를 달렸고 바로 뒤를 섹스투스[라틴어로 '여섯번째'-옮긴이], 프리무스, 퀸투스[라틴어로 '다섯번째'-옮긴이]가 달렸다. 처음의 정확한 일렬이 이제는 흐트러졌지만 관선은 어느 정도 탄력성을 가지고 있었기 때문에 크게 흔들리는 일은 없었고 구체의 쪽은 전혀 이러한 것에 의해 동요되지 않았다.

포스틴느는 변함없이 머리를 좌우로 휘날리면서 이 신화적인 말들의 레이스의 반주음악을 풍부한 멜로디로 연주해주고 있었다.

일행은 방금 이마가 빛나기 시작한 빌라도의 주위를 돈 다음 콰르투스[라틴어로 '네번째'-옮긴이]를 선두로 해서 우리 눈 앞을 휙 지나갔다.

기둥 주위를 흐르듯이 돈 다음에 일행이 전혀 움직임이 없는 당통의 얼굴을 숨겼을 때 바짝 뒤에서 쫓아오던 셉티무스[라틴어로 '일곱번째'-옮긴이]가 콰르투스를 제쳤다.

잠수인형이 너무 가까이 다가왔기 때문에 태양의 구체는 아틀라스가 정기적으로 걷어차는 천구에 살짝 스치기도 했다.

셉티무스에 건 사람들은 몇 번이나 만세를 외쳤다. 그후에도 셉티무스는 계속 우세를 유지하면서 기둥 주위를 계속 돌았다.

일곱 개의 가슴은 이제 수많은 거품을 뿜어내면서 경쟁의 흥분이 얼마나 호흡작용을 빠르게 하는가를 잘 보여주고 있었다. 기포 중 몇 개는 잠수인형의 주위를 돌 때 볼테르의 입술에서 나온 새로운 'Dubito'와 섞이기도 했다.

칸트렐은 사다리의 꼭대기에서 내려와 우리에게 돌아와 오른쪽의, 가운데에 아주 작은 원이 검은 색으로 그려져 있는 절단면의 앞에 위치를 잡았다. 그런 다음 세 걸음 뒤로 물러나 시커먼 작은 원주 안의, 이제는 결승점의 표지가 된 원주를 확실히 확인하기 위해 한쪽 눈을 감았다.

해마들은 직선 코스에 들어오자 경주의 끝이 가깝다는 것을 의식하고 있는 듯이 라스트 스퍼트를 했다. 세쿤두스[라틴어로 '두번째'-옮긴이]가 자신에게 건 사람들의 환호를 받으면서 갑자기 앞으로 나섰다. 칸트렐은 그것이 승자라고 선언하고 그 다음에 일단의 선수들을 향해 큰 소리로 시합이 종료되었다는 것을 알렸다. 선수들의 발걸음은 바로 행렬을 만들어 산책하는 것처럼 천천히 걷는 것으로 변했다.

격렬한 경주가 벌어지는 사이에 떨어져 있던 콩-덱-렌은 평정이 되돌아 온 것을 보고 빛나는 태양의 구체를 굴러다니는 공처럼 쫓아가기 시작했다. 고양이는 장난치는 아이가 놀 때처럼 자신의 발로 그 공을 가볍게 밀어내곤 했다.

우리들이 깊이 매혹되어 포스틴느에서 잠수인형으로, 해마들에서 장난을 좋아하는 고양이로 시선을 옮기고 있는 사이에 칸트렐은 다이아몬드와 그 내용물에 대해 우리들에게 다음과 같이 말했다.

제 3장

칸트렐은 어떤 특별한 물을 만들어내는 수단을 발견했다. 그 물 속에서는 때때로 반복되는, 아주 강력한 산소화작용 덕에 지상의 생물이라면 그것이 인간이든 동물이든 호흡작용을 중단하지 않고 완전히 물에 들어간 상태에서도 살 수 있다는 것이다.

그는 이 이상한 액체의 몇 가지 사용방법에 대해서 시도한 실험을 충분히 확인하기 위해 커다란 수조를 만들 생각을 했다.

이 문제의 물의 가장 큰 특징은 언뜻 보기에 그 놀랄만한 빛에 있었다. 아주 작은 몇 개의 물방울만으로도 눈이 부실 정도의 빛을 낼 뿐아니라 어두운 곳에서도 다른 곳에서 보기 드문 빛을 발했다. 칸트렐은 사람의 시선을 끌어들이는 이 특성을 더 강화하기위해 수조의 건설에 있어 많은 절단면을 갖는 독특한 형식을 사용했다. 그래서 그것은 한번 완성되어 눈부시게 빛나는 물을 집어넣자 거대한 다이아몬드와 흡사한 것이 되었다. 게다가 그는 저택 안의 가장 햇빛이 잘 비치는 곳에 이 빛나는 수조를 배치하고 그 가는 기반부를 거의 지면 수준에 있는 인공의 바위 속에 집어넣었다. 그래서 태양이 빛나기 시작하면 전체는 똑바로 쳐다보기 어려울 정도의 찬란한 섬광을 발하는 것이었다. 칸트렐이 아쿠아 미캉스라고 이름을 붙인 귀중한 물에 비가 떨어지는 일이 없도록 이 거대한 보석의 천정에 해당하는 부분에 설치된 둥그런 구멍에는 필요에 따라 금속제의 뚜껑을 덮기도 했다.

칸트렐 선생은 물의 정령의 역할을 해 줄 사람이 필요하다고 보았고 그래서 매력적이고 우아한 여성을 선택해야 한다고 생각해 그 상세한 항목을 정확히 기술한 편지를 보내 균형 잡힌 몸매에다 멋진 포즈로 평가를 받는 날씬한 무용수 포스틴느를 불러왔던 것이다.

살색의 타이스를 입고 배역에 맞추어 풍부하고 멋진 금발을 휘날리면서 포스틴느는 도금한 금속제로 장식한 발받침 위에 올라가 거기서 그 발광성發光性의 물에 들어갔다.

특수한 산화작용 때문에 물 속에서 쉽게 호흡할 수 있다는 것을 자신이 스스로 물에 들어가 실험도 했던 칸트렐이 강조했음에도 포스틴느는 좀처럼 안에 들어가지 못하고 수조의 돌출한 테두리 부분에 두 손을 걸친 채 결정적으로 안으로 들어가기 전에 몇 번이나 밖으로 머리를 내놓았다. 점점 더 깊게 들어가게 되기를 몇 번이나 시도한 끝에 결국 안심하고 그녀는 몸을 물 속에 잠기게 해서 수조의 바닥에 드디어 발이 닿았다.

수압으로 인해 몸이 아주 가벼워졌으므로 그녀는 여러 가지 포즈를 평소보다 더 아름답고 간단하게 해낼 수가 있었다. 그리고 그 사이 그녀의 진한 머리카락은 수면으로 떠오르려고 하면서 천천히 파도치듯이 움직였다.

산소의 흡입이 너무 쉬웠으므로 그녀는 점점 기분좋은 도취감을 느끼게 되었다. 그러다가 머리의 움직임에 따라 커지기도 하고 작아지기도 하는, 막연한 울림이 그녀의 머리에서 생겨났다. 조금 지나 그 이상한 음악은 보다 명확하고 확실히 들리게 되었다. 머리카락 한올 한올이 현처럼 진동하면서 포스틴느가 조금이라도 움직이면 전체는 에오리안 하프처럼 변화무쌍한 일련의 음을 울려주었던 것이다. 비단처럼 가는 금발이 그 길이에 따라 다른

제 3장

소리를 냈고 그 음역은 무려 3 옥타브 이상에 이르렀다.

반시간 후에 선생은 발받침 위에 올라가서 포스틴느가 다시 지상에 나오기 위해 수조의 꼭대기에 있는 그의 곁까지 올라오는 것을 그 목덜미를 한쪽 손으로 잡아주면서 도와주었다. 연주 중에 줄곧 그것을 듣고 있던 칸트렐은 음악을 들려주던 멋진 머리를 조사해보더니 머리카락 한올 한올이 수성의, 아주 가는 일종의 포피에 감싸여 있다는 것을 발견했다. 그것은 아쿠아 미캉스 안에 용해되어 있는 일종의 화학소금이 가늘게 부착된 결과였다. 이 거의 눈에 보이지 않는 피복의 존재에 의해 강력한 전기를 띤 머리 전체가 빛나는 물의 마찰을 받고서는 진동을 시작했던 것이다. 칸트렐이 전에부터 이걸 확인하고는 있었지만 물은 빛난다고 하는 놀라운 특성에 더해서 청각에 작용하는 힘도 가지고 있었던 것이다.

그때부터 칸트렐은 이러한 현상이 이미 그 자체로도 아주 대전帶電하기 쉬운 고양이의 털에 대해 어떠한 결과를 낼 것인가를 생각하게 된 것이다.

그는 콩-덱-렌['장난감'을 뜻하는 샴어-원주]이라는 이름을 가진, 아주 머리가 좋은, 하얀 수컷의 샴 고양이를 기르고 있었다. 그는 바로 고양이를 데리고 와서 수조 안에 집어넣었다.

콩-덱-렌은 평소와 같이 호흡하면서 조용히 잠수했다. 처음에는 조금 겁을 먹은 듯 했지만 곧 새로운 환경에 익숙해졌다. 그는 바닥에까지 도달하자 신기한 듯이 헤매듯이 걸었다. 조금 지나서는 평소보다 몸이 가볍다는 것을 느끼게 되었고 재미있다는 듯이 몇 번이나 크게 뛰어올랐다. 그는 갑자기 뛰어오른 다음에 발을 교묘하게 사용해 침강하는 속도를 느리게 하는 것이 서서히 가능해졌다. 이렇게 해서 그는 수영하는 법을 배우게 된 것인데 그걸 바로 익힐 수 있는 천성을 원래 갖고 있는 것이 아닌가 하는 생각이 들었다.

기대한 대로 그 털은 전기를 띠게 되었다. 털은 약간 똑바로 서면서 진동하기 시작했다. 하지만 털이 짧고 길이가 다 같았기 때문에 아주 약하고 신음소리에 닮은 소리밖에 나지 않았다. 한편 포스틴느의 머리에서는 보이지 않았던 새로운 현상으로서 외피가 대낮에도 충분히 보일 정도였고 물 자체의 빛남을 능가할 정도여서 거의 하얀 인광燐光에 덮여 있는 것 같았다. 푸르스름한 불꽃이 콩-덱-렌을 둘러싸고 있는 것처럼 보였지만 그것이 고양이로 하여금 걱정을 갖게 하지도 않았고 이제는 아주 익숙해진 그의 수영을 방해하지도 않았다.

피하기 어려운 일이긴 했는데 물의 강력한 산소화작용으로 고양이가 과도하게 흥분에 빠진 것이 아닌가 생각되어서 칸트렐은 실험을 그만두려고 발받침 위에 올라가 콩-덱-렌을 불렀다. 고양이는 수면까지 헤엄쳐 올라왔다. 그는 고양이의 목덜미를 잡아 들어 올린 다음 밑으로 내려와 땅에 그를 내려놓았다. 하지만 이 짧은 사이에 털 하나 하나가 수성의 피복막에 쌓여있는 하얀 털에 손을 대는 바람에 강력한 방전에 의해 충격을 받게 되었다.

아직 몸에 고통을 느끼면서도 칸트렐은 어떤 아이디어가 떠올랐다. 그것은 직접적으로는 격렬한 쇼크 자체에서 생긴 것이지만 그 주변의 기이한 사실에도 바탕을 둔 것이다.

제 3장

그의 고조 할아버지인 필리베르 칸트렐은 아르시스 쉬르 오브라는 작은 마을에서 비슷한 시기에 태어난 당통과 형제와 다름없이 지내면서 성장했다고 한다. 그 후 정치가로서 빛나는 경력을 쌓으면서도 당통은 이 어린 시절의 친구를 잊지 않았다. 한편 친구인 필리베르는 금융쪽으로 진출해 파리에서 활동했는데 겉으로 이름이 널리 알려지는 걸 원하지 않았고 특히 유명한 민중정치가의 둘도 없는 친구로서 알려지는 것을 피하려 애썼다.

당통이 사형선고를 받았을 때 그는 어떻게 해서 그를 면회하게 되었고 그의 마지막 소원을 들었다.

당통은 적들이 그의 유해를 누구의 것인지 알 수 없도록 공동묘지에 버릴 것이라는 걸 풍문을 통해 들었는데 힘든 일인 것은 알지만 그의 목만은 무슨 수를 써서라도 손에 넣어달라고 신뢰하는 벗에게 부탁했다.

얼마 후 필리베르는 감옥에 있는 벗의 바람을 들어주려고 사형집행인 상송을 만나러 갔다.

그 유명한 웅변가의 열광적인 찬미자였던 상송은 아주 특수한 경우이므로 이번엔 자신이 지켜야 할 직무를 위반할 것이라고 말했다. 그리고 다음과 같은 지시를 필리베르에게 하면서 당통에게 전해달라고 부탁했다. 당통이 즉흥적으로 연설을 한다면 누구도 놀라지 않을 것이므로 열변을 토하면서 마지막 순간까지 그의 얼굴의 추함을 구실로 삼아 자신의 목을 민중들에게 보여주라고 상송에게 애원하도록 하라는 것이다. 단두대의 칼이 떨어진 다음에 상송은 그 요청에 따라 피투성이의 목을 바구니에서 꺼내 잠시나마 군중들이 볼 수 있도록 한다는 것이다. 그리고 그 목을 다시 바구니에 넣으면서 바로 옆에 있는 칼을 닦는 헝겊과 칼 가는 도구와 긴급용의 수리도구가 들어있는 두 번째 바구니에 넣는다는 것이다. 이 두 개의 바구니를 평소보다 더 가깝게 놓아두면 이 트릭을 누가 눈치챌 염려는 없을 것이라는 것이다.

만나러 간 보람이 있었다고 기뻐하면서 필리베르는 다시 당통에게 가서 사형집행인이 권고한 바를 알려주었다.

그때 당통은 다음과 같은 감동적인 소원을 말했다. 만약 책략이 성공한다면 그의 목에 방부처리를 해서 죽음의 위험을 두려워하지 않은 영웅적 헌신의 유물로서 어린 시절 친구의 집에서 대대손손 전해졌으면 좋겠다고 하는 것이다. 필리베르는 당통에게 그의 바람이 그대로 실현되도록 하겠다고 약속하고 눈물을 흘리면서 영원의 작별을 고했다. 형 집행이 곧 다가오기 때문이다.

다음날 단두대의 칼날 아래에 목을 내놓기 전에 당통은 원래 지시를 받은 대로 상송을 향해 "민중에게 나의 목을 보여주기 바란다. 내 목에 그 정도의 가치는 있을 터이니까"라는 그 유명한 문구를 말했다. 그 직후에 칼날이 그 직무를 마치자 상송은 바구니에서 목을 꺼내서는 전율에 떨고 있는 군중들에게 보여주었다. 그 다음에는 그것을 손에서 내려놓을 때 원래 바구니의 바로 곁에 있는 도구를 넣어놓는 바구니에 떨어뜨리기 위해 그 목을 약간 기울어서 던지기만 하면 되었다. 웅성거리는 군중들의 맨 앞줄에 있던 필리베르만이 사정을 알고 있어서 주의 깊게 보고 있었기 때문에 트릭을 눈치챌 수 있었다.

제 3 장

그날 밤 바로 필리베르는 상송의 집에 갔다. 그는 귀중한 목을 의심을 받는 일이 없이 쉽게 가져갈 수 있도록 평범한 보자기에 싼 상태로 넘겨주었다.

집에 돌아오자 필리베르는 비밀이 알려지는 위험을 겪지 않으면서 방부처리를 할 수 있는 방법이 없을까 찾았다.

전문가에게 일을 맡기면 당통이 꽤 얼굴이 알려진 사람이어서 곧 알려질 것이 뻔한 일이었으므로 그는 모든 것을 자신이 직접 하기로 하고 그 목적을 위해 방부처치에 대해 써놓은 책을 몇 권 사서는 가능한 한 열심히 읽었다.

가장 널리 사용되는 방법을 알게 되자 그는 보존을 확실히 하기 위해 그 목을 몇 번이나 화학액에 집어넣어서, 모든 종류의 조치를 시도해보았다.

그 이후 위대한 애국자의 소원대로 이 기괴한 유물은 5세대에 걸쳐서 잘 보관되어서 칸트렐 집안에 전해지게 된 것이다.

그러나 필리베르는 방부조치의 전문가로는 너무 부족한 점이 많아 보관에 있어 문제가 있었던 것 같다. 왜냐하면 부패가 조직을 점점 침식하기 시작했기 때문이다. 뇌와 얼굴의 섬유만은 그런대로 살아남아 살과 피부가 거의 남지 않게 된 와중에도, 백년 가까이 지난 다음에도 큰 손실이 없는 상태로 남아있는 것이다.

이 뇌의 섬유의 조성에 별 문제가 없다는 것을 알자 칸트렐은 탐구심을 발동해서 전기를 사용하는 방법을 여러 가지 시도해서 전체에 무언가 반사운동을 일으키게 하려고 오랜 기간 노력해왔다. 성공하기만 하면 아주 오래전에 죽은 사람을 대상으로 하고 있다는 점에서도, 그가 수행한 역사상의 역할의 중요성이라는 점에서도 굉장한 흥미를 끌게 될 것임에는 틀림없었다.

하지만 그의 시도는 아직 결말을 맺지 못하고 있었다.

그런데 젖은 고양이를 손을 댄 것만으로 강렬한 쇼크를 받으면서 칸트렐은 다이아몬드의 빛을 내는 물 속에 오랫동안 넣어둔다면 문제의 목에 강력한 전기를 띠게 하는 것이 가능할 것이고 무언가 전류의 일시적인 작용에 의해 바라는 대로의 반사작용을 일으키게 될지도 모른다고 생각했다.

그는 전설의 목에서 세심하게 뇌, 근육, 신경을 따로 따로 추출하고 뼈의 부분은 모두 쓸모없는 것으로 제쳐둔 다음 가벼운, 불량도체의 소재를 사용해 부드러운 머리 전체를 원형 그대로의 모습으로 지탱해줄 그럴듯한 틀을 만들어냈다.

전체는 압축 공기를 넣은 가는 케이블의 끝에 묶인 상태로 빛나는 물 속에 잠수했다. 케이블의 끝은 나뉘어져서 뇌의 아래의, 골조의 바깥의 세 개의 점에 연결되어 있었다.

거의 하루동안 기다려본 결과 아주 작은 섬유까지 포스틴느의 머리와 콩-덱-렌의 털에 붙은 것과 같지만 보다 두꺼운, 수성의 외피外皮에 의해 덮이게 되었다.

칸트렐은 이 기묘한 물건을 꺼내 실험실에 가져가서 강력하게 전기를 띠게 해보았다. 그러자 예전에 아래 입술을 움직이게 했던 신경 속에 약간의 움직임이 나타나게 되어 그를 기쁘게 했다.

그는 성공할 것이 틀림없다고 믿고 더 큰 성과를 얻기 위해 노력했지만 결국 잘 되지는 않았다. 장소를 바꾸어보자 반사운동은

제 3 장

얼굴의 여기저기에 있는지 없는지 알 수 없을 정도의 아주 작은 떨림 정도가 생길 뿐이었다.

칸트렐은 이 정도의 성공에는 만족하지 못하고 목을 빛나는 물 속에 넣은 다음에 전류를 보내는 방법을 시도했다. 이 놀랄만한 액체 속에 축적되어 있는 고전압의 방전은 섬유와 뇌를 완전히 둘러싸서 반드시 그것들의 자력磁力을 증가시킬 것이라고 생각했던 것이다.

그는 커다란 다이아몬드 속에 머리를 다시 집어넣고 자신은 발받침의 위에 올라가 수조의 테두리에 충전한 전지를 설치한 다음 뇌엽과 접촉하려고 전선을 아래로 내렸다.

결과는 이전의 것보다 훨씬 좋은 것으로 나타났다. 입술의 신경이 무언가 말을 하려는 듯한 움직임을 보였고 그 사이에 눈과 눈썹의 근육이 작지만 움직였다.

그는 흥분해서 몇 번이나 계속 실험을 반복했다. 가장 활발한 움직임이 나타나는 것은 언제나 구강 부분이었다. 일생에 걸쳐 당통의 주요한 특징이었던 그 놀랄만한 웅변의 탓인지 뇌는 어쨌든 일종의 습관성에서 자주 입술에 작용을 미치는 것 같았다.

시간이 지남에 따라 뇌세포의 이상한 집중 속에 잠재적인 에너지가 축적되어 있는 것을 알게 되자 칸트렐은 완전히 몰두해서 가능한 한 많은 결과를, 최고도로 끌어내려고 애를 썼다.

그러나 아무리 여러 전류를 시도해도, 사용하는 전지의 전력을 계속 증대시켜 보아도 쓸모가 없었다. 여전히 물에 잠겨 있는 뇌는 아쿠아 미캉스에서의 처음 실험 때 보여주었던, 눈의 떨림과 말을 하려고 하는 막연한 움직임 밖에 보여주지 않았다.

로쿠스 솔루스

그는 기이한 경과를 거쳐 자신의 것이 된 당통의 목이라는 이 귀중한 유물을 보다 충분히 이용할 수 있는 힘을 다른 곳에서 찾기 시작했다.

그때 동물자기動物磁氣에 대한 예전의 개인적인 연구가 머리에 떠올랐다. 그리고 그가 발명하고 스스로 에리트리트[erithryte. 혈관확장제-옮긴이]라고 이름붙였던 빨간 물질을 떠올렸다. 그것은 바늘의 머리 정도 크기의 것으로 먹게 되면 곳곳에 퍼져서 섬유란 섬유는 다 대전시켜서 피험자를 살아있는 전지로 만들어버리는 물질이었다. 체내에 축적된 모든 전기를 집중시키기 위해서는 소화흡수가 끝난 후 몇 개인가의 공기구멍이 뚫려 있는, 커다란 금속제의 원추형 용기의 나팔 모양의 부분을 피험자의 얼굴에 덮어 씌우기만 하면 충분했다. 그렇게 하면 곧 원추의 첨단은 닿기만 하면 전류를 일으키거나 모터를 작동시키는 것이 가능했다. 이 발명은 전혀 실용성이 없었기 때문에 그는 곧 이것을 포기해버렸지만 장래의 연구에 혹시 이용할 수 있을지도 모른다고 생각해서 에리트리트의 처방만은 남겨두었다.

실제로 동물자기는 인공에 의한 일종의 소생을 목적으로 하는, 반은 생물학적인 실험의 성공에는 아주 적합한 것이라고 생각되었다.

그러나 아직까지 아주 강력한 전지를 사용했음에도 안면에 아주 빈약한 반사운동밖에 만들어내지 못했다는 것을 생각하면 에리트리트의 복용량을 상당한 양으로 하지 않는 한 유효하게 작용하지 못할 것은 명백했다. 그런데 이 빨간 약의 과도한 복용은 중대한 위험을 일으킬 우려가 있었으므로 결국에는 실험은 동물을 사용하는 수밖에 없었다.

칸트렐은 콩-텍-렌이 아쿠아 미캉스 안에서 헤엄치는 법을 혼자서 배운 것을 떠올리고는 이 고양이의 영민함과 무언가를 금방 배우는 능력을 이용해보려고 생각했다. 하지만 무언가를 시도하기 전에 하얗고 두꺼운 털을 제거할 필요가 있었다. 그것은 너무 강한 대전성을 띠고 있었기 때문에 추구하는 목적에는 되려 방해가 되는 역전류를 발생시킬 것이 틀림없기 때문이다. 고양이의 온 몸에 아주 강력한 도료를 바른 다음에 고통을 주지 않으면서 털을 뿌리채 뽑았다. 그는 그 다음에 적당한 금속을 사용해 고양이의 얼굴에 딱 맞는 원추형 용기를 만들었다. 여기저기에 구멍을 뚫었는데 그것은 밖을 보게 하는 목적도 있었지만 동시에 원추에 아쿠아 미캉스가 들어왔다 나왔다 할 수 있도록 하는 것이었다. 이렇게 해두면 항상 새로운 산소가 돌 수 있기 때문이다.

그래서 분홍색의 기괴한 모습이 된 콩-텍-렌은 얼굴에 금속제의 원추형 용기를 쓴 채로 커다란 다이아몬드 안에 다시 들어갔다. 칸트렐은 아주 소량의 에리트리트조차 주지 않은 채로 원추의 끝으로 당통의 뇌에 가볍게 닿는 법을 참을성 있게 고양이이에게 훈련을 시켰다. 고양이는 무언가 자신이 해야 한다는 것을 깨닫고는 발을 이러저리 움직여 힘들이지 않고 물 속에서 뜬 채로 얼마 지나지 않아 가는 실에 매달린 목에 전혀 진자운동을 일으키지 않으면서도 접촉할 수가 있게 되었다. 선생은 또 앞발을 사용해 원추형 용기를 혼자서 떼낼 수 있게 했으며 수조의 바닥에서 그것을 주워 절단면의 안쪽의 첨단에 붙여 그것을 쓰는 방법도 가르쳐 주었다.

이처럼 여러 가지 성과를 얻은 후에 칸트렐은 필요량의 에리트리트를 조제했다. 그러나 이전처럼 이 물질을 아주 소량 나누는 대신에 그것으로 커다란 알약을 몇 개 만들었다. 따라서 복용량이 이전의 백배나 되는 것이어서 콩-덱-렌은 우려할만한 위험에 처하게 된 것이다. 그는 주의를 기울여 알약을 잘게 부수어서 처음에는 아주 소량을 주고 그 후 매일 양을 늘려서 고양이가 서서히 익숙해지도록 했다.

칸트렐은 고양이가 처음 알약을 한 알 먹었을 때 그를 빛나는 수조에 집어넣고 에리트리트가 효과를 발휘하도록 몇 분 정도 기다린 다음에 명령의 신호를 보냈다. 콩-덱-렌은 확실하게 훈련을 받았으므로 바로 바닥으로 내려가 원추형 용기를 뒤집어쓰고 그 다음에 당통의 뇌 쪽으로 헤엄쳐서 간 다음에 용기의 끝으로 살짝 그것에 접촉했다. 선생은 기대한 대로 일이 진행되는 것을 보고 기뻐했다. 원추에서 나오는 강력한 동물자기의 영향을 받아 얼굴의 근육은 떨리고 살이 없는 입술이 확실히 움직여서 많은 소리 없는 말을 힘차게 내뱉었다. 독순술을 사용해 칸트렐은 입술의 움직임에서 여러 가지 음절을 읽어내는데 성공했다. 그때 당통이 말하고 있는 것은 맥락도 없이 계속되는 것이고 그리고 때로는 이상할 정도로 집요하게 반복되는, 혼란스러운 연설의 단편이라는 것을 알게 되었다.

이러한 성공으로 크게 고무된 칸트렐은 여러 번 사이를 두고 실험을 반복해서 미리 물 속에 들어간 고양이가 적당히 투하된

제 3 장

에리트리트의 알약을 도중에 물 속에서 잡은 다음에 먹도록 훈련을 시켰다.

아쿠아 미캉스를 그밖에 다른 것에 이용할 수는 없을까 생각한 선생은 주위에 충만해있는 산소가 쌓이면서 생기는 포켓의 효과에 의해 수면까지 자동적으로 상승하고 그 후 가스의 갑작스러운 배출에 의해 바닥까지 내려가는 일련의 잠수인형을, 커다란 다이아몬드 안에 만들어 넣는 것에 생각이 미쳤다.

각각의 수중인형에 부착된 정교한 기계장치는 산소의 갑작스러운 유출에 의해 작동하며 어떤 움직임과 현상, 나아가서는 작은 거품의 문자가 기록하는 짧은 문구 등을 만들어낼 터였다.

칸트렐은 기억을 더듬어서 흥미를 자아내는 주제가 될만한 것들을 뽑아냈다.

1. 플라비우스 아리아노스[95-175. 그리스의 역사가-옮긴이]가 말하는 알렉산더 대왕의 어떤 모험. 기원전 331년 정복한 바빌로니아를 지나면서 알렉산더는 그곳의 총독인 세오디르가 갖고 있는 녹색의 날개를 가진, 크고 아름다운 새에 아주 감탄했다. 총독은 그것을 자기 방의 벽에 연결한 긴 금실로 다리를 매어 놓아 언제나 자기 곁에 있도록 해놓았다. 대왕은 이 이상한 새를 자신의 것으로 했지만 아스노리우스라는 그 이름은 새가 그 이름에 잘 반응을 하는 것 같아서 바꾸지 않았다. 아직 20세도 되지 않은 노예 구질이 이 새를 맡기로 되어서 그는 세심하게 주의를 기울여 관리할 것을 명령받았다. 그로부터 얼마 되지 않아 정복군이 수사[과거의

페르시아의 수도-옮긴이]에 머물고 있을 때 새는 알렉산더의 거실에 두었다. 그는 새의 멋진 날개가 방에 좋은 장식이 된다고 생각했던 것이다. 금실의 끝은 대왕의 침대에 가까운 벽에 묶여졌다. 그리고 아스노리우스는 그를 묶고 있는 실이 닿는 범위 안에서 종일 방안을 돌아다니다가 밤에는 주인에게서 몇 걸음 떨어지지 않는 곳에 있는 횃대 위에서 잤다.

그러나 새는 무감각하고 냉정했는데 그 빛나는 아름다움만을 이유로 그를 기르고 있는 대왕에 대해 친근감을 느끼지 못했던 것이다.

그 무렵 알렉산더 측근에 들어오는 것을 허락해준 페르시아의 수장들 중에는 브류세스라고 하는 사내가 있었다. 그는 복종의 맹세를 하긴 했지만 속으로는 새로운 주인을 깊게 증오하고 있었다.

브류세스는 애국심에 불타서 직접적으로 자신의 손을 사용하지는 않는 방식으로 알렉산더를 암살해 그 침략의 행보를 멈추게 할 생각으로 대왕의 시종 중의 한 사람을 매수하려고 생각했다. 그는 아스노리우스를 돌보는 것으로 해서 대왕의 방에 출입이 자유로운 구질이 적당하다고 생각해 만약 아시아의 압제자인 대왕이 죽게 된다면 그를 큰 부자로 만들어 주겠다고 젊은 노예에게 약속했다.

거래를 받아들인 후 구질은 자신의 몸은 위험에 빠뜨리지 않으면서 대왕으로부터 환심을 살 방법이 없을까 찾았다.

청년은 계속 아스노리우스를 돌보다 보니까 새가 아주 솔직하고 훈련에도 잘 따른다는 것을 알게 되었다. 그는 새에게 알렉산더

제 3장

대왕을 죽이게 할 훈련 계획을 생각해냈다. 이 수단을 쓰면 그 죽음의 책임은 누구에게도 떨어지지 않을 것이라고 보았다.

　대왕의 방에 혼자 있을 때에는 언제나 구질은 침대에 누워 아스노리우스가 부리를 이용해 다리에 묶여 있는 금실로 직접 매듭을 짓도록 훈련을 시켰다.

　잘 복종하는 새가 이 어려운 일을 해내자 노예는 여전히 누운 채로 몇 번이나 연습을 시켜서 그 매듭의 한쪽은 그의 목 위에, 다른 한쪽은 머리 위에 두어 얼굴을 실로 감을 수 있도록 훈련을 시켰다. 그 후에는 누워서 이리 저리 뒤척거리면서 가늘기 때문에 머리와 베개 사이로 쉽게 들어가게 되는 금실을 조금씩 목덜미 쪽으로 내리는 요령을 가르쳤다. 알렉산더 대왕은 잠버릇이 심한 것으로 유명한 인물이었기 때문에 일을 진행하는데 있어 이 사실은 아주 도움이 되는 것이었다.

　여기까지 가르친 다음에 구질은 자신이 목졸리지 않게 하려고 목 주위의 실을 양손으로 잡은 채로 새가 원하는 방향으로 날아오르면서 커다란 날개를 펼쳐서 전력으로 실을 잡아끄는 것이 가능하도록 훈련을 시켰다. 아스노리우스가 그 무서운 날개를 펼쳐서 날게 되면 그 힘은 상상 이상의 것이 될 것이므로 이 방법이 제대로 실행되면 대왕은 틀림없이 즉사하게 될 것이다. 거기다가 이 모든 것은 침묵 속에서 이루어질 것이므로 매일 밤 옆의 방에서 대왕이 휴식을 취하는 동안 불침번을 하는, 헌신적이고 무적의 호위병인 용사 비틀라스도 눈치를 채지 못할 것이다.

　구질은 바람에 맞설만한 강력한 날개를 가진 새가 결코

도망가지 못할 정도로 튼튼하게 묶여져 있는 것으로 보아 실의 힘에 대해서도 충분히 믿고 있었다.

    준비가 다 이루어지자 젊은 노예는 서둘러 계획을 실행에 옮겼다.

    누워서 잠 들어있는 인간을 보는 것이 아스노리우스에게 있어 행동에 옮기는 신호가 되도록 구질은 훈련의 초기부터 침대에서 누워있는 모습을 보여주었던 것이다. 이제까지 새가 자신에게 맡겨진 일을 가령 일부라도 실행에 옮긴 염려는 없었다. 새는 언제나 밤중에는 숙면을 취했기 때문이다. 예정된 날에 그는 소파 위에서 잠들어 있는 알렉산더를 보게 되면 새가 그동안 훈련을 받은대로 행동에 옮길 것임에 틀림없다고 생각하고 새에게는 약을 먹여서 밤중에 잠을 자지 못하게 했다.

    나중에 다 드러난 일이지만 모든 것은 구질의 예상대로 진행이 되었다. 왕이 처음에 졸기 시작할 때 아스노리우스는 교묘하게 매듭을 만들었고 그것을 자고 있는 왕의 머리에 걸은 다음 예상대로 날아올라서 강하게 실을 잡아당겼다. 그러나 왕은 그 순간에 격하게 몸부림을 치면서 무의식중에 손등으로 가까이에 있던 금속제의 잔을 쳤다. 매일 밤 왕을 위해 준비되어 있던 음료가 들어있는 이 잔은 이 충격으로 큰 소리를 냈던 것이다.

    곧 야간의 램프가 약한 빛을 내고 있는 옆방으로 달려온 비를라스는 머리가 온통 파란색이 되어 온몸으로 경련을 일으키면서 헤매고 있는 왕의 모습을 보았다. 그는 바로 아스노리우스를 덮쳐서 잡은 다음 그의 튼튼한 손가락으로 알렉산더의 목을 조르고 있던

제 3장

죽음의 매듭을 풀었던 것이다. 왕에 대해서는 바로 적절한 조치가 취해졌다.

조사한 결과 구질이 체포되었다. 이러한 복잡한 방법을 새에게 가르치는 것이 가능한 사람은 그밖에 없었기 때문이다.

노예는 심문을 받자 자백을 했고 암살의 주모자의 이름도 밝혔다. 그러나 브류세스는 살해계획의 실패를 알자마자 흔적을 감추어 어딘가로 사라져버렸다. 알렉산더의 명령에 의해 구질은 물론 장래 누구라도 자고 있는 인간의 몸에 위해를 가할 우려가 있다는 이유로 아스노리우스도 사형에 처해졌다.

2. 빌라도가 예수를 십자가에 못 박은 다음 생애에 걸쳐 사람의 마음을 진정시키고 수면으로 유도하는 어둠의 은혜를 맛보지 못한 채 무시무시한 고난을 겪어야만 했다는 성 요한의 단언.

이 복음서의 저자에 따르면 빌라도는 해가 저물면 이마에 무시무시한 화상의 고통을 느꼈다고 한다. 이것은 십자가의 그리스도의 좌우에 성모 마리아와 막달라 마리아가 무릎 꿇고 있는 모습을 보여주는 발광성의 인장에서 생긴 것으로 햇빛이 약해지면 더욱 악화된다. 그 윤곽은 서서히 발광하기 시작해 완전히 어두워지면 이 강렬한 인상을 주는 눈부시면서 기괴한 무늬는 태양빛을 받은 것처럼 보이는데 그 사이에 빌라도는 전혀 누그러지지 않는, 엄청난 화상에 흡사한 고통을 맛보는 것이다.

빌라도는 회한에 휩싸여 있었기 때문에 그 불타는 듯한 무늬를 정확히 의식하고 있었고 그래서 육체의 고통에다가 정신적 고통까지 더해지게 된다. 이마의 중앙을 점하고 있는 이 불타는 인장은 두 눈썹에까지 넓혀져서 한쪽 눈썹에는 막달라 마리아의 의상이, 다른 쪽에는 성모의 의상에 도달하고 있고 정확히 좌우대칭을 이루고 있었다.

그런 탓에 이 불행한 사내에게 남겨진 유일한 수단은 강력한 조명을 받는 것뿐이었다. 그렇게 하면 바로 발광성의 인장도, 화상의 고통도 사라져버리는 것이다.

그러나 이 영원한 밝음은 그 자체가 죽음의 고통이 되는 것으로 빌라도는 아주 잠깐 강렬하지만, 불충분한 안식을 맛보는 것 이상을 바랄 수가 없었다. 이 잠깐 동안의 휴식에 이마와 눈을 손으로 덮고 이 골치 아픈 이마의 빛으로부터 벗어나려고 하면 그때 바로 그림자가 생기기 때문에 불타오르는, 그 무시무시한 무늬가 돌아와서 다시금 날카로운 고통을 가져오게 된다.

낮 동안에도 이 저주받은 사내는 끊임없이 밝은 빛을 향하고 있어야만 했다. 간혹 방의 어두운 쪽으로 향하면 새빨간 각인이 바로 떠올라서는 누가 보아도 금방 알아볼 수 있는, 진정한 오욕汚辱의 무늬를 그에게 부과하는 것이다.

상황은 결국에는 견딜 수 없는 것이 되었다. 잠을 자지 못하고 번쩍이는 빛을 항상 쏘이고 있어야 하기 때문에 결국엔 눈이 상하게 된 빌라도는 잠깐이라도 깊은 어둠에 몸을 둘 수가 있다면 모든 것을 다 주어도 좋다고 생각했다. 하지만 저항하기 어려운 욕망에 져서 주위에 어둠을 만들어 놓으면 낙인은 다시 찬란한 섬광을 발하면서 빛나기 시작하고 타는 듯한 고통이 다시 돌아오기 때문에 그는 서둘러서 견디기 어려운 강한 조명에 도움을 청하지 않으면 안되게 된다.

신에게 버림받은 이 사내는 죽을 때까지 쉼 없이 이 치료할 방법이 없는 고통을 견뎌야만 했다.

3. 시인 질베르[1750-1780. 프랑스의 시인-옮긴이]가 그 저서 『동양의 꿈을 체험하다』 안에서 기록하고 있는 에피소드.

1778년에 질베르는 호사가다운 호기심에서, 그리고 예술적인 감흥을 찾기 위해서, 아랍어 공부에 오랫동안 몰두했고 그 이후 소아시아에 여행을 떠났다.

여기저기 유적과 여러 도시를 방문한 후에 그는 여행의 주목적이었던 발벡의 폐허에 도착했다.

그의 정신에 있어 이 유명한 죽음의 도시가 갖는 큰 매력은 위대한 풍자시인 미시르를 회상하게 한다는 데 있다. 그 일부가 우리나라에도 알려져 있는 그의 저작은 발벡이 번영의 정점에 있었을 때 그와 같은 시기에 나왔던 것이다.

그 자신도 풍자시인이었던 질베르는 미시르의 열렬한 찬미자로 당연하게도 그를 자신의 정신적인 조상이라고 생각하고 있었다.

도착하자마자 그는 전설에 따르면 미시르가 어느 정해진 날에 그의 낭독을 들으려고 온 경건한 군중을 앞에 두고 신작의 시를, 홀수 개의 시스트람의 울림으로 박자를 맞추면서 어딘가 노래하는 듯한 목소리로 읽었다는 광장에 안내를 받아 갔다.

질베르는 다른 곳에서 예를 볼 수가 없는 시스트람의 사용은 이 위대한 시인의 창의라고 보는, 민중들 사이에 널리 믿어지던 설에 대해 미시르의 연구자들이 서로 다른 설을 제시하면서 논쟁을 벌인 많은 문장들을 읽은 바가 있다. 어떤 사람은 문헌과 삽화에 실려 있는 고대의 시스트람은 어느 것이나 소리를 내는 금속의 방망이가 네 개 혹은 여섯 개라는 사실에 근거해서 그런 일은 있을 수 없다고 단언했다. 다른 사람들은 방망이가 홀수 개인 시스트람은 아직까지 출토된 적이 없다는 발굴상의 증거를 근거로 삼기도 했다. 한편 권위있는 사람들의 발언에 우선 경의를 표하기는 하면서도 미시르에게는 그 분야에서 유례가 없는 악기를 사용해 다른 이들과 다르게 하려는 의지가 있었음에 틀림없다고 하는 사람도 있었다.

떨어진 곳에서 기다리라고 안내인을 보낸 다음에 그는 자신이 스승으로 존경하는 과거의 시인의 위대한 그림자를 비추었을, 이 성스러운 장소에 대해 음미하려고 혼자 그곳에 남았다. 그리고 미시르의 발자취를 자신이 밟고 있다는 사실에 감동하면서 주위의 폐허 속에서 사람들이 넘쳐나던 고대의 대도시의 흔적을 되찾아보려고 했다.

해가 졌다. 질베르는 예전에 건물의 일부를 이루고 있었던, 이리저리 나뒹구는 돌 사이에 가만히 앉아서는 시간이 가는 것도 잊은 채 몽상에 빠져 있었다.

그가 자신의 마음을 사로잡은 그 장소를 겨우 떠날 결심을 한 것은 이미 밤이 다 된 후였다. 일어서려고 할 때 그의 눈 앞에 아주 가까운 곳에서 빛나는 것이 있었다. 그것은 땅 깊은 곳에 있는 어느

제 3 장

구멍에서 나오는 것 같은, 가늘고 움직이는 광선이었다.

질베르는 그것에 다가가서 이어서 부서진 궁전의 오래된 포석 위를 몇 걸음 걸었다. 그 움직이는 빛이 보이는 곳은 조금 떨어져 있는 두 개의 포석의 사이였다.

시인은 빛으로 인해 눈을 찡그리면서 안을 들여다 보았는데 그곳에는 넓은 홀이 있었다. 거기에는 처음 보는 두 남자가-그 중 한 사람은 램프를 들고 있었다-여러 진귀한 물품, 비단, 장식품 등이 쌓여 있는 사이를 걷고 있었다.

이 지방 사람인 이 두 남자의 이야기를 듣게 되면서 질베르는 이들이 벌이려고 하는 일이 무엇인지를 알게 되었다. 젊은 쪽은 그때까지 아무도 예상하지 못했던 지하의 장소를 뒤지다 여러 종류의 고대의 유물을 발견하게 된 것이다. 그것들은 들어오기가 쉽지 않기 때문에 안전한 장소가 되는 이곳에 다 모아놓게 된 것이다. 나이가 많은 쪽은 직업은 선원인데 앞으로 해마다 이 보물의 일부를 가지고 나가서 밤중에 마차에 실어 바다까지 가지고 간 다음 배에 싣고 해외로 나가 고가에 팔 생각을 하고 있었다. 이 두 사람은 이 보물을 공유하기로 하고 혹시라도 자기 나라의 다른 사람이 알게 되면 자기네 것이라고 요구할까봐 모든 것을 비밀리에 처리하고 나중에 이익을 나누기로 했다.

복도를 걸으면서 이 두 사내는 심야에 바다로 가지고 나갈 여러 가지 물품을 선택하고 있었다. 그리고 그 일이 끝나자 질베르로서는 장소도, 배치도 알 수 없는 출구로 나가버리고 말았다. 그는 폐허의 어느 지점에서 그들이 나타나지 않을까 하고 기다렸지만 결국

로쿠스 솔루스

보지는 못했다.

    이제 더 이상 아무 것도 들리는 것이 없게 되어 시인은 엄청난 호기심에 사로잡혀 자신의 아주 가까이에 쌓여있는 이 미지의 물건들을 한번 만져보고 누구보다 먼저 보고 싶다는 생각이 들게 되었다. 나온 지 얼마 안 되는 달빛이 떨어진 두 개의 포석을 비추고 있었다. 질베르는 포석의 한쪽에는 접합을 위해 시멘트를 전혀 사용하지 않았다는 것을 알게 되었다. 그는 틈을 찾아 두 손으로 그 무거운 돌을 들어 올려 옆으로 밀쳐놓는데 성공했다.

    돌 아래의 생긴 틈에다 손가락을 집어넣어 구멍을 크게 만든 다음 몸을 집어 넣었고 낙하 거리를 짧게 하기위해 두 팔을 넓게 벌리자 가볍게 아래로 내려갈 수가 있었다.

    달빛이 포석의 작은 구멍에서 스며들어왔다. 시인은 호기심에 찬 눈으로 흥분해서 이 매혹의 미술관 속에 모여진 보석, 직물, 악기, 조각상을 뚫어지게 쳐다보았다.

    갑자기 그는 놀라움과 감동에 떨면서 걸음을 멈추었다. 그의 눈앞의 푸르스름한 달빛에 비친 채로 여러 골동품 속에 5개의 방망이를 가진 시스트람이 서 있는 것이 아닌가! 그는 그걸 자세히 보려고 급히 손으로 들어올렸다. 그리고 옆에 미시르의 이름이 새겨져 있는 것을 보고 많은 논의를 빚어냈던 그 유명한 홀수 개 방망이의 시스트람을 드디어 손에 넣었다는 것을 확신했다.

    질베르는 이 발견이 너무나도 기뻐 몇 개의 가구를 쌓아올린 다음 자신이 만든 구멍을 통해 다시 밖으로 나갔다.

    다시 광장의 땅을 밟자 늦게까지 몽상에 빠져 있던 곳으로

제 3 장

돌아가서는, 기쁨을 억제하지 못한 채 옛날에 위대한 시인이 사용했던 시스트람을 조용히 두들기면서 미시르의 가장 아름다운 시 중 몇 개를 원어로 낭송했다.

넘치는 달빛 아래 질베르는 흥분에 사로잡힌 채 가슴에 미시르의 숨결이 되살아나는 것을 느꼈다. 그가 신처럼 생각하는 인물이 예전에 군중을 앞에 두고 지금 그 울림이 밤의 공기에 퍼지고 있는 그 악기로 박자를 맞추면서 새로 지은 시를 낭송하던 바로 그 장소에 그는 서 있는 것이다.

시와 회상에 한참 취해있던 질베르는 안내인들을 다시 만나게 되었다. 그들은 그로부터 지하의 방에 있는 보물의 존재와 몰래 엿들은 대화의 내용을 알게 되었다. 두 사람의 범인에 대해서는 함정을 파두어 그날 밤중에 몰래 보물을 독점하려고 하던 도중에 잡히게 되었다.

체포에 있어 중요한 협력을 한 것에 대한 보답으로 미시르의 시스트람은 질베르에게 증정되었다. 그는 그 이후 이 가치를 따지기 힘든 귀중한 유물을 소중하게 보관하게 된다.

4. '황금의 알을 낳는 거위'의 우화와 놀랄 만큼 비슷한 롬바르디아 지방[이탈리아 북부의 지방 이름-옮긴이]의 전설.

옛날에 베르가모에 피치기니라는 이름의 난장이가 살고 있었다.

매년 봄의 첫날 피치기니는 계절이 되돌아오는 것의 영향을 받아 자신의 털구멍이 열리면서 피의 땀을 흘리게 되었다.

민간신앙에 따르면 이 피의 땀은 아주 많이 나올 때에는 풍년을 예고하는 것이 되고 적게 나올 때는 반대로 기근과 한발의 전조로 생각되었다. 실제로 사실은 이 신앙이 맞다는 것으로 항상 판명되었다.

바닥에 눕지 않으면 안될 정도로 고열을 동반하는 이 기묘한 병이 생기면 피치기니는 언제나 한 무리의 농민들에 의해 둘러싸이게 된다. 그리고 나오는 피의 양에 따라 환희 혹은 낙담이 그 지방의 온 평야에 빠르게 전달되었던 것이다.

예측이 만족스러운 것일 때에 농민들은 좋은 수확의 결과 길고 만족스러운 휴식을 보낼 것이라 확신하며 많은 선물을 감사의 의미로 이 난장이에게 보냈다. 그들의 미신은 그를 일종의 신으로 만들어버린 것이다. 그들은 모든 대기의 현상이 만들어 낸 결과를 원인으로 착각해 그가 자신의 힘으로 수확의 좋음, 나쁨을 결정한다고 생각했던 것이다. 그래서 좋아 보이는 예상의 경우에는 그에게 선물을 많이 보내 내년에도 자신들을 만족시켜 달라고 재촉했던 것이다. 반대로 땀이 아주 적을 때에는 전혀 선물을 보내지 않았다.

피치기니는 게으르고 방탕한 인물로 별로 고생하지도 않으면서 손에 들어오는 이러한 이득을 좋은 것이라 생각했다. 피가 예상한대로 속옷과 이불을 적시는 경우에는 언제나 그 지방의 여기저기에서 오는 선물로 인해 일 년간 포식하고 편히 놀면서 보냈던 것이다. 그러나 전혀 절제가 없고 저축도 못하는 편이어서 땀이 평소보다 적은 해에는 빈곤에 시달리게 되었다.

어느 해 봄의 그날이 오자 그는 열이 나서 바닥에 드러눕기 전에 출혈을 조장하려고 몰래 칼을 이불 밑에 숨겨두었다.

바로 그날은 아주 조금밖에 피가 나지 않았다. 빨간 피의 방울이 몇 방울 얼굴에 맺히는 것이 고작이었다. 앞으로 오랜 기간 빈곤에 시달릴 걸 생각하자 그는 고열로 인해 신경의 발작이 생겼다고 핑계를 대서 주위에서 지켜보는 사람들이 의심을 품지 않게 하면서 몰래 칼을 이용해 사지와 상반신에 상처를 냈다.

그 때문에 이불은 피투성이가 되었고 모인 사람들 일동을 기쁘게 했다. 그러나 난장이는 자기 혼자 힘으로는 피를 멈추게 할 수가 없었다. 그런데 모인 사람들은 경탄해서 이 정도로 많은 피가 나온 적은 전례가 없는 일이라고 기뻐하면서 이를 알리려고 다들 떠나버렸다. 출혈과다로 거의 죽기 직전의 그를 남겨두고 말이다.

아주 멋진 많은 선물들이 그에게 보내졌지만 그는 쇠약해진데다 핏기도 전혀 없어서 겨우 걸을 수 있는 정도였고 안색도 창백해서 보는 사람이 놀랄 정도였다.

그런데 얼마 후 극심한 한발이 계속되어 기근이 온 지방에서 맹위를 떨쳤다. 처음으로 출혈의 징조와는 정반대의 결과를 낸 것이다.

피의 땀을 흘릴 때 난장이의 모습을 지켜보았던 사람들은 무언가 이상하다고 생각해서 신경의 발작이란 것이 정말이었는지 의심을 하기 시작했다. 억지로 그의 몸을 살펴본 결과 그가 스스로 낸 상처가 발견되고 말았다.

사람들을 속인 것이 발각되자 이 사기꾼에 대한 분노의 함성이 높아졌다. 그는 최고급의 물건을 선물로 받아서 많은 사람들의 현재의 빈곤을 더 극심한 것으로 만들었다고 생각되었다.

그러나 미신 덕에 피치기니는 전혀 복수를 당하지 않고 끝났다. 사람들은 다 신이나 다름없는 그가 앞으로도 작물의 풍성한 결실을 가져다 줄 것이라고 굳게 믿고 있었으므로 그에 대해 누구도 아무 짓도 하지 않았다. 단 앞으로는 피의 땀을 흘리는 것을 보다 가까이서 지켜보기로 하자는 것으로 끝났다.

그래서 난장이는 웃음을 터뜨리고 그 지방 전체가 힘들어 하는 와중에 여기저기서 받은 진귀한 물건들을 뻔뻔스럽게 낭비했다.

하지만 그의 창백함과 쇠약은 여전히 심각한 편이어서 언제나처럼 여전히 난리법석을 떨면서 즐겼지만 그 모습에는 거의 귀신같은 데가 있었다.

다음 해에 봄의 그날이 오자 이번에는 사람들이 아주 가까이에 다가와 있는 상황에서 피치기니는 침대에 누워있었다. 하지만 아무리 기다려도 핏자국은 나타나지 않았다. 난장이는 지난번의 심한 출혈 이후 빈혈이 되어 이제까지 정도의 차는 있지만 매년 규칙적으로 생기던, 그 기묘한 피부현상이 더 이상 나타나지 않게 된 것이다.

그는 이번에는 아무 선물도 받지 못했다.

그런데 네 달 후에 추수 때 창고에 다 집어넣지 못할 정도로 대단한 수확을 올리게 되어 난장이에게 예측능력이 없다는 것이 증명되고 말았다.

사람들로부터 경원 받고 경멸받기에 이른 피치기니는 황금알을 낳는 거위를 죽이고 나중에 후회한 사람처럼 이후 상상도 못할 빈곤을 겪게 된다. 그의 피는 다시 회복되지 않았고 그후 예전에 흘렸던 피의 땀은 두 번 다시 나타나지 않았던 것이다.

5. 어느 날 아틀라스가 피곤을 느껴 어깨에서 천구를 내려놓고 그 후 화가 난 아이처럼 영원히 짊어지지 않으면 안되는 이 귀찮은 짐을 격렬하게 걷어찬 신화의 한 구절. 발뒤꿈치가 산양자리의 정중앙에 닿았다고 한다. 산양자리는 이로 인해 교란되는 바람에 그 이후 이 성좌의 별들은 이상하게 제멋대로 흩어져 있는 모양을 하게 되었다고 한다.

6. 프리드리히 대왕[프로이센의 국왕으로 볼테르를 스승이자 친구로 생각했다고 함-옮긴이]의 서한집에서 뽑은 볼테르의 한 일화.

1775년의 가을 당시 80세로 영광의 절정에 있었던 볼테르는 상수시 성에서 프리드리히 대왕의 손님으로 있었다.

어느 날 두 사람은 왕궁 근처를 걷고 있었다. 마침 프리드리히는 자신의 이 유명한 친구가 흥에 취해 재기 넘치는 열변을 토하면서 타협을 허락지 않는 반종교적인 논설을 전개하는 것을 듣고 있었다.

이야기에 빠진 두 사람의 산책자는 어느 덧 해가 질 무렵에는 들판 한가운데 있었다.

그때 볼테르는 그가 오랫동안 싸워온 낡은 학설에 대해 신랄한 비판을 전개하고 있는 와중이었다.

갑자기 그는 이야기 도중에 말문을 닫고 깊은 불안에 휩싸인 듯이 그 자리에 섰다.

로쿠스 솔루스

그의 가까이에서 아직 소녀라고 해도 좋을 여자 아이가 저편의, 카톨릭의 예배당의 꼭대기에서 울리는 안젤러스의 종 소리를 듣고는 무릎을 꿇고 있었다. 두 손을 모으고 얼굴을 하늘을 향해 올린 다음 큰 소리로 라틴어의 기도문을 외우는 그녀는 이 두 사람의 존재를 전혀 눈치 채지 못하고 있는 것 같았다. 깊은 도취의 감정이 바로 몽상과 빛의 영역으로 그녀를 데려가 버렸기 때문이다.

볼테르는 말로 표현하기 어려운 불안에 사로잡힌 채 그녀를 쳐다보았다. 그 불안 때문에 누런 주름투성이의 얼굴이 평상시보다 더 흙빛으로 보일 정도였다. 격한 감동이 그 얼굴의 표정을 더욱 압축하는 듯 했고 동시에 귀에 들어오는 그 성스러운 구절에 자극을 받아 자기도 모르는 새에 'Dubito'라는 그 라틴어 문구를 말해버렸다.

그의 의심은 명백히 무신론에 대한 자신의 이론을 향하는 것이었다. 마치 기도하는 여자 아이가 떠올리는 인간답지 않은 표정을 보고 저 세상의 계시가 그의 속에서 태어나고 그리고 그의 나이를 생각할 때 당연히 다가오는 죽음 때문에 영원한 징벌의 공포가 그의 전존재를 사로잡고 있는 것 같았다.

이 위기는 아주 잠깐만 지속되었다. 이 위대한 회의론자는 다시 아이러니를 담아 말하기 시작했고 자신의 말을 통렬한 어조로 끝맺었다.

그러나 그에게 동요가 생긴 것은 분명했다. 그리고 프리드리히는 신비적인 감동에 사로잡힌 볼테르의, 아주 잠깐이긴 했지만 보기 드문 그 모습을 이후에도 결코 잊지 못했다.

제 3장

7. 리하르트 바그너의 천재와 직접 관계가 있는 어떤 사실.

1813년 10월17일 라이프치히에서 프랑스군과 연합군 사이에 체결된 휴전조약이 전날 시작되었고 그 후 2일간 격렬하게 이어질 것 같았던 무시무시한 전투를 중단시켰다.

마을의 외곽의 큰 길에서는 언제나 군인들의 뒤를 쫓아다니는 한 무리의 약장수들, 행상인들의 모습이 보였다. 마을 주민들 중 많은 사람들이 병사들 사이로 다니고 있어 전체의 모습은 굉장히 활기찬 것이어서 마치 시장이 새로 열리기라도 한 것 같은 인상을 주었다.

이 혼잡 속을 몇 명의 젊은 여자들이 값싼 장신구를 파는 행상인, 그럴듯한 것을 보여준다고 떠드는 사람들을 재미있어 하면서 왕복하고 있었다. 그 중의 한 사람이 아이를 안고 있었는데 그 아이야말로 그 해 5월22일 라이프치히에서 태어나 아직 5개월도 되지 않은 리하르트 바그너였다.

갑자기 한 명의 긴 머리를 한 노인이 젊은 모친을 멀리서 소리를 질러 부르더니 아이의 장래에 대해 점을 쳐주겠다고 했다. 그 사람은 모습이나 액센트가 완전히 프랑스인이었는데 우스꽝스럽고 서툰 독일어로 말하려고 애써서 주변에 있는 젊은 여자들로 하여금 폭소를 하게 했다. 잘 되었다고 생각한 그가 자신의 앞에 그 그룹을 불러오는 데에는 약간의 설득으로 충분했다.

아이를 잘 살펴본 후 노인은 신비스러운 몸짓으로 책상에서 그 안에 번쩍이며 쇳조각이 얇은 층을 이루면서 바닥에 깔려 있는 잔을 꺼냈다.

그는 그 잔의 다리를 자신이 잡은 채로 젊은 모친을 향해 아들의 운명에 대해 생각하면서 손가락으로 잔의 주변을 세 번 두들겨보라고 말했다. 그 말대로 그녀는 아들을 여전히 안은 채로 인지 손가락으로 세 번 잔을 두들겼다. 약장수는 신중하게 잔을 내려놓은 뒤 커다란 안경을 쓰고 세 번의 충격이 아까까지 평평했던 쇳조각의 바닥에 어떤 변동을 가져왔는가를 조사했다.

갑자기 그는 커다란 경탄의 몸짓을 해보이더니 눈앞에 있는 잉크 스탠드를 보고는 금속의 조각에 나타난 도형을 잉크로 옮기려고 하얀 종이를 꺼냈다.

그 다음에 그는 그 종이를 젊은 여자 쪽으로 내밀었다. 그녀는 거기에서 이러 저리 비뚤어져 있고 윤곽도 명확하지는 않은 문자가 기록되어 있지만 거기서 확실히 "Sera pillé"['도둑맞을 것'이라는 의미-옮긴이]라는 두 개의 프랑스어의 단어를 읽을 수가 있었다.

동시에 약장수는 잔을 가리키면서 원래의 것과 잉크로 복사한 것이 완전히 동일하다는 것을 다시 확인해주었다. 실제로 잔의 주변을 두들긴 결과 금속 조각 속에 생긴 움푹 패인 곳의 모양은 종이에 옮긴 문자와 완전히 닮은 것이었다. 그는 이 여자에게 이 짧은 문구의 독일어 번역을 가르쳐준 다음에 서툰 독일어로 그것이 의미하는 바를 말했다. 그에 따르면 이 짧은 문구는 강력한 혁신가가 되어 자신의 학파를 만들고 한 무리의 모방자를 만들어내게 되는, 아주 뛰어난 예술가의 운명이라는 것을 암시한다는 것이다.

미신을 믿는 편인 그의 모친은 기뻐하면서 이 점쟁이에게 제법 많은 돈을 주었으며 그 종이를 받아서는 그것을 귀중한 기념품으로 삼았다. 나중에 그녀는 그것을 아들에게 주면서 그가 자신도 모르는 사이에 주역이 되었던, 옛날의 어떤 일에 대해 말해주었다.

만년에 접어들어 작품이 사람들에게 인정받고 생각없는 모방자들의 타겟이 된 바그너는 이 에피소드를 사람들에게 즐겨 말하면서 이제는 현실이 된 예언이 때로는 절망에 빠지고 낙담과 실속이 없는 싸움으로 계속되던 오랜 시간동안 자신의 마음의 버팀목이 되었으며 생애에 걸쳐 좋은 영향을 주었다고 말했다.

이상의 여러 가지를 소재로 선택하자 칸트렐은 아주 정확한 지시를 내려 잠수인형을 만들도록 했다.

그 각각에는 계속 균형을 맞추어야 하므로 기반부에 적당한 무게를 주는 추를 넣었다. 또 아쿠아 미캉스에 포함되어 있는 산소를 가까운 곳에서 받아들이고 또 방출하기 위해 특별히 만든 금속을 갖춘, 작은 구멍을 내부에 만들 필요가 있었다. 그 구멍에 가스가 가득 차게 되면 잠수인형은 조금씩 가벼워져서 바닥에서 수면을 향해 혼자서 떠오를 수 있게 된다. 그러나 상승단계의 초기에서 정확히 10초 후 산소는 일정한 장력에 도달해 작은 구멍을 터트리게 된다. 즉 구멍의 윗부분이 일시적으로 뚜껑처럼 올라가서 거품을 밖으로 내뿜고 그것과 동시에 잠수인형에 주제가 되고 있는 사실과 관계가 있는 어떤 움직임을 하게 하기 위한 메카니즘을 시동시키는 것이다. 구멍 안에 공기가 없어지게 되면 인형은 그 자신의 무게로 침강하게 되지만 그 내부에는 다시 산소가 축척되면 얼마 후 새로운 부상을 시작하게 된다.

로쿠스 솔루스

인형이 수행하는 자동적인 움직임 중에는 특히 미묘한 조정을 필요로 하는 것이 몇 개 있었다. 예를 들면 빌라도의 이마에 빛의 인장이 나타나게 하기 위해서는 내부에 작은 전구를 일시적으로 점멸시킬 필요가 있었다. 또 볼테르에 관한 이야기의 핵심이 되는 'Dubito'란 말의 경우에 이 말은 이 대사상가의 반쯤 열린 입술에서 많은 공기의 구슬 모양을 취하면서 나오는 것이 되어야 하는데 이를 위해서는 원래의 기포가 나뉘어 지는 방법을 잘 택해야 하고 나누어진 구슬이 서체를 이루도록 교묘하게 모아져야만 한다. 난장이 피치기니의 피의 땀을 흉내 내기 위해서 부착된 장치는 내부에 빨간 가루를 대량으로 모아놓은 다음에 조작을 하면 아주 소량씩 여러 배출구에서 배출되도록 해놓아야 한다. 가루는 잠깐 물에 색을 입히지만 완전히 용해되면서 사라지게 된다. 라이프치히의 약장수의 컵 안에 배치되는, 가짜의 금속 찌꺼기는 세 번 두들기면 홈통을 통해서 나오면서 바라는 대로의 문자를 만들어낼 필요가 있었다.

이러한 여러 가지 문제를 해결한 후에 칸트렐은 이 물을 아직 한번도 맛보지 않았다는 것을 깨달았다. 그래서 마실만한 것을 아주 소량 특별히 만들었다.

잔에 따라보니 아쿠아 미캉스는 액상의 다이아몬드라고 할만한 것이어서 갈증을 해소하는 데는 아주 어울리는 것으로 생각되었다. 한 모금 마셔보자 대단히 가볍고 거기다가 아주 섬세한 맛을 느끼게 했다. 그는 이 빛나는 음료를 연달아 세 잔 빠져들어 가듯이 마셨다.

제 3장

그러자 과도한 산소화의 영향 때문에 독특한, 취한 기분을 느낄 수 있었다.

칸트렐은 이 명정 상태에다 술에 의한 취기가 부가되면 어떤 종류의 감각을 느끼게 될 것인가 알고 싶어졌다.

그는 아주 도수가 센 소테른을 가져오게 한 다음 사용하던 잔에 그것을 부었다. 하지만 바닥에 약간 물이 남아 있었다. 그는 부어놓은 화이트 와인이 바로 딱딱하게 굳어지는 것을 보고 손을 멈추었다. 기묘한 액체의 멋진 빛이 새롭게 만들어진 고형물에도 옮겨간 것이다. 이것은 그 색의 배합에서 찬란히 빛나는 태양을 생각나게 했다. 아쿠아 미캉스는 그 조성에서 보아 다른 액체와 섞이는 것이 불가능하고 빠른 산소화가 보르도산 포도주의 고형화를 재촉한 것이다.

칸트렐은 그 단단해진 것을 만져보고서는 그것이 어떤 모양으로도 바꿀 수 있는 것이라는 걸 알았다.

원래 생각했던 두 개의 취함의 상태에 대한 실험을 잊어버리고 그는 고형 포도주의 부드러움과 태양과도 닮은 그 빛을 근거로 해서 어떤 계획을 세웠다.

그는 오래전부터 환경에의 적응이라는 것을 실험해 볼 생각이었는데 특히 어떤 종류의 해수어를 길러서 담수에서 살 수 있게 하는 것을 가능하도록 해보고 싶었다.

해수에서 완만하게 소금기를 제거해 천천히 담수화를 하고 실험대상에 약간이라도 기관의 이상이 있으면 바로 중지한다는 것, 이것이 성공하는 데 있어 많은 인내와 판단을 필요로 하는 이 실험에서 그의 유일한 방법이었다.

칸트렐은 처음 한 무리의 해마를 사용해 성공을 거두었다. 그들의 적응은 이미 완벽했다. 열 마리 중 세 마리가 순화 도중에 죽었지만 나머지 일곱 마리는 이후 몸의 문제도, 거부반응도 생기지 않고 담수가 들어있는 커다란 병에 살게 되었다.

선생은 그들을 커다란 다이아몬드 안에 넣은 고형화된 소테른으로 만들어져 있어, 아쿠아 미캉스에서 옮겨온 빛 때문에, 작은 태양같은 모양을 보여주는 구球를 밀게 하려고 생각했다. 이렇게 하면 전체가 물 속에서 이루어지는 일종의 아폴론의 마차를 연상케 하는 것이 된다.

그는 우선 새로운 물의 특성이 해마의 체질에 해를 주는 것은 아닌가 알기위해 시험 삼아 그들만을 절단면이 있는 수조에 집어넣었다.

그런데 얼마 후 이 우아한 동물들은 아주 고통스러워 하며 아쿠아 미캉스에서 여러 방향으로 벗어나려고 하는 것이었다.

칸트렐은 이러한 지장을 예측하지 못한 자신을 탓하면서 그들의 고통의 단순한 원인을 바로 간파했다. 지상의 생물의 호흡에 맞추어서 만들어진 것이어서 이 번쩍거리는 액체는 당연히 수서동물에게 지나치게 산소화되어 있는 것이다. 그러므로 거기에서는 해마들은 대기 중에 있는 것과 마찬가지의 위험에 처하게 된다.

그물로 그들을 건져 올린 다음 급하게 커다란 병에 집어넣었다.

그 다음에 그는 모든 계획을 망치게 할 수도 있는 이 커다란 장해를 해결할 방법은 없을까 생각하다가 해마의 각각의 가슴 쪽에 일종의 관선串線을 통과시키기로 했다. 이것이 있으면 두 개의 입은 항상은 통기通氣가 가능해져서 기관 속에 축적된 여분의 산소를 배출시키는 것이 가능해진다.

처음에 한 마리만 임시의 관선을 붙여보았는데 실험은 완전히 성공했다. 수술을 한 해마를 아쿠아 미캉스에 넣자 가벼운 기포가 새롭게 만들어진 두 개의 구멍을 통과해서 밖으로 나왔고 해마는 아무런 지장도 느끼지 않으면서 빛나는 그림자 사이를 유유히 움직였다. 보통의 물 안이라면 두 개의 배출구의 끝부분은 내부에서 넘쳐 나오는 공기에 의해 밀려서 열리지 않고 좌우 모두 밀폐되기가 십상이었을 것이다.

칸트렐은 신화의 태양을 어떻게 재현할 것인가를 생각한 끝에 포도주의 구球를 확실히 붙잡는데 필요한 길이를 가지면서 앞이 두 개로 나뉘어 지는 관선을 사용하기로 결정했다.

그의 생각으로는 일행은 다이아몬드 안을 우아하게 돌게 되어있다. 거기서 그는 처음으로 해마의 경마를 창설해 그 광경에 뭔가 자극적인 것을 더하려고 생각했다. 관선에는 어느 정도 탄력성이 있으므로 가장 민첩한 것이 경쟁에서 다른 것들을 제치고 이기는 것은 가능했다. 하지만 그 차이는 해마들이 아주 한정된 범위에서만 움직이는 것이 가능했으므로 아주 작은 것에 불과했다.

내기를 건 사람들이 자신의 말을 바로 알아볼 수 있도록 그는 요령을 생각해내 일곱 개의 관선에 프리즘의 분해에 의해 얻어지는 7개의 원색을 할당해 경마장에서의 구분의 기준이 되는 기수들의 옷 색깔 대신으로 삼았다. 그는 미리 몇 번이나 테스트를 해 일곱 마리의 경쟁자의 속도를 연구한 다음 가장 늦은 것에서 가장 빠른 것까지 순번을 정해서 그 관선에 정확한 순서에 따라 보랏빛에서 붉은 빛까지 무지개의 색깔을 붙였다.

노란색 구를 끌고 갈 노끈으로 쓸만한 것이 무엇이 좋을까를 생각하던 칸트렐은 아쿠아 미캉스는 그것이 둘러싸는 모든 것에 전기를 전달하므로 그 노끈의 끝에 전도체를 고정시킨다면 그것과 고형 포도주 사이에 충분한 자력磁力이 생겨나지 않을까 생각했다. 정도의 차는 있었지만 어쨌든 여러번 시도한 끝에 좋은 결과를 얻어 그는 아쿠아 미캉스 안에 이 소형 포이버스[Phoebus, '빛나는 사람'을 의미하는 그리스어로 태양신으로서의 아폴론의 호칭-옮긴이]에 접근하게 되면 혼자 힘으로 접착해버리는 금속을 선택해 그것을 사용해서 빛이 나고, 가는 피복재를 만들어 각 관선의 끝을 이 피복재로 덮었다.

칸트렐은 명확한 코스를 만들기 위해 당통의 목 가까이에 치밀하게 계산한 그 밀도에서 보아 부상과 침강의 기미를 전혀 보이지 않고 낮은 장소에 뜬 채로 있을 수 있는 단순한 작은 원주를 집어넣었다. 트랙을 일주하기 위해서는 일행은 코스의 중심을 항상 왼쪽에 보면서 한편으로는 움직이지 않는 원주의, 다른 편으로는 그 반대쪽에서 움직이고 있는 한 무리의 잠수인형의 주위를 돌게 되는 것이다. 이들 인형은 수가 많고 거기에다 끊임없이 상하운동을 반복하고 있어 전체가 일렬로 늘어서는 경우는 없었기 때문에 적어도 그중의 하나는 경마가 펼쳐지는 상부 구역의 기준점 역할을

제 3 장

항상 해주게 된다.

아쿠아 미캉스와 접촉하면 소테른이 바로 딱딱해지는 모습은 확실히 주목할한 것이라고 생각해서 그는 마지막 순간에 일정량을 집어넣기로 했다. 또 이렇게 주어진 덩어리를 해마들이 같은 색의 밀랍을 발라서 평평하게 한 자신들의 왼쪽 면을 이용해 몸으로 비벼서 태양의 구를 만들어내도록 훈련을 시켰다.

이 훈련이 구에 노끈을 접합하는 시도와 마찬가지로 원하는 대로 성공을 거두자 그는 갑자기 그 당기고 있던 구를 놓도록 해서 그 위에 일렬로 늘어서도록 해마들을 연습을 시켰다. 이것은 관선의 금속제의 피복이 떨어지는 도중에 태양과 접착하면서 그 순서대로 마차를 끄는 일곱 마리의 해마의 일행을 만들어내도록 하기 위해서였다.

마지막에 그는 신호를 하자 서로 상대를 제치고 바라는대로 경쟁을 하는 것을 그들에게 가르쳤다. 도착점은 커다란 다이아몬드의 절단면에 검은 색으로 그린 작은 원을 통해 멀리서 한눈으로 볼 수 있는 원주가 될 터였다.

칸트렐은 색이 칠해진 관선을 가진 해마들이 태양을 끌기 위해 모일 때 프리즘의 색의 순서에 따라 가로로 일렬로 늘어서도록 훈련을 시켰다. 경마를 한다고 하면 말에 이름을 붙여야 하는데 그래도 특별히 기억력에 부담을 주고 싶지 않아서 그는 일곱 마리의 챔피온에게, 보랏빛에서 붉은 색까지 무지개의 색깔에 따라 그냥 라틴어의 서수를 이름 대신에 붙였다. 자주빛 관선의 소유자인 프리무스는 가장 늦기 때문에 맨 왼쪽, 즉 가장 유리한 위치를 갖도록 했고 빨간 관선의 셉티무스는 가장 빠르므로 맨 오른쪽에 일곱 마리 중 가장 긴 코스가 할당되었다. 이 사이의 다섯 개의 위치 각각에 부여된 어드밴티지는 그 위치를 점하고 있는 것의 능력과 정확히 일치하게끔 해서 핸디캡은 완전히 공평한 것이 되도록 했다. 애초에 일곱 마리 다 하나의 짐에 연결되어 있는 상태로 변함없이 같은 길을 달리지 않으면 안되는 이례적인 의무를 짊어지고 있기 때문에 핸디캡은 미묘한 것이 되지 않을 수 없었다.

칸트렐 선생이 말하고 있는 사이에도 콩-덱-렌은 해마들이 천천히 끌어가고 있는 태양의 구에 장난을 치고 있었다.

칸트렐은 이야기를 끝마치자 오른쪽 소매를 접어 올리고 다이아몬드를 따라 돌면서 포스틴느에게 신호를 보냈고 그녀는 콩-덱-렌을 어깨에 올렸다. 그는 다시 발받침 위로 올라갔다.

떠도는 소형 태양을 그는 손가락으로 잡아 그 금속의 피복에서 분리해서 끌어 올린 다음 소테른의 병 옆에 두었다.

해마들을 산대에 담은 상태로 빼낸 다음 다시 병에다 집어넣었다. 병에 들어가자 그들의 가슴에서는 더 이상 거품이 나오지 않게 되었다.

칸트렐은 그의 정면에서 원형의 입구의 테두리를 잡은 채로 머리를 뒤로 제끼고 있는 포스틴느의 후두부 아래에 손을 댔다. 그 사이에 콩-덱-렌은 그녀의 뺨에 몸을 기대고 있었다. 목덜미로 잡힌 채 끌어올려진 그녀는 곧바로 자세를 잡은 덕에 유리의 천장 위에 무릎을 꿇는 자세가 되었다. 그녀는 다음에 칸트렐에 이어 발받침을 통해 내려왔다. 칸트렐은 손수건으로 팔과 손을 닦은 다음 소매를 다시 내렸다.

    고양이는 땅에 내려오자 저택 쪽으로 뛰어갔고 우리들은 포스틴느와 함께 다시 조용히 걷기 시작했다.

    젖은 상태여서 혹시 감기에 걸리는 것이 아닌가 하고 우리가 걱정하자 그 무용수는 아쿠아 미캉스에서 나오면 언제나 몸에 생기는 강렬하고 지속적인 반작용 덕에 그런 일은 전혀 없다고 대답했다.

제 4 장

칸트렐의 뒤를 따라 광장을 가로지르자 신록이 풍부한 잔디밭이 나오고 완만한 언덕길을 이루는, 노란 모래를 깐 직선의 산책길을 내려갔다. 얼마 있다 평지에 도달하자 길이 갑자기 넓어졌고 강이 섬을 둘러싸듯이 폭 10미터, 길이 40미터 정도 되는 장방형의 유리로 된 거대한 우리를 둘러쌌다.

가늘고 튼튼한 철골이 받치는 거대한 유리판으로만 만들어져 있고 직선만이 지배하고 있는 이 투명한 구축물은 네 개의 면과 천정을 갖는 그 단순함 때문에 그 중심선이 산책길의 그것과 일치하도록 지면에 숨긴, 뚜껑이 없는 거대한 상자와 비슷했다.

비스듬한 선을 그리면서 좌우로 분기된 산책길의 양 언저리가 만들어내는 하구 같은 곳에 도착하자 칸트렐은 우리에게 눈으로 신호를 보내서 오른쪽으로 간 다음 유리로 된 건물의 모퉁이를 돌자 멈추어 섰다.

우리 모두는 바로 눈앞에 있는 유리면을 따라 전원이 그 방향을 향하면서 간격을 둔 채 서 있는 상태였다.

우리들의 눈에는 유리로부터 1미터도 떨어지지 않은 거리에 지면에 닿게 세워진 사각형의 방이 들어왔다. 안을 잘 볼 수 있도록 천정과 네 개의 벽 중의 하나가 생략되어 있었지만 벽이 만약 있었다면 그 바깥쪽은 이쪽을 향해서 우리들 앞에 있었을 것이다. 그 방은 감금 장소로 사용되는, 붕괴 직전의 예배당처럼 보였다. 삐죽 튀어나온 격자를 두 개의 재목으로 고정시킨 창이 하나 우리들 오른쪽에 서있는 벽 가운데에 열려 있었다. 그리고 크고 작은 두 개의 조잡한 침대가 낮은 테이블과 의자와 함께 부서진 포석 위에

제 4 장

놓여 있었다. 안쪽에는 벽을 따라서 제단의 잔재 같은 것이 서 있었고 커다란 돌로 된 성모상은 부서진 상태여서 아기 예수도 그 팔에서 이미 떨어져 있었지만 그래도 다행히 큰 상처는 없는 것 같았다.

커다란 우리 안을 걸어 다니고 있는 사람을 우리가 멀리서 보자 칸트렐이 조수 중의 한 사람이라고 설명했다. 그는 외투를 입고 테두리가 없는 모자를 쓰고 있었는데 우리가 다가가자 크게 열린 쪽에서 예배당으로 들어갔지만 이제는 거기에서 나와 오른쪽으로 갔다.

소금 머리의 처음 보는 남자가 큰 침대 쪽에 드러누워 생각에 빠진 것처럼 보였다. 이윽고 남자는 결심한 듯이 일어나 제단 쪽으로 걸어갔지만 왼쪽 발이 명백하게 아픈 모양이어서 땅 위에 닿을 때 발을 끄는 것 같았다.

그때 우리들 곁에서 장례식 베일을 뒤집어쓰고 있던 여자가 울부짖었다. 그녀는 한 소년의 팔을 잡고서 제단 쪽으로 한쪽 손을 향하면서 "제라르, 제라르..."라고 외쳤다.

그녀가 이렇게 이름을 불렀던 남자는 제단 근처까지 오자 아기 예수를 든 다음에 자신이 의자 위에 앉고 그 아기 예수를 무릎 위에 놓았다.

그는 주머니에서 금속재의 둥그런 용기를 꺼내서 뚜껑을 열자 그 안에는 분홍색의 향유 같은 것이 들어있는 것이 보였다. 그는 석상의 어린 얼굴에 그것을 얇게 발랐다.

그것을 보고 있던 검은 베일의 여자는 곧 이 기묘한 화장을 가리키기라도 하듯이 소년을 향해서 "너를 위해서 그렇게 한 거야....너를 구하려고 한 거야"라고 말했고 소년은 울면서 고개를 끄덕이는 것이었다.

끊임없이 주위의 말에 신경을 쓰고 무언가가 생기는 것을 아주 두려워하는 것처럼 보이는 제라르는 빨리 일을 마치고 조금 있다가 석상의 얼굴, 목, 두 귀도 향유로 분홍색으로 칠했다.

왼손의 벽을 따라 놓인 작은 침대에 상을 눕힌 다음 그는 잠시 그걸 쳐다보더니 뚜껑을 닫은 향유의 용기를 주머니에 넣고 창 쪽으로 향했다.

격자 전체가 바깥쪽을 향해 튀어나와 있는 모양을 이용해 그는 몸을 숙여서 바깥쪽을 볼 수가 있었다.

우리들은 호기심이 발동해서 오른쪽으로 몇 걸음 걸어서 벽의 반대쪽을 보았다. 창은 약간 들어가 있고 벽이 튀어나와 있어 좌우 양쪽에는 일정한 각도를 만들고 있었다. 여기에서 더 먼 쪽의 각이 무수히 많은 버린 배들을 포함해서 여러 쓰레기들을 버리는 곳이 되어 있었다. 제라르는 두 개의 격자의 사이에서 팔을 뻗어 배를 집어 껍질은 전혀 신경 쓰지 않고 섬유를 포함하는 씨와 줄기만을 모았다. 다 모은 다음에는 그는 팔을 집어넣었고 우리들도 왼쪽에 있는 원래의 관찰 장소로 돌아갔다.

그는 손가락을 잽싸게 움직여 줄기, 다음엔 씨를 포함하는 부분에서 섬유를 뽑아내 이렇게 얻은 하얗고 두꺼운 봉우리에서 쓸모없는 것을 빼내서 가는 실을 만들어냈다.

끝과 끝을 교묘하게 연결해 길게 한 이 실들을 사용해 제라르는 별로 능숙하지 않은 부분을 인내와 끈기로 보충하면서 실을 짜는 것과 만드는 것을 동시에 하는 특이한 작업을 시작했다.

전체가 일종의 볼록한 모양이 되도록 하면서 치밀하게 짠 덕택에 드디어 그는 린넨으로 만든 거라 생각할 정도의, 그럴듯하게 보이는 아이들이 쓰는 테두리 없는 모자를 만들어냈다. 그는 그것을 분홍색의 얼굴을 한 석상에게 씌웠다. 벽 쪽을 향하고 목까지 시트를 두른 석상은 돌로 된 머리가 숨겨진 지금에는 진짜 어린아이처럼 보였다.

그는 바닥에서 재료로 쓴 것들이 만들어낸 쓰레기를 주워서는 왼쪽에 있는 창을 통해 버렸다. 그 후 잠깐이지만 그의 모습에는 뭔가 슬픈 듯한, 마음이 텅 빈 듯해 보이는 데가 있었다.

다시 제 정신이 돌아오자 그는 갑자기 팔꿈치를 올리고 손가락을 전부 편 다음에 왼손의 손목에서 오른손 손바닥의 움푹 패인 부분까지, 오래된 금화에서 뽑은 금의 체인으로 만든 목걸이를 미끄러지게 했다.

그는 옛날 돈을 창의 격자의 튀어나온 부분에 대고 문지르고 비어 있는 왼손에 그것을 모아서 상당량의 금가루를 얻었다.

테이블 위에는 4권의 근대의 팔절본八折本과 대조를 이루면서 책등에 커다란 문자로, 아주 읽기 쉽게, "Erebi Glossarium a Ludovico Toljano"[루이 트로장 지음 『저승 사전』-옮긴이]이라는 표제가 쓰여 있는, 아주 두꺼운 고서가 물이 들어있는 주전자와 꽃의 줄기와 함께 있었다.

그는 목걸이를 주머니에 넣은 다음 우리에게 가까운, 창이 커다랗게 열려져 있는 벽에 붙은 테이블에 의자를 가져간 다음 『저승 사전』을 앞에 두고 앉았다. 그 다음에 책을 적당한 위치에 두고 가운데에서부터 열려고 하지 않고 곧 면지가 나오도록 마분지로 된 표지만을 왼쪽으로 넘겼다. 그렇게 하자 첫 번째 잎, 즉 백간지白間紙[면지 다음에 오는 하얀 페이지를 말함-옮긴이]가 펼쳐졌다.

제라르는 꽃이 없는 줄기를 세 손가락으로 펜의 손잡이처럼 잡은 다음 아직 긴 가시가 나있는 그 끝을 넘칠 듯한 주전자의 물로 조금 적셨다. 그리고는 그는 가시의 끝을 사용해 사전의 하얀 페이지 위에 불안 때문에 급해지는 것을 드러내면서 무언가를 쓰기 시작했다.

그는 몇 줄 쓰더니 줄기를 옆에 놓고 여전히 펴놓은 왼손에서 한 뭉큼 금가루를 집더니 엄지와 인지를 움직여서 방금 쓴 눈에 보이지 않는 문자 위에 그것을 뿌렸다. 문자는 바로 색이 나오기 시작했다.

대문자로 쓰인 "ODE"라는 제목 아래에 6개의 알렉산드린[12음절의 시구-옮긴이]로 이루어진 시구가 계속되고 있었다.

이 짧은 작업을 끝내자 남은 금가루를 다시 왼손으로 돌려놓고 제라르는 주전자 물로 줄기의 끝을 적신 다음 가시로 다시 쓰기 시작했다.

두 번째 시구가 새로 종이 위에 기록되었고 이어서 금가루를 다시 뿌렸다.

후다닥 쓴 다음에 금가루를 뿌리는 작업을 계속 반복해서 페이지의 끝까지 시구가 쓰이게 되었다.

제 4장

글짜가 마르도록 시간을 좀 준 다음에 제라르는 반쯤 말듯이 해서 잠시 페이지를 들어 올려서 물에 젖지 않은 금가루를 왼쪽 여백 부분에 모은 다음 사전의 윗부분을 잡고 그것을 거의 수직으로 세워서 왼손 위에 있는 금가루 덩어리 쪽으로 떨어지도록 했다.

눈을 현혹하거나 읽는 것을 방해하는 것이 완전히 제거되었기 때문에 금문자의 시가 그 제대로 된 형태로 나타났다.

제라르는 여전히 위의 부분을 잡은 채로 사전을 테이블 위에 돌려놓고 4권의 팔절본을 쌓은 다음 바깥쪽 표지 아래에 두었다. 그것은 표지가 기울지 않고 책의 위에 수평으로 하기 위한 것이었다.

백간지를 넘겨서 그 안쪽의 하얀 페이지를 열고서 제라르는 같은 방법을 사용해 마지막 한자까지 이러한 금문자로 그 페이지에 시를 썼다.

페이지를 신중하게 기울여서 이번에는 오른쪽 여백에 금가루를 모았다. 금가루는 무거운 책을 잠깐 한번 세우자 가느다란 폭포수를 이루면서 원래의 자리로 돌아갔다.

제라르는 한쪽 손이 없는 사람처럼 행동한 다음 팔절본은 오른쪽에 쌓아놓아 뒤표지를 받치게끔 했다. 백간지는 모든 페이지가 수평으로 겹쳐져 있어 마치 다 읽은 책처럼 펼쳐져 있는 사전의 마지막 페이지의 옆에서 그 하얀 표면을 드러내고 있었다. 거기에도 시구가 물에 적신 가시로 기록되고 그 위에 금가루가 덮씌워졌다.

건조상태를 체크하고 나서 앞에서와 같이 금가루를 회수한 다음 제라르는 백간지를 넘겼다. 그 뒤 페이지에 그는 기묘한 서기법書記法을 바꾸지 않으면서 오드의 마지막 부분을 쓰고 서명을 했다. 오드의 시구는 어느 것이나 같은 체재를 하고 있었다.

그때 그의 왼손에는 아주 약간의 금가루가 남아 있었다. 그는 그 금가루를 털어서 바닥에 떨어뜨렸다.

페이지 아래의 금문자의 서명이 완전히 마르자 제라르는 두꺼운 책을 똑바로 세워서 이번에는 테이블의 적당한 장소에 쓸모없는 금의 찌꺼기를 털어낸 다음 책을 닫고 그 상태로 두었다.

제라르는 오랫동안 생각에 잠겨 있는 것처럼 보였는데 이윽고 팔절본이 쌓여있는 것을 깨닫고 간단히 가제본이 되어 있고 표지에 『시신세始新世』[지질학상의 연대로 제3기의 초기-옮긴이]라고 제목이 쓰여 있는, 가장 위에 있는 책을 집었다.

사전을 밀어서 당긴 다음에 눈앞의 테이블 위에 놓고 그는 마지막 페이지까지 빨리 넘기더니 2단으로 편집되어 있는 색인의 첫 페이지에 도달하자 그 동작을 멈추었다. 거기에는 분류에 필요한 어휘들이 배치되어 있었는데 그는 그것을 급히 세기 위해 하나하나를 손가락으로 짚었다.

제라르는 색인의 다음 페이지에서도 그냥 넘기는 것이 없이 같은 동작을 반복했으며 마지막 페이지의 마지막 단어에 이르러서야 그 동작을 멈추고 일어섰다.

우리들 쪽에서 떨어져 있는 창으로 가더니 그는 주머니에서 금목걸이를 꺼내더니 아까의 그 격자에 대고 문질러 빛나는 금가루를 만들었고 그걸 이번에는 왼손에 소량 모은 다음 돌아와서

『시신세』 앞에 앉았다.

그는 아까까지 단어를 세던 마지막 페이지의 가운데 맨 위쪽에 예의 방법을 사용해 인쇄체의 대문자로 '독방의 나날들'이라고 쓰고 왼쪽 위에는 '대변', 오른쪽 위에는 '차변'이라고 썼다. 이 마지막 단어는 사용된 서체의 기하학적인 단순성 탓에 조금도 힘들이지 않고 좌우를 반대로 함에 의해 기록할 수가 있었다.

그 후 제라르는 왼쪽의 실제로 인쇄되어 있는 맨 앞의 말을 선으로 그어서 지웠다.

금가루의 양은 물로 쓰인 문자와 삭제한 선을 덮어버리는데 충분했다. 종이에서 습기가 완전히 사라지자 제라르는 테이블의 위에서 책을 수직으로 세웠다. 그러자 물기에서 벗어나 가루들이 조금씩 떨어졌다.

지워버린 단어의 바로 다음에 기록된 숫자의 아래를 손가락을 댄 다음 그는 그 숫자의 페이지를 찾으려고 하는 듯이 책의 맨 앞으로 돌아가서 넘기기 시작했다.

그때 칸트렐은 투명한 커다란 우리를 따라 약간 오른쪽으로 우리를 가게 한 다음 유리 너머로 보이는 정면 쪽에 장식이 되어 있는 제단과 성궤의 앞에 제복을 입고 서있는 사제의 앞에서 멈추도록 했다. 방한 장비를 입고 있는 조수가 무언가 일을 끝내고나서 거기를 떠나면서 제라르의 은신처로 향하더니 그 안으로 들어갔다.

오른쪽의 성스러운 테이블 위에는 겉보기에 아주 오래되고 호화로운 작은 상자가 있었는데 그 상자의 정면에는 가네트로 '금혼식에 어울리지 않는 비스'라는 글자가 쓰여있었다.

사제는 그 쪽으로 걸어가더니 상자의 뚜껑을 열고 그 안에서 아주 단순한 모양의 나비너트로 움직이는 상당히 큰 비스를 꺼냈다.

그는 사제의 단을 내려와 상당히 늙은 한 쌍의 남녀의 앞에 와서 섰다. 이 쌍은 그가 접근해 올 때 등 받침이 우리 쪽을 향하고 있는 서로 붙어 있는 두 개의 의식용 의자에 앉아 있다가 일어섰다. 남자는 모자를 쓰고 있지 않은 채로 간소한 예복 차림이었으며 여자 쪽은 검은 숄로 머리를 감싸고 정식의 상복을 입고 있었는데 두 손은 남자와 마찬가지로 맨손이었지만 무거운 외투를 추운 듯이 두르고 있었다.

이 두 사람을 서로 마주보게 한 다음에 사제는 두 사람이 오른손을 서로 잡게 한 다음 비스의 손을 열고 서로 잡은 손을 그 두 이 사이에 끼게 한 다음에 보란 듯이 우리 쪽을 향한 나비너트를 잠그기 시작했다.

그러나 남자는 미소를 지으면서 왼손을 거기에 집어넣은 다음 사제로 하여금 너트에서 손을 떼게 하더니 이번엔 자신이 즐거운 듯이, 마치 장난이라도 치는 듯이 몇 번이나 그것을 조였다. 그 사이에 여자 쪽은 감동한 듯이 울음을 터뜨렸다.

그 비스는 아무래도 철로 만든 모조품인 것 같았는데 아무리 조여도 마주잡은 두 사람의 손에 어떠한 고통도 주지 못하는 것 같았다.

사이에 낄 것이 없게 된 너트는 다시 사제의 손에 의해

제 4장

되감겨졌다. 사제는 다시 비스를 가지고 제단으로 올라가 그 작은 상자 쪽으로 갔다. 그 사이에 그 두 사람은 길고 엄숙한 악수를 마치고 다시 의자에 앉았다.

칸트렐은 그 후 거대한 우리를 따라 몇 미터 앞의 아주 사치를 부린 장소의 앞까지 우리들을 인도했다. 우리는 모피를 입은 조수가 거기에서 나와 급히 나이 많은 남녀 쪽으로 가는 것을 보았다. 그는 아까 제단 앞을 통과해 우회를 해서 조용히 그 장소에 들어와 있었던 것이다.

경계를 나누는 유리 벽에서 엎어지면 코가 닿을 정도의 위치에 그 장치로 보아 중세의 성의 호화로운 거실을 연상시키는, 흔히 보듯이 바닥보다 조금 높게 되어 있지는 않은 무대의 정면이 보였다. 무대라고 하지만 따로 뭔가를 구분해 놓은 것이 없었기 때문에 어렵지 않게 앞에서부터 출입할 수가 있었다.

안쪽의 약간 왼쪽에 비스듬히 놓인 책상 앞에 앉아 목에 아무것도 두르지 않은 한 사람의 귀족이 옆모습을 보이고 있었는데 그는 뭔가를 책에 쓰고 있었다.

그의 맞은편은 커다란 창이 열려 있는 벽면이었다.

그의 목에는 B, T, G의 세 문자로 이루어진 고딕 서체의 모노그램[두 개 이상의 글자를 합쳐 한 글자 모양으로 도안화한 글자-옮긴이]이 짙은 회색으로 새겨져 있었다.

무대 안쪽의 가운데, 귀족의 정확히 오른쪽으로 몇 걸음 떨어진 곳에서 양피지를 든 한 남자가 닫힌 문 앞에서 우리들 쪽을 향해 서 있었다.

로쿠스 솔루스

두 배우의 의상은 시대와, 그리고 장치와 잘 조화를 이루고 있는 것 같았다.

쓰는 것을 중단하지 않고 태도도 전혀 바꾸지 않고 그 귀족은 확실히 조롱하는 듯한 말투로 말했다. "정말로요? 차용증이라고요? 서명은 어떻게 되어 있는 건가요?"

그 소리는 유리 벽의 2미터 정도 높이에 만들어진, 접시 정도 크기에다 그것보다 한바퀴 정도 더 큰 원반형의 얇은 종이가 밖에 붙어 있는 둥근 창구를 통해 들려왔다.

검은 옷을 입은 젊은 여자가 보다 더 잘 들으려고 이 작은 창구의 밑에 서서 지금 말을 한 사내를 유리 너머로 뚫어지게 쳐다보고 있었다.

이 질문에 대해 양피지를 든 남자는 다음과 같이 짧게 대답했다. "콥 말[콥은 말의 한 종류로 다리가 짧고 체구가 작은 편이다-옮긴이]입니다."

이 말이 울리는 바로 그 순간에 그 귀족은 손가락을 펴고 갑자기 머리를 오른쪽으로 향한 채 잊었던 고통이 다시 살아난 것처럼 바로 양손을 목 쪽에 가져갔다.

그 다음에 일어서더니 비틀거리면서 남자 쪽으로 갔다. 남자는 눈앞에 양피지를 들어 보여주었다. 거기에는 '차용증'이란 제목에 이어서 몇 줄의 문구가 있었고 게다가 이름도 있었고 그 밑에는 목이 두껍고 짧은 말의 그림이 거칠게 그려져 있었다.

귀족은 말의 그림을 가리키면서 아주 고통스러운 듯한 어조로 다음과 같이 반복했다.

제 4장

"콥! 콥!"

그러나 그때 이미 칸트렐은 이제까지와 같은 방향으로 우리를 이동시킨 다음 7살 정도 되는 아이의 앞에 서 있었다. 아이는 파란 보통의 실내복을 입고 있어서 머리도, 다리도 다 드러난 차림이었는데 지면에 놓여 있는 의자에 앉아 있는 상복 차림의 젊은 여자의 무릎 위에 앉아있었다.

조수는 무대의 안쪽에서 우회로를 거쳐 아이에게 다가왔지만 이제는 목덜미를 드러낸 배우 쪽에 큰 걸음으로 다가가고 있었다.

처음 것과 똑같은 두 번째의 둥근 창 덕분에, 그리고 실제로는 그 아이는 별로 멀리 떨어져 있는 것이 아니었기 때문에 우리들은 그가 유리의 벽 넘어서 롱사르의 "비를레 쿠슈[Virelai Cousu. 비를레이는 중세의 정형시의 한 형태임-옮긴이]"라는 제목을 말하고 이어서 한 편의 시를 정확히 암송하는 것을 들을 수 있었다. 암송하는 사이에 그는 젊은 여자와 눈을 맞추었고 그 몸짓은 아주 적절한 것으로 작품의 함의를 정확히 드러내는 것이었다.

어린이의 소리가 그치자 우리들은 칸트렐과 함께 변함없이 같은 방향으로 짧은 거리를 걸었고 이윽고 유리 벽면의 안쪽에 붙어 있는 테이블 앞에서 이쪽을 향해 앉아 있는 베이지 색의 작업복 차림의 남자의 앞, 그쪽을 지켜보고 있는 청년의 곁에 와서 멈추었다. 조수는 남자에게서 떨어져 소년 쪽으로 갔다. 그는 아까 암송을 할 때 방해가 되지 않도록 아주 크게 우회를 해서 소년의 뒤쪽으로 지나갔던 것이다.

회색빛 머리를 길게 날리면서 예술가 같은 기품이 있는 얼굴을 한 작업복 차림의 남자는 잉크가 말라서 완전히 검게 된 한 매의 종이 위에 몸을 기울인 채로 스크레이퍼로 종이를 긁어서 하얀 부분을 만들어 내려고 하고 있었다. 가끔 생기는 쓰레기를 손가락으로 털어내면서.

그가 아주 숙련되게 다루는 칼날 아래에서 조금씩 하얗게 어떤 형체가 떠오르기 시작했고 결국 피에로의 정면의 초상이 나타났다. 그것은 보다 정확히 말하자면 그 디테일의 모방을 볼 때 와토의 〈질〉[프랑스의 화가 앙트완 와토의 대표작이다-옮긴이]이었다.

우리들 사이에 섞여 남자를 쳐다보던 그 예의 청년은 이마를 거의 유리에 붙일 듯이 해서 주의 깊게 예술가의 교묘한 손동작을 응시하고 있었다. 그 예술가는 때때로 웃음을 참지 못하겠다는 듯한 표정으로 "같은 것을 그로스gross로 한다는 말이지"라고 했는데 그 소리는 다른 것과 똑같이 생긴 세 번째의 원형의 창을 통해 들렸다.

일은 빨리 진행되어 지운다고 하는 특이한 절차를 통했음에도 불구하고 결국에는 아주 정교한 광대 질의 모습이 나타났다. 그는 허리에 손을 얹고 얼굴은 웃고 있었으며 전체적으로 생기에 넘쳐 있었다.

그 칼날이 지우다 남긴 섬세한 잉크의 선이 진정으로 우아함과 매력이 넘치는 걸작을 만들어낸 것이다. 우리들의 위치에서는 뒤집힌 상태로 보였음에도 그 가치는 충분히 알아볼 수 있을 정도였다.

제 4장

이것을 다 완성하자 스크레이퍼는 다시 숙련된 손에 의해 조종되어 검게 칠해진 종이의 아래 부분에 이번에는 같은 광대의 뒷모습을 그려내기 시작했다. 완성된 두 개의 그림은 포즈나 전체적인 모습, 비율 등이 완전히 같은 것이어서 작자가 동일 인물을 그리려 했다는 것은 누가 보아도 알 수 있었다.

여기서도 또 교묘히 움직이는 칼이 지우다 만 부분은 우리가 있는 곳에서는 그것이 뒤집힌 상태로 보였지만 그래도 매혹될 정도로 멋진 작품임에는 틀림없었다.

마지막 손질을 끝마치고 예술가는 스크레이퍼를 버린 다음 종이를 들고 일어섰다. 그리고 우리에게 좀 멀어지면서 회전식의 조소대의 위에 그것을 펼쳤다. 대 위에는 인간의 구조를 갖춘, 침금제針金製의 골조가 서 있고 그 곁에는 여러 끌과 뚜껑이 없는 하얀 마분지의 상자가 있었다. 상자의 정면에는 잉크로 굵게 쓰인 '밤의 밀랍'이라고 기록된 문자를 읽을 수 있었다. 그는 작업대 위에 펼쳐진 기반부가 나사에 의해 대 위에 놓인 작은 판에 고정되어 있는, 튼튼한 금속봉에 뒤의 부분이 고정된 골조에 손을 대 신축성이 높은 침금 덕에 그것을 쉽게 지금 막 완성한 광대와 똑같은 모습으로 만드는 것이 가능했다.

그리고 나서 그의 손은 상자 안을 뒤져 아주 작은 하얀 반점이 있는, 어떤 종류의 검은 밀랍으로 만든 두꺼운 막대기를 꺼냈다. 그 막대기는 별이 빛나는 밤을 연상시키는 것이었고 마분지에 새겨진 이름을 납득시키게 하는 것이었다.

그는 이 '밤의 밀랍'을 사용해 골조의 머리, 동체, 손발을 덮은 다음 막대기의 남은 부분을 상자에 되돌려 놓았다.

그는 이러한 밑 작업에는 처음에 손가락만으로 상당히 정확히 형태를 만들어냈고 다음에 끌을 사용해 일을 계속했다. 많은 것들 중에서 고른 끌은 그 하얀 색이나 재질의 질감, 바싹 딱딱해 진 외관 등으로 보아 명백히 빵의 부스러기를 단단하게 해서 만든 것 같았다.

일이 진행됨에 따라 우리들의 눈에는 그 작은 상이 아까 보았던 광대라는 것이 더 확실해졌다. 그것은 작가가 흑지의 종이에 계속 눈길을 주면서 참고하고 있는 것으로도 알 수 있다시피 그림을 완전히 조각으로 옮기는 작업이었던 것이다.

여러 가지 모양을 한, 아주 특수한, 빵조각을 단단히 해서 만든 끌들이 계속 연이어서 사용되었다.

처음 모양을 다듬을 때 사용된 밀랍이 작은 공이 되어 그의 왼손의 손가락 사이에 끼어 있었는데 때때로 거기서 밀랍을 가져와서 여기저기에 덧붙였다.

쉼 없이 일하는 이 작가는 조각의 작업과 함께 또 하나 다른 작업에 매진하고 있었다. 그것은 그 자체는 단순한 부가 작업이지만 같은 것의 반복함에 의해 처음에 한 일의 불가결한 보조 작업이 되는 것처럼 보였다. 그는 조각상의 표면에서 여러 가지의 끌을 사용해 밤의 밀랍의 하얀 가루를 모은 다음 그것들을 일렬로 늘어놓아 그 교본이 되는 그림 속의 잉크의 선과 완전히 같은 선을 만들어 내는 것이었다. 얼굴을 마무리할 때가 되어서도 그는 이 기묘한 작업을 멈추지 않았는데 여기선 일은 다른 어느 것보다도 어려운 것이었다.

때때로 그는 조각상의 다른 측면에 작업을 하려고 약간

조각대를 회전시키기도 했다. 그럴 때에 지침 역할을 하는 두 개의 그림이 언제나 자기 눈앞에 오도록 종이를 이동시켰고 밀랍 상자가 방해가 되면 그것을 옆으로 치웠다.

광대를 조각하는 작업은 잘 진척되어 놀랄만한 정교함을 획득해갔다. 작가는 어떤 데서는 거추장스러워 보이는 하얀 가루를 밀랍으로 감추는가 하면 다른 데에서는 반대로 표면이 충분하지 않다고 생각해서인지 그 가루가 나타나도록 했다.

마지막에 우리는 검고 작은 명품 조각상을 눈앞에 보게 되었는데 이것은 요컨대 종이에 그려진 장난꾸러기 광대가 사진의 포지티브라고 한다면 하얀 부분이 간헐적으로 나타나는 이 조각상은 완전한 네가티브라고 할 수 있었다.

칸트렐의 지시에 따라 지금까지와 같은 방향으로 다시 나아간 후에 우리 일행은 사이를 두고 있는 투명한 벽과는 눈과 코의 거리에 있는, 높이 약 2미터의 원형의 철책 앞에 섰다. 이것은 직경이 보폭한 걸음과 같고 파란 빛에 잠겨 있는 좁은 우리였다.

위와 아래 그리고 수평 방향을 묶는 두 개의 커다란 바퀴가 전체를 묶어주는 역할을 하고 있는데 철책의 철봉은 모두 이 바퀴를 가로지르는 것처럼 보였다. 그 철봉 중 네 개는 특히 두껍고 두 개의 면이 유리 벽면과 평행한, 원 안의 눈에 보이지 않는 정방형의 네 귀퉁이에 서서 다른 철봉이 닿지 않는, 상당히 넓은 바닥에 들어가 있었다.

전과 같이 우회를 해서 우리보다 먼저 와 있던 조수가 실내복

차림에 샌달을 신고 있으며 머리에 기묘한 헬멧을 한 채 들 것 위에 누워 있는 늙고 병든 사람 곁을 떠났고 그는 주머니에서 커다란 열쇠를 꺼내 네 개의 굵은 철봉 중에서 하나, 즉 우리들 쪽에서 가장 왼쪽으로 먼 쪽에 있는 철봉의 중간 정도 높이에 달린 자물쇠에 꽂았다.

열쇠를 돌리자 그는 약간 휘어진 문을 오른쪽 방향으로 당겨서 크게 열었다. 문은 원형의 철책의 4분의 1 부분만으로 이루어져 있는, 수평으로 펼쳐져 있는 두 개의 바퀴의 각각에 붙어 있는 두 개의 경첩에 의해 열리게 되어 있고 서로 이웃하는 세 개의 철봉의 상당히 높은 곳에 등을 향하고 붙어 있는 약간 휘어진 철판 위에 밖에서 읽을 수 있도록 새겨진 '초점의 지옥'이란 문자가 우리의 눈에 비쳤다.

왼쪽의 병든 사람은 실내복을 벗고 수영 팬츠 차림이 되더니 들 것 앞에 섰다. 그의 헬멧이 우리의 주목을 끌었다. 머리 위에 얹어져 있고 가죽 끈으로 턱 아래에 고정된 금속제의 챙이 없는 모자인데 그 위에 짧은 회전축을 얹었고 그것의 가운데에는 움직이는 둥근 침이 수평으로 접합되어 있었다. 칸트렐에 따르면 이 침은 강력한 자기를 띠고 있고 길이는 50센티 정도 된다는 것이다. 병든 사람의 오른쪽 어깨 위에는 낡은 사각형 액자가 매달려 있었다. 액자의 위쪽에 나사로 수직으로 고정된, 사이가 떨어진 두 개의 갈고리가 바늘 안으로, 바늘과는 직각의 방향으로 뚫린 구멍에 걸쳐져 있었다. 액자 안에는 누가 봐도 아주 오래된, 비단에 새겨진 판화가 덮개용 유리도 없이 들어있었다. 이것은 위쪽 왼편에 3행을 걸쳐 기록된

'루테시아의 지도'라는 제목이 보여주는 대로 파리의 상세한 옛날 지도였다. 직선의 굵고 검은 선이 북서쪽 지역을 가로지르고 있었고 그 양끝은 성벽을 나타내는 규칙적인 곡선과 겹치면서 그것을 넘어서고 있었다. 병든 사람의 왼쪽 어깨 위에는 새로운 사각형 액자가 역시 유리가 없는 상태로 앞의 것과 똑같은 방식으로 매달려 있었는데 이쪽은 종이에 인쇄된 만화 같은 그림인데 '아에네아스 역의 누리'라는 제목을 가지고 있었으며 휑한 공간 한복판에 있는 지구 위에 서서 얼굴을 화면 중앙에 향하고 소리로 강력한 효과를 내기위해 목을 충혈시킨, 트로이 왕자의 복장을 한 가수의 옆모습을 그린 것이었다. 그의 두 다리는 회전축에서 심하게 기울어져 있는 지구의의 맨 위에 있는 이탈리아를 밟고 있었다. 엄청나게 크게 열린 그의 입에서는 수직 방향으로 점선이 떨어지고 있었는데 그것은 어딘지 알 수 없는 지도에서도 끊임없이 눈에 띄는 형태로 지구를 직경 방향으로 가로지른 후 똑바로 떨어져서 '천저天底'라고 읽을 수 있는 한무리 천체 한복판에 와서 두 옥타브의 음을 클리어한 다음 날카로운 C의 음이 된 다음에 끝났다.

병자는 몇 걸음 걸은 다음 명백히 공포를 보여주면서 눈앞에 있는 원통형의 감옥에 들어갔다.

문이 닫혔고 열쇠를 두 번 돌려서 그걸 잠갔다.

조수는 열쇠를 가지고 조각상에 몰두하고 있는 예술가 쪽으로 달려갔다.

감금된 이 병자에게서 오른쪽으로 유리벽에 평행해서 약 3미터 정도 시선을 옮기면 시선의 방향과 직각을 이루는 면에 커다란 원형의 렌즈가 수직으로 서 있는 것이 보였다.

그것은 원형의 철책과 정확히 같은 높이로 구리의 바퀴 안에 완전히 들어가 있었는데 바퀴 쪽은 튼튼한 나사에 의해 바닥에 고정된 같은 구리로 만든 원반의 중심에, 그 기반부가 용접되어 있었다.

렌즈의 뒤에 있는 광원에 신경이 쓰여서 우리들은 두 걸음 뒤로 물러났다. 그러자 시야를 차단하는 것은 없었으며 언뜻 무거워 보이는 검은 실린더를 잘 관찰할 수가 있었다. 그것은 바닥 위에 서 있는데 대낮인데도 확실히 알아볼 수 있는 파란 빛을 내는 커다란 구형의 유리 전구가 그 위에 놓여 있었다.

전구는 간혹 아주 잠깐 꺼졌기 때문에 그 유리에는 아무런 색이 없고 빛 자체가 파랗다는 것을 알 수가 있었다.

전구와 렌즈와 감옥의 각각의 중심이 직선상으로 수평하게 놓여 있었다.

사람들에게 친숙한 얼굴인 탓에 따로 설명할 것도 없는 쉬르그 박사는 두꺼운 외투를 입고 무거운 모자를 쓴 채로 렌즈-그 자신이 그것을 들여다보고 있었다-를 고려해서 전구의 뒤에 부착된 여러 가지 철컥거리는 소리를 내는 보턴을 검은 실린더의 대 위에서 조작하고 있었다. 그는 바닥에 수직으로 고정된 금속봉 위의, 그의 약간 오른쪽에 설치된, 특별하면서 동시에 일정한 방향을 향하고 있는 원형의 거울을 끊임없이 쳐다보고 있었다.

두 걸음을 나아가 유리 벽이 있는 곳까지 오게 된 우리들은 병자가 파란 빛의 영향인 것 같은데 극도로 흥분하는 듯한 징후를 보여주는 것을 보았다. 빛은 그가 접하고 있는 장소에서는 다른 어느 곳보다도 강렬했다. 그것은 의미심장하게도 초점의 지옥이라고 이름 붙여진 이 감옥의 중심에 명백히 렌즈의 초점이 맞춰져 있기 때문이다.

감옥의 뒤에 우리들과 마주 보는 위치에서 털장갑을 하고 외투의 단추를 꽉 잠그고 후드로 머리를 감싼 한 남자가 있었는데 그가 올린 오른 손에는 짧은 철봉을 수평으로 쥐고 있었다. 우리들은 칸트렐의 말을 듣고 그것이 자석이란 것을 알았다. 남자는 병자의 헬멧을 쳐다보면서 2매의 판화가 끊임없이 광원과 마주보도록 했다. 그러기 위해서는 헬멧 위의 회전하는 바늘이 언제나 유리의 벽면도 직각이 되도록 바늘의 맨 끝에 자석을 향하게 하는 것만으로 충분했다.

칸트렐은 누리가 주인공인 판화를 보도록 권하면서 우리들을 조금 오른쪽으로 가게 했다. 병자의 투옥 이후 이미 색이 바래버린 그 판화는 이제 사라지려 하고 있었다. 칸트렐의 말에 따르면 쉬르그 박사가 렌즈에 사이를 두고 있다고는 하지만 거울에 완전히 비치는 감옥을 보면서 실린더의 보턴을 눌러 파란 빛의 강도에 눈에 띠지 않으면서도 상당한 변화를 만들어 내는 조작을 행하는 것은 오로지 판화의 점진적인 소실의 완급에 바탕한다는 것이다. 아직 들리는 보턴의 철컥철컥 하는 소리는 새로운 액자 안의 그림이 백지가 되는 순간에 그치고 빛의 조정이 완성되었다는 것을 보여준다. 루테시아의 지도 쪽은 원래대로의 선명함을 가지고 있었다.

점차 흥분의 정점에 도달하게 된 병자는 더 이상 자신을 억제할 수가 없었다. 고통에서 빨리 벗어나려고 그는 손발을 사용해 감옥의 철봉을 마구 흔들었다. 그리고는 견디기 어려운 고뇌에 사로잡힌 모습으로 뛰어 오르거나 빙글빙글 도는가 하면 무릎을 꿇기도 하다가 다시 일어서기도 했다. 이러한 동요와 반전에도 불구하고 두 매의 액자는 후드를 뒤집어 쓴 남자 덕분에 멀리 떨어져 있어도 언제나 렌즈에 대해 정면 방향을 유지했다. 남자는 손을 민첩하게 위아래, 좌우로 움직여 회전하는 바늘에 대해 확실한 힘을 갖는 자석을 언제나 필요한 장소에 가져가는 것을 게을리하지 않았으며 그것을 감옥 안에 집어넣거나 철봉에 붙이거나 하는 일은 결코 하지 않았다.

우리들은 한참동안 병자가 정신이 아득해진 듯이 난리를 치는 것을 보았다. 이 실험이 끝나는 것을 기다리지 않고 칸트렐은 우리들이 계속 걷도록 했다. 검은 실린더 곁을 지날 때 우리들은 두 손을 대의 보턴 위에 놓고 자세를 전혀 바꾸지 않으면서 거울을 쳐다보고 있는 쉬르그 박사의 모습을 보았다. 칸트렐은 만화 같은 그림이 사라진 이후 박사가 루테시아의 지도를 지켜보고 있는 것이라고 가르쳐 주었다. 지도는 커다란 저항력을 가지고 있어서 만약 색이 엷어지게 되면 그것은 발광장치의 상태가 갑자기 이상해져서 박사가 급히 개입하지 않으면 안될 정도의 힘을 발휘하는 경우에만 그렇다고 생각될 정도였다.

계속 걸으면서 우리들은 쉬르그 박사의 뒤에 무대 장치 같은 것의 뒷면을 보았다. 멈추지 않고 그대로 지나가자 뒷면의 일부가

제 4장

보였는데 그것은 어떤 건물의 채색되고 틀로 모양이 잡힌 석고제의 정면으로 유리의 벽과는 직각을 이루면서 우리들의 약간 왼쪽에서 벽과 접촉하고 있었다.

우리들 아주 가까이에서 입구의 문이 안쪽을 향해 크게 열렸다. '호텔 드 유럽'이라고 위에 기록된 그 입구는 보통의 채색 타일을 프레임에 집어넣은 벽을 가지고 있으며 타일을 깐 어떤 홀에 통하고 있었다.

입구의 맨 위로 문 틀의 수평 부분의 중앙 바로 위에 정면과는 직각을 이루면서 밖을 향해 짧은 연철의 몽둥이가 튀어나와 있는데 그 끝에는 이곳을 향해 똑바로 걸어서 오는 사람이 바로 볼 수 있는 면에 빨간 유럽의 지도가 그려져 있는, 거대한 랜턴이 매달려 있었다. 입구의 위에는 이 건물 같은 것의 단순히 가짜 그림 풍으로 그려져 있는 창과는 대조을 이루면서 진짜 유리의 덮개가 튀어나와 있어 강렬한 광선을 통과시키고 있었다. 이 광선은 거대한 우리의 유리 천정의 그 높이, 철로 된 몽둥이에 고정된 반사경이 붙은 전구에서 나온 것으로 화려한 지도 위에 비스듬하게 떨어지고 있었다. 마치 태양이 구름에 가려져 있으면서도 거기에 빛을 보내고 있는 것처럼 보였다.

엄동의 날씨에 밖에 나온 것처럼 온몸을 검은 옷으로 두껍게 감싼 한 남자가 입구 앞에 서 있었는데 입구에서 몇 걸음 떨어진 그곳에는 대조적으로 여름의 제복을 입은 문지기가 서 있었다.

아까 우리가 병자 앞에 서 있었을 때 상당히 멀리서 오른쪽을 지나가는 것을 보았던 조수가 갑자기 타일을 깐 홀에서 나오더니 빠른 걸음으로 이쪽에 등을 향한 채로 정면을 따라서 밖으로 나와 왼쪽으로 사라졌다. 우리들은 초점의 지옥을 향해 달려가는 그의 모습을 볼 수가 있었다.

이번에는 우아하고 경쾌한 해변용 드레스를 입고 손가락을 움직일 때마다 그 매력적인 손톱이 거울처럼 빛나는 젊은 미녀가 홀에서 나오고 있었는데 호텔 제복차림의 노인이 그녀를 쫓아오고 있었다. 그는 문턱을 넘어선 곳에서 그녀를 붙잡더니 편지를 하나 건네주었다.

그녀는 티 로즈의 줄기를 들고 있었는데 장갑과 양산을 함께 쥐고 있는 왼손보다는 아무 것도 들고 있지 않은 오른손으로 편지를 받았다. 가까이에 있었기 때문에 우리는 그 주소를 쓰는 난에 빨간 잉크로 '상원의원 부인'이라는 말이 쓰여 있는 것을 볼 수 있었다.

서명의 부분만을 보고 명백히 동요된 것처럼 보이는 이 아름다운 여성은 마치 뿌리가 박혀버린 듯이 자리에 우뚝 선 채 온몸을 떨기 시작했다. 그 바람에 그 때 편지 봉투와 엄지 사이에 있던 장미의 가시가 그녀를 찌르고 말았다.

그녀는 갑자기 줄기와 종이를 적시는 피를 보고 커다란 충격을 받은 모양으로 몸을 떨면서 편지와 꽃을 떨어뜨렸고 최면술에 걸린 것처럼 꼼작도 하지 않으면서 반쯤 세운 엄지 손가락을 쳐다보고 있었다.

그녀는 "반달 모양으로...전 유럽이....빨갛게...완전히...."라고 말했다. 이 말은 유리벽에 설치되어 있는, 앞의 것과 똑같은 둥근 창 덕분에 우리에게도 들렸다. 그녀의 이 말은 그녀 배후의 하늘에 태양과 비슷한 광선을 받아서 빛나고 있는, 유리에 그려진 지도가 거울 같은 자신의 손톱의 반달 모양에 확실하게 비치는데서 나온 것이다.

그녀가 떨어뜨린 직후에 노인은 피에 젖은 편지와 꽃을 땅에서 주우려고 했다. 그런데 적어도 80은 되어 보이는 그는 너무 몸이 딱딱해 제대로 몸을 구부릴 수가 없어서 손이 닿지를 않았다. 그래서 문지기에게 눈을 돌려 손가락으로 보도를 가리키면서 '호랑이'라고 그 옛날에 쓰던 로맨틱한 호칭으로 그를 불렀던 것이다.

청년은 부르는 소리를 듣자 다가오더니 이 가벼운 두 개의 물건을 주워서 주인에게 돌려주려고 했다.

그러나 그녀는 노인이 쓴 이 옛날 표현을 듣고 몸을 더욱 떨더니 환각에 사로잡힌 것처럼 '아버지', '호랑이', '피'라고 하는 세 개의 말이 끊임없이 등장하는, 툭 툭 끊어지는 문구를 중얼거리더니 여전히 공포에 떠는 몸짓을 계속 반복하는 것이었다.

그리고 그녀는 이제 완전한 광기에 빠진 것으로 보였다. 한편 처음부터 그 장면을 걱정스러운 듯이 지켜보던 검은 옷의 남자가 도와주려고 뛰어와서는 그녀를 호텔 안으로 다시 끌고 들어갔다.

다시 칸트렐에게 지시받은 대로 이제까지와 같은 방향으로 움직이기 시작한 우리 일행은 천정이 없는 장방형의 방 앞에, 한 무리의 노동계급의 남녀 곁에 와서 멈추었다. 방의 두 개의 장변의 한쪽에는 벽이 없고 유리벽이 그걸 대신하고 있어 우리는 안쪽 전체를 쉽게 볼 수가 있었다. 거기에서는 바로 전의 장소에 있던 시간의 끝에 우리의 시야에 있다가 이 방쪽을 향해 사라졌던 조수의 모습이 보였다. 그는 우리들의 오른편에 서 있는 벽 쪽에 가서 문을 열고 밖으로 나가자 다시 그것을 닫았다. 우리들이 약간 몸을 뒤로 제쳐서 보자 방의 바깥쪽을 우회한 후 비스듬하게 달려서 방금 사라진 젊은 여자의 뒤를 쫓아 호텔의 타일을 깐 홀 안으로 빨려 들어가는 그의 모습을 왼쪽 편에서 볼 수가 있었다.

우리들 눈앞에 있는 방은 서재처럼 보였다.

안쪽 벽을 배경으로 삼아 오른쪽에는 책이 가득 담긴 커다란 책장이, 왼쪽에는 여러 선반에 해골이 일렬로 늘어서 있는, 폭이 넓은 장식장이 서 있었다. 이 두 개의 가구 사이에는 불기가 없는 난로가 있었고 그 위에는 둥그런 유리 케이스가 있었다. 그 케이스 안에는 낡은 신문을 잘라 만든 것 같은 법관 모자를 쓴, 또 하나의 해골이 들어 있었다.

왼쪽의 벽에는 조수가 나간 문의 반대방향으로 커다란 창이 열려 있었다. 짧은 변을 이 벽에 붙인 커다란 장방형의 책상에는 유리 벽의 반대방향으로 이쪽에 등을 향한 채로 한 남자가 서류를 선별하고 있었다.

얼마 있다 일에 지친 듯이 그는 주머니에서 가죽 케이스를 꺼내서 거기서 담배를 꺼내 입에 물고 일어섰다.

그는 몇 걸음 걸어서 난로가 있는 곳까지 왔다. 그 위에는 좀 사용해달라는 듯이 종이 끝을 덧붙인 성냥 상자가 커다랗게 입을 벌리고 있었다. 그는 기분 좋은 듯이 연기에 싸인 채로 성냥을 흔들어 끈 다음에 손가락으로 그것을 난로 안에 집어던졌다.

제 4장

그러나 이러한 몸짓의 도중에 기묘한 모자를 쓴 두개골에서 무언가 특별한 것이 그의 시선을 끌어당겼다는 걸 그의 태도에서 알 수 있었다.

그는 갑자기 흥미를 느껴서 둥그런 유리 케이스를 들어 올린 다음 오른쪽에 놓았다. 그리고 법관모자에는 손을 대지 않으려 하면서 그 불길한 물건을 책상에 가지고 왔다. 그때 그가 우리의 정면 방향을 향하게 되어서 25세 전후라는 것을 알 수가 있었다.

우리들 일행에 섞여 있던 그 노동계급의 남자와 여자-아들과 그 어머니라는 것은 닮은 얼굴과 나이로 곧 알 수 있었다-는 유리 벽 너머로 뚫어질 듯이 그를 지켜보고 있었다.

담배를 피고 있던 그 남자는 책상에 돌아오자 다시 우리에게 등을 향한 채로 자기 앞에 놓아둔 두개골을 오랫동안 골똘히 지켜보고 있었다. 뼈만 남은 이마에 눈에 보이는 부분 전체에 걸쳐서 무언가 뾰족한 금속으로 뼈에 바로 새긴, 교차하는 여러 가는 선 같은 것들이 깊게 새겨져 있었는데 그것은 어린아이의 서툰 손으로 그린 것 같아서 헤어네트를 엮는 것을 흉내 낸 것처럼 보였다.

칸트렐은 《타임스》지의 조각으로 만들어진 법관 모자의 세로 방향 테두리의 일부에 적혀있는 손으로 쓴 룬 문자[북유럽에서 사용되었던 게르만족의 고문자-옮긴이]에 주의해달라고 말했다. 그리고 그 문자와 이마에 새겨진 그물 무늬의 그림이 서로 닮았다는 점을 지적했다. 확실히 자세히 관찰해보니 이마의 무늬는 오른쪽 아래의 마지막 것을 별도로 한다면 이쪽 저쪽으로 기울어지고 서로 결합된 모양 같은 것이 기묘한 형태의 룬 문자를 이루고 있다는 것을 알 수 있었다. 이처럼 편물을 연상케 하는 선처럼 쓰인 문장에서 두 단어가 각각 같은 괄호 안에 들어가 있었다.

우리가 관찰하고 있던 그 젊은 남자가 방금 막 깨달은 사실은 명백히 이마의 무늬와 모자의 테두리에 새겨진 무늬 사이에 뭔가 이상한 관계가 있다는 것이었다.

이제 그는 심이 하얀 연필이 달려 있는 작은 석반이 책상 위에 있는 것을 알아채고는 그것을 사용해서 왼손의 인지 손가락으로 끊임없이 이마에 새겨진 텍스트를 하나씩 가볍게 누르면서 그것을 알파벳으로 바꿔서 기록했다.

그가 일을 마쳤을 때 우리들의 위치에서는 'BIS'와 'RECTO'의 두 단어 이외에는 그다지 알아보기가 힘들었다. 이것들은 모두 대문자로 기록되어 있어 다른 단어보다 읽기가 쉬웠고 각각이 전체에서 차지하는 위치로 보아 원문 속의 괄호에 들어가 있는 두 개의 단어에 해당하는 것으로 보였다.

그가 방금 적은 문자 속에 기록된 무언가 지시에 따라서 그 청년은 방을 가로질러 가서 책장에서 아주 두꺼운 책을 한권 꺼냈다. 그 책의 등에는 아주 긴 제목에 이어서 "제24권-평민"이라는 부제가 보였다.

그는 책상으로 돌아와 두개골의 정면에 앉은 다음 공간을 만들려고 그것을 옆으로 밀고 나서 앞에 책을 두고 회갈색의 고급스러운 종이에 인쇄된, 몇 개의 단락으로 구분된 첫 페이지를 열었다. 그리고 나서 연필의 끝으로 하나씩 가볍게 누르면서 어느 단락 안의 문자의 수를 세기 시작했다. 때로 일정한 수에 도달하면

제 4장

마지막에 나온 문자를 석반에 적어놓고 이어서 필요한 지시를 얻으려는 것처럼 이마에 새겨진 것을 옮긴 문장을 전에 사용한 연필 끝으로 다시 확인한 다음 작업을 계속했다.

우리들은 아주 굵은 고딕자로 인쇄되어 있기 때문에 문제의 단락에서 특히 눈에 띠는 "……독사를 표현하는 세디유…."라는 부분과 "쉬브튜닉을 입고 있는 주교…."라는 부분을 주목했다.

청년이 새로운 작업을 끝내자 하나하나 단정한 서체로 쓰여진, 아주 명료한 것이 된 석반 위의 문자는 "vedette en rubis"['루비로 만든 스타'라는 뜻-옮긴이]라는 세 개의 단어를 만들어내고 있었는데 글자 사이에 필요한 간격을 두지 않고 쭉 이어서 기록되어 있었다.

책상 위에는 뚜껑이 열린 보석상자가 놓여 있었고 안에는 기묘한 미술품이 들어 있었다. 그것은 바로 다름 아닌 커다란 명함 크기의 극장 포스터의 복제품이었다. 그것은 표면 전체에 무수히 많은 작은 보석이 새겨져 있는, 금으로 된 판으로 만들어져 있었다. 문자 부분이 좀 거무튀튀한 에메랄드로 되어 있고 밝은 색의 에메랄드가 배경을 이루고 있었다. 사파이어의 문자로 기록된, 여러 사이즈를 가진 12개의 이름이 그 크기에 맞는 다이아몬드로 장방형의 배경에서 선명하게 부각되고 있었고 그 위에는 여러 개의 루비로 새겨진 한 이름이 불타는 듯이 빛나고 있었다. 이 이름은 상당히 넓은 영역에 걸쳐있는데다 다이아몬드의 띠 부분에서 확실히 부각되고 있었고 그 크기만으로도 다른 것들을 압도하고 있었다. 타이틀 앞에는 백 번째의 상연이라는 것이 쓰인 것을 볼 수 있었다.

곧 청년은 왼손으로 이 귀중품을 든 채로 책상 위에 있는 렌즈를 가져와 '루비로 만든 스타'를 세밀하게 조사했다.

상당히 시간이 흐른 후에 무언가를 발견한 듯이 그는 손톱으로 그 많은 루비들 중 하나를 파내려고 했다. 그것은 곧 조금 튀어나오게 되었다.

이제는 손가락 사이에 오직 이 귀중품만을 가지고 있는 그는 이 튀어나온 루비를 여러 가지 방법을 사용해 다시 밀어보았다. 그러자 갑자기 보석이 새겨져 있는 표면이 오른쪽으로 미끄러졌다. 표면은 옆으로 미끄러지도록 장치가 되어 있는, 얇은 뚜껑이었고 판의 내부는 구석까지 완전히 뚫려 있는 상태였고 거기에는 몇 장의 종이가 네 개로 접혀서 들어가 있었다.

그는 손으로 쓴 작은 글씨가 빼곡이 들어차 있는 이 종이를 꺼내서 펼치면서 다 피운 담배를 앉은 채로 난로에 집어던졌다. 그 다음 그걸 읽기 시작했다.

조금 지나 그걸 읽는 그의 모습에서 한행 한행이 그가 이제까지 몰랐던 과거의 추한 비밀의 깊은 곳에 그를 데려가고 있다는 걸 알 수 있었다.

그는 몸을 떨면서 겨우 페이지를 넘겼고 더욱 빠져들어 가듯이 계속 읽어나갔다.

그 서류의 맨 끝에까지 오자 그는 망연자실한 모습이었고 거의 몸을 꿈도 하지 못하고 있었다.

그리고 이제 반응이 찾아왔다. 그는 손을 비틀었고 끔찍한 생각들이 홍수처럼 몰려온 것 같은 모습을 보였다.

겨우 침착함을 되찾은 그는 책상 귀퉁이에 팔꿈치를 올리고 이마를 양손에 파묻은 채로 오랫동안 생각에 잠겼다.

그는 무언가 확실한 계획을 세운 것처럼 냉정한 확신을 가지고 그 성찰에서 깨어났다.

손으로 쓴 서류의 마지막 장의 뒤쪽에는 본문 맨 끝 아래행의 가운데에 굵은 글씨로 '프랑스와 쥘 코르티에'라는 서명이 기록되어 있었고 그 뒤로는 어떠한 추서도 없었다.

청년은 펜에 잉크를 적신 다음 이 뒷장의 남아있는 반 페이지 여백에 무언가를 쓰기 시작했다. 그것을 거의 채운 다음에 그는 '프랑스와 샤를르 코르티에Francois-Charles Cortier'라고 서명을 하고 그 다음에 아직 아무 것도 붙어있지 않은 처음의 c의 바로 밑에, 참으로 오랫동안 써서 익숙해진 손놀림으로 세디유[프랑스어에서 c의 아래에 붙이는 기호-옮긴이]가 되는, 휘어진 뱀 모양의 기호를 덧붙였다.

갑자기 생각이 난 듯이 위의 서명에 시선을 보내자 그것을 쓴 사람도 또한 세디유 대신에 펜으로 짧은 뱀을 기록해 놓고 있었다.

잉크가 마르고 청년은 다시 서류를 묶은 다음 다시 원래대로 접어서 금으로 된 판의 숨겨놓은 장소에 집어넣었다. 그리고 변함없이 열린 채로 있는 그 뚜껑을 엄지 손가락을 조심스럽게 사용해 완전히 닫힌 것을 의미하는 마른 소리가 날 때까지 밀어서 아래가 완전히 덥히도록 했다. 그 소리는 별도로 새로운 둥근 창이 있는 것이 아니었음에도 우리들도 들을 수 있을 정도였다.

곧 빈틈없이 다시 원래의 장소에 되돌아간 보석으로 만든 그 아름다운 포스터는 뚜껑이 열린 보석상자 안에서 전처럼 빛나고 있었다.

책도 원래대로 책장에 돌려놓은 청년은 책상으로 돌아와 무엇 하나 흔적이 남지 않도록 손가락 끝으로 더듬어서 확인했고 석반 위의 것들을 완전히 지웠다. 그 다음 두개골도 원래의 장소로 되돌려 놓았다. 그것은 그의 세심함 덕분에 변함없이 법관 모자를 쓴 채로 유리 케이스 안으로 돌아갔고 아까처럼 난로의 주요한 장식품이 되어 있었다.

잠시 후 그의 오른손은 주머니를 뒤져서 피스톨을 꺼냈고 왼손은 조끼의 단추를 전부 풀어헤쳤다.

셔츠 위로 심장에 총구를 갖다댄 그는 방아쇠를 당겼다. 크게 울리는 총성에 놀란 우리는 그가 몸을 흔들거리면서 앞으로 쓰러지는 것을 보았다.

그 순간에 칸트렐은 우리를 데리고 떠났다. 그 사이 조수는 문을 거칠게 열고 방 안에 들어오려고 했다.

노동계급의 여자와 그 아들은 무엇 하나 놓치지 않고 그 장면을 보고 있었는데 이제는 완전히 감동해서 서로를 끌어안았다.

우리들은 유리 벽을 따라서 지금까지와 같은 방향으로 앞으로 나아갔다. 벽의 저편에는 이제 빈터밖에 보이지 않았지만 그 빈터는 새로운 인물의 등장을 기다리고 있는 것처럼 생각되었다.

커다란 우리의 끝까지 오자 칸트렐은 비로소 왼쪽으로 돌았고 이어서 두 개의 주요한 벽면의 각각에 대해서 직각을 이루는 10미터 정도의 길이의 유리 벽면을 끝에서 끝까지 걸은 후에 다시 한번

제 4장

왼쪽으로 돌았다. 이제 우리들은 아직 지나간 적이 없는 두 개의 유리의 벽 중 하나에 이웃하는 길을 칸트렐 선생과 나란히, 광장의 방향을 향해 천천히 걷고 있었다.

칸트렐은 조금 있다 멈춘 다음 우리의 내부를 가리키면서 우리들과의 사이에 있는 유리에서 세 걸음 정도의 위치에 있는, 여러 가지 핸들을 갖추고 직경이 2미터, 높이가 5피트 정도 되는 거무튀튀한 금속으로 만들어진 커다란 원통형의 장치를 보여주었다. 선생은 이것은 자신이 만든 전동장치로 작동하기 시작하면 바로 강력한 냉기를 발산하는 것이라고 말했다. 이와 같은 장치는 이것 외에 6대가 있는데 이것들은 우리 안의 비어 있는 장소에 완전한 좌우대칭을 이루면서 새 유리창과 평행해서 일렬로 늘어서 있었다. 벽의 가운데에는 우리의 다른 문과 완전히 같은 구조를 보여주는, 양쪽으로 열리는 유리문이 설치되어 있었지만 지금은 닫힌 상태였다.

이 일곱 개의 커다란 원통형의 장치가 한꺼번에 작동하면 우리 전체를 항상 저온으로 해두는 것이 가능하다고 말한 후 칸트렐은 왔던 길을 다시 조금 돌아와서 마지막 코너를 돈 다음에 유리의 우리를 뒤로 한 채로 우리 일행과 함께 노란 모래의 작은 길을 걸어갔다. 이 작은 길은 둔각을 이루는 만곡부까지는 상당한 거리가 있는 장방형을 이루고 있었지만 우리들이 지금 걷고 있는 장소에서는 길의 양변이 통상적인 폭으로 돌아와 있기 때문에 안쪽을 향해서 규칙적인 사선을 그리고 있었다.

한걸음 한걸음 거대한 유리의 우리와 광장에서 멀어져 가는 사이에 칸트렐 선생은 우리들이 보고 들은 것 전부에 대해 말하면서 여러 가지 점들을 명확히 해주었다.

일 세기가 넘도록 죽음의 부동성不動性 속에 있던 당통의 얼굴 신경에 어떻게 그럴듯한 반사운동을 하게 하는 것이 가능한가를 발견한 칸트렐은 최근에 죽은 시체를 강한 냉기에 의해 조금도 변질되지 않게 하면서 그것들에 뭔가 작용을 가해서 생전과 똑같은 착각을 주는 것이 가능하지 않을까 생각하게 되었다.

그러나 저온을 유지해야 한다는 것이 아쿠아 미캉스가 갖고 있는 강한 전기를 이용할 생각에 방해가 되었다. 아쿠아 미캉스는 저온에서는 바로 응고해버리니까 그렇게 되면 죽은 사람을 얼음 속에 빠뜨리는 것이 되어 행동을 하게 하는 것이 아예 불가능해진다.

그는 타이밍을 잃지 않고 일정한 저온의 장소에 집어넣은 시체를 사용해서 오랫동안 실험을 했고 오랜 시행착오 끝에 그 결과 한편으로는 비탈리윰을, 다른 한편으로는 레저렉티느[résurrectine. '소생제'를 의미하는 조어-옮긴이]을 만들어내는 데 성공했다. 레저렉티느는 죽은 사람의 두개골 안에 옆으로 뚫은 구멍을 통해 액체 상태로 주입을 하면 혼자 응고해서 뇌를 둘러싸게 되는 것으로 에리트리트를 베이스로 한 빨간 물질이었다. 이렇게 해서 만들어진 내부의 덮개를 비탈리윰이라는, 짧은 몽둥이의 형태를 하고 있으며 주사구에서 간단히 집어넣을 수 있는 갈색의 금속과 접촉시키면 단독으로는 아무 것도 못하는 이 두 개의 화합물이 바로 강력한 전기를 내뿜고 전기는 뇌에 침투해서 사후경직을 이겨내고 놀랍게도 시체를 일시적으로 살려내는 것이다. 그리고 이 인물은 기억의 기묘한 회복의 결과 바로 그 인생에 있어서 가장 잊기 어려운 순간에 자신이 한 동작을 아주 세세한 부분에 있어서까지 정확하게 그대로 재현해 보여주는 것이다. 그 다음에 그는 쉬는 틈도 없이 이 놀라운 일련의 몸짓을 언제나 변함없이 반복하는 것이었다. 정말로 살아있다고 해도 좋을 만큼 완벽했다. 눈의 움직임, 계속적인 숨소리, 말, 여러 가지 행동, 걷는 것 등 어느 것 하나 빠진 것이 없다고 할 정도였다.

이 발명이 사람들에게 알려지자 많은 사람들이 죽은 친척 혹은 지인이 눈앞에서 다시 살아나는 것을 보고 싶다는 생각에 칸트렐에게 편지를 보냈다. 그는 자택의 정원에 적당한 장소를 마련하기 위해 똑바른 작은 길의 일부를 확장해 유리의 천정과 벽과 그것을 받치는 철골만으로 이루어진, 장방형의 커다란 홀을 만들게 했다. 그리고 그 안에 시체를 부패에서 지키면서도 다른 한편으로는 그 조직을 경화시키지 않는 수준의 저온을 항상 유지하기 위해 전동의 냉동장치를 설치했다. 두꺼운 옷을 입으면 칸트렐이나 조수도 별 다른 어려움 없이 이곳에서 장시간 머무를 수가 있었다.

칸트렐의 허가를 얻어 이 거대한 냉동고로 옮겨진 시체는 모두 레저렉티느의 주사를 맞았다. 이 물질의 주입은 오른쪽 귀 위에 열린 작은 구멍을 통해 이루어졌는데 이 구멍에는 그후 비탈리윰의 가는 플러그를 꽂게 되었다.

레저렉티느와 비탈리윰이 한번 접촉하게 되면 피험자는 움직이기 시작했다. 그 사이 곁에서는 그의 인생의 증인이 아주 두툼한 옷을 입은 채로 몸짓이나 말 등 재현된 장면에서-몇 개의 별개의 에피소드가 합쳐져서 구성되는 경우가 많았다-그것이 어떤 것인지를 식별하려고 애썼다.

이러한 조사 단계에서 칸트렐과 조수는 되살아난 시체 가까이에 서서 때로는 필요한 도움을 주기위해 그 동작 하나 하나를 면밀히 지켜보고 있었다. 실제로 그 생전의 무언가 무거운 짐-거기에는 없는 것이다-을 들기 위해 근육을 사용했던 동작을 재현하려고 한다면 밸런스를 잃을 염려가 있었고 자칫하면 쓰러질 수도 있는 것이다. 그런데다 앞에 평평한 땅 밖에 없는데도 두 다리가 상상 속의 계단을 올라가거나 내려가는 경우가 있고 그때에도 몸이 앞이나 뒤로 쓰러지는 것을 막을 필요가 있었다. 또 피험자가 두 손을 펼친 다음에 다가와서는 기대려고 하는 존재하지 않는 벽을 대행해야 하기도 하고 공중에 앉으려고 하는 그를 두 팔로 안아야만 하는 경우도 있었다.

재현된 장면을 다 식별하게 되자 칸트렐은 열심히 자료를 모아 유리로 된 홀 안에 가능한 한 진품을 사용해 필요한 배경을 충실히 재현했다. 말을 들을 필요가 있는 경우에는 유리 벽의 적당한 장소에 아주 작은 둥근 창을 만들었고 원형의 얇은 종이에 풀을 붙여 달아 놓았다.

시체는 역할에 어울리는 복장을 하게 했으며 혼자 있기는 했지만 가구나 몸을 기댈 곳, 여러 가지 물건, 들어 올린 물건 등이 그 장소에 있었기 때문에 넘어지는 경우나 잘못된 동작을 하는 경우도 없었다. 한번 전체 동작을 끝마치면 그는 다시 출발점에 돌아와 같은 동작을 무엇 하나 바꾸지 않고 무한히 반복하는 것이었다. 불량도체로 된 작은 링을 가지고 비탈리윰의 플러그를 빼버리면 그는 죽음의 부동성으로 되돌아가지만 그것을 다시 머리털 아래에 감추어져 있는 구멍을 통해 두개골에 꽂아 넣으면 언제나 처음부터 그 역할을 다시 연기하는 것이었다.

장면에서 뭔가 필요한 것이 있다면 칸트렐은 어떤 역할을 하도록 하기위해 돈을 써서 엑스트라를 고용했다. 그 역할 때문에 입지 않으면 안 되는 복장 아래로 두꺼운 털 스웨터를 입고 두꺼운 가발로 머리를 보호하기만 하면 그들은 이 냉동고 속에 있는 것이 가능했다.

차례로 로쿠스 솔루스 저택에 오게 된 이하의 8명의 죽은 자들은 새로운 치료를 받은 후에 다음과 같은 일련의 사건으로 이루어지는 장면을 다시 한번 살게 된 것이다.

1. 미망인이 데려온 시인 제라르 로웨리. 그 부인은 극도의 고뇌에 시달리고 있었으며 칸트렐이 약속한 인공적인 소생만을 유일한 희망으로 여기고 있었다.

그 생애 최후의 15년간 제라르는 여러 나라의 지방색의 표현에 있어 아주 뛰어난 주목할만한 시들을 파리에서 발표했고 성공을 거두었다.

그 재능의 성격상 끊임없이 여행을 하지 않으면 안 되었던 시인은 힘든 별거 생활을 하지 않아도 되게 하려고 그와 마찬가지로 유럽의 여러 언어를 구사할 수 있는 젊은 처 클로틸드와 방랑

생활의 피곤을 모르는 튼튼한 아들 플로랑을 데리고 세계 각지를 돌아다녔다.

어느 날 칼라브리아 지방[이탈리아 남단에 있는 지역-옮긴이]의 아스프로몬테 산맥의 인적이 없는 길을 마차를 타고 지나가다가 제라르는 여행자에게 금품을 강탈하는 것으로 유명한 두목 그로코에 의해 인솔되고 있는 산적 무리의 습격을 받게 되었다.

제라르는 저항을 시도했지만 되려 왼쪽 발을 단도로 찔리고 당시 두 살이었던 플로랑과 함께 잡히게 된다. 그로코는 클로틸드를 풀어주면서 정해준 날까지 총액 5만 프랑을 갖고 오지 않으면 두 사람을 죽일 것이라고 말했다. 그리고 나서 자신의 허리띠에서 우표가 붙은 편지지를 꺼낸 다음 그 시인에게 클로틸드가 재산을 맘대로 처분할 수 있도록 하는 위임장을 쓰라고 명령했다.

짐과 함께 가파른 산정에 끌려가게 된 제라르와 플로랑은 그로코가 그의 캠프를 차린 버려진 요새에 딸려 있는 옛날 성당에 갇히게 되었다.

시인은 생각해보니 구조될 가능성이 아주 적다는 것을 깨달았다. 그로코가 그를 취미 삼아 여행하는 돈이 많은 사람으로 착각해서 그의 몸값을 너무 높게 책정했기 때문이다. 클로틸드가 현금으로 마련할 수 있는 그것의 5분의 1 정도에 지나지 않았다. 게다가 돈이 제때 오지 않으면 이 악명 높은 산적은 일각의 지체도 없이 그를 처형할 것이 틀림없었다.

하지만 제라르는 더 숙고한 다음에 비록 위험이 있긴 하지만 적어도 플로랑의 목숨만큼은 구할 수 있는 방법을 찾아냈다.

제 4장

클로틸드가 쉽게 모을 수 있는 수천 프랑의 돈을 준다는 약속을 해서 피앙카스텔리라는 감옥의 문지기를 매수하는 데 성공했다. 그는 산적들 중에서 가장 재주가 있다는 친구로 그는 그의 애인인 마르타의 도움을 받아 위험한 다리를 건널 결심을 했다.

산적 중에 몇 사람은 이렇게 캠프지에 애인을 동반하고 있었다. 그녀들은 특별히 규율에 얽매이지 않으면서 근처 마을에도 맘대로 가서는 여러 가지 물건을 사가지고 오기도 했다. 다른 여자들과 마찬가지로 자유의 몸인 마르타는 플로랑을 몰래 데리고 나가 정해진 액수를 받고 아이를 클로틸드에게 돌려준 다음 돈은 피앙카스텔리에게 가져오는 것으로 정해놓았다. 그 다음에 두 명의 공범자는 보복을 피할 목적으로 그로코의 은신처에서 바로 도망치기로 계획을 세웠다.

시인은 아들을 확실히 도주하게 할 목적으로 자신이 구조되는 것은 포기했다. 그로코는 가끔 성당 앞을 지나가면서 창으로 제라르의 모습을 확인하곤 했다. 만약 그가 없다는 것을 알게 되면 바로 그를 맹렬하게 추적할 것이 틀림없었다. 이에 비해 그가 여전히 남아 있다고 생각하면 운 좋게 아들이 도주를 했을 때 이곳의 자연을 염두에 두면 도주 자체가 어렵고 상당히 시간이 걸릴 것이 틀림없긴 하지만 그것을 엄호해 주는 셈이 되는 것이다.

그로코는 인질로 삼은 사람이 도주하기 위해 외부와 연락을 취하는 것을 두려워했으므로 언제, 어떠한 때에도 펜과 연필의 소지를 금하고 있었다.

피앙카스텔리는 잠시 이 명령을 어기고 제라르를 위해 플로랑을 데리고 온 모르는 여자에게 정해진 금액을 주라고 클로틸드에게 명하는 편지를 쓸 수 있도록 편의를 도모해 주었다.

다음 날 새벽에 마르타는 편지를 가지고 망토 안에 아이를 숨긴 채 출발했다.

그러나 그날 그로코는 인질로 삼는 데 딱 좋은 돈 많은 여행자의 일행이 곧 이곳을 지나간다는 연락을 갑자기 받고 피앙카스텔리를 그 원정에 데리고 갔다. 그는 무슨 일이 있을 때 이 부하의 도움과 충고를 아주 중시하고 있었던 것이다.

루차토라는 새로운 문지기가 제라르에게 배당되었다. 그는 그때부터 플로랑이 도주한 것이 발각되지 않을까 잔뜩 겁을 집어먹었다. 지금 추적하면 마르타를 따라잡는 것이 충분히 가능했기 때문이다.

루차토는 그날 처음 식사를 가지고 왔을 때 다행히 어두운 구석에 있는 낡은 침대에서 자고 있다고 생각한 모양인지 플로랑에 대해서는 전혀 신경 쓰는 것 같지 않았다. 그러나 아버지는 그가 다음에 올 때에는 이번과는 달라서 아이가 없다는 것을 알아내고 마르타가 충분히 멀리 달아나기 전에 모든 것이 알려질 것이라고 생각했다.

제라르는 그러한 위험을 피할 방법을 찾았다.

유폐되어 있는 성당의 벽에는 제단의 잔해에 섞여서 등신대의 성모상이 몇 개 깨진 상태로 굴러다니고 있고 그 곁에는 그것이 예전에 안고 있던 아기 예수의 석상이 상당히 깨끗한 상태로 드러누워 있었다. 아버지는 이 아기 예수의 석상을 잘 이용해

제 4 장

루차토의 눈을 속여 넘기기로 마음을 먹었다.

그는 마차가 습격을 받을 때 다친 왼쪽 다리의 상처를 아물게 하려고 그로코에게서 살색의 연고를 받아놓은 것이 있었다.

그는 신의 아이를 들어서 얼굴, 귀, 목에 연고를 바르고 플로랑을 침대 위에 뉘였다. 그리고 그 결과에 만족하면서 다음에는 돌의 머리를 완전히 감추는 것만을 생각했다. 하얗고 작은 테두리 없는 모자를 씌우는 것만이 자연스럽게 보일 거라고 생각했다. 그런데 어떻게 하면 그런 물건을 만들어낼 수 있을 것인가. 제라르는 여행을 할 때에는 항상 색이 있는 내의 밖에는 갖고 있지 않는다. 그것을 가지고 테두리 없는 모자를 만든다면 너무 화려해서 금방 의심을 받을 것이다.

성당에는 창이 딱 하나 있어서 그것이 내부를 밝게 해주었다. 밤의 침입자에 대비해서 이전에 설치된 튼튼한 철창을 갖는 이 창은 밖에서 보면 건물의 정면이 안으로 움푹 들어가서 만들어져 있는 것 같은, 좁은 알코브 모양의 내벽을 이루고 있었다. 이 요부凹部의 구석에는 여러 가지 쓰레기, 빵 조각, 야채 및 과일 씨앗 등이 쌓여 있었다.

그는 철창 부분이 바깥쪽을 향해서 조금 튀어나와 있어서 잘 조사해볼 수가 있기 때문에 만일을 생각해서 그 쓰레기 더미에서 자신의 계획에 맞는 재료가 혹시 있을까 찾아보았다.

그는 쓰레기 더미에서 많은 배 껍질이 있는 것을 보고 그 전날 산적 중에 한 사람이 베르가모산 배가 한 무더기 들어 있는 바구니를 농부의 마차에서 빼앗아 산적 전원이 배불리

먹었다는 것을 기억해냈다. 그는 야식으로 그 과일을 하나 주었던 피앙카스텔리에게서 이 사실을 들은 바가 있다.

어떤 생각이 갑자기 제라르의 머리에 떠올랐고 그는 두 개의 철창 사이로 팔을 뻗어서 배의 찌꺼기에서 하얀 섬유질 부분을 뽑아서 모았다. 씨앗과 그 주변 부분을 제거하고 굵은 끈 같은 것만 뽑아낸 다음 그것을 다시 찢어서 가는 실로 만들었다. 그리고 익숙하지 않은 손동작으로 그 실들을 이리저리 엮어서 결국 테두리 없는 모자 비슷한 것을 만들어냈다. 이 모자를 석상에 씌우고 머리까지 담요로 덮은 다음 벽 쪽으로 향하게 하면 석상은 정말로 자고 있는 어린 아이처럼 보였다. 연고는 퍽 살색의 느낌을 잘 내고 있었고 테두리 없는 모자는 하얀 헝겊으로 만들어진 것처럼 보였다.

그는 작업 중에 그의 손에서 떨어진 여러 가지 쓰레기들을 원래 있던 쓰레기 더미에 주의 깊게 되돌려 놓았다.

루차토가 점심 식사를 가지고 왔을 때 제라르는 격한 마음의 동요를 억제하면서 플로랑은 아침부터 몸이 안 좋아서 자고 있는데 혹시 깨우지 않도록 조용히 해달라고 부탁했다. 문지기는 침대가 있는 어두운 구석을 잠깐 보더니 이 계략에 그대로 넘어갔다. 밤에 그가 저녁 식사를 가지고 올 때에도 똑같은 장면이 반복되었고 그는 그를 속이는 데 성공한 것이었다.

밤이 아직 새지 않았을 때 제라르는 열쇠 소리에 눈을 떴다. 그로코의 이번 원정도 성공한 모양이었다. 인질들이 인접하는 방에 감금되면서 나는 소리였다.

다음 날 다시 문지기로 돌아온 피앙카스텔리는 시인의 책략을

제 4장

듣고 감탄했다. 그 이야기는 전날 아침부터 그의 마음에 떠돌던 불안을 진정시켜주었다. 신중을 기해서, 석상은 혹시 누군가 들어오는 사람이 있을 때 그 눈을 속이기 위해 그대로 두기로 했다.

마르타는 5일 만에 돌아왔다. 클로틸드를 어렵지 않게 찾아내서 플로랑을 넘겨주고 약속한 대로의 금액을 받았다. 게다가 여러 가지 대담한 구출 계획에 대해 기록한, 제라르에게 보내는 편지도 가지고 왔다.

어느 날 아침 조만간 아스프로몬테에 올 것으로 예상되는 부유한 여자 여객에 대한 정보 수집을 드로코는 피앙카스텔리에게 맡겼고 그는 이틀은 걸릴 이 일이야말로 마르타와 돈을 가지고 영구히 이 캠프지를 떠날 좋은 기회라고 생각했다.

제라르도 그의 계획에 동의했고 감사를 표시하면서 작별을 고했다.

다시 문지기로 돌아온 루차토는 피앙카스텔리가 별 지장 없이 탈주할 수 있도록 신경을 쓰는 시인 덕에 또 하루를 그의 말을 그냥 믿고 지나갔다. 그러나 다음 날 그의 마음에도 의심이 생겨 침대에 다가갔고 결국 모든 것을 알게 되었다. 그의 보고를 받은 그로코는 당장 조사에 착수해 피앙카스텔리와 마르타가 도와주었다는 것을 알게 되었다. 그러나 두 사람은 이미 손이 닿지 않는 먼 곳으로 떠나버렸기 때문에 보복은 불가능했다.

곧 틀림없이 다가올 죽음을 뭔가 일을 하면서 잊으려고 제라르는 그로코가 금지했음에도 불구하고 무언가 글을 쓸 수단을 찾았다.

그 비극의 날 마을을 나온 마차를 향해 방금 딴 꽃을 손에 든 가난한 아이들이 꽃을 사달라고 몰려들었을 때 제라르는 클로틸드를 위해서 꽃을 사주었다. 그녀는 산 꽃 중에서 장미를 하나 뽑아 그의 옷깃에 꽂아주고 기뻐했다. 이제 수인囚人이 된 시인은 더 만날 가능성이 없는 이 여자에 대한 사랑의 징표로 그것을 귀중히 여겨 가지고 있었다.

제라르는 이 장미의 가시 중 하나를 펜으로 쓰려고 생각해서 가장 긴 것을 제외한 나머지를 다 잘라내고 남은 가시 위의 줄기 부분을 손톱으로 잘라냈다. 그러자 꽤 쓸 만한 필기구가 만들어졌다.

그는 자신의 짐 중에서 몇 권의 책을 사용하는 것을 허락해달라고 부탁을 해서 받아들여진 바가 있다. 그 중에 큰 부분을 차지하는 아주 오래된 사전에는 맨 처음과 맨 끝에 제본공이 붙인 백지가 한 장씩 들어있고 그 네 페이지 분량의 커다란 여백은 꽤 긴 글을 쓰기에도 충분했다.

제라르는 가시를 찔러서 피를 내면 잉크 대신으로 사용할 수 있다는 것을 알고 있었다. 하지만 잘못해서 옷을 더럽히기라도 하면 그 책략은 바로 간파될 위험이 있었다.

그는 가령 금속 같은 오래 가는 물질을 분말로 해서, 사용 가능한 유일한 액체인 물을 가지고 쓴 글자 위에 그 분말을 뿌리고 그것이 마른 다음에는 그것을 읽는 것이 가능해지지 않을까 생각했다. 그렇게 되면 쉽사리 사라지지 않는 원고가 만들어지지 않을까 생각했다. 그런데 도대체 어떤 금속을 분말로 하면 좋을

제 4장

것인가.

 창의 철창은 강철로 만들어져 있어서 도저히 떼어낼 수 없었다. 빗장 하나로 문이 밖에서 잠기게 되어 있는 성당 안에는 아무 것도 없었다. 투옥되기 전에 제라르는 장신구도 돈도 다 뺏겼기 때문에 아무 것도 없는 상태였지만 다행히 다음과 같은 감동적인 유래를 가진 낡은 금화 하나가 남아 있었다.

 예전에 오베르뉴 지방에서 여름을 지낸 적이 있었던 클로틸드는 아직 어린 아이였던 그 시절에 봉건 시대의 성의 유적이 남아 있는 이곳 근처의 숲 속에서 자주 놀았다. 어느 날 자신이 만든 모래성 주변에서 뭔가를 파내려고 땅을 파다가 금화가 하나 나왔다. 조사해보니 그 금화는 에퀴 아 라 쉐즈[왕좌에 앉은 필립6세를 보여주는 금화 -옮긴이]라는 것을 알았다. 이 발견에 크게 기뻐한 클로틸드는 금화를 체인에 감은 뒤 팔찌처럼 만들어서 차고 다닐 생각을 했다. 결혼반지를 받을 때 상대의 손목에 걸어주고 싶어서 어렸을 때부터 계속 가지고 있었던 이 장신구를 제라르에게 선물로 주었다. 시인은 낮이나 밤이나 이 보물을 항상 손목에 차고 있었다. 이 팔찌는 소매에 감춰져 있었기 때문에 산적들은 그를 신체검사할 때 이를 발견하지 못했다. 벽에 붙어있는 두 개의 가로 방향 철봉에 의해 고정되어 있는 창의 철창은 그 끝이 뾰족하기 때문에 거기에 금화를 문지르면 금가루를 얻을 수 있을 것 같았다.

 사랑의 징표로 두 사람에게 있어 굉장히 중요한 이 금화는 이렇게 하면 결국 없어지게 될 지도 모른다. 그러나 금화가 시인의 백조의 노래를 위해 사용된다면 그 특별한 가치는 미망인이 되는 클로틸드의 눈에도 결코 그 가치가 줄어드는 것은 아닐 것이다. 거기다가 그녀는 그의 장신구 및 짐을 그로코로부터 틀림없이 다시 사들일 것이다.

지금부터 쓰게 될 글자가 조금만 손대면 금방 지워져버릴 가능성이 있었으므로 제라르는 견고한 장정이 지켜줄 것이라는 생각에서 그 두 장의 백지를 책에서 떼어내지 않고 그 위에 직접 쓰기로 결심했다. 그리고 이렇게 한다면 이 작품은 더 확실히 클로틸드의 손에 도달하게 될 것이다. 그녀는 그의 유품을 사들인 다음에 물건 하나하나를, 특히 다른 무엇보다도 이 낡은 책을 반드시 확인할 것임에 틀림없다.

아주 고가인 이 책을 고작 몇 페이지의 여백을 이용하기만 해서는 책의 가치를 떨어뜨릴 지도 모른다고 생각해서 그는 본문과 밀접하게 연관되는 시를 쓰려고 마음먹었다. 책과 관계가 없는 시를 쓰게 되면 그 책 전체를 망치게 될 지도 모르지만 주제가 공통된 것이라면 오히려 책 전체를 풍요롭게 해줄 수도 있는 것이다. 게다가 내용이 친근한 것이면 그 두 장의 백지를 혹시라도 찢어서 버리지 않게 하기 위한 보증의 역할을 해줄 수 있을 것이다. 임시적인 그 문자에 장정의 영원한 보호를 가져다주고 손으로 쓴 그 시가 오랫동안 남을 수 있는 기회를 주게 될 것이다. 시인은 이렇게 하면 자신의 작품에 꽃을 덧붙이게 된다. Erebi Glossarium a Ludovico Toljano라고 제목이 붙은 이 책은 이 갇힌 사람의 최후의 탄식에 소재를 줄 뿐만 아니라 그것을 밖으로 표출시키는 데도 적절한 것이었기 때문이다.

제 4장

신화학에 대해서 깊고 특수한 연구를 일생 해온 16세기의 저명한 석학인 루이 트로장은 30년에 걸친 그 면학의 기간에 모은 자료를 『올림포스 사전Olympi Glossarium』과 『저승사전Erebi Glossarium』이라는 두 권의 주목할 만한 사전에 나누어서 모았다.

거기에는 올림포스와 에레보스라고 하는 두 개의 초자연계에 관한 신, 동물, 장소, 물건 등이 알파벳순으로 분류되어 있고 각각의 이름 뒤에는 적절한 문헌, 삽화, 인용 등을 담은 해설문이 붙어있었다.

올림포스에 대해서나 에레보스에 대해 관계없는 말은 어느 항목에서나 제외되었다.

라틴어로 인쇄되어 오늘날에도 귀중한 문헌으로 간주되는 이 두 권의 책은 희귀본으로 이제는 약간의 유명한 공공도서관 외에는 남아있지 않았다. 그러나 할아버지 때부터 작가였던 로웨리 집안에서는 옛날부터 두 번째 권이 일부 전해져 왔었다. 아주 상태가 좋은 책으로 제라르는 매일 이 책을 펼치면서 감탄하고는 했었다. 이 책에서 에레보스라는 말은 가장 넓은 의미로 사용되어 저승세계 전체를 말하는 것으로 사용되었다.

그래서 이제 최후의 외침을 외쳐야할 때에 당면해서, 죽은 사람들의 유일한 거처가 되는 이 샘 말고 어디에서 물을 길어 올려야 할 것인가?

제라르는 오드[특정한 사람이나 사물에 부치어 지은 서정시-옮긴이]를 쓸 계획을 짰다. 그 시 속에서는 이교도가 되어 사후의 생이 주어진 그의 영혼은 에레보스에 와서 여러 가지 환상을 보게 된다. 그런데 이들 환상 모두를 바라는 대로 하나로 융합하기 위해서는 책의 어딘가의 한 단락에서 착상을 얻은 것이 아니면 안 된다.

창작을 할 때 그는 규칙 바르게 작업하는 것을 싫어하는 편이어서 완성될 때까지 침식을 아예 잊어버리고 한꺼번에 해치우는 쪽이었다. 그 후에는 무시무시한 허탈감이 찾아와서 오랫동안 무엇을 만들어내려고 하는 기분이 전혀 들지 않았다. 그는 기억력에 자신이 있었기 때문에 펜을 잡기 전에 마음속에서 모든 것을 다 정해놓았다.

제라르는 한시도 쉬지 않고 60시간을 연달아서 자신에게 부과한 규칙에 따라 오드를 썼으며 밤이 샐 무렵에 그것을 완성했다.

그러고 나서 금화를 철의 철창 뾰족한 부분에 오랫동안 문질러서 일정량의 금가루를 주의 깊게 모았다. 그리고 물에 적신 가시를 가지고 그 주어진 페이지에 오드를 쓰기 시작해 한 구절 끝날 때마다 아직 마르지 않은 문자 위에 금가루를 뿌렸다.

제라르가 사전의 첫 페이지의 끝까지 문자로 다 채우고 문자가 마른 다음에 아직 물에 젖지 않은 금가루들을 조심스럽게 다시 모으자 금색의 시가 확실히 그 모습을 드러냈다. 책 앞부분의 두 페이지와 뒷부분의 두 페이지를 모두 같은 방법으로 메꾸어서 시인은 오드를 완성했고 맨 끝에 자신의 서명을 써넣었다.

다시 그에게 덮쳐오는 쓸쓸한 기분을 무언가 몰두할 수 있는 일로 잊고 싶다고 생각한 제라르는 이런 엄청난 노력을 한 다음에는

제 4 장

창작 쪽의 일은 당분간 할 수가 없으므로 단조로운 기억 작업으로 만족하기로 했다. 저승사전에는 기억하기에 딱 좋은 많은 감동적인 이야기가 기록되어 있지만 그것들은 제라르의 혹사된 두뇌에는 위험했다. 그는 엄청난 창작열에 사로잡힌 다음에는 상상력으로 가득 찬 책을 읽는 것을 스스로에게 금지하는 편이었다.

오히려 차갑고 과학적인 문장을 읽고 싶어져서 그는 가지고 있는 책 중에서 『시신세』라는 책을 꺼냈다. 이것은 제목 그대로 지질학상의 어떤 시대를 다룬 연구서였다. 그는 시인으로서 지구의 과거로 그의 마음을 가져가는, 일련의 멋진 컬러 도판을 가진 이 책을 즐겨 읽는 편이었다. 그는 도판은 보지 않고 그냥 평범한 단락을 읽으면 죽음의 강박관념에 시달리는 그에게 적절한 시간 때우기가 될 것이라고 생각했다.

그러나 제라르는 이처럼 어려운 일을 완성시키기 위해서는 마지막 날까지 용서 없이 자신을 몰아세우는, 엄격한 규칙이 필요할 것이라고 느꼈다.

권말에는 2단 편집으로 색인이 있었는데 동물, 식물, 광물 등 다루고 있는 소재를 알파벳순으로 나열하고 각 항목 뒤에 그것을 다루고 있는 페이지수를 기록해 놓고 있었다.

그가 죽을 것이라고 생각되는 날까지 대략 50일 정도 남아 있다고 본 제라르는 인용되고 있는 단어의 수가 딱 50개인 색인의 페이지가 없는지 찾았다. 그래서 그의 희망에 맞는 색인의 열다섯 번째 페이지를 찾아내고 그 위에다 아까 했던 것과 같은 수법으로 "독방의 나날들"이라고 썼다. 독방이라는 말은 그가 받은 감금의 고통스러움으로 볼 때 정당한 표현이었다.

표제로는 '대변'과 '차변'이라는 두 개의 새로운 단어가 사용되었는데 대변은 1단의 맨 위 방향에 설정되었고, 차변은 2단의 맨 아래에 설정되었다. 그런 다음 50일을 나타내는 그 50개의 항목을 대변 쪽에서부터 매일 하나씩 가시와 물과 금가루를 사용해서 지워나갔다. 날이 가면 갈수록 대변 쪽이 늘어나게 되면서 차변이 점점 줄어들게 되는 것이다.

그는 하루에 한 항목씩 지우면서 그 지워진 항목이 지정하고 있는 페이지의 부분을 일어나서 취침할 때까지 모두 암기하는 일을 자신에게 부과했다. 이렇게 해서 엄격한 의무를 명확하게 부과 받은 그는 이 단순한 행동 방침에 따라 기억 작업을 행하면서 자신이 원하는 망각을 손에 넣게 되었다.

운명의 날의 3주 전에 그는 뛸 듯이 기뻐하며 몸값을 가지고 캠프에 찾아온 클로틸드를 품에 안고 기뻐하면서 꿈을 꾸고 있는 것이 아닌가 하고 생각했다. 예전에 수도원에서 그녀와 친했던 평민 출신의 에블린느 브레제라는 여자는 그 미모 덕에 아주 좋은 데에 시집을 갔다. 클로틸드는 그녀의 운명의 변화는 모른 채 그녀를 잊어버리고 있었는데 에블린느 쪽이 어느 날 잡지를 읽다가 제라르와 그의 처-그녀의 옛날 성이 표기되어 있었다-의 약력이 붙어 있는 마차 습격 사건의 기사를 읽게 되었던 것이다. 학교 동창의 곤경을 알게 된 그녀는 관대하게도 요구된 몸값의 전액을 그녀에게 보내주었다.

시인은 바로 석방이 되었고 두목인 그로코는 자신이 관대하다는 것을 보여주고 싶었던지 그 고통스러운 나날의 기념으로서 이상한 모양의 테두리 없는 모자를 쓴 아기 그리스도의 석상과 금의 문자로 장식된 두 권의 책과 가시가 하나만 남아 있는 장미꽃의 줄기를 가지고 떠나는 것을 허락해주었다. 금화는 변함없이 발각되지 않은 채로 여전히 그의 손목에 채워져 있었다.

그런데 죽은 제라르 로웨리가 레저렉티느과 비탈리윰의 영향 아래 다시 살아나서 연기하고 있는 것은 그 생애에 있어서 가장 잊기 어려운 감금 사건 동안에 일어난 한 에피소드였다. 필요한 무대장치가 냉동실 안에서 만들어졌는데 그것은 간장 질환이 원인이 되어 죽는 날까지 시인이 소중하게 보존하고 있었던 추억의 소도구류에 의해 완전한 것이 되었다. 무너진 제단도, 깨어져 누워있는 마리아상도 잊지 않고 배치되었다. 고인에게 행동의 자유를 주기 위하여 아기 그리스도 상에 오랫동안 발라져 있었던 연고를 다시 제거했고 테두리 없는 모자를 벗겼으며 두 권의 책에서 금의 문자를 지워야만 했다.

그 이후 시체는 눈물을 흘리는 클로틸드 앞에서 때때로 되살아났다. 이미 청년이 된 플로랑은 어머니의 곁에서 잠시나마 슬픔에 빠진 두 사람을 위안해주는 이 소생의 광경을 바라보았다.

한 번의 장면이 끝나면 석상의 머리에서는 분홍색의 연고와 모자를 벗겨내고 두 권의 책에서는 금의 문자로 쓰인 시를 다시 지우지 않으면 안 되었다.

로쿠스 솔루스

2. 팔십 세에 죽은 메리아덱 르 마오. 그가 연출하는 광경은 미망인인 로직 르 마오에겐 너무나 익숙한 것이었지만 그럼에도 그것은 아주 감동적인 것이었다.

르 마오 부부는 그 일생을 브르타뉴 지방의 플로무르에서 보냈다. 이곳은 지금도 지방색이 많고 옛날 전통에 충실할 뿐 아니라 특히 금혼식에 관한 특이한 풍습이 지금도 전해지고 있는 마을이다.

여기서는 결혼의 인연이 50년에 이르게 된 부부들은 그 결혼기념일에 예복을 입고 이곳에서 가장 오래된 교회인 성 우르슬라 교회에 미사를 가게 된다.

신부는 미사를 진행하면서 짧은 선교를 한 후에 금속으로 된 작은 상자에서 크고 오래된 펠트 제의 비스를 꺼내서 서 있는 두 사람에게 다가와, 두 사람을 서로 마주 보게 하고 악수를 하게 한 다음 하나가 된 두 사람의 손을 이 비스의 톱니 사이에 물렸다.

너트, 스크류, 용수철 이 세 가지는 모두 진짜 쇠로 만들었고, 모두 다 기능하고 있다.

신부가 너트를 돌리면 스크류가 두 개의 톱니를 다가가게 한다. 연결고리의 효과에 의해 아래에서 각도를 변화할 수 있다. 두 사람의 손에 50년의 견고한 결합을 상징하는 압력을 가하는 것인데 이 힘은 실제로는 아주 센 것은 아니어서 전혀 아프지 않았다. 잠시 후에 여기서 해방된 부부는 다시 한 번 좌석에 앉고 이것으로 미사는 끝났다.

아주 오래전부터 금혼식 때마다 사용되던 이 물품은 노인들의 애정생활에 뒤늦게 개입한다는 의미에서 '버릇없는 비스'라고 불리고 있었다. 이 이름은 빛나는 가네트 문자에 의해 그것이 들어가 있는 작은 상자의 한쪽 면에 명시되어 있다.

젊었을 때 결혼한 르 마오 부부는 최근 플로무르에서 오래된 관습대로 금혼식을 했던 것이다. 메리아덱은 순진한 장난기에서 왼손의 도움을 받아 만만치 않은 힘과 집요함을 가지고 이 비스의 너트를 자신이 돌렸는데 그렇게 한 것은 결혼의 끈을 더욱 강고한 것으로 하고 싶은 생각에서였다.

그 직후 심막염에 걸린 메리아덱은 진찰을 받으러 파리에 와서 로직의 팔에 안긴 채로 죽었다.

그리고 로쿠스 솔루스 저택에 있어 그가 다시 자신의 삶을 산 순간은 이러한 비스가 그 역할을 수행한 순간이었다.

사정을 자세히 설명하면서 부탁을 했기 때문에 플로무르의 오래된 성당에서는 비스와 작은 상자를 빌려주는 것에 동의했다. 로직은 잠시 살아날 때마다 죽은 사람의 기억에서 어떠한 장면이 가장 중요한 것인가를 알고는 감동했으며 사랑하는 남자와 다시 한번 악수를 하고 싶다는 생각에서 노령에도 불구하고 냉동실의 추위에 버티면서 자신의 역을 직접 수행하려고 했다. 탈모형 가발을 쓴 배우가 신부의 역할을 했다.

3. 폐충혈로 50세에 죽은 배우 로즈. 그는 아직 어린아이라고 해도 좋은 그의 딸 앙트완느에 이끌려 이곳에 왔다.

아버지의 재능에 대한 열렬한 존경심에서 잠깐이라도 아버지의 소생한 모습을 보고 싶어 했고 게다가 소생한다면 당연히 십중팔구는 무대에 관련된 장면을 보여줄 것이라고 생각한 앙트완느는 정말로 바라던 대로 죽은 사람이 다시 한번 '롤랑 드 망데부르'라는 제목의 공연의 주연을 맡는 것을 보았다. 이 제목은 역사상의 인물의 이름으로 그의 유명한 일생은 5막을 채우는 데 충분했던 것이다.

　　롤랑 드 망데부르는 1148년에 부르보네 지방의 귀족의 집안에서 태어났다. 이 지방에서는 당시 기묘한 관습이 있어서 명문가의 자제는 태어나면 점성술사의 손에 맡겨지게 되어 있었다. 그는 어떤 별이 아이의 탄생을 주관했는가를 찾고 특수한 방법을 사용해 모노그램 문자의 형태로 아이의 목에 그 이름을 새겨 넣었던 것이다. 점성술사는 용도에 맞는 도구를 사용해 조심스럽게 목의 피부에 깊게, 그리고 피부와는 수직 방향으로 가늘고 짧으며 맨 끝이 자기를 띠고 있는 침을 집어넣었다. 마지막에는 표피의 아래에 보이는, 그 밀집된 침의 무더기가 계획한 대로, 그리고 앞으로 절대 지워지지 않는 형태를 취하도록 조절을 했다. 이 수술의 목적은 아이로 하여금 일생을 통해 지정된 별과 연락을 취할 수 있도록 하는 것이었다. 별에서의 방전放電은 자기를 띤 침의 맨 끝에서 파지된 다음에 그를 지켜주고 인도하는 역할을 하는 것이다.

　　하늘에서 오는 방전이 뇌를 가로질러 이처럼 사고를 주관하는 장소에 귀중한 빛을 보내는 것이 가능하도록 하기 위해 침을 심어놓는 장소로 목덜미가 선택되었던 것이다.

　　롤랑 드 망데부르는 태어나자마자 점성학자인 오베르튀르의 집에 보내졌다. 그는 갓난아기가 베텔기우스[Betelguese. 오리온 성좌의 머리별이다-옮긴이]의 영향 아래에서 태어났다고 하면서 그 목에 고딕 문자를 사용해 B, T, G의 세 글자의 조합 문자를 새겨넣었다.

이것을 기화로 망드부르 가와 오베르튀르 집안 사이에 관계가 만들어져 오베르튀르는 나중에 롤랑의 교육을 책임지게 된다. 그리고 롤랑은 그의 훈도를 받고 학문에 대한 강한 관심을 갖게 되었다.

25세가 되어 재산을 맘대로 처분할 수 있는 신분이 된 롤랑은 마음이 명하는 대로 결혼을 해서 두 아이의 아버지가 되었고 집안 전래의 성에서 조용한 행복을 맛보고 있었지만 어떤 중대한 사건이 생겨서 그는 파산하는 지경에 이르게 된다.

그는 영지의 관리를 반세기 가까이 아주 성실하게 이 집안을 위해 일해온 나이 많은 집사 두르트와에게 맡겨두고 있었다. 어떠한 금액이라도 결제할 수 있도록, 그리고 필요한 조치를 언제든지 취할 수 있도록 두르트와는 롤랑에게서 뭐든지 써 넣을 수 있는 백지 위임장을 받아놓고 있었다.

언제나 잠들기 전에 두르트와는 성 전체를 돌아다니면서 문이 제대로 잠겼는지를 확인을 했다. 어느 날 밤 일을 마친 후에 자기 방에 돌아오는 도중에 불에 탄 것 같은 흔적을 발견했다. 그 원인은 그에게는 아주 명백한 것이었다. 망데부르 집안의 이 성관은 아주 높은 곳에 세워져 있어서 때로는 강풍을 만나는 경우가 있었다. 창 앞의 오크재의 책상 위에 놓인 촛불의 불이 양쪽으로 열리는 유리창의 틈새를 통해 들어오는 바람에 의해 크게 휘날리게 된 커튼에 옮겨 붙으면서 불이 난 것임에 틀림없었다. 불은 커튼에서 책상에 도달해서 계속 붙었지만 그 가까이에 돌의 벽과 포석을 깐 바닥 밖에 없었으므로 결국 꺼지고 만 것이다.

그런데 롤랑은 그날 두르트와에게 백지위임장을 주었으며 그는 그것을 서둘러 오크재의 책상 서랍에 넣은 다음 열쇠를 채워놓았던 것이다.

집사는 중요한 양피지가 타인의 손에 넘어가기 전에 불타버렸다고 확신했고 이 사건을 별로 큰 것이라고 생각하지 않으면서 다음 날 롤랑에게 모든 것을 말했다. 롤랑은 그에게 새로운 백지위임장을 건네주었다.

실제로 불은 두르트와의 밑에서 일하고 있는, 캉탱이라는 게으름뱅이 종복이 저지른 일이었다. 어느 날 집사가 주인의 백지위임장에 뭔가를 기입하고 있는 것을 본 그는 이런 서류를 백지 상태에서 훔쳐내면 크게 돈을 벌 수 있을 것이라고 생각했던 것이다. 그 이후 계속 주위의 상황을 관찰하던 그는 그 전날 두르트와가 겉모습으로 양피지라고 알아볼 수 있는 것을 책상 안에 넣은 것을 발견했다. 집사가 떠나자 바로 서랍을 억지로 열어서 백지위임장을 손에 넣은 다음 혹시 누가 훔쳐간 것이라고 알면 안 될 것이라 생각해 바람 때문이라고 짐작하게끔 불을 질렀던 것이다.

양피지에는 서명 대신에 롤랑이 그린 콥 종의 말의 그림이 그려져 있었다.

9세기 경에 귀족들은 읽기와 쓰기가 아직 안 되는 사람이 많았고 중요한 서류에는 서명 대신으로 간단한 그림을 그려 넣는 것을 배웠다. 실제로 그들에게는 그의 이름을 나타내는 차가운 문자를 쓰는 것보다 이미 익숙한 무언가의 모양을 펜으로 표현하는 것이 훨씬 쉬웠다. 아무리 서툴다고 해도 데생을 한 것이 익숙치 않은 문자보다도 그것을 쓴 증명으로서 효과가 있었던 것이다. 이들 고유의 문장紋章을 가진 문맹들이 선택한 장식용 무늬의 주제는 그 취미에 따라서 전쟁, 수렵, 예술, 학문 그리고 자연에 뿌리를 둔 인물, 동물, 사물 등 참으로 다양했다. 그러한 주제는 일단 채용되어 공식적으로 등록되면 그 귀족의 일가 전원에게 있어 대대손손 그 집안을 대표하는 서명이 되었고 결혼해서 집밖으로 간 딸들도 그대로 사용했다. 집안의 성원끼리는 같은 무늬를 그리는 데 있어 개인의 그리는 방식의 차이에 의해 다른 사람과 구별되었다. 이러한 무늬는 가령 그가 글자를 쓰는 것을 알고 있어도 중요한 서류의 말미에는 반드시 그려 넣을 것을 요구받는 경우가 많았고 이름을 옆에서 써 놓아도 특별히 그 가치를 인정해 주지 않는 경우도 많았다.

그 후 문자의 사용이 조금씩 일반화됨에 따라 많은 집안이 시기는 제각각이지만 특수한 무늬나 문장을 폐지하게 되었지만 일부 몇몇 집안에서는-특히 지금 문제가 되는 망데부르 집안-12세기가 되어서도 여전히 그걸 쓰고 있었던 것이다.

그런데 망데부르의 아주 오래전의 조상은 특히 말 타는 데 있어 뛰어난 솜씨를 보여주었던 인물로 그는 체격이 작은 편이었기 때문에 당시 이미 콥이란 이름으로 불리던 영국 산의 작은 크기의 말만 타고는 했다. 그리고 서명을 대신하는 도안을 선택할 때

좋아하는 말의 타입을 선택했던 것이다. 따라서 롤랑은 망데부르 가에서는 한참 나중 사람이긴 하지만 본문 맨 아래에 콥 말을 그리지 않으면 그 서류를 유효한 것이라 보지 않았던 것이다.

캉탱은 이러한 사정을 알고 있었고 훔친 귀중한 위임장을 가지고 모두 롤랑의 자필에 의한, 그 전 재산의 증여증서로 꾸며서 이득을 취하려고 생각하고 있었다. 그는 만약 서류가 다른 사람에 의한 것이라고 알려지면 법정에서 백지위임장의 남용이라고 하는 구두 변론에 근거를 줄 여지가 있고 그렇게 되면 어려워질 수 있다는 것도 알고 있었다.

그 종복은 성공하면 번 돈의 절반을 주겠다고 말해서 얼마 전부터 그 지방에서 노략질을 하고 있던 악당들의 두목인 뤼스카시에라는 남자의 협력을 얻었다. 문제는 매일 학술적인 책을 읽으면서 숲을 혼자서 산책하는 롤랑을 붙잡아 무언가 계략을 사용해 원하는 문장을 확실한 장소에 쓰게 하는 것이었다. 미리 도둑질을 하는 일이 아니더라도 이처럼 그를 붙잡아 고문과 죽음으로 협박을 해서 필요한 서류에다 콥 말 모양의 서명을 하게 하는 것도 가능했다. 그러나 롤랑이 전 재산을 포기해서 아이들의 장래까지 망칠 정도라면 웬만한 고통과 죽음도 견뎌낼 인간이란 것을 알고 있었기 때문에 캉탱은 무언가 술책을 쓰는 쪽을 선택했다. 백지위임장의 콥 말은 서류의 정중앙의 바로 아래에 기록되어 있었다. 캉탱은 서류를 접힌 곳이 잘릴 정도로 정확히 가운데로 접은 다음 투명한 풀을 사용해 위의 반쪽과 아래 반쪽의 안쪽을 붙였.

이렇게 하자 전체는 약간 두껍고 짧은 한 장의 종이처럼 보였다.

제 4장

롤랑은 그들이 내민 이 종이의 백지 쪽에 자신의 생명을 구하기 위해, 이런 것은 무효나 다름없다고 믿으면서, 지시받은 대로 쓴 다음에 자기 이름을 서명할 것임에 틀림없었다. 그 후에 칼을 두 개의 부분을 다시 분리하고 풀을 씻어내면 양피지를 원래대로 펼칠 수 있고 콥 말이 원래의 장소에 그려져 있으므로 원하는 서류를 손에 넣은 것이 된다. 캉탱은 교과서에 나올 정도로 정직하고 성실한 롤랑은 결코 이 서류의 정당성에 대해 이의를 제기하지 않을 것이라고 확신했다.

롤랑은 공부를 하면서 숲을 걷고 있다가 그들에 잡혀 도둑들의 본거지로 끌려갔다. 캉탱은 자신을 드러내는 것을 피했다. 롤랑은 자신과 가까운 사람이라면 콥 말에 대해 모를 리가 없다는 것을 알고 있으며 그의 모습을 보게 되면 뭔가 함정이 있다고 생각할 가능성이 크기 때문이다.

뤼스카시에는 롤랑을 그 이름으로 부르면서 문제의 양피지와 책상 대용의 짐 꾸러미를 가리키면서 죽을 것인지 아니면 전 재산을 양도할 것인지 둘 중 하나를 선택하라고 다그쳤다.

롤랑은 아이가 있기 때문에 법적으로는 재산을 포기하는 것이 불가능했지만 캉탱의 그늘 속에서의 지시에 따라 뤼스카시에에게 80만 리브르, 즉 그의 말을 믿는다면 그의 재산의 총액에 해당하는 금액을 빌린다는 뜻의 차용증을 썼다. 뤼스카시에는 미리 정식의 서류로 이 빌려주는 돈의 절반은 캉탱의 것이라는 걸 명확해 놓은 상태였다.

롤랑은 이 증서의 아래에 서명했다. 그 전에 이 증서의 앞부분에 뤼스카시에가 지켜보는 가운데 법이 명하는 바에 따라 명의로서 '차용증'이라는 말을 쓰지 않으면 안 되었다.

그들의 강제로 이 음모의 하수인들에게 전혀 보복을 하지 않는다는 것을 맹세하고 나서야 롤랑은 석방되었다.

다음날 그가 책상에 앉아서 그가 좋아하는 학자의 책에다 뭔가 써놓고 있을 때 뤼스카시에가 찾아왔다는 말을 들었다. 안내를 받고 돌어온 그는 손에 든 차용증을 무기로 삼아 그에게 돈을 내놓을 것을 요구했다.

롤랑은 미소를 지으면서 콥 말에 대한 조상 전래의 사실을 장난스럽게 밝혀서 상대를 낙담에 빠뜨리고 그래서 전날 그를 곤란에 빠뜨린 것에 대한 복수를 하리라고 순진하게 생각했다.

다시 닫힌 문을 앞에 두고 약간 오른쪽에 서 있는 뤼스카시에에게 얼굴을 향하지도 않은 채 계속 책에다 뭔가를 쓰면서 그는 놀리는 듯한 어조로 말했다.

"정말로요? 차용증이라고요? 서명은 어떻게 되어 있는 건가요?"

"콥 말인데요." 뤼스카시에는 대답했다.

그와 그의 가문의 완전한 파산을 알리는 이 말을 듣고 그는 놀라운 기세로 상대방에게 얼굴을 돌렸다. 그 사이에 목덜미의 그 세 문자가 새겨진 곳에서 잠깐 고통을 느꼈고 본능적으로 도움을 청하는 몸짓을 했다. 그러나 그걸 억지로 무시하고 일어서서 창백한 얼굴이 되어 뤼스카시에 쪽으로 다가가 놀랍게도 양피지 위에 정말로 자신이 그린 콥의 인장을 보았다. 다시 펼쳐져 풀을 붙인 흔적도 없는 양피지는 틀림없이 두르트와에게 넘겨주었던 그 백지위임장이었다.

어쨌든 그의 손을 거친 이 증서의 아래에 있는 이 서명은 그걸 처음 사용한 이래 3백년 간 그의 집안 누구도 부정하지 않았던 것이어서 정식의 계약임을 증명해주는 것이었다. 그리고 그는 캉탱이 예측한대로 폭력에 의해 이걸 뺏으려 하지는 않았고 이것을 존중한다는 의향을 보여주었다.

곧 지불할 것이라고 약속하고 뤼스카시에를 돌려보낸 후 그는 두르트와를 불렀다. 사건에 대해 이야기를 들은 집사는 처음에 우연히 생긴 것이라고 생각했던 화재에 대해 다시 생각하게 되면서 캉탱을 의심하게 되었다. 종복은 추궁을 당하자 창피한 줄도 모르고 모든 것을 다 인정했으며 롤랑이 범인들에 대해 아무 것도 하지 않는다고 맹세한 것 아니냐고 뻔뻔하게 주장했다. 그를 그냥 해고시키는 것으로 일을 끝맺었다.

롤랑은 멍한 상태로 전 재산을 현금화해서 8천만 리브르를 뤼스카시에게 지불했고 그는 이것을 내키지 않았지만 캉탱과 반으로 나누었다.

가족과 함께 수비니로 이사를 간 롤랑은 지금보다 더 열심히 학문을 하는 한편 생활을 위해 물리학과 화학을 가르쳤다.

예전의 성주는 뤼스카시에의 입술에서 '콥'이란 말이 나오는 바로 그 무서운 순간에 처음으로 목에 느꼈던 그 고통을 생각하면 아무래도 신경이 쓰이는 데가 있어 그 원인을 찾아낼 생각을 했다. 그때 느꼈던 자신이 생각해도 믿을 수 없는 그 당돌한 머리의 움직임을 다시 해서 문제의 고통을 다시 일으키는데 성공한 적도 있었다. 하지만 아무리 격렬하게 머리를 흔들어도 고통이 없는 경우가 더 많았다. 결국 롤랑은 고통이 생기느냐 아니냐는 자신이 향하고 있는 방향에 달린 것이라는 걸 깨닫게 됐다. 그 이후에도 여러 번 실험을 거듭한 결과 그는 이성적으로 납득하는 데 어려움이 있었음에도 불구하고 다음과 같은 믿기 어려운 결론을 결국에는 받아들이지 않을 수 없었다. 즉 집의 안팎을 불문하고 어떤 장소에 있더라도 북쪽을 향하고 있다가 동쪽이나 서쪽으로 머리를 돌리면 예의 감각이 생기는 데 비해 다른 한편 처음에 다른 쪽에 방향을 잡고 있는 경우에는 아무리 급하게 머리를 움직여도 아무런 효과도 나타나지 않는다는 것이다. 롤랑은 실제로 그 운명적인 방문의 경우에도 뤼스카시에가 오른쪽에 서 있고 눈앞의 벽에 북쪽으로 열린 창이 있었다는 것을 기억해냈다.

　무수히 많은 작은 따끔거림으로 구성된 이 고통은 명백히 목덜미에 새겨진 조합 문자를 가능케 하는 자기를 띤 많은 침에 의해 생긴 것이었다. 롤랑은 예전에 오베르튀르가 사용한 삽입방법에 대해 생각하면서 작은 침이 직립해 있는 그의 목덜미의 피부에, 양 어깨에까지 미치는 수직면에 대해 직각으로 심어졌다는 것을 알았다. 이 사실에 무수한 관찰 그리고 숙고의 끝에 그는 아래와 같은 가설을 세웠다. 이 가설은 받아들이기 힘든 데가 있어 그는 이걸 완강히 부정했지만 그럼에도 모든 사실과 합치하는 유일한 것으로 결국에는 받아들이게 되었던 것이다. 즉 *자기를 띤 침의 끝은 북쪽 방향에 대해 신비스럽게도 자꾸 끌리게 된다는 것이다.*

제 4 장

롤랑이 북쪽을 바라보려고 서 있을 때 모든 침의 끝은 직접 전방에서 자극을 받게 되고 그가 목을 급격히 움직여 그것들을 다른 방향으로 향하게 하면 어떤 저항을 나타내고 바로 거기에서 어떤 경우에도 논리적으로는 생길 수 없는, 그 따끔거리는 고통이 생기게 되는 것이었다.

롤랑은 변덕스러운 고통의 진정한 원인을 이렇게 해서 찾아내게 된 것이다. 그럼에도 12세기의 인간으로서의 그가 가진 여러 관념은 이 아직까지 없던 관점에 서게 될 때 나타나는 놀라운 진실에 스스로 거부감을 느끼지 않을 수 없었다. 그러나 이 관점은 점차 확고한 것이 되었고 대단한 발견의 예감으로 인해 은밀한 기쁨을 그의 마음에 심어주기도 했다.

자신의 이론이 맞는가를 시험해보기 위해 그는 용기에 물을 넣은 다음 수면에 뜨는 두 개의 평행하는 지푸라기 위에 그것을 가로지르게 해서 하나의 자기를 띤 긴 침을 두고 어느 방향이든 맘대로 향하게 해두었다.

배의 항해에 엄청난 영향을 미칠지도 모르는 자신의 발견의 중대함에 떨리는 심정을 갖게 된 롤랑은 침을 어느 방향으로 향하게 해도 침의 끝이 언제나 다시 북쪽을 향하는 것을 보고 이제 이것이 움직일 수 없는 사실임을 확인했으며 가슴이 빠르게 뛰는 것을 느꼈다.

그는 항해를 크게 발전시키고 많은 인명을 구할 수 있으며 많은 미지의 땅의 위치 측정에 도움을 줄 이 발견을 루이 7세에게 보고했다. 왕은 아주 감격해 하면서 대가로 큰 재산을 하사했다.

로쿠스 솔루스

그 이후 어떤 배도 물이 반쯤 차 있는 작은 유리병에 두 개의 지푸라기를 띄우고 그 위에다가 자기를 띤 침을 올려놓게 되었다. 마리네트[marinette. 어부의 친구라는 뜻-옮긴이]라 불리는 이 소박한 도구는 3세기 후에야 나타나게 되는 방위를 가리키는 침을 가진 본격적인 나침반의 초기 형태였던 것이다.

다시 부자가 되어 성을 되산 롤랑은 자신의 재앙에 관련된 일련의 이상한 상황에 감사하게 되었다. 이상하다고 했지만 실제로 놀랄 만큼 급격한 머리의 움직임만이 목에 고통을 야기시키는 것이 가능했던 것이다. 그래서 사람을 흥분시켜서 그러한 움직임을 하게 한 것으로는 완전한, 어떻게 해볼 수도 없는 청천벽력의 파산 선고보다 더한 것은 없었다. 묘한 인연으로 콥이라는 한 음절의 말을 들은 것이 안심하면서 여유 있는 태도로 있었던 롤랑을 갑자기 비탄의 구렁텅이로 빠뜨리게 된 것이었는데 그것보다 긴 단어였다면 그 정도로 즉각적인 육체적인 반응을 일으키지는 못했을 가능성이 크다. 즉 그랬다면 예의 목의 회전에 있어 계시가 되었던 그 고통을 만들어내지 못했을 것이다.

범인인 뤼스카시에와 캉탱, 이 두 사람은 도박과 음주로 곧 무일푼이 되었고 새롭게 사건을 일으켰다가 붙잡혀 감옥에 가게 되었다.

이것을 주제로 삼아 극작가 위스타슈 미에카즈는 아주 생기 넘치는 작품을 만들었다. 서막에서는 학자인 오베르튀르가 어머니 품에 안겨 있는 갓난아기인 롤랑의 별점을 쳐서 그의 출생의 원인과

제 4장

목적을 설명한 후에 후두부의 수술 준비를 하는 것인데 수술이 막 시작하려는 시점에서 막이 내린다. 4반세기 후로 설정된 다음의 5막은 백지위임장의 비극적인 사건과 처음에는 치명적인 것이었으나 나중에는 빛나는 결말로 끝나는 그 이야기를 아주 작은 디테일에 이르기까지 생생하게 살려내었던 것이다.

옷깃이 아래로 내려간 옷을 입고 실제로는 외부에서 메이크업을 한 것이지만 짙은 회색의 모노그램 문자를 목에서 보여주면서 로즈는 롤랑이라는 인물을 훌륭하게 연기했다. 처자식을 두고 조용한 가정생활의 행복을 만끽했지만 비운을 맞이하게 되었고 역경에 굴하지 않고 귀중한 발명으로 이어지는 구상을 하게 되며 결국에는 영광에 이르게 되는 이 복잡한 인물을 잘 연기해서 대히트를 기록했던 것이다.

죽은 후 그는 인공적으로 되살아나서 극 중에서 가장 잊기 어려운 에피소드, 즉 차용증을 가진 뤼스카시에가 말한 '콥'이란 말이 세계적인 발명의 근본을 촉발하게 되는, 목의 고통의 간접적인 원인이 되는 에피소드를 다시 연기했던 것이다.

아주 유명해진 그 목의 움직임이 '콥'이란 대답의 결과 생긴 것이란 걸 보여주기 위해서는 이 짧은 말을 정확한 타이밍에 말해야 하므로 뤼스카시에 역에는 배우를 쓰기로 했다. 열렬한 존경의 뜻을 아버지에게 바치고 있는 이 딸에게 무대 위의 아버지의 완벽한 환영을 보여주기 위해 모든 것이, 즉 소도구, 장치, 의상, 시체의 목덜미의 특수한 메이크업에 이르기까지 전부 잘 준비되었다.

4. 장티푸스 때문에 일곱 살의 어린 나이로 죽은 위베르 셀로스. 이후 이 세상에 홀로 남겨진 젊은 과부인 그의 어머니는 자살을 해버릴까 하고 생각했지만 아들이 아주 잠깐 동안이라도 그 부드러운 살을 되찾는 것을 볼 수 있다면 얼마나 기쁠까 하고 생각하면서 그 비극적인 계획의 실행을 미룬 상태였다.

아들이 바로 이전의 그녀의 생일을 축하해 주기위해 무릎에 앉아 따뜻한 시선을 그녀에게 향하면서 롱사르의 시 "Virelai cousu"를 암송한 그 순간을 다시 살 수 있다고 생각하니 그녀는 습쓸한 감동을 느꼈다.

흠잡을 곳이 거의 없는 이 완벽한 작품-아기 새가 매일의 은혜에 보답하고자 어미 새에게 말하는 형식을 취하고 있으며 자식의 부모에 대한 애정의 감동적인 예찬이다-에서 시인은 아주 잘 선택된, 비문과 같은 간결한 언어로 자신의 생각을 강력하게 표현하고 있다. 그런데 16세기에는 cousu와 décousu라는 말은 어느 것이나 문체에 대해 쓰이는 말로 한쪽은 '대리석과 같은'의 의미, 그리고 또 다른 쪽은 '이완되었다'의 의미를 가지며 오늘날에는 후자만이 이러한 비유적 의미를 가지고 있다. 발표되자마 이 쓸모없는 것이라곤 전혀 없는 걸작으로 유명한 이 시를 칭송해서 대중들이 바친 Virelai cousu라는 이름은 바로 여기에서 온 것이다.

고심과 조탁 끝에 만든 작품이라 이 시를 외우는 것은 쉬운 일이 아니었으며 위베르 셀로스는 이 모든 것을 머리에 집어넣느라 대단한 노력을 해야만 했다. 그래서 사후의 생에 있어 이것이 그의 기억에서 제일 먼저 살아났던 것이다.

제 4장

귀여운 죽은 아이가 정확한 억양에다 알기 쉬운 몸짓을 섞어가면서 어디 한 군데 틀리지도 않고 이 시를 암송하는 장면에서 연출에 필요한 것은 단 하나의 의자에 지나지 않았다. 불행한 그 어머니는 누군가가 대신해 줄 거라곤 생각하지 않고 아들을 무릎에 앉히기로 했으며 이리하여 잠시 동안이긴 하지만 확실한 행복을 맛보기 위해 두꺼운 옷을 입고 이 의자에 앉았던 것이다.

5. 친척도 없이 급사한 후에 그의 충실한 제자이자 열렬한 찬미자인 자크 폴쥬라는 청년에 의해 여기에 온 조각가 제르제크.

제르제크가 아주 옛날부터 하루에 열 시간 이상을 한 가지 작업에 바치고 있었다는 것을 아는 폴쥬는 그가 되살아난다면 다른 무엇보다도 이 작업을 다시 할 것이라고 생각하고 있었다. 그는 호기심에서 자신의 짐작이 맞는다면 디테일의 면밀한 배치에 특히 재능을 발휘했던 자신의 스승이 죽은 다음에도 살아있을 때와 같은 기적을 실현하지 않을까 알고 싶어했다.

칸트렐은 이것을 복원된 삶의 한 때가 원래의 모습에 얼마나 정확히 닮아있는가를 보여줄 좋은 기회라고 생각했다.

예상한 대로 시체가 다시 한번 살아낸 시간은 제작의 한 때의 모습이었다. 폴쥬는 그 모습을 잘 관찰을 했고 여러 가지 사실을 칸트렐에게 알려주었다.

6개월 전 제르제크는 툴루즈의 신흥 갑부인 바리울레라는 사내의 방문을 받았다. 사내는 50세까지 독신이었지만 최근에 그의 재산에 이끌린 한 아가씨와 결혼하기로 했다. 젊은 여자에 매혹된

50대 남자가 대개 그렇듯이 무서울 정도로 기분이 고양된 그는 결혼에 즈음해서 일생에서 가장 빛나는 날의 기억을 언제까지나 전해줄 수 있는 귀중하고 오래가는 기념품을 무언가 친구들에게 나눠주고 싶어했다.

    보석류는 없어지지는 않지만 유행에 늦은 것이 되어버리기 쉽고 상처를 입을 수도 있다. 게다가 오래되다 보면 지겨워져서 팔아버리게 된다. 바리울레가 보기에는 저명한 예술가의 서명이 들어가 있는 예술작품만이 좀 작더라도, 물론 가격이 터무니없는 것이어서는 곤란하지만, 몇 대에 걸쳐서 집안에서 전승되는 행운을 누릴 수 있는 것으로 생각되었다.

    높이 수 센티에 지나지 않는 대리석 상 제작이 전문이고 그 이름도 상당히 유명한 제르제크가 이 주문을 의뢰하기에 가장 적절한 인물로 생각되었다.

    조각가는 감격의 날을 상기시킬 수 있도록 되도록 기쁨과 환희에 넘치는 조각상을 세 개 우선 견본으로 제작하기로 했다. 만약 이것이 바리울레의 맘에 들면 나머지 것들을 같은 스타일로 만들기로 했으며 완성이 되는대로 그 중요한 날짜를 대좌에 새겨넣기로 합의를 보았다.

    툴루즈에서 온 남자가 떠난 다음에 제르제크는 어린 시절에 습관이 된 기묘한 방법을 사용해 제작을 시작했다.

    가난한 고아였던 제르제크는 일가를 책임지는 숙부들이 힘들여 번 돈을 모아서 만든 자금으로 파리의 리세[프랑스의 중등학교-옮긴이]의 기숙생이 되어서 전혀 가정을 모른 채로 자랐다.

제 4장

어린 시절에 가장 즐거웠던 것은 비 내리는 일요일에 가끔 있었던, 장시간에 걸친 미술관 단체 견학이었다. 이렇게 기분 좋은 날의 다음날에는 그의 기억을 근거로 삼아 그림의 경우에는 노트에 그려보는가 하면 조각의 경우에는 자신에게 먹거리로 나온 빵의 조각을 모아서 본 작품을 그대로 재현해보기도 했다.

어느 날 루브르에서 그의 눈은 와토의 〈질〉에 꽂혀서 돌아온 다음에도 기억에 떠오르는대로 열심히 그것을 똑같이 만들어보려고 했다. 하지만 어떤 스케치도 그를 만족시키지는 못했다. 이 실망은 펜의 선의 딱딱한 느낌이 얼굴을 하얗게 칠한 인물의 전체적인 백색을 표현하는데 있어 커다란 장애가 된다는 것을 깨달은 그는 실질적으로 원작에 접근할 수 있는 방법은 없을까를 생각했다.

그는 페이지 전체를 검게 칠한 다음 그 후 전체가 마른 다음에 스크레이퍼를 사용해 지우는 방법에 의해 프레임의 구석에 인물이 나타나도록 했다.

주인공의 매력을 구성하는 하얀 색이 검은 배경을 바탕으로 서서히 나타나는 것이 그를 크게 고무해주었고 이 방법은 첫 번째에서 바로 성공을 거두었다.

그 다음에 그는 원본에서 떠나 포즈나 표정도 멋대로 바꾸어가면서 검은 페이지의 여기저기에 많은 광대들을 스크레이퍼로 지우는 방법에 의해 묘사할 수 있게 되었다.

본능적으로 대단한 결과를 얻을 수 있는 길이 열렸다고 깨달은 그는 그후 스크레이퍼를 손에 들고 여러 각도에서 본 같은 인물의 데생을 이미 색칠이 된 종이 위에 묘사해보았다. 그리고 우유빛의 표면에 스크레이퍼가 남긴 잉크의 약간의 흔적을 가지고 표정의 변화를 놀랄 정도로 그럴듯하게 표현할 수 있게 되었다.

　빵조각으로 광대들의 상을 만들어 본 이후로 그는 자신의 삶에 갑자기 한줄기 빛이 비치기 시작한 것처럼 생각되었다.

　맘에 드는 소재인 광대를 표현하는 데 있어서의 특이한 재능은 그가 데생보다 더 좋아하는 조각에 있어서는 더 멋지게 개화했. 광대를 조각하는 것, 이것이 자신에게 명예와 부를 가져다주게 될 것이라고 그는 느꼈다.

　하지만 돈이 한 푼도 없어서 점토 대신에 빵조각을 사용하고 도구 대신에 손가락을 사용해서 도대체 어떻게 진보가 있을 수 있을 것인가?

　그는 매주 브로트랑드 교수의 식물학 수업을 듣고 있었다. 교수는 교외에 살고 있는 아주 검소한 독신 남성으로 자신의 학문에 몰두하는 나머지 월급과 강의로 받는 돈을 전부 특이한 식물들의 온실재배에 쓰고 있었다. 수업을 할 때 그는 잘 만든 판화도 제대로 된 것을 전달해주지는 못한다고 생각해서 수업에서 얘기하게 될 희귀한 식물의 견본을 번거로움을 무릅쓰고 자택에서 학교까지 가지고 오기도 했다.

　그는 어느 날 제르제크와 학생들의 앞에서 그것에 대해 길게 강의하기 위해 프리디아나 비두아[pridiana vidua. '어제의 미망인'의 의미-옮긴이]를 포장에서 꺼내 보여주었다. 이것은 안남산의 커다란 꽃으로 모양은 튤립과 비슷하지만 하얀 수술과 검은 꽃잎이 장례식을 연상시키는 데에서 이 이름이 유래된 것으로 보인다.

제 4장

프리디아나 비두아는 그 화관의 아랫 부분이 하얀 알갱이를 많이 포함하고 있는 검은 밀랍 같은 것을 분비하는 것으로 유명한 데 이 밀랍은 그 겉모습이 밤하늘을 연상시킨다고 해서 '밤의 밀랍'으로 불리기도 한다.

교단 위에서 앞으로 꽃을 내밀어 학생들에게 그 밀랍을 보여준 다음 브로트랑드는 밀랍을 제거해도 천천히 다시 생긴다고 말한 다음 소량을 페이퍼 나이프를 사용해 떼냈다. 나이프는 학생들에게 건네져서 학생들은 한명씩 만져보기도 하면서 이 부드러운 물질을 가까이에서 관찰할 수가 있었다. 자신의 차례가 오자 제르제크는 그것이 보기 드문 가소성可塑性을 가지고 있다는 것을 알고는 크게 놀랐다.

프리디아니 비두아가 젊은 학생들의 마음을 사로잡은 것을 알고는 만족한 브로트랑드는 화분으로 간단하게 재배할 수 있는 이 외국의 꽃을 이 다음 번 시험에서 일등을 하는 사람에게 주겠다고 약속했다.

제르제크는 밤의 밀랍이 한 무더기가 있으면 자신의 작업이 엄청난 진척을 보이게 될 것이라고 생각해 꽃을 손에 넣는 것만을 목표로 삼게 되었다. 크게 벌을 받을 것을 각오하고 다른 숙제와 과제를 사실상 포기하고 오로지 식물학의 공부에만 힘 쓴 결과 그는 그 시험에서 1등이 되었고-그래서 브로트랑드의 손에서 프리디아나 비두아를 받게 되었던 것이다.

제르제크는 그 꽃에 정기적으로 물을 주면서 세심하게 돌보았고 화관에서 없어져도 다시 나타나는 거무스름한 밀랍을 그 꽃이 완전히 시들 때까지 열심히 채집했다. 결국에는 상당히 커다란 한 무더기를 채집할 수 있었는데 그것으로 작품을 만들어보니 맘대로 변형시킬 수 있는 그 부드러움 탓에 그가 원하던 것이었다는 것이 확실해졌다.

흔히 사용되는 도구로는 결코 얻을 수 없는, 아주 정밀한 마무리를 원했던 그에게 빵조각은 점토 대용으로 쓸 수는 없는 것이었지만 적어도 마무리를 다듬는 재료로는 잘 맞는 것이어서 손가락으로 잘 만지면 여러 가지의 정확한 형태를 만들어낼 수가 있었고 그것들을 일단 말려서 딱딱하게 해서 사용하면 편리할 것이라 생각했다.

실제로 해보자 그 아이디어는 성공이었다. 자신이 고안하고 그리고 충분히 단단해진 도구를 사용해 예의 기묘한 방법으로 그린 최근의 데생을 소재로 그는 밀랍의 무더기를 가지고 참으로 다양한 광대상을 만들었다. 성공의 길로 접어들었다고 느낀 그는 자유 시간을 모두 사용해 여러 모양의 광대상을 조각했는데 그럴 때에 우선 잉크를 잔뜩 칠한 배경에서 스크레이퍼로 일부를 지우면서 그에게 많은 유용한 발견을 가져다 준 하얀 실루엣의 도움을 받아 각각의 상들의 포즈, 얼굴 모양, 표정을 정해 나갔다. 재료로 쓴 밀랍은 작품이 하나 만들어지면 그의 두 손으로 이걸 뭉쳐서 다시 사용할 수 있도록 했다.

제르제크는 그리하여 그럴듯한 착상이 확실히 얻어진다는 점에서 종이를 사용한 이 기묘한 예비작업에 점차 더 큰 비중을 두게 되었다. 그는 각각의 광대상에 대해 형태를 갖추는 데 있어 크게 도움이 되는, 정면 방향과 뒷 모습의 두 개의 아주 정교한 스케치를 그렸다. 나아가서 자신은 거의 의식하지 못했지만 그냥 본능적으로 조각가로서의 작업의 보조수단이 될 것이라 생각한 것, 즉 스크레이퍼를 잘 사용해 종이 위에 남긴 그럴듯한 잉크의 선을 밀랍의 하얀 과립을 교묘하게 배치하는 것에 의해 검은 조각상의 표면에 재현하는 습관이 몸에 배게 되었다. 그 결과 완성된 작품은 2매의 데생을 포지티브라고 한다면 정확한 네가티브가 되는 것이다. 표면의 과립이 부족한 경우에는 제르제크는 밀랍 무더기에서 그걸 가져왔고 반대로 많을 경우에는 그대로 놓아두면 검은 무지의 면을 만들어내는데 방해가 되는 것은 그 위에 다른 것을 덮어서 숨겨버렸다.

이처럼 조형과 선묘線描을 겸한 방법은 대단히 커다란 성과를 가져다 주었고-그는 결국에는 정밀한 걸작을 만들어내기에 이르렀다. 이 수법이 없었다면 작품은 결코 이 정도의 수준까지 도달하지 못했을 것이라고 그도 생각했다.

그래서 그는 여러 가지 시도를 했음에도 불구하고 처음의 제작방법을 결코 바꾸려하지 않았다. 스크레이퍼에 의한 두 매의 데생만이 각각의 광대상의 제작으로 인도하는 것이었고 상인들이 가져오는 그저 그런 끌 등의 도구보다도 필요에 따라 자신의 손으로 얼마든지 여러 형태를 만들어낼 수 있고 미묘한 것도 해낼 수 있다는 점에서 빵조각을 비롯한 자신의 도구가 훨씬 더 맘에 들었던 것이다. 그가 주문을 하면 원예가가 밤의 밀랍을 가져오는데 이것은 검은 한 무더기 속에 하얀 과립이 자연히 존재하고 있어 데생으로 그린 것과 똑같은 얼굴 표정을 만들어내는 데 있어 다른 어떤 재료보다도 적합한 것이었다.

한번 광대상이 만들어지면 그는 장사를 위해 대리석으로 몇 개의 코피를 만들어놓지만 선으로 그린 윤곽은 형태를 만드는데 도움이 되긴 하지만 완성된 작품에서는 그것을 전혀 알 수가 없다. 하지만 이것의 도움은 정말로 큰 것이어서 그 중요성은 그 자신이 그것이 없었다면 현재의 숙련에 도달하지 못했을 것이라고 말할 정도였다. 그래서 그는 자신이 밤의 밀랍을 작은 양이나마 우연히 입수할 수 있었던 것에 감사하고 있었다. 검은 배경을 바탕으로 여기 저기 퍼져있는 그 눈처럼 하얀 점이야말로 그 전범이 되는 검은 바탕의 흰색 데생의 정확한 네가티브를 얼굴 모양 등으로 새겨넣는 데 있어 그 가이드가 되어주었던 것이다. 그의 명성의 절반은 그 기념할만한 날, 즉 식물학 수업에서 소개를 받은 프리디아나 비두아의 덕택이었던 것이다.

얼마 지나지않아 제르제크는 항상 하던 방법을 사용해 만든 세 점의 대리석으로 만든 기쁜 표정의 광대상을 바리울레에게 보냈다. 답장의 문체가 그를 즐겁게 했다. 거기에는 부자가 되었어도 예전 그대로 거칠고 실질적인 마인드를 그대로 가지고 있는 사람의 모습이 그대로 배어 있었기 때문이다. 바리울레는 다음과 같이 썼다. "귀하가 보낸 세 점의 광대상 만족합니다. 각각 포즈가 다른, 동일한 것을 그로스[12다스를 의미함-옮긴이], 주문합니다."

섬세하게 마무리된 예술작품을 가르키는데 '동일한 것을

그로스'라는 상업용어를 쓴 것이 제르제크를 웃음짓게 했다. 편지를 다 읽은 다음에 곧 그는 필요한 1백44개의 광대상의 처음 것 제작에 착수했다. 그의 근처에서 광대상의 스케치를 하고 있던 폴쥬는 자신의 스승이 그 답장을 그에게 말해준 다음 가끔 갑자기 몸을 흔들면서 "동일한 것을 그로스로!"라고 하면서 웃는 것을 들었다.

폴쥬는 특히 시체가 밝은 어투로 말하는 이 짧은 구절 덕에 재현된 장면을 그것이라고 알아볼 수 있었다. 실제로 그것은 바리울레의 편지에 의해 시작된 것에 다름 아니기 때문이다.

만년에 사용하던 것과 같은 도구를 사용해 죽은 제르제크는 생전 문제의 시기에 만들어냈던 광대상과 같은 것을 처음에는 잉크를 제거하는 방법으로, 다음에는 밤의 밀랍으로 만들어냈다. 실험은 몇 번이나 반복되었지만 그때마다 문제없이 만들어진 작품은 흔히 보기드문 정교함에 도달해 있었다.

6. 그 죽음의 직전에 치유될 가망이 없는 위의 병을 앓고 있다는 것을 알고 죽음이 다가옴에 큰 두려움을 느꼈던 예민한 작가 클로드 르 칼베는 숨을 거두면 바로 로쿠스 솔루스 저택의 냉동실에 넣어달라고 부탁을 했다. 이렇게 해두면 결정적인 순간 이후에도 아직 살 수 있다고 생각해서 공허를 앞둔 불안에 약간의 위안이 되는 것이었다.

그 결정적인 순간이 왔을 때 죽은 자의 행동은 최근에 받은 의학적 치료에 관한 것이라는 것을 알 수가 있었다. 지난해 유명한 임상의인 쉬르그 박사는 빛은 약한 편이지만 대단한 치유력을 갖고 있는 아주 특이한 파란 빛을 쏘는 방법을 발견했다. 이 이상한 광선은 커다란 렌즈를 사용해 강도를 높여서 낮과 밤을 불문하고 옷을 벗은 다음에 그 빛을 쏘이면 어떠한 환자도 바로 원기를 회복하는 것이 가능했다.

렌즈의 초점에 위치를 잡은 환자는 미친듯한 흥분에 사로잡히고 몸 전체에 격하고 타는듯한 고통을 느껴서 도망치려고 하는 것이 일반적이었다. 그래서 그를 '초점의 감옥'이란 이름을 갖는, 적당한 장소에 설치한, 격자가 아주 두꺼운 원통형의 우리 안에 잡아놓을 필요가 있었다. 이 광선을 어떻게 취급해야 하는지 아직 잘 몰랐기 때문에 아주 위험한 것이 될 수도 있는 것인데 이 광선은 눈에 거의 보이지도 않을 뿐 아니라 광도측정에도 전혀 잡히지가 않으며 장치가 혹시라도 예상외의 양을 쏘기라도 하면 우리 안에 갇혀 있는 환자를 죽일 위험도 있었다. 어떠한 것의 표면 위에 기록된 인장도 렌즈의 초점 곁에 놓여서 이 놀랄만한 광선에 접촉하기만 하면 바로 사라져버리는 것으로 보아 쉬르그는 상당한 저항력을 보여주는 오래된 판화를 감옥 안에 놓아두고 필요한 순간에 그 형편을 잘 살펴보면 경보장치의 역할을 할 수 있을지도 모른다고 생각했다.

열심히 찾아다닌 결과 그는 골동품 가게에서 바라던대로 비단에 새겨진 루테시아의 지도를 발견했다. 이것은 단순왕單純王 샤를르 3세[879-929, 프랑스의 왕이었다-옮긴이] 시대에 거슬러가는 것으로 다음과 같은 감동적인 사건에서 생겨난 것이었다.

어느 날 성벽의 북서부에 있는 루테시아에서 가장 가난한 지역을 방문한 샤를르 3세는 미로처럼 좁고 어두운 골목에서 지독한

제 4 장

악취가 나는 것으로 보고 심한 구역질을 느꼈다.

궁전에 돌아온 그는 마을의 지도를 가져오게 한 다음 굵은 펜을 가지고 문제의 지구를 관통하는 직선을 그었다. 선은 양끝이 주의를 환기하기 위해 성벽의 규칙바른 곡선을 그리고 있는 장소를 관통하도록 했다.

통풍과 채광의 부족으로 인해 여러 병이 창궐하고 있는 이 비참한 지역을 위생적으로 바꾸기 위해 그 선이 지시하는대로 성벽 내의 부분에는 커다란 길을 관통시키라는 명령이 떨어졌다.

다음 날 샤를르 3세는 미리 주민들을 기쁘게 하기위해 그 지역의 한가운데에 앞으로의 계획을 표시한 지도를 게시했다.

집이 철거되는 사람들에게는 배상금이 지급되고 얼마 지나서 사업은 완성되었다.

공사가 3분의 1 정도 진행될 무렵 특히 어둡고 불결한 골목에 사는 이비켈이라는 이름의 가난한 판화공은 갑자기 집에 바람과 빛이 가득 들어오는 것에 놀랐다. 집의 정면이 운 좋게 새로 만든 큰 길에 면하게 되었기 때문이다.

그런데 홀아비인 이비켈에게는 이 세상에 외동딸인 블란딘느 외에는 가족이 없었다. 이 젊은 아가씨는 태어날 때부터 몸이 약해서 창백하고 기침이 잦았는데 현재도 침대에 누워서 날마다 더욱 쇠약해져 가고 있었다.

치료비와 약값을 내기위해 온몸이 지칠 정도로 일을 하는 이비켈은 삶에 그를 연결시켜주는 유일한 존재인 딸이 죽은 다음에는 자살을 할 생각을 하고 있었다. 바로 그때 기쁘게도 주거의 환경이 바뀌면서 그에게 치유의 희망을 갖도록 해주었던 것이다.

이제 막 봄이 시작되었다. 블란딘느의 침대는 열린 창의 바로 곁으로 옮겼으며 그녀는 공기와 빛에 도취되어 버렸다. 기쁨의 눈물을 흘린 그녀의 아버지는 그녀가 생기와 안색을 되찾고 다른 한편으로는 기침이 전에보다 간헐적이 되는 것을 보았다. 큰 길이 완공될 무렵에는 병에 대한 승리는 완전한 것이 되었다. 기쁨에 어쩔줄 모르는 이비퀠은 이 감격의 원인이 된 상찬할만한 공사를 시작한 왕에 대해 무언가 대단한 것을 바쳐서 감사의 뜻을 전하고 싶었다.

당시 누군가에게 기도를 해서 기적적으로 치유가 된 경우에는 교회 전용으로 정해진 양피지 대신에 비단에 기적을 일어나게 한 주체가 후광에 둘러싸인 채 죽음에서 구원된 사람에게 손을 내미는 소박한 주제를 새기는 것이 관습으로 통하고 있었다. 이러한 판화는 액자에 담겨져 봉납물로서 봉납되었다. 이것들은 예수, 성모 그리고 여러 성인의 제단에서 장식되고는 했다.

이비퀠은 자신의 일에 대해 솜씨가 있어서 주문을 받아 여러 번 이러한 봉납물을 만들어본 적이 있었으므로 그것을 하나 만들어 왕에게 바치기로 했다.

이러한 실크 프린트에 등장하는 후광을 쓴 존재는 침대에 누워있는 병자를 향해 치유의 손을 내미는 것으로 그려지는데 샤를르 3세도 펜으로 강하게 선을 그어 그 도로를 만들어서 많은 사람들을 낫게 했으므로 관습에 따른다면 이 행위는 당연히 그렇게 표현되어야만 하는 것이다.

제 4장

이비켈은 최고급의 잉크를 사용해 시간과 노력을 아끼지 않으면서 변함없이 큰 길에 게시되어 있는 원본을 소재로 삼아 비단에 필요한 장소에 굵은 선이 그어져 있는 루테시아의 지도를 새긴 다음 그것을 액자에 넣고 다음에 딸의 치유가 가능해진 원인에 대해 쓴 긴 편지를 덧붙여 왕에게 보냈다.

감동한 샤를르 3세는 이비켈에게 연금을 주었을 뿐 아니라 봉납물의 뒤쪽에 그 편지를 붙여서 유리 넘어로 편지의 일부를 읽을 수 있도록 했다.

그런데 많은 세기가 지난 다음에도 판화의 제작에 보통이 아닌 정성을 기울인 데다가 고급의 잉크를 사용했고 게다가 보통의 소재보다도 그 위에 새겨진 이미지가 잘 변색되지 않는 비단 덕택에 지도도, 그 위의 굵은 선도 놀랄만한 선명함을 아직 유지하고 있었다.

쉬르그는 전부 읽기 위해 편지를 액자 안에서 꺼내 이상의 에피소드를 알게 되었고 더 조사를 해서 많은 것을 알게 되었다.

그는 지도를 몇 번이나 초점의 감옥 안에 넣어서 그것이 파란 빛에 대해 강한 저항을 보여주는 것을 알았다.

그래도 매번 육안에는 보이지 않지만 선이 아주 약간 엷어진 것으로 봐서 강력한 광선이 역시 어떤 영향을 미치고 있다는 것을 알 수 있었으며 광원으로부터 갑자기 다량의 빛이 나온다면 이 판화가 바로 색이 퇴색하리라는 것은 명백했고 그런 점에서 확실히 위험을 예고할 수 있을 것이라 보았다.

로쿠스 솔루스

쉬르그는 이비켈의 이러한 사건에서 커다란 이득을 얻은 셈이다. 이 사건이 있었기 때문에 모든 것이 잘 조합되어 성실한 판화공에게 그 이후로는 잃어버린 수법에 의해, 그가 왕에게 보낸 편지에서도 언급한대로 이례적인 세심함으로 비단에다가 아주 멋질 뿐아니라 지금 초점의 감옥에서도 아주 도움이 되는 판화를 새기도록 했기 때문이다.

쉬르그는 이제는 매번의 실험에 있어 감옥에 넣어두면 상이 서서히 사라지기 때문에 광선의 조절에 도움이 되는, 보다 저항력이 없는 판화가 필요했다.

그중에서도 같은 날에, 같은 방법으로 새겨진 것으로 적어도 반세기는 넘겼지만 아직 양호한 상태로 남아있는 것 만이 일정한 지침을 그에게 줄 것이라 보았다.

과거의 작품 중에 여기저기로 흩어지거나 파괴되지 않은 것이면서 충분히 남아 있는 판을 구하기 위해 고생한 끝에 쉬르그는 여기 저기 특수한 정기간행물에 요구사항을 보냈더니 판화 출판의 거물인 루이 장 숨이 1834년간의 누리[프랑스의 테너 가수인 아돌프 누리. 1802-1839.-옮긴이]의 커리커츄어 천부를 가지고 그를 찾아왔다.

이 해 초 이 가수는 오페라 극장에서 〈아에네아스〉[아에네아스는 고대 그리스의 영웅. 트로이 전쟁에서의 패배 이후 여러 곳을 방랑했다고 전해진다-옮긴이]를 멋지게 연기했고 멋지고 잘 울리는 그 목소리로 한참 그 영광의 절정에 있는 순간이었다.

제 3막에서 아에네아스는 바위 사이에 그를 저승에 데리고 갈

제 4장

일종의 우물 위에 몸을 기울이면서 굉장히 높고 커다란 '오오'라는 외침소리로 카론[저승에 있는 강을 지키는 사람-옮긴이]을 불렀다. 아주 마지막의 '오오'는 작곡가의 교묘한 배려에 의해 유럽 전체에 알려질 정도로 유명하고 날카로운 C의 소리를 힘닿는대로 발할 수 있는 기회를 누리에게 주었다. 그래서 열정의 폭발이 그 이후에 이어지는 이 C의 소리는 공연의 하이라이트가 되고 널리 평판이 떠돌 정도가 되었다.

당시 일류의 커리커츄어 작가인 조졸린느는 이 절묘한 음성을 소재로 삼을 결심을 했다.

그는 저승 쪽으로 몸을 기울인 누리의 유명한 C의 음이 지구를 횡단한 다음 나중에 하늘 끝에까지 도달하는 모습을 만화로 묘사했다.

그 속에서 조졸린느는 평판이 자자한 그 음성이 어떠한 장애에도 불구하고 별의 영역에까지 울리고 있다는 것을 보여주려고 했던 것이다.

당시 루이 장의 증조부가 경영하고 있었던 숨 사는 그 작품을 천 부를 찍었다. 그것은 〈아에네아스〉의 상연마다 프로그램과 함께 판매할 예정이었다.

조졸린느는 자신의 목소리가 이처럼 찬미되는 것을 보고 누리가 기뻐할 것임에 틀림없다고 확신했고 자신의 계획을 그에게 말하고 원화原畵 자체를 넘겨주려고 했다. 하지만 변덕이 심하고 격한 성격으로 유명한 이 테너는 우스꽝스러운 그림만을 보고 자신이 이렇게 웃음거리가 되는 것을 참지 못한 나머지 작품을 찢어버렸다.

로쿠스 솔루스

게다가 천부의 판화의 판매에도 확실하게 반대한다는 뜻을 밝혔다.

조졸린느는 관대한 성격이었기 때문에 이 사태를 받아들이고 해결을 시도했으며 판화상에게는 돈을 다 지불한 다음에 발매하는 날이 올 때까지 이 불행한 책자를 가게에 보관해달라고 부탁했다.

그 직후 조졸린느는 어느 날 밤 갑자기 그 모습이 사라져서 수색을 했음에도 아무런 단서가 나오지 않았다.

30년 후에 그는 법적으로 사망한 것으로 간주되었고 그리하여 그의 유언이 집행되었다.

당시 80세였던 루이 장 숨의 증조부는 전에 발매된 적이 없는 이 비운의 판화가 그대로 자신에게 유증된다는 걸 알게 되었다. 그러나 조심스러워 하는 마음에서 이 유명한 풍자화가의 사망에 대한 확실한 증거가 나올 때까지는 절대 손을 대지 않을 것이며 자신의 상속자도 그렇게 할 것이라고 단언했다.

루이 장의 할아버지와 아버지 대에는 아무런 일도 일어나지 않았다.

그런데 최근 파리의 빈민가에서 오래된 집을 철거할 때에 지하실의 작은 방에서 옷을 입은 상태의 시체가 발견되었는데 재봉사의 손으로 옷 하나하나에 기록되어 있는 이름을 통해 그 신원을 쉽게 알 수 있었다.

그것은 다름 아닌 조졸린느의 시체였다. 신경증을 앓고 있는데다가 방랑벽이 있었으며 방탕한 생활에 빠져있던 이 화가는 경솔하게도 보석류를 몸에 한 채로, 주머니에는 돈을 담고서 그러한 장소에 가는 일이 많았고 행방불명이 된 그 밤에는 죽음과 약탈이

제 4장

기다리고 있는 소굴에 젊은 여자의 유혹을 받고 들어갔던 것이다.

그 범죄는 이미 시효가 지났기 때문에 수사는 더 이상 진행되지 않았다.

이후 루이 장 숨은 오랫동안 발매되지 못했던 이 판화를 마음 편히 처분할 수 있게 되었다. 이것을 어떻게 처분할 것인가 고민하던 차에 쉬르그의 메모가 그의 눈에 띠어서 그 태도를 결정하게 되었던 것이다.

누리의 까다로운 성격과 조졸린느의 행방불명 사건 때문에 오랫동안 수수께끼로 남았던 것이었는데 쉬르그는 숨 회사의 진지하고 성실함의 결과로 얻게 된 이 선물에 아주 기뻐하면서 이 판화 인쇄본을 제시한 가격 그대로 사들였다.

시간이라는 대체할 수 없는 존재가 처음에는 품질의 좋고 나쁨을 알수 없던 것을, 알게 해주는 필요불가결한 도태라는 작업을 거치면서 나쁜 것들을 변질시켰기 때문에 그런 것들을 빼고 나면 816매가 그의 손에 들어왔다.

누리의 커리커츄어는 초점의 감옥에 들어가게 되어 각 실험의 최초의 순간에 빛의 투사량의 조절 목적으로 사용되는 것이 결정되었다. 쉬르그는 묘사되고 있는 그림의 소실의 완급의 정도를 보아서 투사량을 줄이거나 강하게 하거나 할 생각이었다.

그때부터 쉬르그는 원통형의 감옥에 갇혀 있는 사이에 아무리 조용한 인간도 사로잡히게 되는 광란상태에도 불구하고 루테시아의 지도와 천문학적인 만화를 파란 광선에 대해서 엄밀하게 정면 방향으로 하게 하기 위해서는 아주 일시적이라도 환자의 그늘에

가려 목적을 달성하지 못하거나 아니면 그것이 환자를 가려 치료를 방해하거나 하지 않도록 해야 하고 그러려면 어떻게 하는 것이 가장 좋은가를 계속 생각했다.

오랜 숙고 끝에 그는 보호용의 유리 없이 그냥 맨 모습의 두 개의 판화를 그 뒤에 매단 회전하는 자침을 묶고 있는 특이한 헬멧을 환자용으로 만들게 했다. 바늘이 밸런스를 잃지 않도록 하기위해서 무게를 엄밀하게 지정해서 만든 이 액자는 매번 우연하게 선택된 판화와 루테시아의 지도를 매달기 위해서 두 개의 후크가 붙어 있었다. 감옥의 곁에 서는 인간이 자석을 교묘하고 주의 깊게 조작해서 어떠한 일이 있어도 바늘이 그곳에 닿지 않고서도 다른 방향으로 향하게 할 수 있게 된 것이다. 이러한 배치 덕택에 두 매의 판화는 언제나 파란 빛의 방향을 향하게 되고 환자와 판화가 서로 상대의 그늘이 되어버릴 염려는 없어졌다.

적당한 위치에 배치되고 적당한 방향을 향하게 된 거울 때문에 발광장치의 조작자는 렌즈에 방해되는 경우에도 두 매의 판화의 상태를 확인하는 것이 가능해진 것이다.

외부에서 몸을 튼튼하게 해줄 수 있다면, 아주 일시적일지라도, 이미 거의 도움이 안 되는 영양 보급의 대신이 될지도 모른다고 생각하면서 불행한 클로드 르 칼베가 쉬르그에게 온 것은 바로 그때였다.

실제로 초점의 감옥에 매일 들어가는 것은 죽음의 선고를 받은 남자에게 원기를 되찾게 해주었으며 그 죽음을 몇 주간 지연시키기도 했다.

제 4장

그런데 르 칼베는 다음 실험부터 조금씩 가라앉기는 했지만 처음 감옥에 들어갈 때에는 무시무시한 흥분의 징후를 보여주었다. 그의 사후 로쿠스 솔루스 저택에 있어 그가 다시 한번 연기하는 것은 받은 충격의 커다람을 생각할 때 당연한 것이었지만 들것에 실려 불안에 찬 채 초점의 감옥 앞까지 운반되었을 때부터 시작된, 이 최초의 실험의 가슴을 파내는 듯한, 시간이었다.

쉬르그가 알게 된 이 사실은 어떤 아이디어의 힌트가 되었다. 그는 칸트렐에 의해서 임시적인 삶을 부여받은 환자의 몸에 대해 파란 광선이 어떠한 것, 그러니까 약간이나마 재생효과를 주는 것은 아닐까 생각했다. 그리고 그 목적을 위해, 특히 르 칼베를 생각해서, 보통의 환자가 대상인 경우와 마찬가지로 지정의 장소에 죽은 환자를 위치시켜 시체가 광선에 의해 손상되지 않도록 루테시아의 지도에 관한 예방조치도 잊어먹지 않았다. 그의 특수한 관점에 본다면 결과는 부정적인 것이었지만 장래의 성과를 기대해서 실험을 반복할 것을 강하게 희망했다.

7. 남편인 부유한 상원의원 알반 엑슬리 경이 데려온 영국의 젊은 미녀. 남편 쪽은 죽은 처가 한시라도 빨리 눈앞에서 살아나는 것을 보고 싶다고 마음속에서 바라고 있었지만 실제로 꿈이 실현되자 다시 살게 된 그 순간이 가진 어떤 비극적 측면 때문에 그의 마음은 깊게 동요되었다.

가난하긴 했지만 연애결혼에 의해 숙녀가 되고 상원의원 부인까지 된 에델플리다 엑슬리는 돈과 직위에만 골몰하는 경박한 마음의 소유자로 결혼 이래로 오직 화장과 용모를 돋보이게 하는 것 외에는 관심이 없었다.

그녀는 특히 런던의 유행의 첨단을 달리는 여성들을 흉내 내어 다른 어떤 멋내는 방법보다 효과적이라고 생각되는 방법, 즉 손가락의 끝을 번쩍이는 작은 거울로 만들어버리는, 일종의 주석朱錫을 사용한 매니큐어법을 사용했다. 이 방법을 창안한 남자는 마취에 의해 손가락 부분을 완전히 마비시킨 다음 특수한 약물을 사용해 손톱을 손가락에 떼어내서 그 안쪽에 주석 도금을 하고 그 후 역시 그가 만든 두 번째 제품의 도움을 받아 다시 손톱을 손가락에 장착시키는 것이었다. 사용되는 주석은 반투명하게 보이는 것인데 색은 엷긴 하지만 손톱의 반달 모양 부분의 하얀 색도, 손톱깎이로 잘리는 부분을 빼고 나면 나머지의 분홍색의 부분도 원래 모양 그대로인 것처럼 보인다.

손톱이 자라게 되면 가끔 다시 한번 벗겨서 그 기반 부분에 새롭게 주석의 도금을 할 필요가 있었다.

에델플리다는 원래 머리가 약한데다가 젊은 시절에 연대장이었던 아버지가 인도에서 근무할 때 원정을 나갔다가 돌연 공격해온 호랑이에게 목을 물어뜯겨서 죽는 것을 목격한 어린 시절의 강렬한 체험 이후로 제 정신을 잃는 경우가 종종 있었다. 목의 경동맥에서 피가 쏟아져 나오는 것을 보았기 때문에 그녀는 피와 그리고 그것과 비슷한 것에 대해 영원히 지워지지 않는 신경증적인 공포를 안게 된 것이다.

그녀는 빨간 벽지를 붙인 방에서 사는 것도, 빨간 드레스를 입는 것도 불가능했고 점점 기행의 소유자가 되어갔다.

마음씀씀이가 좋은 남편 알반 엑슬리 경은 효심이 지극한 아들이기도 해서 노모의 병약한 몸에 신경을 써서 절대 떨어져 살려고 하지 않았다. 그래서 그는 지난해 프랑스 노르망디의 태양이 빛나는 해변의 모래사장을 내려다보는 커다란 '호텔 드 유럽'에서 8월을 보낼 때에 어머니와 처와 함께 지냈던 것이다.

뛰어난 스포츠맨으로 승마와 말 조련의 애호가이기도 한 알반은 마굿간의 말의 일부를 거기까지 데리고 왔다.

어느 날 오후 외출을 준비하는 처보다 먼저 그는 가이드북을 손에 들고 스파이더, 즉 무개의 4륜마차를 탄 참이었다. 젊은 마부 앰브로즈는 말의 선두에 서서 출발의 준비가 이루어져 마부용의 좁은 좌석에 올라타는 순간을 기다리고 있었다.

얼마 후에 에델플리다가 늦은 것에 당황해 하며 아주 서둘러서 등장했는데 장갑을 아직 접은 채이고 손에는 남편에 대한 배려에서, 그날 아침 그가 준 빨간 색에 가까운 것은 빼버린 꽃다발에서, 티로즈를 하나 뽑아서 들고 있었다.

호텔의 제복을 입은 카지미르라는 이름의 80세의 노인이 편지를 건네주려고 급하게 따라와서는 그녀를 붙잡았다.

60년이나 이 호텔에서 일한 카지미르는 지금은 한가롭게 오직 편지의 분류와 배달만을 하고 있었다.

그가 준 봉투에는 검은 글씨로 주소가 적혀 있고 '알반 엑슬리 부인 귀하'라는 이름 위에 '상원의원 부인'이라는 말만이 빨간 잉크로 적혀 있었다.

로쿠스 솔루스

독신의 형보다 일 년 전에 죽은 알반의 아버지-역시 알반이라는 이름이었다-는 상원의원과는 전혀 관계가 없는 사람이지만 의례상 경卿이라고 불리고 있었다. 그래서 두 사람의 알반 엑슬리 부인을 구별하기위해 사람들은 어머니 쪽에는 '미망인'이라는 말을, 며느리 쪽에는 '상원의원 부인'이라는 말을 쓰곤 했다.

그런데 문제의 편지는 에델플리다의 어린 시절의 친구인 어느 젊은 여성에게 온 것으로 그녀는 껄끄럽지만 금전적인 도움을 요청하면서 이 편지를 비밀로 해달라고 요청하고자 했다. 시어머니와 며느리가 서로 혼동되는 일이 있어서는 안된다는 생각에서 발신인은 눈에 띠도록 이처럼 수신인 주소의 일부에 빨간 잉크를 사용한 것이다.

왼손에 파라솔과 장갑을 들고 있던 에델플리다는 편지를 받으려고 장미를 들고 있던 오른손을 내밀었다. 그러자 엄지에 눌려 장미의 줄기가 봉투에 눌리게 되었다. 그 순간 싫어하던 빨간 색으로 기록된, 확실히 그녀에 도달하기 위해 사용된, 단어가 눈에 들어오면서 놀라서 그 자리에 정지해서 신경질적인 떨림을 억제하지 못하게 되었고 꽃집 주인이 깜빡 자르는 것을 잊어먹은 가시가 엄지를 찌르고 만 것이다.

줄기와 봉투를 물들이는, 아주 꺼려지는 피를 보자 그녀의 혼란은 더욱 심해졌다. 그리고 사라져 버리라는 듯이 본능적으로 손가락을 펴서 빨갛게 물든 이 두 개의 것을 떨어뜨렸다.

하지만 이 동작 때문에 엄지의 방향이 바뀌어 그 손톱의 커다랗고 투명한, 그 하얀 색이 대상을 잘 비추는 그 반달형의 부분이 이 지방에서 유명한 일종의 등불에서 오는 빛나는 붉은 빛을 비추어 그녀의 눈의 동공에 들어오게 했다.

노르망디 사람인 기욤 카시뉼이 '호텔 드 유럽'이라고 이름붙인, 오늘날에도 그 후손들이 경영하고 있는 문제의 건물을 창설한 것은 18세기 말의 일이었다.

그는 입구의 위에 간판 대신에 커다랗고 높은 램프를 매달아 놓고 그 정면의 유리에는 각각의 나라를 색으로 구분했는데 조국 프랑스에는 빨간 색이라는 아주 눈에 띠는 색을 칠한 유럽 지도를 그려놓았다.

나폴레옹 1세의 원정이 시작되자 그는 열광했는데 가게의 램프가 자랑스럽기도 했으므로 매일 정복된 나라를 프랑스와 같은 빨간 색으로 칠했다. 그 무렵 대륙 봉쇄로 인해 제압한 것이나 마찬가지로 여겨진 영국도 여기서 제외하지 않았다.

모스크바 입성의 소식이 전해지자 이번에는 러시아를 통합된 것의 상징으로서 새로 칠했는데 이리하여 유럽 전체가 종주국 프랑스의 붉은 색으로 물들게 되었다.

콧대가 한껏 높아진 카시뉼은 한 색으로 칠해진, 국경이 없는 이 세계의 일부에 착상을 얻어 한 단어를 더 붙여 '프랑스의 호텔 드 유럽'으로 이름붙였다.

패배의 시간이 오자 이름은 다시 원래대로 돌아갔지만 그는 나폴레옹의 전성기를 기념하는 귀중하고 웅변적인 기념물로 생각해 빨간 색으로 칠해진 지도는 그대로 남겨두었다.

호텔을 최근에 개축할 때에도 그 이야기가 입에서 입으로 전해져 효율적인 광고가 되었고 그래서 그 전설적인 램프는 조심스럽게 원래의 장소에 다시 매달아졌다.

    이곳에 왔을 때부터 그 자극적인 빨간 색을 의식하고 있던 에델플리다는 거길 지날 때마다 눈길을 다른 곳에 주면서 피하곤 했다.

    그런데 유럽의 지도가 그녀의 손톱의 반달모양의 부분에 비친 것은 문지방 위를 덮고 있는 커다란 유리의 덮개를 통해 강한 태양빛이 그것을 비추고 있을 때였다.

    이미 심하게 동요하고 있던 그녀는 동서의 방향이 거꾸로 되긴 했지만 그 특징적인 모양을 확실하게 알아볼 수 있는 이 빛나는 붉은 반영을 보곤 최면에 걸린 것처럼 되어버렸다.

    그 자리에서 덜덜 떨면서 그녀는 환경의 영향을 받은 탓인지, 모국어나 다름없이 구사할 수 있는 프랑스어로 억양이 없이 다음과 같이 말했다.

    "반달 모양으로...전 유럽이...빨갛게...완전히..."

    나이 때문에 귀가 먼 카지미르에게는 그것이 들리지 않았다. 이상한 일이 일어났다는 것을 전혀 알아채지 못했기 때문에 그는 편지와 티 로즈를 주우려고 했다. 그러나 몸이 딱딱한 상태여서 허리를 제대로 구부리지 못했으며 그래서 손가락이 중간까지밖에 닿지 않았다. 그래서 대신 줍게 하려고 큰 소리로 엑슬리 경의 젊은 마부를 재촉하듯이 불렀다.

    옛날 젊은 시절에, 낭만파의 시대에, 파리의 어느 댄디의 집에서 '호랑이'[tigre. 원래 '호랑이'의 뜻이지만 여기선 댄디가 고용한

'작은 마부'라는 뜻이다-옮긴이]로서 일한 적이 있는 카지미르는 자신이 그렇게 불리어서 몇 번이나 대답을 한 적이 있으므로 젊은 시종들에게 말을 거는데 있어 예전에 이미 사용하지 않게 된 이 말을 아직 사용하고 있었다.

그런 탓에 그가 보도를 가르키면서 젊은 사환을 바라보며 크게 외친 것은 '호랑이'라는 단어 한 마디였다.

마부는 그에게 있어 무의미한 그 명사보다도 오히려 몸짓과 눈빛에 따라 말들의 선두에서 떠나서 꽃과 편지를 주어 에델플리다에게 내밀었다.

하지만 이쪽은 최면상태에 빠져서 고통을 받으면서도 카지미르가 무뚝뚝하게 내뱉은 말을 듣고서는 다시금 몸을 떨면서 그것을 경고의 외침이라고 믿었다. 환각이 더 강해지면서 눈앞에서 호랑이에게 목을 물린 아버지를 보았다. 그것은 그녀의 착란적인 상태와 그녀가 방금 말한 프랑스어를 통해 알 수 있는 것이었다.

계속적으로 덮친, 마음을 동요시키는 세 개의 쇼크에다가 그녀의 정신박약의 원인이 되는 비극의 광경 그 자체의 병적인 형태를 통한 재현을 보게 된 것은 불행한 이 여자에게는 최후의 일격이 되었다.

그녀는 완전한 광기의 징후를 보이기 시작하면서 알반도 제대로 못 알아볼 정도가 되었다. 그도 너무 걱정스러운 나머지 말들의 앞으로 되돌아온 앰브로즈와 엇갈리면서 달려가서는 그녀를 두 사람의 방으로 다시 데리고 왔다.

그날부터 그녀의 병세는 악화되기만 할 뿐이었다. 광란의 한복판에 있으면서 그녀에게는 모든 것이 피의 색깔을 띠고 있는 것처럼 보였다.

파리로 올라온 그녀는 유명한 전문의의 진찰을 받았다. 그는 알반에게서 자세한 설명을 듣고 그녀의 광기가 취하는 특수한 증상의 원인을 알아냈다.

어떤 종류의 사정이 겹쳐서 일어나면서 아주 오래전부터 체질이 약화된 것에다 날카로운 충격을 받았기 때문에 손톱에 비친, 예의 햇빛에 반사되는 붉은 지도는 허약한 에델플리다를 현실의 유럽이 구석구석까지 붉게 물들어 있는 것처럼 보인다는 이상한 증상으로 유도한 것이었다. 이리하여 위험한 비탈길로 미끄러지기 시작한 그녀는 조금 지나서는 광기에 빠지고 갑자기 일련의 단계를 뛰어넘어서 세계 전체가 붉게 보이는 상태까지 가게 된 것이다.

안타깝게도 피의 관념과 깊게 연결되어 있었던 빨간 색의 편재遍在는 적색에 대한 공포와 함께 하면서 그녀의 삶을 영원한 지옥으로 만들어버렸다.

치료는 모두 실패했다. 이 불쌍한 미친 여자는 견디기 힘든 고난에 시달리고 쇠약해지면서 죽었다.

알반은 슬픔에 깊이 빠지면서도 손톱에 비친 그림자의 강렬함, 선열함이 그녀를 최면상태에 빠뜨리게 하고 운명의 순간을 만나게 하면서 얼마나 커다란 역할을 수행했는가를 생각하면서 손톱에 주석의 도금을 하는 남자를 증오했다. 이 남자의 개입이 결국 그의 비탄의 주요한 원인이었기 때문이다.

그런데 죽은 에델플리다는 갑자기 감각을 잃은, 그 충격적이고

제 4장

불길한 외출의 순간을 다시 한번 살게된 것이었다.
칸트렐은 문제의 사실에 대해 알게 되자 모든 것을 충실하게 재현했다.

그녀의 손톱은 사후에도 계속 자라고 있었기 때문에 그는 큰 돈을 들여서 예의 매니큐어의 창안자를 런던에서 불러왔다. 그는 그의 주문에 따라 처음에 사람의 눈에 띄게 될 오른손의 엄지에, 다음에는 일관성이 없어서 눈에 띠지 않도록 아홉 개의 손가락에 추가적인 도금을 했다. 칸트렐은 그 불행 이후 이 남자에 대해 혐오감을 가지고 있는 알반이 이 남자를 만나지 않도록 잘 조정을 했다.

에델플리다의 피의 흔적을 씻으려 하지 않은 채로 알반이 유품으로 중요하게 보존하고 있는 티 로즈는 사람들 앞에 내놓기에는 너무나도 시들어버렸다. 그래서 칸트렐은 적당한 자리에 가시가 있는 어떤 조화를 일정한 수만큼 만들게 했다.

그로부터 그 때때로 사용할 수 있도록 몇 번이나 그 서명을 흉내내서 쓴, 그 저주할만한 날과 똑같은 봉투도 여러 매 준비했다. 사용에 즈음해서는 봉투의 두께와 느낌이 완전히 같아지도록 백지의 편지를 넣어두기로 했다.

그 이후 알반은 편지가 전해지기 전의 잠깐 동안이긴 하지만 제정신의 에델플리다를 다시 만날 수 있게 된 것에 참으로 기뻐하면서 눈앞에 재현되는 짧은 정경을 질리지도 않고 열심히 관찰했다. 그는 카지미르와 마부의 대역을 하게 될, 한 쪽은 아주 노인이고 다른 쪽은 아주 젊은 두 명의 배우와 함께 자기 자신의 역을 스스로 연기했다. 램프에는 태양 광선 대신으로 전등의 불을 사용했는데 시간과 하늘의 맑음에 따라서 진짜 태양이 변함없이 빨간 지도를 비추고 있는 때에는 그 전등을 사용하는 것을 자제했다. 그 정경이 시작되기 전에는 언제나 에델플리다의 오른쪽 엄지의 앞마디의 살이 잘 붙어 있는 곳에 평평하고 부드러우면서 살색을 하고 있는 가죽의 조각을 조심스럽게 붙였다. 정해진 시간에 조화인 티 로즈의 가시가 큰 어려움이 없이 그것을 찔러서 피와 똑같은 붉은 액체가 흘러나오도록 했다.

조화의 줄기는 씻을 수도 없는 것이어서 티 로즈는 한번밖에 사용하지 않는 것으로 했다. 그것은 봉투도 마찬가지여서 피로 더럽혀진 다음에는 그대로 버리는 것으로 했다.

8. 프랑스와 샤를르 코르티에는 의문에 찬 자살을 한 청년인데 아주 특수한 상황에서 로쿠스 솔루스 저택으로 오게 되었다.

칸트렐이 이 시체에서 입수한 증거물은 그때까지 베일에 싸여있던 어떤 비극적인 사건의 진상을 명백히 밝혀주는, 아주 귀중한 손으로 쓰인 고백의 발견으로 이어졌다.

아주 오래 전에 문필가인 프랑스와 쥘 코르티에는 최근에 아내를 잃고 프랑스와 샤를르와 리디라는 두 명의 아이를 두고 있었는데 그는 일 년 내내 일에 몰두하면서 살 수 있는 조용한 환경이 필요해서 모 근처에 커다란 정원을 가진 저택을 구입했다.

아주 튀어나온 이마를 가진 그는 그것을 아주 자랑스럽게 여겼고 심지어는 자신을 내세우려는 생각에서인지 골상학骨相學을 적극적으로 권장하고 있었다. 그의 서재에는 검게 칠한 여러 개의 책장이 있었고 거기에는 많은 두개골이 배치되어 있었는데 이것들의 개별적인 특징에 대해 그는 오랜 시간에 걸쳐 얘기할 수 있을 정도로 해박했다.

1월의 어느 오후에 그가 일을 하고 있을 때 당시 아홉 살이었던 리디가 그에게 와서는 한참 눈이 내리고 있는 창밖을 가리키면서 밖에 나갈 수 없으니 그의 곁에서 놀아도 좋냐고 물었다. 그녀는 여자 변호사의 인형을 가지고 있었는데 그것은 그해에 처음으로 변호사석에 여성이 등장하게 된 것이 큰 화제가 되면서 덩달아 인기 있는 장난감이 되었던 것이다.

프랑스와 쥘은 딸을 아주 사랑할 뿐 아니라 최근 11살이 된 프랑스와 샤를르가 아쉽게도 공부를 위해 파리의 리세의 기숙사로 간 이후로는 그 애정이 더욱 강렬해졌다.

그는 딸에게 키스하면서 "좋고말고"라고 말했는데 단 되도록 얌전하게 있어야 한다고 약속하게 했다.

방해가 되지 않도록 리디는 아버지가 앉아 있는, 크고 여러 물건들이 있는 책상의 반대편에 가서 바닥에 앉았고 그래서 그는 딸을 볼 수가 없었다.

인형과 소리를 내지 않고 놀고 있던 그녀는 손가락에 닿는 도기제의 인형 얼굴의 차가운 감촉에서 눈을 떠올리면서 불쌍하다는 생각이 들었다. 마치 인간이기라도 한 것처럼 얼어버리면 어떡하나 하는 생각에서 그녀는 인형을 커다란 불이 타고 있는 난로 바로 앞에 눕혔다.

로쿠스 솔루스

하지만 얼마 안 되어 그 열로 인해 접착제가 녹아버리면서 인형의 두 눈은 거의 동시에 머릿속으로 들어가 버리고 말았다.

깜짝 놀라서 아이는 인형을 다시 잡은 다음 자기 눈 앞에 세워서 이 사고의 영향을 제대로 확인하려고 했다.

그때 변호사 인형의 실루엣이 벽 쪽에 있는 검은 책장을 배경으로 떠올랐다. 그러자 리디는 책장에 있는 죽은 사람들의 머리와 인형의 분홍색의 머리 사이에 유사한 점이 있다는 것을 알고는 깜짝 놀랐다. 눈가가 둘 다 안와眼窩가 텅 비어서 마치 같은 표정을 하고 있는 것처럼 보였다.

새로운 게임을 발견한 것처럼 기뻐하면서 그녀는 두개골 중의 하나를 손으로 잡았다. 그리고 모든 수단을 동원해 이 유사성을 완전한 것으로 하겠다고 마음먹고 그 가슴 설레는 일을 시작했다.

직업적인 필요에 의해 수수한 옷차림을 해야 했기 때문에 여자 변호사의 머리는 뒤로 묶어서 헤어 핀을 꽂은 상태였고 다른 장식은 전혀 없었으며 컬이나 쪽머리는 생각도 할 수 없었다.

대단한 용도로 사용되는 것이 아닌 만큼 특별히 정확성을 기하지도 않고 만들어진 것이어서 이 가벼운 헤어 핀은 법관 모자의 앞으로 삐져나와 맨 이마에 닿을 정도였다.

리디는 처음에 해야 하는 것이 이 가는 묶음을 두개골에 그대로 옮겨 놓는 것이라고 생각했다. 두 개를 다 완전히 같은 것으로 만들려는 그녀의 시도에서 본다면 그것은 그 유사성의 기초가 되어 있는, 텅 비어 있는 두 개의 안와에 접하고 있는 것이므로 중요한

제 4장

것으로 생각되었다.

소녀는 가정교사에게서 바늘과 실을 사용하는 것을 배운 적이 있어서 몇 개의 자수 용구를 주머니에 가지고 있었다. 그녀는 작은 송곳을 꺼내서 손을 잘 사용해 두개골의 이마에 가는 선을 여러 방향으로 그었다. 이리하여 한 올 한 올 일종의 헤어 핀이 지나가야 할 장소가 새겨지게 되었는데 그것은 약간 서툰 지그재그 모양의 무늬처럼 보여서 아이다운 서투른 솜씨가 재미있게 나타났다.

이제 두개골은 변호사 인형과 같이 법관모가 필요했다.

책상 밑에 있는 휴지통에는 낡은 영자신문이 있었다.

탐구심이 강하고 모든 문학을 원어로 읽고 깊게 이해하려 하는데 정열을 품고 있는 프랑스와 쥘은 현대어, 사어를 불문하고 여러 언어를 공부했다.

지난달에 그는 거의 한달 내내 그를 흥분시키는 어떤 사건에 대해 중요한 기사를 싣고 있는 《타임스》를 매일 샀다.

영국인 여행가 더스탠 애셔스트는 기나긴 극지에의 탐험 여행에서 막 런던으로 돌아왔다. 이 여행은 전인미답의 땅을 탐사한데다가 몇 개의 새로운 땅을 발견한 점에서 주목할 만한 것이었다.

특히 얼음에 둘러싸인 배에서 떨어져 떠다니는 빙하를 가로질러서 답사를 한 애셔스트는 그 위험한 탐험에서 어느 지도에도 나와 있지 않은 섬을 발견했던 것이다.

해안가의 작은 언덕의 정상에 일종의 신호로 세워 놓은 빨간 마스트의 아래에는 쇠로 된 작은 상자가 하나 놓여 있었다. 힘을 가해서 억지로 열어보니 그 안에는 손으로 쓴 기묘한 문자로 가득 채워진 낡은 커다란 양피지가 하나 나왔다.

그가 영국의 수도로 돌아오자마자 그는 이것을 박식한 언어학자들에게 넘겼고 그들은 번역을 시도했다.

서명과 날짜를 확실히 읽을 수 있고 고대 스칸디나비아어를 룬 문자로 기록한 이 문서는 860년 경에 북극을 향해 출발해 다시 돌아오지 못했던 노르웨이의 항해사 군데르센이 쓴 것이었다. 그 옛날에 빨간 마스트의 섬에 발을 들여놓을 수 있었다는 것은-섬은 다시 그곳에 도착하는 데 그 후 수세기를 필요로 할 정도로 높은 위도에 있었다-놀라운 일이어서 전세계가 이 기록에 열광적인 관심을 쏟았다. 그것은 이미 여러 행이 지워진 상태여서 상반된 해석을 가능하게 하는 면이 있었기 때문에 더욱 흥분을 부채질했다.

지구상의 신문이란 신문은 모두 다 이 심각한 화제에 대해 열심히 기사를 게재했고 특히 영국의 신문들은 더 그랬다. 《타임스》는 권위 있는 사람들의 여러 해석을 싣는 한편 양피지의 문장을 매일 한절씩 신문에 원문대로 실었다. 그것은 원문의 사이즈에 맞추어 몇몇 행을 필요한 만큼 확대해서 실었는데 반 페이지나 되는 제목 아래에, 변함없이 게재되고 있는 이 화제에 대한 삼단 기사의 위에 실었다. 프랑스와 쥘은 고대 스칸디나비아어와 룬 문자에 아주 조예가 깊었기 때문에 바로 이 문제에 관심을 갖기 시작해 신문에 실린 이 원문을 잘라 내서 항상 가지고 다녔으며 시간이 나면 이것을 읽었다. 그리고 혼동을 피하기 위해 자신에게 든 생각을 글자가 인쇄되어 있는 뒤 페이지에 그냥 적어놓았다.

제 4장

수수께끼의 문서는 결국 완전히 해독되어 그 먼 옛날의 일이라고 생각하기 어려운, 기적적인 북극에의 여행에 대한 상세한 것을 알게 되었지만 그 비극적인 결말만은 미궁에 쌓인 채로 끝났다.

이 건은 종결되었다고 생각되어 프랑스와 쥘은 그날 아침 정리하는 도중에 《타임스》와 그 잘라낸 부분을 모두 휴지통에 버렸던 것이다.

리디는 휴지통에서 이 유명한 신문의 일부를 꺼내게 되었는데 그와 동시에 자기도 모르게 두껍게 접혀진, 가장 최근 신문에 끼여있는 룬 문자로 쓰인 세 매의 쪽지도 꺼내게 되었다.

그녀는 신문 뭉치에서 가운데 있는 것을 꺼내 가운데를 원형으로 만들고 그것에 수직으로 되도록 그 주위에 주름을 접었다. 그런 다음 도구 상자에서 가위를 꺼내 적당한 높이가 되도록 잘라서 법관모의 대체적인 형태가 만들어지도록 했다.

모자를 마무리하는데 반드시 필요한 수직 방향의 테두리를 위해 리디는 그 룬 문자로 쓰인 세 매의 쪽지를 사용했는데 이것의 길쭉한 모양은 마치 그녀가 별도로 종이를 자를 필요가 없도록 해주는 것 같았다.

그녀는 가지고 있는 바늘과 실을 사용해서 법관모의 아래 부분에 테두리를 만드는 작업을 이 세 매의 쪽지를 잘 꿰매서 완성시켰는데 이 때 아버지가 주석으로 써놓은 부분이 안쪽으로 들어가서 보이지 않도록 했다.

일이 다 끝나자 그녀는 두개골에 이 종이의 모자를 씌운 다음 그 인형과 닮았다는 것에 만족해하면서 카페트 위에 어질러진 것들을 정리하기 시작했다. 사용했던 도구들은 다시 상자에 넣은 다음 주머니에 넣었고 흩어진 신문 조각들은 다시 접어서 휴지통에 넣었다. 법관모를 마무리하면서 가위로 잘라낸 조각들이 여기 저기 흩어져 있었는데 그녀는 이것들은 태워버리는 것이 낫겠다고 생각했다. 팔이 짧아서 종이를 난로에 집어넣지 못할 거라 생각해서 난로의 차폐막 안쪽으로 들어가 이 쓸모없는 것들을 집어던졌다.

조금 기다려서 전부 생각대로 불이 붙은 것을 본 다음에 그녀는 그 뜨거운 곳에서 벗어나려고 몸의 방향을 돌렸다.

그러나 그 순간 불꽃이 퍼지면서 불이 붙은 종이 조각 하나가 공중으로 올라갔다가 옆으로 살짝 기울면서 떨어졌는데 그것은 마치 수평 방향의 기반에 고정되어 있다가 앞쪽으로 열리는 작은 창문의 움직임 같았다.

이 종이 조각의 불은 뒤에서 리디의 짧은 스커트에 옮겨붙었다. 그녀는 조금 지나 이 거대한 화염이 둘러싸기 시작할 때에야 이것을 깨달았다.

그녀의 외침소리를 듣고 프랑스와 쥘은 머리를 든 다음에 창백해져서 일어섰다. 구조하기 위해서는 무엇이 필요한가 방 안을 둘러보면서 그는 그녀에게 다가왔는데 자신이 화상을 입는 것은 전혀 생각하지 않고 두 팔을 벌리고 다가와서는 창에 있는 커다란 커튼으로 그녀를 감싸 안았다. 그러나 급하게 달려오면서 생긴 바람으로 화염은 불행한 아버지의 미친듯한 움직임에도 불구하고 오랜 시간 소리를 내면서 더 잘 탈 뿐이었다. 그는 거의

제 4장

눈이 튀어나올 정도가 되어 그녀를 빈틈없이 감싸려고 필사적으로 움직였다.

겨우 불이 꺼진 다음에 리디는 침대로 옮겨졌고 급히 호출된 두 명의 의사가 손을 썼지만 결국 큰 효과는 없었다.

혼수상태에 빠져서도 소녀는 아버지의 애정이 담긴 "좋고말고"에서부터 운명의 화재까지 자신이 한 일을 아주 자세히 얘기했다.

아이는 그날 밤에 죽었다.

프랑스와 쥘은 비통함으로 거의 미칠 지경이었지만 종이로 된 법관모를 쓰고 이마에 여러 표시가 새겨진 두개골을 원형의 유리 케이스에 집어넣어 자신의 책상 위에 올려놓았다. 그에게 있어 사랑하는 딸이 마지막으로 행복하게 보냈던 시간을 상징하는 이 두 개의 물건은 더 없이 소중한 유물이 되었던 것이다.

이 끔찍한 비극 직후 프랑스와 쥘은 중학교 이래로 형제와 같은 애정을 가졌던, 가장 친한 친구인 시인 라울 아파리시오가 결핵으로 죽는 바람에-일 년 전에 사망한 그의 아내로부터 감염된 것이었다- 새롭게 눈물을 흘려야 했다.

병 때문에 빚을 많이 진 아파리시오에게는 앙드레란 이름의 딸이 하나 있었다. 불쌍한 리디와 동갑이고 아주 친한 사이였던 이 아이에게는 돈도 없는데다 처자를 가지고 있는 삼촌이 한 사람 있을 뿐이었다.

아직도 슬픔에서 벗어나지 못하고 있었던 프랑스와 쥘은

착각이라는 걸 알고는 있었지만 죽은 딸이 다시 온 것이라고 믿으면서 이 불쌍한 고아를 자신의 집에 데려왔다. 착하고 매력적인 이 아이는 그에게 강한 애정을 느끼게 해주었다. 정이 깊은 프랑스와 샤를르는 리디를 생각하면 지금도 눈물을 흘리지만 새로운 누이가 왔다는 것을 아주 기뻐했다.

세월이 지나 앙드레 아파리시오는 나날이 아름다워지면서 16살 때에는 늘씬한 몸에다 큰 녹색의 예쁜 눈과 섬세하고 빛나는 용모에다 풍부한 금발 머리를 갖춘 소녀가 되었다. 그리고 프랑스와 쥘은 그 때 고아에 대한 아버지와 같은 애정이 온몸을 사로잡는, 상궤를 벗어난 정열로 바뀌는 것을 깨닫고는 깊은 절망에 빠졌다.

피가 조금도 섞인 것이 아님에도 그의 양심은 자신의 양육을 받고 자신을 아버지라고 부르는 아이를 사랑하는 것에 대해 자책감을 느껴서 이 새로운 감정을 비밀로 했다.

욕망을 억제한 채 그는 앙드레와 같은 지붕 아래에서 살면서 매일 그 모습을 보고 그 목소리를 들으면서 도취되었고 매일 아침 그녀의 이마에 키스를 할 수 있다는 것에서 깊은 행복을 맛보고 있었다.

18세가 되어 앙드레의 청춘이 완전히 만개했고 프랑스와 쥘의 고민은 절정에 도달했다. 그는 더 이상 자신을 억제할 수가 없게 되어 곧 결혼 신청의 준비를 시작하게 되었다.

외적으로는 그가 꿈꾸는 이 결합을 방해하는 것은 아무 것도 없었다. 가령 전혀 애정이 없다고 해도 자신을 집에 받아준 사람에 대한 감사의 마음에서 앙드레는 신청을 받아들일 것이고 게다가

제 4장

그녀는 빈곤한 처지에서 벗어날 수 있다는 것을 알고 기뻐할지도 모르는 것이다.

아버지로부터 물려받은 문학적 재능으로 인해 아버지와 같은 길을 선택한 프랑스와 샤를르는 당시 문학사 학위를 받기 위해 열심히 공부하고 있었다. 저녁 식사 후에 그는 아버지와 앙드레에게서 떨어져 혼자 방에 처박혀 한 시간 이상 공부했으며 그 이후 아침 일찍 도서관에 가기위해서 마지막 열차로 파리로 돌아갔고 그 이후 저녁이 될 때까지는 모에 돌아오는 일은 없었다.

어느 날 밤 아들이 공부하고 있는 사이에 프랑스와 쥘은 격심한 가슴의 고동을 느끼면서 거의 더듬다시피 하면서 말을 꺼냈다.

"앙드레.....너는....너도 이제 결혼해야 할 나이가 되었다. 내가 어떤 계획이 있는데....그게 내 인생을 행복하게 해줄 것인데....아아!...모르겠구나....네가 승낙해줄지 어떨지...."

소녀는 그의 말을 착각해 얼굴이 붉어지면서 기쁨에 어쩔 줄을 몰라 했다.

그녀와 프랑스와 샤를르는 지금까지 쭉 서로를 깊이 사랑해왔다. 이들은 어렸을 때부터 집과 정원에서 어울려 놀면서 청순한 입맞춤을 하곤 했다. 청년기에 접어들면서는 서로에게 자신의 꿈을 말하고 읽은 책에 대해 토론하기도 했다. 그래서 이제는 자신에게 있어 상대가 모든 것이라고 느끼게 되어서 결혼을 맹세했으며 적당한 순간에 프랑스와 쥘에게 이 사실을 말하면 열렬한 찬성을 얻을 것이라 생각하고 있었던 것이다.

상대가 말한 말 속의 암시가 프랑스와 샤를르와 자신의 결혼에 대한 것이라고 생각한 앙드레는 즉석에서 대답했다.

"아버지, 기뻐해 주세요. 이미 바라시는 대로 다 되었거든요. 서로 사랑하고 사랑을 받는 사이예요. 프랑스와 샤를르에게 나를 바칠 생각이며 그 또한 이미 나를 선택했어요."

나중에 프랑스와 쥘이 말한 것에 따르면 그는 그때까지 두 사람 사이를 전혀 의심하지 않았으며 함께 성장한 아들과 앙드레가 서로를 끌어안는 것은 오빠와 여동생 간에 생기는 자연스러운 애정에 지나지 않는다고 생각했던 것이다.

벼락을 맞은 것처럼 된 그는 아들이 앙드레가 기쁨에 차서 자신을 부르는 소리를 듣고 바로 달려오는 것을 보았다. 그리고 행복한 이 커플의 감사의 말을 침착함을 잃지 않은 채로 받아들였다.

얼마 후에 아들은 기차역으로 떠났다. 한편 앙드레는 계속 감사의 말을 하면서 그의 방 입구까지 따라왔다. 일단 혼자가 되자 그는 깊은 고뇌에 사로잡히게 되었다.

그 자신의 노쇠와 아들의 압도적인 젊음 간의 대조는 두 사람의 용모와 동작이 너무 닮았기 때문에 더욱 강조가 되었으며 질투의 감정도 더욱 격심한 것이 되었다.

"그녀가 그를 사랑한다니!..." 프랑스와 샤를르가 앙드레를 안을 것을 생각하니 그는 거의 미치는 듯한 기분이 들었다.

오랫동안 그는 주먹을 꼭 쥔 채로 낮은 신음소리를 내면서 방 안을 왔다 갔다 했다.

갑자기 그는 어떤 대담한 계획이 떠올랐고 그로 인해 다시 희망을 되찾았다.

제 4장

앞으로 두 사람 사이에 아들이 끼어들지도 모르지만 애정을 겸손하게 고백하고 앙드레에게 아내가 되어줄 것을 간청하고 그녀를 길러준 아버지가 사느냐 죽느냐 하는 문제가 그녀의 대답에 달려있다고 말하는 것이다. 그렇게 되면 동정심에서 그녀는 승낙할 것이다....

그렇게 결심하자 바로 결혼 신청을 하고 싶다는, 억제하기 힘든 욕구가 그를 사로잡았다. 아아! 이 무시무시한 고통에 빨리 결말을 지어야 한다....빨리, 조금이라도 빨리, 그녀의 한 마디로 지옥이 말로 표현할 수 없는 행복으로 바뀌는 것을 느낄 수 있는 것이다....

창백한 표정에 충혈된 눈을 하고 비틀거리면서 그는 위층으로 올라가 앙드레의 방에 들어갔다.

아직 어두운 새벽이었다. 그녀는 천사처럼 아름답게 자고 있었는데 드러난 목 주변에는 금발 머리가 흩어져 있었다.

다가오는 프랑스와 쥘의 발소리에 잠에서 깬 그녀는 그를 알아보고서는 미소를 지었다. 그러나 이상한 시간대와 평소 같지 않은 태도를 깨닫고 격렬한 공포를 느끼기 시작했고 불면증 환자를 방불케 하는 태도와 뒤틀린 얼굴 표정을 보고는 이 공포는 더욱 가중되었다.

"아버지, 무슨 일이 있나요?" 그녀는 말했다. "왜 그렇게 창백한 얼굴을 하고 계신 거죠?"

"무슨 일이냐구?" 그 불행한 남자는 더듬거리면서 말했다.

그리고 그는 툭툭 끊어지는 말투로 자신의 제어할 수 없는 사랑을 밝혔다.

로쿠스 솔루스

"나의 아내가 되어다오, 앙드레." 그는 두 손을 끌어안은 채로 말했다. "그렇지 않으면 난....난 죽을거야....나는....너의 은인인 나는...."

충격에 사로잡힌 이 소녀는 마치 자신이 악몽을 꾸고 있는 것이 아닌가 생각했다 .

"난 프랑스와 샤를르를 사랑해요." 그녀는 말했다. "난 단지 그의 여자가 되기만을 원해요...."

이 말은 프랑스와 쥘의 예민한 마음에 결정적인 것이 되었다. 이미 상처가 있는 곳에 뜨거운 쇠몽둥이를 댄 것이나 마찬가지였다.

"아아! 안돼...안돼....그의 여자가 되다니....내 것이야....내 것이야...." 그는 간청의 몸짓과 눈빛으로 외쳤다.

이제 단호한 목소리로 그녀는 반복했다.

"난 프랑스와 샤를르를 사랑해요. 오직 그의 여자가 되기만을 바라고 있어요."

다시 귀에 울리는 이 저주에 찬 말은 결국 프랑스와 쥘을 거의 미치게 만들어버렸다. 그는 지금보다 더 확실히 앙드레의 몸을 자신의 것으로 만드는 아들의 이미지가 머리에서 떠올랐다.

입술을 떨면서 그는 말했다. "안돼....그의 여자라니....안돼...내 것이 되어야...." 그는 노출된 목과 얇은 모포 사이로 비쳐 보이는 그 아름다운 지체에 흥분해서 이 젊은 여자를 세게 끌어안으려 했다.

이 불행한 여자는 소리를 지르려 했다. 그러나 그는 두 손을 그녀의 목을 세게 잡은 다음 끔찍한 목소리로 반복해서 말했다. "안돼...그의 여자가 된다니....안돼....내 것이 되어야...."

제 4장

그의 손가락은 오랫동안 그녀를 조이고 있었고 그녀가 죽은 다음에야 그것은 펴졌다.

그런 다음에 그의 몸은 시체 위에 포개지듯이 쓰러졌다.

한 시간 후에 자기 방에 돌아온 프랑스와 쥘은 제 정신이 돌아오자 자신이 범한 죄가 얼마나 무시무시한 것인지에 대해 깨달았다. 그의 마음속에서는 열애의 대상을 죽이고 말았다는 쓸쓸한 슬픔에다 형벌에 대한 공포, 수치스러운 행위로 자신의 이름을 더럽힌 데다가 그것이 아들에게까지 누를 끼칠 것이라는 불안이 뒤섞였다.

그리고 나서 이 불행한 남자는 보다 침착해지면서 모든 것이 조용히 일어난 일이어서 어디서도 증언이나 증거가 나올 리가 없고 게다가 자신의 사랑을 다른 사람이 알게 한 적이 없었기 때문에 흠잡을 데 없는 자신의 그간의 삶을 방패로 한다면 의심을 당하더라도 충분히 반박할 수 있을 것이라고 생각하게 되었다. 8시에 매일 앙드레를 깨우는 하녀가 사건을 알렸고 프랑스와 쥘 자신이 경찰을 불렀다.

면밀하게 현장을 검증한 결과 밤 사이에 어느 누구도 집에 들어온 사람이 없다는 것이 절대적으로 확실해졌다. 이 집에서는 한쪽은 프랑스와 쥘, 다른 쪽에서는 최근에 고용된 젊은 사환인 티에리 푸크토의 두 사람만이 자고 있었던 것이다.

프랑스와 쥘은 처음부터 용의선 상에 오르지도 않았고 다들 티에리를 의심했다. 그가 강하게 부정했음에도 불구하고 그는 폭행살인의 용의로 체포되었다.

아버지로부터 급한 연락을 받고 파리에서 달려온 프랑스와 샤를르는 그의 삶의 태양이 될 터였던 여자의, 치욕을 당한 시체를 앞에 두고 너무나도 고통스러운 나머지 미친 사람처럼 울부짖었다.

사건은 예상한 바대로 진행되었다. 중죄재판소에서 사전에 모의한 흔적이 없다는 것은 인정되었지만 티에리에게는 모든 상황이 불리하게 작용해서 그 자신의 격렬한 부인에도 불구하고 무기징역의 선고를 받았다.

모 근처의 정직한 농부의 처인 그의 모친 파스칼린느 푸크토는 아들의 무죄를 확신했으며 그와 헤어지면서 앞으로 그의 명예회복만이 자신이 살아가는 목적이 될 것이라고 맹세했다.

회한에 사로잡힌 프랑스와 쥘은 자기 대신 많은 고통을 받으면서 복역하고 있는 불쌍한 죄수의 모습이 계속 떠올라 불면증에 시달리고 건강도 나빠졌다. 전에도 약했던 간장이 아주 나빠져서 몇 년이 되지 않는 사이에 그는 죽음의 직전까지 도달해버렸다.

이제 희망이 없다는 것을 알고 프랑스와 쥘은 티에리가 받고 있는 부당한 고통이 잠시도 자신의 마음에서 떠나지 않았으므로 자신의 사후 그의 무고함을 밝혀줄 고백을 써놓아야겠다고 생각했다.

고백을 하게 되면 법적인 추급을 받고 처벌된다는 공포와 프랑스와 샤를르가 이 재판의 스캔들로 인해 나쁜 영향을 받을 것이라는 예측에서 생전에는 침묵을 강요받았던 그는 유서의 형태로

제 4장

있는 그대로 자신의 죄를 고백하는 길을 선택했다.

그러나 그는 그가 입게 될 치욕을 완화시키기 위해 이것을 아주 안전한 장소에 숨겨두려고 생각했다. 그 숨겨두는 장소는 그 자체가 그의 영광을 칭송하는 것이 되어야 하며 그의 명예가 되고 있는 그 특징들을 부각시키는 일련의 조작을 거친 끝에서만 발견될 수 있는 것이어야 했다.

그는 과거에 파리에서 한 시즌 내내 공연된 가벼운 희극으로 그의 생애 최고의 성공을 거둔 적이 있었다.

이 공연의 백회 상연 기념 파티가 시작될 때 그는 냅킨이 접혀진 곳에 작은 보석 상자가 놓여 있는 걸 보고 열었다. 그 안에는 친구들이 돈을 내서 보석상에게 주문한, 상자 높이의 3분의 2 정도 두께의 금으로 된 판에 보석을 넣어서 만든, 그 날의 포스터의 모조품이 빛나고 있었다. 두 개의 색조가 다른 에메랄드를 잡 집어넣어 포스터의 글씨는 엷은 녹색을 배경으로 아주 짙은 녹색을 띠면서 잘 보이게 만들어져 있었다. 다이아 가루를 이용해 만든 13개의 하얀 공간에는 12명의 배우들의 이름이 여러 사이즈로 파란 글씨로 새겨져 있었고 가장 큰 공간에는 빨간 글씨로 루비를 이용해 크게 새겨져 있었다. 그리고 사람들이 부러워하는 '백회 기념 공연....'이라는 제목은 맨 위에 크게 새겨져 있었다.

프랑스와 쥘은 그의 인생에 있어 가장 빛나는 날의 기념인 이 물건을 자신의 고백을 숨기는 장소로 선택했는데 다른 어떤 것보다도 자신의 부끄러운 고백을 명예로 덮어줄 것이라고 생각했다.

로쿠스 솔루스

그의 길고 구체적인 지시를 따라 파리의 금세공의 명인이 이 우아한 금의 판을 외견상으로 알 수 있는 아주 얇은 일종의 상자로 바꾸어놓았다. 보석을 집어넣고 만든 그 표면은 스타 배우의 이름을 새긴 루비에 날름쇠 장치를 해놓아 이것을 손톱으로 밀어 작동시키면 밀리면서 열리게 되어 있었다.

죄책감에 사로잡힌 이 남자는 이 안에다가 자신의 끔찍한 고백을 집어넣겠다고 결심을 했다.

이 기록을 발견하게 하는 장치로서 프랑스와 쥘은, 일부는, 먼 옛날의 역사적 사실과 관계가 있는 것으로 하려고 했다.

1347년 유명한 칼레[도버 해협에 면한 프랑스의 도시로 백년전쟁 당시에 영국에게 함락되었다-옮긴이]의 포위의 직후 발르와 왕조의 필립 6세는 6명의 시민, 즉 맨발로 목에 노끈을 맨 채로 죽음을 각오하고 에드워드 3세에게 직접 갔던 이 시민들의 영웅주의에 대해 보답을 해야겠다고 생각했다. 이 시민들은 적의 군주의 요구를 채워줌으로써 칼레 시를 파괴에서 구하고 그 후에는 필리피느 드 에노의 중개로 생각지도 않은 사면을 얻게 되었다.

처음에 필립 6세는 귀족의 칭호를 줄 생각이었지만 이러한 혜택은 지나친 것이라고 판단했다. 어쨌든 목숨을 버릴 생각이었기 때문에 그 용기는 높게 평가해야 할 것이었지만 나중에 사정이 바뀌어서 그들은 이 사건으로 전혀 피해를 입지 않았기 때문이다.

그런데 이런 종류의, 유복한 신분의 명사들이 행한 위업에 대해서는 무언가 보상금을 준다는 생각은 전혀 인정되지 않았고 명예상의 보수만이 적절하다고 생각되었다.

제 4장

얼마 후에 왕은 여섯 명의 영웅들에게 신분은 평민을 유지하면서 귀족만이 갖는 어떤 특권을 주겠다고 약속했다.

공문서를 기록할 때 철자 중의 문자의 하나를 무언가를 연상시키는 형태로 변형한 이름을 쓰게 하고 그 이름을 본가의 장남이 대대로 상속하는 그런 명문가가 몇몇 있었다. 경우에 따라 t가 세워진 칼의 형태를 취하기도 하고 o는 안쪽에 장식적인 글씨가 쓰여서 방패 모양으로 바뀌는 경우도 있었다. z는 교묘하게 해체되어 폭풍우의 번개가 되고 i는 불이 붙은 양초가 되며 c는 열쇠가 되고 s는 물의 흐름이 되기도 했다. 서명할 때 본인은 이걸 쓰는 데 익숙해져서 이 장식적인 문자를 쉽게 쓸 수가 있었다. 문장紋章 속의 여러 가지 표장標章을 보완하는 것이라고 해도 좋은 이 문자는 드물게 보는, 존중되는 명예였기 때문에 그것에는 쉬브튜닉을 입은 사제의 손에서 결혼의 비적을 받는 것이 가능하다는 대단한 특권이 붙어다니게 된다. 여기서 쉬브튜닉이란 교회의 가장 고귀한 의식에만 사용되는 것으로 고위성직자용의 제복인 튜닉보다 눈에 띠게 길고, 빨간 의복을 말한다.

이 두 개의 제도를 이용해 왕은 자신의 변덕대로 6명의 칼레 시민으로 하여금 이름의 일부를 그림 문양으로 바꾸게 하고 그 이름은 그것과 한 묶음인 쉬브튜닉에 관한 결혼식의 특권과 마찬가지로 장남을 통해서 상속될 수 있다고 선언했다.

그런데 이 유명한 6명 가운데 프랑스와 코르티에라고 불리는 남자가 있었다. 프랑스와 쥘의 직계 조상인 그는 자신의 이름에 있는 세디유가 몸을 둘둘만 살모사로 바뀌는 것을 보았다. 이후 그 자손

중의 장남은 전부, 간혹 구별을 위해 제2의 이름이 붙여지는 경우가 있었지만, 프랑스와라고 불리며 커다란 글자로 서명하는 경우에 처음에 나오는 c의 밑에 붙는 기호에 정해진 동물의 모양을 사용하게 되었다. 또한 그것이 폐지되는 17세기 중반까지 사제가 쉬브튜닉을 입고 그들의 결혼식을 주재하게 되었다.

후계자인 여러 왕들은 필립 6세의 예를 따랐기 때문에 그 후의 역사에서 많은 다른 시민들도 여러 공적을 세운 후에 신분은 변하지 않은 채로 이러한 귀족의 특권을 얻게 되었다.

그런 탓에 루이 15세 치하에 생 마르크 드 로몽이라는 사람이 『프랑스의 명문가의 문장, 특권, 영예』라는 엄청난 규모의 대작을 지을 때 25권 중에 23권만을 귀족에게 할당하고 24권째를 특권을 가진 평민 중에 가장 유력한 사람들에 할당했으며 마지막 권을 나머지 사람들에게 할당했다. 거기다가 저자는 인쇄를 할 때 차이를 두려고 생각해서 귀족을 다룬 책에는 회갈색의 종이를 사용하고 평민에 대한 책에는 그것을 사용하지 않았다. 그러나 깊이 생각한 끝에 24권은 좋은 종이를 사용할만한 가치가 있다고 판단해 결국 마지막 권에만 보통의 하얀 종이를 사용하는 것으로 정했다. 처음의 23권에 있어 그 문장의 아주 아름다운 복사가 실려 있는 최고의 명문가에 대해서는 눈에 두드러지게 하고 보기도 쉽게 하려고 각 한 매의 바깥 페이지가 할당되었다. 한 매에는 한 쪽면에만 페이지가 실리지 않았기 때문에 양면의 어느 쪽인가를 지시하기 위해 페이지의 숫자에 '바깥쪽', '안쪽'이라는 두 개의 말 중의 하나를 붙일 필요가 있었다. 이러한 말은 유익하게도 이처럼 두 개의 범주로

제 4장

나뉘어지는 이름 사이에 명확한 상하관계를 만들어내게 되었다.

생 마르크 드 로몽은 약간 주저하긴 했지만 저작의 통일상 이 이례적인 방법을 평민들을 취급한 두 권에도 모두 적용하기로 했다. 단 이 방법을 채택한 첫째 이유와는 관계없이 문장의 그림을 아름답게 보이게 하려는 순수하게 미학적인 이유에서 그렇게 한 것이었다. 그럼에도 앞의 24권과 마지막 권 사이에는 완전한 차이가 있었다. 후자의 바깥쪽 페이지를 점하고 있는 이름은 전자의 안쪽 페이지에 실려 있는 이름보다도 더 떨어지기 때문이다. 코르티에 가문의 두 개의 특권이 선조의 영웅적인 행위와 함께 한눈에 알아볼 수 있는 곳에 실려 있는 것은 그 중요성과 특히 수여된 연대의 놀랄만한 오래됨으로 인해 24권의 1페이지의 바깥쪽이었다. 당시의 가장은 이러한 사실을 아주 기쁘게 받아들여 이 두꺼운 저작을 전권 구입했고 그것은 그 이후 책장 하나를 차지해서 아버지에서 아들로 이어지면서 프랑스와 쥘의 대까지 귀중한 물건으로 전해진 것이다.

아주 오래되고 저명한 자신의 가문의 명성에 자부심을 가지고 있던 그는 치욕을 다소라도 씻을 수단으로서 이 책을 반드시 사용하고 싶어 해서 예의 공적을 예찬하고 있는 부분의 세밀한 탐색을 비밀을 발견하는 데 있어서의 필요조건으로 삼았다. 그는 이 부분을 눈앞에 두고 다음과 같은 명쾌한 문장을 썼는데 그럴 때에 특히 명예롭게 생각되는 두 개의 표현을 강조하는 것을 잊지 않았다.

"생 마르크 드 로몽의 저작에서 평민을 취급한 회갈색의 책을 꺼내 그 제 1페이지 바깥쪽의 코르티에가를 다룬 부분에서 17, 30, 43, 51, 74, 102, 120, 173, 219, 250, 303, 348, 360 그리고

412번째의 문자를 뽑아낼 것."

    기억할만한 명예로운 문장 속에 특히 눈에 띠는 언어에서 빌려온 이들 문자는 늘어놓으면 'vedette en rubis'라는 그 지시하는 것이 아주 명료한 짧은 문장이 되었다. 그것은 보석으로 장식된 포스터의 화려한 빨간 이름을 조사하도록 할 것이고 그 결과로 아래면을 여는 장치를 발견하고 이어서 그 숨긴 장소를 찾아내게 해줄 것이다.

    프랑스와 쥘은 보석세공사에게 일부러 그곳만을 색을 다르게 해서 눈에 띠기 쉽게함으로써 짧은 지시의 대상으로 아주 적절한, 붉은 색으로 빛나는 커다란 이름 속에 최초의 단서를 숨겨두도록 지시했다.

    그런데 그는 이 지시의 문장 자체를 발견하게 하는 데 있어 자신의 죄를 조금이라도 완화시켜줄 물건을 사용해 치욕을 보다 작은 것으로 하고 싶어 했다. 이 물건이란 기묘한 기호가 새겨진 그 이마와 종이로 만든 법관모가 딸 리디의 마지막 놀이의 슬픈 추억을 그에게 상기시키는, 원형 유리 안의 두개골에 다름 아니었다.

    이 유물을 아주 귀하게 보존해왔다는, 마치 어린아이 같은 사실이 그의 감동적인 부성애를 보여주는 것이 되어서 사람들의 동정을 끌어낼 수 있지 않을까?

    이 슬픈 유물을 살펴보면서 그는 문장을 발견하게 만드는데 있어 기묘한 법관모와 이마의 그물 모양의 기호가 동시에 뭔가 기여할 수 있는 방법은 없을 것인가를 생각했다. 이것들은 리디가 만든 것이므로 계획의 의도에서 보자면 다른 어떤 것보다도 주의를 촉구하게 될 것이다.

이윽고 그물 모양과 법관모를 연결해서 뭔가를 해보겠다는 고정관념에서 그는 두개골 위에 서툴게 새겨진 무늬와 즉석에서 만든 모자의 수직방향 테두리를 장식하는 룬 문자 사이에 어떤 유사성이 있다는 것을 깨닫게 되었다.

이 발견에 힌트를 얻은 프랑스와 쥘은 원형 유리를 열어서 두개골을 꺼낸 다음 끌 대신 단도와 스크레이퍼를 손에 들고 조잡한 그물 모양을 바꾸는 긴 작업을 시작해 원래의 선을 최대한 이용하면서도 어느 부분은 더하고 어느 부분은 지우는 일을 했다. 이렇게 해서 두개골의 이마 위의 문장 전체를 내용은 프랑스어로 놓아두면서 룬 문자, 즉 여기저기 기울어지고 변형되고 붙어있으면서도 독해 가능한 룬 문자로 쓰는 데 성공했다. 주의해야겠다고 생각해서 태워 버린 원문 속의 강조되고 있는 두 개의 표현은 각각 인용구 안에 집어넣었다. 또 룬 문자에는 숫자가 전혀 없었기 때문에 번호는 그대로 기록되었다. 일이 다 끝나고 보니 그물 모양 무늬 중의 일부를 이용하지 않았다는 걸 알 수 있었다.

법관모를 쓴 상태의 두개골은 다시 원래의 장소로 돌아가서 다시 원형 유리로 덥히게 되었다. 전체가 미세한 그물 모양의 외관을 드러내면서도 이마의 기호는 그와 이웃하고 있는, 신문지에 기록된 룬 문자와 놀랄 만큼 닮아 있었기 때문에 앞으로 사람들의 주의를 끌어들일 것은 확실했고 따라서 죄인의 양심을 위안하기엔 충분했지만 그럼에도 기괴한 비밀이 영원히 발각되지 않았으면 하는, 그의 마음에 어떠한 안도감을 갖게 해주는 행운의 여지가 없는 것도 아니었다.

그런 다음 프랑스와 쥘은 콜롱보필[colombophile. 전서구가 메시지를 운반할 때 사용하는 아주 얇은 종이-옮긴이]을 몇 장 사용해서 가는 글씨로 고백을 썼다. 그는 모든 것을 처음부터 있는 그대로 밝힌 다음에 기묘한 절차를 통해 원고를 발견하게 한 이유까지도 남김없이 기록해두었다. 원고는 잘 접혀진 다음 금으로 된 판의 아주 좁은 장소에 별 어려움 없이 삽입되었다.

아주 오래전부터 제대로 식사를 하지 못하고 있었기 때문에 프랑스와 쥘은 극도로 쇠약해진 상태였고 그대로 눕지 않으면 안되었다. 그는 유물의 두개골의 이마의 변화가 일찍 주의를 끌어서 그의 죽음-그것은 2주 후에 찾아왔다-이전에 비밀이 발각되는 것을 두려워 해 서재를 잠근 다음 열쇠를 자신의 곁에 두었다.

사망 이후의 정리를 해야 할 때가 되어서 프랑스와 샤를르는 어느날 밤 식후에 아버지의 서재로 들어가 책상 앞에 앉아 그 위에 산더미처럼 쌓인 서류를 하나씩 보기 시작했다.

2시간 정도 쉬지 않고 서류를 선별한 다음에 그는 잠시 쉬기로 하고 담배를 입에 물고 불을 찾아서 난로 위의 성냥 상자 쪽으로 갔다. 처음 한 모금을 피고 성냥을 흔들어 끈 다음에 난로의 잿더미에 집어던질 무렵 천정에서부터 내려오는 샹들리에의 빛에 비친 법관모를 쓴 두개골에 잠깐 시선이 멈추었다. 어렸을 때부터 익숙한 것이었는데 어딘가 이상하다고 생각했다. 곧 그는 이마의 무늬에 주의를 뺏겼다. 그것은 전에는 분명 평범한 것이었는데 지금은 그가 바로 눈치챈 것처럼 종이 모자의 테두리의 그것과 닮은,

제 4장

일련의 이상한 기호를 만들고 있었기 때문이다.

흥미를 느끼게 된 그는 유리의 덮개를 열어서 법관모와 함께 두개골을 가져와서 다시 책상 앞에 앉았다. 거기서 충분히 시간의 여유를 갖고 이마 부분을 조사해보고서 실제로 그물 모양이 치밀하게 수정되어 수 행의 룬 문자의 문장이 되었다는 것을 알게 되었다.

죽은 사람이 무언가를 밝히려고 하는 건가 보다고 느낀 그는 격렬한 호기심을 갖게 되었지만 그렇다고 해서 우려하는 기분은 전혀 없었다. 그의 눈에는 아버지는 지금까지 줄곧 정의와 명예의 화신이었기 때문이다.

이미 학문적으로 상당한 소양을 쌓은 그는 룬 문자도 어느 정도 해독할 수 있었으므로 책상 위에 있는 작은 판 위에 하얀 연필로 그 미지의 문자를 프랑스어로 옮겼다. 인용부호가 주의를 환기시키는 두 개의 표현은 모두 사람의 눈에 쉽게 띄는 대문자로 써놓았다. 그리고 그는 난로 옆의 커다란 책장에 지정된 책을 찾으러 가서 다시 돌아온 다음 코르티에 가에 대해 언급한 곳에서 필요한 문자를 찾아낸 다음 판에 '루비로 만든 스타'라는 짧은 문장을 써두었다.

그의 눈앞에는 보석으로 장식된 포스터가 빛나고 있었다. 그것은 열린 보석 상자 안에 있으면서 프랑스와 쥘의 책상을 장식하고 있었다.

그는 그것을 손에 잡은 다음 근처에 펜과 연필 사이에 놓여 있는 확대경을 사용해 눈에 띠는 빨간 이름을 자세히 조사했다.

이윽고 그는 금의 판 안에 루비 하나를 둘러싸고 있는 원형의,

아주 작은 조각이 들어가 있는 것을 발견했다. 바로 손톱 끝으로 살짝 밀자 그 루비는 일단 안으로 들어갔다가 다시 원래대로 돌아왔다.

그 후 나머지 비밀을 발견하는 데에는 확대경을 내려놓고 여기저기를 만져보는 것으로 충분했다. 판은 조용히 열려서 안의 것을 그에게 넘겨주었다.

다 피운 담배를 제법 떨어져 있는 난로에 집어던진 다음 프랑스와 샤를르는 아버지의 필적을 보고 흥미를 느끼면서 그 끔찍한 고백을 읽기 시작했다.

조금씩 그의 얼굴은 일그러지기 시작해 손발도 떨리게 되었다. 그의 사랑스런 반려이자 약혼자인 앙드레가 아버지의 사랑의 대상이며 그의 손에 의해 죽음을 당했고 나중에 범해지기까지 했다니!

다 읽은 다음에 일종의 마비상태가 그를 덮쳤다.

다음에는 무시무시한 고뇌가 그의 마음을 사로잡았다. 살인자의 아들! 그는 이러한 말이 이마에 낙인처럼 새겨지는 것을 느끼게 되었다.

이러한 치욕에 견디면서 산다는 것은 불가능하다고 생각했기 때문에 그는 밤중에 죽기로 결심했다.

그러나 아버지의 고백은 어떻게 처리하면 좋을 것인가? 그가 발견한 이 유서를 백일하에 드러내게 되면 자신이 아버지의 고발자가 되고 반대로 파기해버리면 무고한 남자가 겪고 있는 고난을 더 길게 한 하수인이 되는 것이다. 어느 쪽이라도 프랑스와

제 4장

샤를르는 내키지 않는 역할을 부여받는 것이 된다.

　모든 것을 원래대로 돌려놓는 것만이 그에게 남겨진 유일한 방법으로 보였다. 이러한 수동적인 태도를 취하는 것에 의해 그는 비밀의 발견을 아버지가 계산한 대로 우연의 결과에 맡기기로 한 것이다. 이렇게 되면 비밀은 지금까지와 같이 명예의 벽에 의해 여러 겹으로 쌓여진 채로 남게 될 것이다. 이렇게 생각하자 고뇌의 한복판에 있으면서도 그의 마음은 조금 누그러졌다.
　프랑스와 샤를르는 고백의 끝에 남아 있는 반 페이지 정도의 여백에 양심의 자책에서 언젠가는 자신의 행위가 알려지고 심판받게 되기를 바라고 우선 처음에 이 놀라운 밤의 전말을, 그리고 이어서 고백의 재은닉과 자살에 관한 계획을 그 동기도 포함해서 기록해 놓았다.
　이처럼 맨뒤에 새롭게 쓰인 추서가 붙게 된 유서는 보석으로 만든 포스터로 다시 돌아갔고 다시 닫혀서 보석상자 안쪽에 놓여지게 된다.
　그리고 나서 생 마르크 드 로몽의 책을 책장에 되돌려놓고 판 위의 문자를 모두 지운 다음에 프랑스와 샤를르는 난로의 가운데에 놓여져 있는, 변함없이 종이 모자를 쓰고 있는 두개골을 원형 유리로 덮었다.
　그 후 이 집이 아파트가 아니라 단독의 주택이었기 때문에 호신의 차원에서 항상 가지고 다니던 피스톨을 주머니에서 꺼낸 다음 조끼의 앞을 열고 심장에 한발을 쏘았고 그는 바로 죽었다.

로쿠스 솔루스

그러자 총 소리를 들은 사람들이 몰려왔다.

다음 날 이 뉴스는 근처를 모두 발칵 뒤집어놓았다.

아들의 명예회복을 생각하면서 살고 있던 파스칼리느 푸크토는 앙드레의 살해와 뭔가 이유가 명확하지 않은 이 자살 사이에 어떤 관계가 있는 것이 아닌가 의심했다.

신문기사를 통해 칸트렐이 죽은 사람들을 이용해서 뭔가 한다는 것을 알게 된 그녀는 그를 인공적으로 소생시킨다면 자살로까지 몰린 최후의 순간을 다시 살 것임에 틀림없고 그렇게 되면 티에리에게 유리한 사실이 명백히 나오게 될 것이라고 생각했다.

여기저기에 호소하고 열심히 뛰어다닌 결과 그녀는 푸크토 사건의 재심이 일으킬지도 모르는 스캔들을 두려워하는, 가까운 사촌으로 이루어진, 코르티에 가문의 반대를 누르고 증거 조사 보완을 위해 봉인되어 있는 모의 집의 서재에서 로쿠스 솔루스까지 시체를 가져올 수 있는 허가를 당국으로부터 얻어냈다.

칸트렐이 준비를 다 마친 후 프랑스와 샤를르가 되살아나는 것에 있어 선택한 것은 갑자기 쓰러지는 극적인 동작에서도 알 수 있다시피 인생의 마지막의 순간이었다. 그 사이에 그는 그 태도의 모든 것이 증명하다시피 계속 혼자 있었다. 이 사실은 누군가로부터 직접 정보를 들을 수 있다는 기대를 가질 수 없게 하는 것이었고 게다가 자살자가 나중에 누군가에게 사정을 말해준다는 것 같은 일도 당연히 있을 수 없는 것이었으므로 자살 직전의 순간의 완전한 재현을 아주 곤란한 것으로 만들어 버렸다.

문제의 장면이 정확히 어떤 장소에서 전개되었는가 하는 것만은

제 4장

시체를 발견한 사람들로부터 들을 수 있었기 때문에 칸트렐은 자살자의 행보와 동작의 모든 것을 수학적으로 노트에 기록했고 모의 집까지 직접 가보았다. 거기는 그를 위해 특별히 저택의 봉쇄가 풀려 있었다.

서재에 가보고 그는 노크와 약간의 추리에 의해 프랑스와 샤를르가 왜 처음에 난로를 향해 걸어갔는가를 알게 되었다. 거기서 그는 법관모를 쓴 두개골을 잡았던 것이다.

이 물건에 주의를 기울이자 그 박식이 당연히 룬 문자를 포함하고 있는 칸트렐은 법관모의 테두리에 새겨진 기호를 바로 알아보았다. 그의 눈에 그것들은 이마의 기호와 이상하게 닮은 것으로 비쳤다.

다음에 그는 원형 유리에서 그것을 꺼내 가까이에서 보고 이마의 뼈의 선이 정말로 룬 문자인 것을 알았고 얼마 후 수첩에 프랑스어로 바꾸어 기록해보니 단서가 되는 문구가 떠오르게 되었다.

칸트렐은 노트를 계속 참조하면서 시체의 여러 움직임을 연구한 결과 프랑스와 샤를르와 같은 순서를 밟아서 결국 고백에까지 다가가게 되었다. 그는 눈을 반짝이면서 자신의 말을 기다리는 파스칼리느에게 아버지의 긴 고백과 아들의 비통한 추서를 전부 다 읽어준 다음 그것을 당국의 손에 넘겼다.

재심은 아주 형식적으로 간단하게 이루어 졌고 징역에서 풀려난 티에리는 자유와 명예를 동시에 되찾았다.

프랑스와 샤를르를 인공적으로 소생시켜준 것에 대해

파스칼리느는 뭐라고 감사의 말을 해야 할지 몰랐다. 그렇게 해주지 않았다면 희생자인 아들에게 재기에의 유일한 구원의 문이 될 수 있는 그 두개골의 룬 문자는 영원히는 아니더라도 상당히 긴 기간 동안 해독되지 않았을 것이기 때문이다.

상속자인 사촌들에게는 같은 혈통을 가진 자가 범한 이 끔찍한 범죄에 관한 것은 전부 혐오스러운 것이었기 때문에 살인자의 아들의 시체를 칸트렐에게서 되찾으려고 하지 않았고 모의 집의 가재도구는 모두 경매로 처분해버렸다. 집은 치욕의 장소로 생각되어-그것은 낡은데다 아까워할만한 가치도 없는 것이었다-완전히 부수어서 없애버렸다.

자살한 남자가 생애에서 가장 강렬한 인상을 가졌기 때문에 선택한 장면을 완전한 것으로 하고 싶어한 칸트렐은 프랑스와 샤를르의 서재에 있던 것들 거의 대부분을 경매에서 사들인 다음 냉동실 안에서 그 장소를 완벽하게 재현할 수 있게 했다.

그는 콜롱보필에 기록된 그 무서운 고백을 전문을 복사해 실은 신문의 예에 따라 필적과 서명을 그대로 복사해 만들었는데, 단추서만은 생략한 채로 복사하게 했다. 실험을 할 때마다 자살자가 더 쓸 수 있도록 반 페이지의 여백이 있어야 하기 때문인데 물론 같은 복사를 여러 매 만들도록 지시하는 것도 잊지 않았다.

이후 그는 파스칼리느와 티에리의 요청에 따라 간혹 죽은 프랑스와 샤를르에게 마지막의 그 비극의 밤을 재연하게끔 했다. 그 두 사람은 그때마다 찾아와 질리지도 않고 그들의 행복의 원인이 된 행동을 유심히 지켜보았다. 피스톨에는 매번 공포탄을 장전해 놓아

일이 잘 진행되도록 했다.

칸트렐의 조수 중의 한 사람이 모피를 몸에 두른 채로 비탈리움의 플러그를 꼽기도 하고 빼기도 했는데 그는 그 필요에 따라 죽은 자 중의 한 사람이 완전히 마비되기 조금 전에 다른 죽은 자를 살려내도록, 규칙 바르게 작동함으로써 장면이 끊기지 않고 이어지도록 했다.

로쿠스 솔루스

제 5 장

칸트렐 선생의 이야기를 듣고 있는 사이에 벌써 황혼이 찾아왔다. 그는 이번에는 우리를 가파른 작은 길로 인도했다.

십분 정도 걸어가자 돌로 된 작은 건물이 나타났다. 주위에 펼쳐지는 넓은 숲을 내려다볼 수 있는 그 정면에는 순금으로 되어 있고 녹이 슨 철격자가 들어있는, 양옆으로 열리는 커다란 문 밖에는 아무 것도 없었다. 안에는 출구도, 창도 없이 간단한 가구만이 들어 있는 넓은 방이 하나 있을 뿐이었다.

캔버스 위에는 명백히 새벽의 알레고리로 생각되는, 창백한 지평선을 배경으로 그 끝에 날개가 달려있는 여러 개의 끈에 의해 당겨지는, 빛으로 된 몸을 가진 여성을 그린 것으로 보이지만 완성되지는 않은 그림이 있었다.

칸트렐은 방의 한복판에 있는 루시우스 에그르와자르라는 이름의 남자를 가리키면서 짧은 설명을 덧붙였다. 그에 따르면 이 남자는 한 살짜리 딸이 지그 춤을 추는 불한당들에 의해 짓밟혀 죽는 것을 보고 발광해버려 몇 주 전부터 치료를 받으러 이곳 로쿠스 솔루스에 와있는 것이었다.

안쪽에는 지키는 사람이 꿈쩍도 하지 않고 서 있었다.

머리가 벗겨진 루시우스는 몸의 왼쪽을 이쪽으로 향한 채 대리석의 테이블의 끝에 옆모습을 보이면서 앉아 있었다. 테이블의 위에는 이쪽 방향으로 일종의 화덕이 놓여져 있는데 돌출부가 없는 그 두 개의 불덩이는 석탄이 실려있는 양철판의 양 끝에 서로 겹치지 않으면서 평행을 이루고 있었다.

그 미친 사람은 불덩이 위에 길이 1 미터, 폭 50 센티의 회색의

제 5장

골지게 짠 직물을 다리처럼 걸쳐 놓아서 화덕의 열이 직접 닿지 않게 하면서 그 직물의 양끝을 표면에 비틀림이 전혀 없도록 양철판 아래로 밀어 넣었다. 직물의 표면에는 우리들 쪽에서 봐서는 앞과 뒤에 약간의 경사를 이루면서 떨어지는 테두리가 있었다.

테이블의 구석에는 그 만듦새나 색깔도 아주 멋진 높이 수 센티 정도의 골드비터 스킨[소나 양의 창자에서 만들어 낸 얇은 막-옮긴이]으로 만든, 한 무리의 무법의 방랑자를 연상시키는, 12개의 인형이 있었는데 그것들은 루시우스의 손에 의해 골지게 짠 직물 위로 옮겨 졌는데 그 직물은 아래의 양철판과 면한 곳에 뚫린 무수한 작은 구멍을 통해 열기가 그대로 올라오고 있었다. 가볍게 옮겨진 인형들은 다리 부분에 들어 있는 추 같은 것에 의해 똑바로 서 있기는 했지만 얼마 후 그 미친 사람이 자신의 변덕대로 떨 듯이 구멍이 뚫려 있는 헝겊 위에서 손가락을 이리저리 휘젓기 시작하자 움직이기 시작했다. 어떤 인형은 그 등과 복부에 닿아서 그를 멀리 보내는 열기 이외에는 순간적으로 밑에서 수직으로 분출하는 공기가 전혀 없게 되면 몸을 숙여서 앞으로 갔다가 뒤로 갔다가 했다. 그러다가 밑에서 나오는 공기를 차단하던 손가락을 떼어내면 원래의 장소로 다시 돌아왔다. 이러한 손가락의 조작을 반복하게 되자 인형들은 지그 춤의 멋진 점프를 그대로 해내게 되었다. 다른 인형은 다른 공기를 전부 차단한 다음에 손과 다리 등 튀어나온 부분에 열기가 닿으면 그 영향을 받아서 빙글 빙글 돌았다.

이 풍선 인형들은 가까운 쪽의 열이 우리 쪽으로 등을 향하면서 6개씩 두 열을 이루면서 늘어서서는 '써 로저 드 코벌리'라는 이름으로 알려진 매력적인 지그를 추었다. 루시우스 혼자서 그 직물의 헝겊 위에서 손가락을 이리저리 활용하면서 모든 것을 움직이게 했다. 그는 오랜 기간 참을성을 가지고 연구한 결과 건반을 두드리는 피아니스트처럼 원하는 대로 조작할 수 있게 된 것이다.

    같은 대각선의 양끝에서 출발한 두 명의 무용수가 상대를 향해 깡충깡충 뛰어 오다가 서로 만나기 직전에 다시 뒷걸음을 해서 원래의 위치로 돌아가면 이번에는 다른 대각선의 양 끝에 있는 무용수가 그 동작을 똑같이 모방해서 해냈다. 이처럼 교차하는 동작이 몇 번이나 반복되었는데 만나는 순간에 가운데에서 인형이 두 개씩 한번 회전하기도 했다. 루시우스는 움직이지 않는 인형을 받치고 있는 공기의 흐름을 막지 않으려고 손목을 비틀어서 두 손을 비스듬하게 미끄러지게 했다.

    이어서 그 미친 남자는 마주 보고 있는 인형 중에 가장 먼 곳에 있는 두 개를 카드릴[4인조 무도-옮긴이]의 중앙선 위에서 함께, 다음에는 반대쪽 열의 무용수와 함께 하는 식으로 교차로 회전시키면서 -그리고 회전이 다 끝나면 인형을 원래의 열로 돌아가게 했다-조금씩 자기 쪽으로 오게 했다. 그리고 나서 다시 모든 것이 전과 똑같이 시작하는 것이다.

    그래서 댄스는 계속되었다. 두 번째 피규어가 항상 첫 번째 피규어를 잇게 되므로 끊임없는 회전이 12개의 인형을 차례대로 코너의 위치에 서는 특권을 주게 되었다.

    전혀 실수가 없는, 그 확실한 솜씨에 의해 루시우스는 지그에 강렬한 생기를 부여할 수가 있었다. 처음에는 조용했던 그 춤은 점차 빨라지더니 나중에는 대단히 격렬한 것이 되었다.

갑자기 그 돌던 움직임이 멈추어졌다. 루시우스는 무용수들이 목적 없이 움직이던 그 직물 위에서 손을 빼더니 초췌하고 눈에는 공포의 빛을 띠면서 우리들을 보지 않으면서 정면을 향하고 있었다. 칸트렐의 말에 따르면 자신의 잔혹한 강박관념에 들려서 스스로 만들어낸, 딸의 죽음을 연상시키는 이 무서운 광경이 원인이 되어 환각성의 반사반응을 일으키게 되고 그것이 그의 머리에 이상한 발작을 만들어 낸다는 것이다.

공포에 사로잡혀 미친 남자의 대머리의 좌우에 머리털이 나있는 부분에서 털이 여섯 개씩 거꾸로 선 다음에 혼자서 춤을 추면서 털구멍에서 털구멍으로 옮겨갔다. 조직의 안쪽 부분에서 뭔가의 이완의 결과 빠진 머리털은 털구멍의 윗부분의 압력에 의해 공중에 던져진 것처럼 보였지만 항상 수직으로 위치를 유지하면서도 미세하게 궤도를 그리면서 이웃하는 털구멍으로 떨어졌다. 이 털구멍은 머리털을 받아들이려 열렸지만 받자마자 그것을 튕겨내어 입을 벌리고 있는 다른 털구멍으로 보내는 것이다.

일련의 점프로 인해 머리의 빛나는 가운데 부분에서 눈에 보이지 않는 선을 축으로 삼아 두 열의 평행선을 만들어 서로 마주보게 된 12개의 머리털은 인형의 그것과 똑같은 지그 춤을 추기 시작했다. 마찬가지로 네 개의 귀퉁이를 점하는 것이 처음에 대각선의 중간까지 갔다가 다시 돌아오고 다음에는 가운데에서 여러 가지 회전을 했으며 똑같이 두 번째 피규어가 있어서 그 사이에 마주보는 두 개가 카드릴의 한쪽 끝에서 다른 쪽 끝으로 이동해 가는 것이었다.

고통에 얼굴을 일그러뜨리면서 억제할 수 없는 경련에 시달리는 신경증 환자처럼 루시우스는 이 끔찍한 춤을 멈추게 하려는 듯이 두 손을 머리 쪽으로 가져갔지만 일종의 공포에서 그것에 닿지는 못하고 있었다. 그리고 그의 뜻에 반해서 지그 춤은 여전히 펄쩍 뛰면서 계속되었고 12개의 털은 차례로 네 개의 귀퉁이를 점령했다. 칸트렐은 아주 낮은 목소리로 정신적인 쇼크를 원인으로 하는 강박관념이 만들어낸 이러한 반사반응이 해부학적으로 얼마나 흥미로운 것인지에 대해 설명했다.

저주받은 춤이 변함없이 정확하게 계속되었으며 인형의 그것과 마찬가지로 점차 속도와 격렬함을 더해가는 것을 의식하면서 루시우스는 경련하듯 떨면서 너무 고통스러운 나머지 신음소리를 냈다.

발작은 한순간 절정에 도달한 후에 겨우 진정되는 것 같았다. 미친 남자가 조용해짐에 따라 머리털도 머리 좌우의 언저리의 원래 자리로 돌아가 평소의 자세를 취했다. 그리고 루시우스는 두 손으로 얼굴을 가린 후에 흐느끼기 시작했고 신경의 긴장이 풀린 탓인지 끝도 없이 눈물을 흘렸다.

이윽고 밝은 미소를 지으면서 일어서더니 그는 왼쪽 방향으로 몇 걸음 걸어갔다가 옆의 벽과 마주보는, 폭이 넓은 책상 앞에 앉았다. 그 위에는 색이 없는 액체 안에 브러쉬가 하나씩 들어 있는 유리 병이 몇 개 놓여 있고 그 옆에는 명백히 미리 재단된, 여러

제 5장

사이즈의 배내옷을 만들기 위한 여러 헝겊 조각들이 있었다.

그는 주머니에서 재봉용 실처럼 가늘고 강철처럼 딱딱해 보이는, 길이 10 센티 정도의 하얀 막대를 꺼내 책상 위의 아주 작은 구멍에 수직으로 세웠다.

그는 브러쉬를 하나 꺼내 그 막대의 상단을 적신 다음 바로 사이를 두지 않고 두 매의 헝겊을 귀퉁이를 겹치게 해서 그 바로 위에 수직으로 해서-한쪽은 아래로, 또 한쪽은 위로 해서-걸쳤다.

그러자 갑자기 파라오의 뱀처럼 그 실은 쭉쭉 뻗어 나가더니 빠르고 물결 치는 것 같은 동작을 반복하면서 두 매의 헝겊의 여기저기에 구멍을 뚫기 시작했는데 사실상 바느질을 하고 있는 것이었다. 이것은 맨 아래에서 맨 위에 이르기까지 완벽하게 바느질을 해내는, 이른바 러닝 스티치[running-stitch. 바늘땀을 위아래로 드문드문 성기게 꿰매는 바느질의 한 방법-옮긴이]였고 이것은 눈 깜짝할 사이에 이루어졌다. 일이 다 끝나자 루시우스는 실을 끊었다. 헝겊 쪽에 남아 있던 실은 그 양끝에서 매듭을 떠올리게 하는 작은 구슬을 스스로 만들어냈고 그래서 모든 것이 다시 신축적인 것이 되었다.

칸트렐은 적신 맨 끝의 부분만이 없어진 하얀 막대를 우리들에게 보여주었다. 그 부분은 무색의 액체가 일으킨 어떤 종류의 화학적 작용에 의해, 불꽃이 없는 연소를 통해 실로 바뀌었다는 것이다.

루시우스는 다른 유리 병 속의 브러쉬를 가지고 새롭게 막대의 끝을 적신 다음 바느질 하던 것을 접어서 그것을 원래 있어야 할 장소에 수직으로 세웠다.

로쿠스 솔루스

하얀 실은 빙글 빙글 소용돌이와 같은 운동을 하면서 바로 상승해서 한번 회전할 때마다 헝겊의 한 겹 부분과 두겹 부분에 두 번 교차로 구멍을 뚫고 헴 스티치[hem stitch. 씨줄을 몇 올 단위로 뽑아 날줄을 감치는 자수법-옮긴이]를 행했다.

실이 끊어지면 두 개의 실을 멈추게 하는 구슬이 나타나서 이음매를 부드럽게 했다.

칸트렐 선생은 미친 남자의 열성적인 태도에 우리가 주목하도록 했다. 그는 고통스러운 나머지 말도 안되는 이유에 사로잡히게 되었고 곧 딸이 태어난다고 믿어 급하게 배내옷을 만들려고 하고 있는 것이다. 그 무색의 액체는 모두 달라서 병에 라벨로 표시된 특수한 스티치를 행하는 실을 각각 만들어내고 있는 것이었다.

세 번째 브러쉬가 만들어낸 실은 일이 비교적 복잡한 것임에도 번개처럼 빨리 움직여서 코스 안에 있는 두겹 헝겊의 지금 방금 뚫은 구멍의 바로 아래에 구멍을 뚫기 위해서 끊임없이 내려가서는 곧 전에 보다 높게 상승해서 백스티치[back stitch. 전부 되돌아가면서 앞으로 나가는 스티치. 박음질에 해당한다-옮긴이]를 행했다.

거의 마찬가지의 네 번째 실은 지금까지 사용되지 않았던 다른 액체의 효과에 의해 하강할 무렵에 만나는 최초의 구멍을 다시 한번 통과해서는 전의 배의 높이까지 상승하는 것을 반복함에 의해 내밀어진 헝겊에 피케 스티치[piqué stitch. 누비 바느질을 말함-옮긴이]를 행하는 것에 성공했다.

새로운 유리 병이 만들어낸 제5의 실은 상당히 커다란 소용돌이를 그리면서 정확하게 겹쳐진 두 매의 헝겊의 바깥쪽 테두리를 빈틈없이 바느질을 하면서 일종의 휩 스티치[whip stitch. 감치기를 말함-옮긴이]를 이루었다.

당연히 두 개의 멈추게 하는 구슬이 만들어졌고 유연화 현상도 생겼다.

루시우스는 매번 눈대중으로 미묘한 차이를 파악했고 대체적으로 똑바로 날아가는 경우가 많은 실의 코스 여하에 따라 정확한 비례 계산을 한 다음 막대의 정수리 부분을 아주 조금 브러쉬로 적시는 것이었다.

여섯 번째 유리의 병에서 생긴 실은 장렬하고 좌우로 크게 흔들리면서 상승해갔고 거의 미치광이같은 불꽃무늬를 만들어내면서 멋진 지그재그 운동을 하면서 헤링본 스티치[herringbone stitch. 화살 오늬 모양의 수. 단을 처리하거나 꽃잎 따위를 수놓을 때 쓴다-옮긴이]를 해냈다. 게다가 모든 실은 여러 가지 곡선과 소용돌이 및 파선을 만들어내는 복잡한 불꽃놀이 무늬의 미니어처에 흡사한 것이 되었다.

이 바느질의 놀랄만한 속도는 이 방법의 압도적인 우수성을 보여주는 것이었다. 이 방법을 사용하게 되면 바느질을 하는 사람은 가장 좋은 미싱을 사용해서 하루에 할 수 있는 것의 거의 백배는 할 수 있다는 것이 틀림없어 보였다.

6개의 유리병을 사용해 일을 계속한 후에 루시우스는 지겨운 것처럼 보였고 이제는 완전히 짧아진 하얀 몽둥이를 앞에 두고 잠시 쉬웠다.

로쿠스 솔루스

여기저기 돌아보다가 그는 처음 우리들의 존재를 깨닫고 다가오더니 철책 너머로 단 한 마디를 말했다. "노래를 불러."

칸트렐은 바로 우리들 집단에 섞여 있던 여자 오페라 가수 말비나에게 한 두 소절이라도 노래를 불러 미친 남자의 변덕스러운 요구를 충족시켜 달라고 부탁을 했다. 성서에서 소재를 취한 최근의 오페라 〈아비멜레크〉에서 막역한 친구 역을 했던 말비나는 거의 가장 높은 음역으로 "오, 레베카...."라고 노래를 부르기 시작했다.

루시우스는 그녀가 노래하는 것을 갑자기 제지하고 같은 대목을 오랫동안 계속 반복하게 했으며 특히 마지막 음의 순수한 진동에 귀를 기울였다.

그리고 나서 그는 오른쪽으로 가서 다음과 같은 여러 가지 물건이 올려져 있는 소형의 원탁 앞에 우리가 있는 쪽을 향하면서 앉았다.

1. 현재 불이 켜있지 않은 램프.
2. 아주 가는 금의 침이 붙어 있는 가는 조각용 송곳.
3. 한쪽 면에 6개의 주요한 눈금이 붙어 있는 모든 것이 베이컨으로 만들어진 수 센티 정도의 작은 자. 숫자를 표시하는 굵은 선으로 기록되어 있는 눈금은 각각 가늘고 짧은 선에 의해 12개의 작은 눈금으로 나뉘어져 있었다. 선과 숫자는 그 명확한 붉은 색 때문에 베이컨의 하얀 끼가 있는 회색에서 선명하게 부각되었다. 정교하게 만들어진 이 도구는 6 피에와 72 푸스[길이의 단위로 피에의 12분의 1이고 1 푸스는 대략 2.7 센티-옮긴이]로 나누어진 옛날의 신장측정기의 원형이라고 할만한 것이었다.

제 5장

4. 밀랍 같은 것을 딱딱하게 해서 만든 녹색이며 사각형의 얇은 판.

5. 혼이 붙어 있는 둥근 박막에 짧은 금의 침을 부착한 아주 단순한 보청기.

6. 장방형의 하얀 마분지. 이것의 가운데에 뚫려 있는 구멍에는 각각 기울어진 테두리 안에 전체가 다이아몬드의 에이스처럼 보이는 평평하고 절단면을 갖는 가네트가 새겨져 있었다.

루시우스는 눈앞에 놓여 있는 녹색의 얇은 판의 가운데에 왼손의 엄지와 인지 손가락으로 양끝을 잡아서 작은 신장측정기를 올려놓고 눈앞의 커다란 눈금과 작은 눈금을 압축을 해서 간격이 좁아지도록 했다.

그는 붉은 선을 조사하고 나서 동일선상에 있는 장소를 주의 깊게 선택해서 오른손으로 똑바로 세워놓은 추를 가지고 그 끝을 베이컨에 붙이려 하면서 밀랍의 표면에 일곱 개의 마크를 새겼다.

이러한 마크를 다 새긴 다음에 루시우스는 두 손가락의 압축을 조금 느슨하게 한 다음에 탄력성이 있는 신장측정기가 혼자서 다시 뻗어나가서 눈금의 간격이 조금 넓어지도록 해주었다. 그리고 나서 같은 방법을 사용해서 녹색 표면의 최초의 마크 사이에 새로운 마크를 새겼다.

미친 남자는 신장측정기를 여러 가지로 압축했으며 이를 계속해서 붉은 작은 눈금을 창조하면서 선상의 아직 열려 있는 부분의 밀랍을 추로 조금씩 줄여나갔지만 그러면서 밀랍의 표면에 터치하는 방식에 미묘한 변화를 주었다.

마지막에는 녹색의 얇은 판에는 소리를 녹음한 축음기의 롤러의 흔적을 연상시키는 작은 상처가 만들어졌고 그것이 하나의 짧고 가는 직선이 만들어졌다.

급히 신장측정기와 추를 치우려는 루시우스의 요청에 따라 가드맨이 램프에 다가와서 성냥에 불을 붙였다.

불꽃이 램프의 심에 옮겨서 붙는 사이에 칸트렐은 두 개의 철봉 사이로 팔을 집어넣어서 왼쪽 벽에 따라서 놓여져 있는 길고 평평한 색이 바랜 비단제의 주머니를 잡아 자기 쪽으로 옮겨놓았다. 주머니의 한쪽 면에는 종교적인 문장과 꽃에 둘러싸여서 "Mens"['마음', '정신'의 뜻-옮긴이]라는 라틴어가 낡은 자수로 새겨져 있었다. 그는 그 안에서 아주 오래된 한 장의 판을 꺼내서 그 양면 가득히 새겨져 있는 콥트 문자의 미사의 기도문 전문을 우리에게 보여주었다. 이윽고 그 판은 다시 주머니에 들어갔고 철책 사이를 통해서 다시 한번 벽 옆에 놓여지게 되었다.

가드맨이 간단하게 시동장치를 벗기고 불이 붙어있는 램프 속에 있는 어떤 종류의 기계장치에 동요를 주었다. 그러자 램프는 3초간 불이 꺼지는 상태를 규칙적으로 사이에 두면서 강력한 빛을 발하기 시작했다.

먼 쪽에 있는 왼손에 녹색의 판을 가지고 가까운 오른쪽의 손가락으로 다이아몬드의 에이스의 밑부분을 잡고 있던 루시우스는 램프에 등을 향한 채 오른쪽으로 몸을 돌리려고 하면서 두 팔을 올렸다.

그 옆모습을 이쪽으로 향하면서 그가 평행이 되도록 두 개의 물건을 들어올리면 에이스는 램프와 판 사이에 있어서 차단막의 역할을 수행했다.

해가 질 무렵이어서 램프의 최초의 밝은 빛을 받자 가네트는 간격을 어느 정도 두면서 방의 안쪽에 붉은 빛의 미세한 점을 투사했다. 이들의 점은 절단면 때문에, 또 주위의 마분지 그림자에 의해 강조되었기 때문에 그리고 보석의 여러 면에서의 투명도의 차이도 있어서 빛의 강도에 현저한 차이가 있었다.

루시우스는 이상한 카드를 움직이면서 점 중의 하나를 빨리 선택해 그것을 밀랍의 판의 가장 위의 마크로 향하게 하고 그것이 거기서 세 번 빛나는 사이에 머물도록 했다.

붉은 점은 빛과 빛 사이에서는 흔적도 없이 사라져버렸다. 추를 붙인 모든 마크는 이리하여 차례차례 루시우스의 손에 의해 밝혀지게 되었다. 그는 각각의 마크를 위해 다소라도 강한 빛을 발하는 점을 선택하고 이용하는 빛의 수는 1에서 15까지로 변화를 주었다. 때로는 두 개 이상의 점이 같은 마크를 위해 사용되었다.

칸트렐은 이 미친 남자의 일에 대해 설명을 했다.

빛의 점은 밀랍의 판 위의 틀을 뜨는 작업을 행하는 것이고 그것이 띠고 있는 약한 열에 의해 그것이 노리는 부분의 밀랍을 아주 조금 녹이게 되고 이리하여 잠재하고 있는 음질을 개량한다는 처음의 일을 달성하게 되는 것이다.

에이스를 정리하기 위해 우리 쪽을 향한 루시우스는 소형 원탁 위에 녹색의 판을 놓고 보청기를 손에 들어 금의 침을 그 마크가 만들어내고 있는 선의 수직 위로 움직이도록 했다. 침의 끝은 요철이 있는 표면을 왕래하면서 엷은 막에 많은 진동을 전달했다. 그러자 혼에서 말비나의 목소리와 똑같은 목소리가 나와서 확실히 "오, 레베카..."라고 노래를 했다.

우리가 지금 보는 이 방법에 의해 모든 종류의 인간의 목소리를 인공적으로 만들어내려 하는 것 같았다. 그는 막 말을 배우기 시작할 무렵의 딸의 목소리를 다시 듣고 싶어 했고 그러한 그의 욕망을 채워줄, 이상에 가까운 어떤 음성을 발견하리라 기대하면서 실험을 반복하고 있는 것이었다. 그러므로 "노래를 불러"라고 말했을 때 말비나가 제공했던 샘플을 조속히 이렇게 복원을 했던 것이다. 금의 침을 선에 따라서 달리게 하면서 루시우스는 백번이나 "오, 레베카..."하는 문구를 듣게 해주었다. 그 마지막의 소리는 그를 불안에 찬 흥분에 빠뜨리게 한 것이었다. 선의 마지막까지 오자 거기서 그는 만족해하면서 마지막 소리의 후반을 지겹지도 않은 듯이 계속 들었다. 그리고는 격렬하게 몸을 떨면서 우리들에게 나가달라는 몸짓을 취했다.

칸트렐은 루시우스의 눈이 닿지 않는 곳까지 우리를 데리고 갔다. 루시우스는 명백히 아까 반복해서 들었던 소리에 손을 대서 그 집념에 찬 탐구를 혼자가 되어서 계속하고 싶었던 것이다.

칸트렐 선생은 미친 남자의 현재의 흥분상태로 보아 당연히 있을 수 있는 상황에 대비해 이곳을 지키는 사람의 소리가 들리는 곳에 있고 싶어 했는데 철책이 둘러싸고 있는 곳 안쪽의 방 안을 걸으면서 그 끔찍한 사건에 대해 말해주었다.

어느 날 플로린느 에그르와자르라는 한 젊은 여성이 칸트렐을 찾아와서는 갑작스러운 불행으로 미쳐버렸고 그 후 2년간 일류급의 전문가들이 치료하려 하다가 포기해버린 남편을 구하기 위해 그의 기술을 사용해달라고 부탁을 했다. 그녀는 눈물을 흘리며 다음과 같은 감동적인 이야기를 했다.

미쳐버린 루시우스 에그르와자르는 오로지 레오나르도 다 빈치에 대한 열렬한 숭배의 마음에서 설립된 이탈리아 협회의 열성적인 회원이 되어 다 빈치가 보여준 역사상 유례가 없는 전범에는 미치지 못할망정 그와 비슷하게 예술과 과학에 동시에 몰두했던 것이다. 재능 있는 화가이자 조각가였던 그는 학자로서도 몇 개의 귀중한 발명을 했다.

서로 깊이 사랑하는 부부였던 플로린느와 루시우스의 행복은 자식이 태어나기를 10년 기다린 끝에 딸인 질레트가 태어났을 때 완전한 것이 되었다. 아버지는 일을 내팽개치고 기다리고 기다리던 아이가 기쁜 듯이 미소 짓거나 막 배운 말을 하는 것을 몇 시간이나 지켜보곤 했다.

일 년 후 루시우스는 초상화와 흉상을 만들어달라는 주문을 받고 플로린느와 질레트를 데리고 런던에 갔다.

그는 일주일에 두 번, 켄트 카운티의 라슐리 경의 정부인 레디 라슐리를 그리기 위해 백작의 호화로운 저택에 갔다. 그리고 어느 날 관대한 성격의 레디의 초청을 받아 모유로 키우고 있는 질레트를 안은 플로린느를 동반했다.

따뜻한 환대를 받은 플로린느는 루시우스가 모델을 앞에 두고 일을 하고 있는 사이에 라슐리 경에 안내를 받아 정원과 성곽을 감탄하면서 둘러보았다.

저녁식사 때까지 머물면서 그들은 가장 가까운 마을의 역까지 15 킬로 정도 떨어져 있었기 때문에 10시 경에 제공된 마차를 타고 출발했다.

도중에 깊은 숲을 가로지를 때 몇 사람의 취한 사람들이 마차가 나타난 것을 보고 취한 소리로 합창을 시작했다. 레드 갱[켄트의 영지를 어지럽히던 도적들의 모임-원주]의 집합의 노래가 들리기 시작한 것이다. 말은 일단의 술 취한 방랑자들에 의해 더 가지 못하고 멈추게 되었다.

충동적이고 화를 잘 내는 루시우스는 상대의 남자들을 욕하면서 마차에서 내렸지만 그들은 그를 손과 발을 꼼짝도 할 수 없는 상태로 만들어 버렸고 겁을 먹은 채 자고 있는 질레트를 안고 있는 플로린느를 내리게 했다.

그 순간 마차의 마부는 리볼버를 꺼내 두 발을 쏘아서 두목에게 부상을 입혔지만 말들이 총소리를 듣고 흥분해서 뛰기 시작하는 바람에 그들을 멈추게 하려 했다가 잘 되지 않자 어둠 속으로 사라져버리고 말았다.

두목은 큰 상처를 입지 않았지만 피를 보고 흥분해서 루시우스에게 덤벼들어 난폭하게 그의 몸을 뒤졌고 다음엔 플로린느의 품에서 질레트를 빼앗아 부하들에게 그녀의 소지품을

제 5장

조사하게 했다.

모르는 사람에 안겨 눈을 뜬 질레트가 울기 시작하자 조용하게 하려고 두목은 주먹으로 아이를 때렸다. 그걸 본 루시우스는 망을 보는 사람들 중 한 명이 단도를 떨어뜨릴 정도의 기세로 분노를 한꺼번에 폭발시켰다. 그는 단도를 손에 쥐고 상대가 질레트를 안고 있었으므로 그의 가슴이 아니라 머리를 노려서 그를 찔렀다. 칼은 아래에서 위로 뺨을 찢고서 왼쪽 눈까지 도달했다.

한쪽 눈을 잃고 피투성이가 된 두목은 루시우스가 다시 붙잡힌 것을 보고 짐승처럼 소리를 질렀다. 그는 고통으로 자신을 잊은 채 질레트를 떨어뜨렸으며 아이는 땅에 떨어져서 큰 소리로 울었. 그는 이제까지의 정황으로 보아 이 부부에게 최대의 고통을 주는 것은 아이에게 손을 대는 것이 제일 낫다는 것을 깨달았다.

그는 질레트를 가리키면서 가라앉은 목소리로 다음과 같이 명령했다. "써 로저 드 코벌리."

플로리느와 루시우스를 붙잡고 있는 세 사람을 제외하고는 도적들은 전부 서로 마주보면서 두 열을 이룬 다음에 아이를 가운데에 두고서 잔인하기 그지없는 지그 춤을 추기 시작했다. 두목과 부하는 서로 대각선으로 마주 보는 지점에서 출발해 춤을 추면서 가운데로 나가서 발로 질레트를 세게 걷어찬 후 다시 뒷걸음쳐서 원래의 자리로 돌아갔다. 다음에는 다른 쪽 대각선에 위치하는 두 명의 남자가 다시 같은 일을 했다. 이 두 조의 남자들은 처음 조가 한 것을 다음 조가 그대로 흉내 내서 중간에 선회하거나 서로 인사를 하면서 몇 번이나 교차해서 춤을 추었다. 이 인간이라고 할 수 없는 자들은 왕복할 때마다 아이를 걷어찼으며 온 힘을 다 짜내서 아이를 짓밟았다. 두목은 특히 잔인하게도 집요하게 아이의 머리와 배를 노려서 찼다.

그 후 서로 마주 보는 두 사람은 각각이 그 전의 커플의 중간에 끼어들어가 일련의 선회 운동을 교차로 반복하면서 카드릴의 한편의 끝에서 다른 쪽 끝으로 차례차례 이동했다. 이 두 번째의 스텝은 어느 순간에 아이를 짓밟을 새로운 기회를 제공하게 되었다.

모든 것이 돌아간 다음에는 다시 처음에서부터 시작되었다. 이 무서운 지그 춤은 거의 광란상태에 이른 부부의 눈앞에서 오랫동안 계속되었다. 주기적으로 돌아오는 두 번째 스텝에서는 교대 시스템 덕에 모든 춤추는 사람이 차례로 공격자의 위치를 점할 수가 있었고 그 때문에 그들은 앞을 다투어서 펄쩍 펄쩍 뛰면서 질레트에게 고문을 가했다.

이것은 참으로 '써 로저 드 코벌리'라는 고전적인 지그 춤을 레드 갱이 배신자에게 가하는 유명한 형벌로서 변형시킨 것이다.

흉폭한 남자들은 이 악몽의 발레를 더욱 빠른 속도로 진행하면서 춤을 추었고 신발의 징이 만들어낸 새로운 상처에서 피가 배어 나오면 서로 박수를 치면서 환호했다.

갑자기 권총으로 무장한 남자들을 싣고 말에 채찍을 가하면서 돌아온 마차의 마부를 보고는 이들은 재빨리 흩어졌다. 플로린느는 딸에게 달려갔지만 아, 슬프게도 그녀가 품에 안은 것은 상처투성이의 이미 싸늘해진 시체에 지나지 않았다. 루시우스는 아이를 만져보고 그 모습을 보더니 광기에 들린 것처럼 폭소를 했고

제 5장

이상한 소리를 늘어놓더니 그 가증스러운 춤추는 자들의 행동을 흉내 내기 시작했다. 당황한 플로린느는 그를 마차까지 데리고 가서 태웠다. 마차는 함께 온 남자들이 그 악당들을 추적하는 사이에 다시 성으로 가는 길로 접어들었다.

동정심이 많은 라슐리 일가는 플로린느와 함께 질레트의 시체 곁에서 밤을 새웠고 불쌍한 미친 남자의 무시무시한 발작도 곁에서 함께 보았다.

아이의 장례식 후 플로린느는 바로 체포된 살인자들에 대한 진술서에 서명을 하고 마음에서 우러나는 감사를 전하면서 일가의 집을 떠나 루시우스와 함께 파리로 돌아왔고 그 후 여러 가지 치료를 시도했던 것이다.

자신을 레오나르도 다 빈치라고 믿는 이 불행한 남자는 예술과 과학에 대한 그 보편적인 사색을, 한시도 마음에서 떠나지 않는 딸과 연결시키고 있었다.

루시우스는 2년간 5개의 유명한 정신병원을 전전했지만 아무런 결과도 얻지 못했고 그 사이에 어디에서도 제대로 된 연구를 하면 그 환자는 과도하게 흥분하게 되었다. 그리고 여러 번 부탁을 했음에도 작업을 위한 소재를 전혀 받을 수가 없었다.

이야기를 듣고서 확실히 낫게 할 수 있다고 생각한 칸트렐은 이런 경우 상대에게 맞서는 것은 반대하는 쪽이었으므로 환자의 황당한 요구도 묵묵히 받아들이기로 마음을 먹었다.

루시우스에게 깊은 정적을 주기위해 그는 정원의 높은 장소에 간단한 가구가 딸린, 방 하나 짜리 건물을 곧 만들게 했다. 커다란 격자 문외에는 출입구가 없었으며 건물의 정면을 이루는 그 문은 광대한 숲이 펼쳐져서 끝없이 멋진 녹색이 보이는, 마음을 편안하게 해주는 풍경을 마주하고 있었다.

환자는 거기로 옮겨졌다. 그는 밤에는 조심하는 마음에서 그대로 안에 있었지만 낮에는 몸에 좋은 상쾌한 바깥 공기를 끊임없이 받아들일 수가 있었다.

다음날 그가 고심해서 만든 리스트에 따라 많은 잡다한 물건들이 그에게 제공되었다.

그는 과거의 재능을 엿보게 하는 그림을 그리기 시작했다. 광기의 흔적을 여전히 남기고 있는 그 소재는 여러 개의 날개가 의인화된 새벽을 끈으로 당기고 있는 그런 그림이었다. 칸트렐은 치료를 위해 시작한 일련의 대화를 통해 환자는 인생의 아침을 빼앗기고 사라져버린 질레트를 이런 형식으로 표현한 것이라는 걸 알게 되었다.

그 다음에 그는 조각 도구를 사용해 골드 비터스 스킨의 여러 조각으로 가볍고 작은 인형을 만들었다. 금속 세공과 비슷하면서도 보통의 경우와는 반대의 공정으로 만들어진 이 스킨은 탄력성이 있기 때문에 그의 치밀하고 인내심 많은 노력의 결과 아주 정교한 형태로 완성이 되었다.

그는 추 대신에 가는 모래의 주머니를 다는 것을 잊지 않았고 테두리에 풀을 발라 접합했으며 마지막에는 새로 만든 구멍으로 숨을 불어넣은 다음에 다시 그 구멍을 닫았다. 구멍은 정기적으로 부풀리게 하기 위해서 쉽게 열 수 있는 것으로 했다. 그리고 나서 강렬한 표정과 의상의 디테일에 신경을 썼고 색을 입히는 것도 잘 해내서 결국 그 혐오스러운 방랑자들 전원을 보여주는, 거의 무게가 나가지 않는 12명의 인물을 만들어낸 것이다.

그리고 그는 붉게 타는 숯이 놓여 있는 양철판과 요철이 없는 두 개의 난로와 침으로 적당한 장소에 많은 구멍을 뚫은 회색의 골지게 짠 직물을 사용해 대리석의 테이블 위에 밑에서부터 많은 열기가 수직으로 분출되게 하는 장치를 만들어냈고 손가락으로 잘 두들겨서 인형들에게 '써 로저'를 추게 했다. 점차 활기를 띠어 가는 이 춤을 보고 칸트렐은 납득을 할 수 있었다. 딸을 잃은 슬픔과 다방면에 걸쳐서 일을 할 수 있어야 한다는 생각에 사로잡힌 이 사이비 레오나르도는 과학자로서 뜨거운 공기를 물리적으로 이용한 일종의 춤을 만들어내는 한편 조각가 겸 화가로서 운명의 지그 춤을 재현할 수 있는 특유의 인물을 창조했다는 것을 말이다.

루시우스는 실험에 필요하다고 해서 골지게 짠 직물을 리스트에 올렸는데 이러한 헝겊의 선택이나 재가 날아와도 그을음이 타지 않는 회색으로 된 것을 지정한 것을 보아도 상당히 정확한 판단력을 가지고 있었고 칸트렐은 이것을 치료의 일보 전진으로 평가했다. 이 헝겊은 불타기가 어렵고 숯불에 접근시키는 것이 가능하며 거기다가 어떠한 금속보다도 뛰어난 것이었다. 왜냐하면 그 유연성 때문에 열기가 분출되는 구멍의 옆 구멍에 손가락을 대기만 하면 다른 열기를 비스듬하게 분출시킬 수 있었고 인형의 이동을 쉽게 할 수 있었기 때문이다.

갑자기 루시우스는 무시무시한 발작을 일으키면서 헝겊에서 손을 뗐다. 발작이 일어난 사이에 지금 본 광경이 강렬한 환각을 불러 일으켜 그 반사효과에 의해 그 머리털 중 12개가 거꾸로 서고 대머리 위에서 점점 열을 띠어가는, 살인자들의 지그와 모든 것이 똑같은 지그 춤을 추기 시작했던 것이다.

그 이후로 해질 무렵이 되면 고뇌에 사로잡히고 몽상에 빠진 결과 루시우스는 점점 새로운 지그를 추게 하기 위해서 불타는 숯불을 요구했고 그 후에는 항상 머리털들이 춤을 추는 발작을 일으키게 되었던 것이다.

어느 날 아침 미친 남자는 헝겊과 가위 그리고 용도가 불명확한 화학물질과 실험도구를 요구했다. 몇 번이나 실험을 반복한 후에 그는 한편으로는 몇 개의 무색의 혼합물을, 다른 한편으로는 실처럼 가늘면서 물에 적시게 되면 놀라운 속도로 컷트를 행할 뿐만 아니라 여러 종류의 꿈과 같은 바늘의 일을 가능하게 하는 딱딱하면서도 하얀 실과 같은 것을 만들어냈다.

칸트렐 선생은 교묘한 질문으로 수수께끼를 푸는 것이 가능했다. 루시우스는 강박관념에 착란이 일어난 결과 딸이 곧 태어날 것이라고 믿게 되었고 그것이 아주 급하다고 생각해서 배내옷을 만들기 시작한 것이다. 그리고 이 생각이 그의 상정상의 인격의 과학적인 측면에 작용해 주목할만한 발명을 만들어내게끔 했다.

곧 사용되어 버리고 말았기 때문에 예의 딱딱한 실을 끊임없이 화학적으로 합성하지 않으면 안되었지만 그 결과 강렬한 산화작용이 생겨서 주의해서 계속 주유를 했음에도 경첩을 포함해서 철책이 녹슬고 말았고 경첩은 그 이후 도움이 되지 않게 되었다.

여러 가지 금속을 사용해 새로운 경첩을 만들어 보았지만 순금을 제외하면 어느 것이나 변질해 버리고 말았다. 칸트렐은 그 완전한 기능을 생각해서 순금을 사용하기로 했다.

루시우스는 헝겊을 자르기 위해 아주 날카로운 금으로 된 가위를 받았다.

플로린느는 상태가 어떤지를 물어보려고 왔는데 엄중하게 홀로 남겨져 있는 환자를 위문하지는 못했다. 어느 날 그녀는 칸트렐의 명령을 받아 전날 루시우스가 요구했다는 기묘한 도구를 가지고 왔다. 이것은 영국으로 출발하기 직전에 그가 손에 가지고 있던 것으로 언어와 노래를 인공적으로 만들어내는 것을 목적으로 한 것이다.

미친 남자는 꾸러미를 받아든 다음에도 만족하지 못하고 "신장계"라는 말을 반복해서 말했다. 이것을 들은 플로린느는 문제의 도구를 열심히 만지고 있던 무렵 루시우스가 그 선택에 고민하고는 있었지만 탄력성이 있는 소재를 사용해서 어떤 자를 만들어내는 것을 생각해냈다. 이 자는 아주 축소된 것이긴 했지만 어떤 종류의 음향상, 수학상의 이유에서 옛날의 신장계와 같은 눈금을 갖는 것으로 보였다.

다음 날 미친 남자는 잘 마른 돼지의 베이컨을 가지고 오게 한 다음에 그것을 가위로 자른 다음 그 한쪽 면에 펜으로 빨간 눈금을 넣어서 소형의 신장계를 만들어냈다. 이 신장계와 마지막으로 받은 몇 개의 물건을 사용해 거리와 열의 아주 세세한 계산에 바탕을 둔 어떤 종류의 밀랍 안에 낭독의 소리와 노랫소리를 만들어내는 표지를 새길 수 있는 미묘한 작업에 묵묵히 몰두했다.

돼지의 베이컨은 내구성이 있으면서도 탄력성이 있어 어떤 소재보다도 그 목적에 적합한 성질을 띠고 있었지만 이러한 선택도 또한 그가 이성으로 돌아오는 새로운 징후라고 해도 좋았다.

불행한 남자의 유일한 목적은 간혹 말해지는 그의 혼잣말에서 알 수 있다시피 마지막 무렵의 말을 알아듣기 시작했던 딸의 목소리를 그가 주의 깊게 들은 바대로 재현하는 것이었다. 그는 뭔가 말을 하거나 멜로디를 노래하거나 하는, 울림도 억양도 다양한, 모든 종류의 음성을 만들어 냈지만 그것은 그러한 여러 요소 속에서 어쩌면 목적에 다가갈 수 있는 음성을 찾아낼 수 있을지도 모른다는 기대가 있었기 때문이다.

여기서도 또 자신을 레오나르도에 가까운 인물이라고 믿고 있는 그가 갖는 과학적 재능이 그 강박관념과 결합되어 발휘되었다.

그 사이에도 그는 배내옷의 일을 하고 있었는데 나무의 무늬와 진동판에 붙어 있는 서로 다른 두 개의 금속의 침이 녹슬었기 때문에 변질하지 않는 금의 침으로 바꾸지 않으면 안 되었다.

어느 날 밤 루시우스는 그 머릿속에서 딸의 세례와 결합되어 있는 어떤 종류의 무거운, 옛날의 장식품이 필요하다고 말하면서 그것에 대해 설명했다.

예전에 이집트에서 콥트인의 사제들은 일정한 때에 간단히 뒤집을 수 있는, 양면에 콥트어로 미사의 기도문이 새겨져 있는 커다랗고 얇은 판을 제단의 곁에 세워두고 기억의 보조수단으로 삼았다고 한다.

잠재적으로 신의 말씀을 포함하고 있기 때문에 성스러운 미사의 정수로 간주된 이 얇은 판은 사용 후 여러 가지 장식 중에서 "Mens"라는 말이 우아하게 자수로 새겨진 비단의 주머니 안에 집어넣어졌다.

루시우스는 질레트의 세례의 기념으로서 골동품 가게의 쇼윈도우에서 본, 이 얇은 판을 그 주머니와 함께 플로린느에게 준 적이 있었다.

그 얇은 판과 주머니가 미친 남자에게 건네졌다. 그는 죽은 딸을 생각나게 하는 이러한 귀중품을 미소를 띠면서 받아 들였다.

칸트렐의 방법은 빛나는 성과를 거두었고 완전한 이해력을 보이는 경우가 점점 늘어나서 미친 남자는 완전 치유에 가까이 다가가고 있었다.

그때 루시우스의 외침 소리가 우리들을 방으로 향하게 했다. 이윽고 우리들은 다시 한번 금의 경첩이 붙어 있는 녹슨 철책 앞에 서 있었다.

녹색의 판 위에는 그 겉모습과 밀랍의 녹은 정도로 보아 다른 표지와 마찬가지로 추와 작은 신장계를 사용했고, 그 후에 램프와 다이아몬드의 에이스의 도움을 빌어서 붙인 명백한 표지로부터 이루어지는 새로운 선이 보였다.

아주 흥분해서 루시우스는 새로운 선을 따라서 재생장치의 침의 끝을 미끄러지게 했다. 그러자 혼의 아주 안쪽에서 모음의 a를 길게 늘여 뜨린듯한 밝은 소리가 들려왔다. 그것은 뭔가 말을 하려고 하는 어린 아이의 말을 연상케하는 것으로서 "오, 레베카..."의 마지막의 부분과 똑같았다.

미친 남자는 아까 아마도 이 밝은 목소리를 처음으로 들었을 때 했던 외침소리와 똑같은 두 번째의 외침소리를 질렀다. 목적을 달성했다는 생각에 자신을 잊을 정도가 되어 그는 중얼거렸다.

"그 아이의 목소리야....이것이 그 아이의 목소리야....딸의 목소리야...."

그리고 신음소리를 내면서 딸이 눈 앞에 있는 것처럼 부드럽게 말했다.

"너구나, 질레트...그 녀석들은 널 죽이지 못했던 거야....넌 여기에 있어....내 곁에....우리 귀여운 아기....."

그리고 이렇게 툭툭 끊어지는 말 사이로 그가 계속 재생시키는, 말을 막 하기 시작한 아이의 소리가 대답처럼 반복해서 들려왔다.

치료를 위해 바람직한 이 발작이 끝날 때까지 그를 조용히 내버려 두려고 칸트렐은 소리를 내지 않으려 하면서 우리를 조금 떨어진 곳으로 데려갔다. 그리고 그 노래로 환자의 회복을 앞당기는, 운 좋은 사건의 계기를 만들어 준 것에 대해 말비나에게 감사의 말을 했다. 그 후 우리들은 그에게 인도되어 새로운 작은 길을 통해 오랫동안 아래로 내려갔다.

제 5장

제 6 장

밤이 되었다. 보름달에 가까운 달이 구름 한 점 없는 하늘을 비추고 있었다.

다시 정원의 평지에 돌아온 우리들은 바위가 둘러싸고 있는 개울에서 조금 떨어진 곳에서 반 백발의 머리를 늘어뜨린 늙은 여자거지가 어지러운 책상 앞에 앉아 팔을 다 드러낸 흑인 여자와 넝마를 걸친 12살의 잘 생긴 소년 사이에서 일을 하고 있는 것을 보았다.

칸트렐은 멀리 떨어진 곳에서 이 세 사람에 대해 소개했다.

최근 항해에서 돌아와 마르세이유에 상륙한 어느 일요일 밤에 그는 야외의 사람들이 많이 있는 곳에서 손자인 뤽을 조수로 삼아 점을 치고 있는, 유명한 점성술사인 펠리시테란 이름의 여자를 보았다.

그는 어차피 속임수에 지나지 않는다고 생각하며 한번 살펴보았는데 공연 중간 중간에 참으로 흥미로운 것을 보고 깜짝 놀라서 이것을 여러 가지 자신의 개인적인 연구에 이용해 볼 생각을 했다.

몰려 있던 사람들이 흩어지자 그는 일정 기간 그녀와 그 손자의 전면적인 협력을 얻을 생각으로 그 여자와 계약을 맺었다.

로쿠스 솔루스 저택에 오게 된 펠리시테와 뤽은 열심히 일을 해서 칸트렐 선생이 원하는 바를 충족시켜 주었다. 그는 그들에게 우리들을 위해 오늘은 특별히 준비를 잘 해놓고 있으라고 미리 지시를 해두었다.

흑인 여자는 실레이스라는 이름의 수단 사람이었다.

제 6장

우리들이 오는 것을 보고 펠리시테는 무언지 알 수 없는 그림과 숫자가 쓰여 있는 종이를 한 장 꺼내 놓았다.

그 다음에 껍질이 불투명한데다가 두껍고 단단해 보이는 보통 크기의 새의 알을 네 개 바구니에서 꺼내 책상 위에 늘어놓더니 그녀는 조롱의 문을 열었다. 안에서는 아주 다채로운 색깔의 날개를 가진 새가 나왔다.

그 당당한 모습이 마치 작은 공작을 보는 것 같은 이 새는 칸트렐의 말에 따르자면 이리젤이라고 한다는 것이다. 이것은 보르네오 산의 새인 이리조['무지개 색깔'이라는 의미의 irisé에서 루셀 자신이 만든 조어로 생각된다-옮긴이]의 암컷으로 아직 충분히 연구되지 않은 종류에 속하며 그 이름은 날개의 다채로운 색깔에서 온 것이라고 했다.

연골로 만든 튼튼한 골조를 연상시키는, 잘 발달된 그 꼬리날개의 기관이 우선 수직으로 뻗어나갔다가 앞의 방향으로 열려서 새의 위에 수평 방향으로 덮개를 만들어 놓고 있었다. 덮개의 외부에는 긴 날개가 있고 풍부한 머리 털이 나 있어 뒤쪽으로 묶어 놓은 상태였으며 반면에 내부에는 아무 것도 나 있지 않았다. 골조의 끝 부분에는 책상과 평행하게 되어 있으면서 약간 아크형의 선을 그리는, 날카로운 칼처럼 되어 있었다. 덮개의 안쪽에는 그 귀퉁이에 구멍을 뚫어서 몇 개의 나사를 달아 금으로 된 판이 하나 수평으로 고정되어 있었는데 그 밑에는 엄청난 자력에 의해 물의 덩어리가 아래로 떨어지지 않으면서 매달려 있었다. 반 리터는 될 것 같은 그 물은 그 양에도 불구하고 손가락 끝에 있는 한 방울의 물처럼 곧 떨어질 것 같은 인상을 주었다.
 이리젤은 책상에 있는 알 중의 첫째 것 앞에 멈추어서 인사를 하듯이 머리를 숙인 다음 그 강력한 꼬리의 칼을 머리 위로 넘겨서 그 알의 껍질을 세게 때렸다. 단단한 껍질이 저항하자 다시 공격을 시작했지만 그렇다고 해서 전력을 기울이는 것은 아니고 부스려고 생각한 껍질에 칼날을 들이대기 위해 무시무시할 정도로 몸을 뒤틀고 있었다. 그 때문에 생긴 단속적인 움직임은 물의 덩어리에도 동요를 주었다. 물은 여기저기로 흩어져서 알을 덮기도 하고 책상 위로 가기도 했지만 결코 금의 판에서 떨어지는 일은 없었다. 그래서 꼬리가 격렬한 움직임을 했지만 어디에도 젖은 흔적은 찾아볼 수가 없었다.
 이처럼 교묘하게 통제된 시도를 거듭하자 마침내 알의 껍질에는 상처가 생겨서 작은 틈새가 만들어졌다.
 이리젤은 몇 걸음 뒤로 물러났다가 이제 두 번째 알을 공격해 이번에는 한 번에 바로 깨버렸다. 세 번째 알은 공격에 잘 버티어서 깨지 못했고 결국 마지막 알을 공격했다. 마지막 알은 새의 무기에 의해 작은 상처가 만들어졌다. 계속 공격하는 사이에 물은 믿을 수 없는 그 움직임의 와중에도 금의 판에 여전히 붙어 있었다.
 상처가 전혀 없는 알은 다시 펠리시테의 손에 의해 조롱에 다시 집어넣어져 새와 같이 있게 되었다. 뤽이 이제 쓸모가 없게 된 세 개의 알을 개울에 버리고 오는 사이에 새는 그 알을 안기 시작했다.
 칸트렐은 조롱 안에 있는, 우리들의 호기심의 시선을 끌어당기고 있는 이 놀라운 새에 대해 이야기해 주었다.

제 6장

마르세이유에서 뤽은 펠리시테의 걱정스러운 시선을 받으면서 아주 적은 급료를 받고 선박에서 짐을 하역하는 일을 도와주고 있었다.

어느 날 크레인 소리가 나는 와중에 오세아니아에서 온 상선에서 짐을 내리고 있을 때였다. 첫 번째로 짐을 내리고 있던 소년은 그의 마음을 사로잡는 것이 그 안에 들어있는 나무틀 상자를 어깨에 메고 트랩의 위쪽에 나타났다.

자신의 감탄을 같이 나누고 싶은 마음에 그가 할머니에게 달려갔을 때 틀 사이로 알이 두 개 떨어져 나왔다. 그것은 깨지지 않았고 그의 할머니가 그걸 주웠다.

뤽은 물과 알이 들어 있는 상자 안의 두 마리의 새, 머리위로 덮개를 만드는 꼬리를 가지고 있고 날개의 색이 놀랄 정도로 화려한 그 새들을 할머니에게 보여주었다.

작은 상처가 몇 개 나있는 알들이 새들의 발에 있었다. 방금 주운 두 개의 알 외에도 몇 개의 상처가 없는 알이 있는 것 같았고 한 마리가 곧 부화할 것 같았으며 지금도 잠깐 중단된 그 일로 급하게 돌아가려는 것처럼 보였다.

이런 새라면 자신이 점을 칠 때 그냥 보여주기만 해도 될 것이고 아니면 다른 것과 결합해 보여줘도 좋을 것이라고 그녀는 생각했다. 그녀는 껍질이 단단하고 떨어져도 전혀 깨지지 않는 알을 암컷으로 하여금 부화하게 해보았다. 수컷과 암컷이 태어났는데 늙은 여자는 이 두 마리를 사용해 더 번식시킬 생각을 했다.

빠르게 성장한 두 마리의 새는 큰 조롱에 들어가게 되었고 그

어미와 똑같은 모습으로 자라서 구경꾼들로부터 호평을 받았다.

어느 날 아침 펠리시테는 알을 잘 낳은 암컷이 이상하게도 7개의 알을 공격해서 그 꼬리 맨 끝의 칼을 사용해 네 개의 알을 깨버리는 것을 보았다.

공격에 잘 버틴 세 개의 알은 이 이상한 새에 의해 다시 안겨져서 얼마 후 부화했다.

여자 점쟁이는 그 목적을 알아내지는 못했지만 자신이 목격한 이 기묘한 행동을 점을 칠 때 이용하려고 생각했다.

그녀는 매번 놀래서 보는 청중들에게 낳은 알 중의 몇 개는 항상 그 껍질이 깨어지게끔 되어 있다고 말하고 걱정되어서 물어보는 사람이 있으면 상처가 전혀 없는 알의 수에는 예언의 의미가 있다고 말했다.

칸트렐은 펠리시테를 처음 본 저녁에 놀란 그의 눈앞에서 펼쳐지는 이 본능적인 행위의 이유를 찾으려고 했다.

끈기 있는 관찰 끝에 그는 새끼들이 부화할 때도 약한 부리 대신에 과감하게도 꼬리의 끝의 칼을 이용해 껍질을 깬다는 것을 발견했다. 게다가 새들이 성장한 다음에도 부리는 아주 짧고 취약해서 꼬리의 그 무기의 튼튼함과 너무나 대조를 이루고 있었다.

그의 앞에서 어느 때에 개와 싸우게 된 한 마리의 이리조는 공격의 무기로 부리가 아니라 꼬리에서 튀어나온 이 칼을 사용했다. 이 기묘한 종류의 새들은 전부 오세아니아의 숲 속에서 어떠한 적에 부딪쳐도 이처럼 행동하는 것에 틀림없었다.

칸트렐은 암컷이 새끼들이 너무 일찍 태어나지 않도록 하기 위해 껍질이 비교적 약한 알을 제거해 버리는 것이라는 걸 발견했다. 그렇게 하지 않으면 일찍 껍질을 깨고 나온 미숙아의 새끼들은 이후 발육부전이나 그 밖의 고통을 안고 살지 않으면 안 되었던 것이다.

그는 어미에 의한 이러한 흥미진진한 활동 이전에 태어난 알을 전부 인공적으로 부화시켜 보았는데 실제로 늦게 태어난 새끼들 쪽이 활력이 넘치는 것으로 보이는 반면 알에서 좀 일찍 나온 새끼들은 대체적으로 병약하다는 것을 알았다. 두껍고 튼튼한 알은 어미의 어느 정도 계산된 공격에도 잘 견뎌서 상처가 없는 상태로 남게 되고 조금 허약한 알은 반대로 반드시 깨져 버리는 경우가 많았다.

이리조의 연구에 있어 낳은 알에 공격을 가하는 암컷의 상식을 벗어난 행동이 무엇보다도 칸트렐에게 강한 인상을 주었다. 자연이 동요와 안정이라는, 이처럼 독특한 조합을 보여주는 것은 참으로 드문 경우라고 확신한 그는 자신이 최근 발견한 물건이 갖고 있는, 아주 골치 아픈 특성을 완전히 활용하기 위해 이 새를 사용할 생각을 했다. 그런데 이 물건을 찾는데 있어서는 헤로도터스의 다음과 같은 구절이 그에게 암시를 주었다.

기원전 550년 메디아[현재의 이란 서부에 있었던 고대왕국. 수도는 에크바타나였다-옮긴이]를 정복한 후에 정복자로서 에크바타나를 찾은 키루스 2세[기원전 600-529. 페르시아의 왕으로 오리엔트의 대부분을 정복했다-옮긴이]는 궁전과 신전 등에서 여러 가지 다양한 형태로 금이 넘쳐나는 것을 보고 크게 놀랐다.

로쿠스 솔루스

이처럼 다양한 금의 산지가 어디인가를 알고 싶었던 그는 아르아스투 산 아래에 커다란 금광이 있는데 이제 이미 다 고갈된 상태라는 이야기를 듣게 된다.

침략자에 대한 증오에서 거짓말로 현재는 폐광이 된 상태라고 말한 것인지도 모른다고 생각해 키루스는-그리고 정직하게 말했다고 해도 과거에 이 정도로 풍부한 광산이었다면 어쩌면 미지의 광맥이 아직 있을 수 있는 가능성도 있다고 생각했다-한 무리의 인부를 데리고 그 장소로 갔다.

그 광산이 사람들이 찾기 쉽지 않은 사잇길까지 완전히 굴착된 것을 알고는 새롭게 몇 개의 갱도를 파게 했는데 어느 날 광부 중의 한 사람이 땅속 깊은 곳에서 상당히 무거운 금괴를 파내서 가지고 왔다.

그러나 이어서 모든 방향으로 시굴을 행했지만 아무런 성과도 거두지 못했고 결국 왕은 이 금괴 하나만을 가지고 에크바타나로 돌아왔다.

전통에 충실한 편인 키루스는 어느 나라의 수도를 점령했을 때에는 광장에 설치한 가설의 왕좌 위에 앉아 그곳의 국민들이 보는 앞에서 그 왕국의 고관들의 복종의 인사를 받고 그 다음에는 그 나라의 가장 중요한 하천에서 길러온 물이 들어 있는 귀중한 잔을 한 번에 마셔버리고는 했다. 이처럼 그 나라의 물을 자신의 몸 안으로 흡수하게 되면 정복자는 그 나라를 상징적으로 지배하게 되는 것이 된다.

아르아스투 산의 금광을 빨리 발굴하고 싶어 했던 왕은 지금

제 6장

발굴하지 않으면 나중에 홍수나 약탈에 의해 어지럽혀질 수 있으니 급히 조치를 취해야 한다면서 이 항상 하던 의식을 나중으로 미루고 에크바타나를 떠났던 것이다. 그리고 이 의식에서는 티그리스 강의 커다란 지류인 코아스페스 강의 물을 사용할 예정이었다.

그는 돌아와서 그 상징적인 물을 먹는 데 있어 통상의 잔을 사용하지 않고 광산에서 가지고 돌아온 금괴로 잔을 만들도록 했다. 정복자인 그가 복속한 지역의 땅에서 자신이 직접 발견한 소재를 사용한 잔으로 코아스페스 강의 물을 마신다면 그 행위의 의미는 더욱 커질 것이라고 생각했다.

그날 에크바타나의 중심부에서는 군중을 앞에 두고 호화로운 장식을 한 왕좌가 태양빛을 받아 빛나고 있었다. 키루스가 미리 코아스페스 강의 물을 채워둔 금의 잔을 놓아둔 대리석의 탁자를 옆에 두고 왕좌에 앉자 메디아의 귀족과 고관들이 새로운 왕에 대해 차례로 다가와 복종의 예를 올렸다.

행렬이 다 끝나고 키루스는 커다란 정적 속에서 잔을 입술까지 들어올렸다.

그러나 그가 머리를 뒤로 젖히고 잔을 완전히 뒤집었음에도 물을 마실 수가 없었다. 물은 이상한 힘에 끌린 것처럼 그의 목으로 떨어지는 것을 거부하고 있었던 것이다.

당혹한 그가 잔을 다시 입에서 뗐을 때 주위의 모든 사람들이 놀라서 외치는 소리를 들었다. 물은 떨어지지 않고 잔에 매달린 형국이었던 것이다. 키루스는 겁이 나서 멀리 잔을 던져 버렸고 그 잔은 그 자리에 있던 사람들의 손에 들어가 이 사람에서 저 사람으로 건네졌다. 물은 떨어질 듯하면서도 잔에 그대로 달라붙어 있는데 잔 밖으로 나왔지만 떨어지진 않고 이제는 잔의 다리에 붙어 흔들거리고 있었다. 금이 물에 대해 이상한 견인력을 발휘해서 떨어지지 않도록 하는 것으로 보였다.

키루스는 코아스페스 강의 물을 결국 마시지 못했으므로 신의 명령에 따르자면 메디아의 땅을 지배한 것이 아니라는 생각을 갖게 된 이곳의 국민들은 이제 반항의 움직임을 보이기 시작했다. 페르시아의 병사들은 왕좌를 둘러싸고 군중의 공격에서 키루스를 겨우 지켜냈다.

이 사건에 의해 크게 상처를 받은 키루스는 다음 날 반란을 진압하기에 충분한 정도의 군사를 남겨두고 자신은 다른 지방으로 떠났다.

그리고 그 이후 키루스는 결코 완전히 메디아 사람들을 복종시키지는 못했다. 그들은 그 물 잔의 사건으로 보아 자신들의 해방은 가까운 날에 이루어질 것이라고 확신했고 비밀리에 페르시아의 지배를 물리치려는 움직임을 계속했던 것이다.

헤로도터스는 이상의 사실을 전설로서 소개하고 있다. 그러나 칸트렐은 이처럼 특수한 화학적 성분을 갖추고 있으면서 액체에 대해 강력한 견인력을 발휘하는 금이 지질학적으로 존재한다는 사실에 대해서 과학적 견지에서 전혀 이의를 제기하지 않는 쪽이었다. 따라서 그는 이러한 일이 있을 수 있다고 생각했고 어딘가 유명한 금광의 구석에서 물을 잡아당기는 제2의 금괴가 찾아낸다는,

확실히 황당해 보이기는 하지만 가능성이 전혀 없는 것은 아닌 계획을 오랫동안 품고 있었다.

그는 어느 날 고대의 아르아스투 산에 해당하는 엘벤드 산에 발굴을 하기위해 떠나는 고고학자 드로퀴니에게 자신의 계획을 밝혔다.

드로퀴니는 이 아이디어를 아주 맘에 들어 하면서 현지에 도착하자마자 키루스의 부하들이 금괴를 찾아냈다고 하는 장소의 땅을 파기 시작했다.

오랫동안 시굴을 한 끝에 고고학자는 칸트렐이 추측한데로 물을 강력하게 끌어당기는 천연의 금괴를 발견했고 바로 그것을 그에게 보냈다.

칸트렐 선생은 수조에 이 금괴를 넣었다가 다시 꺼내 격렬하게 흔들어 보았는데 붙어있던 물은 사방 팔방으로 흩어지는 듯하면서도 결국 다시 원래 자리로 돌아오는 것을 볼 수 있었다.

이 이상한 금속의 견인력을 확인하기 위해서는 갑작스러운 움직임을 주는 것이 필요하다고 생각해서 그는 손을 여기저기로 움직여 보기도 했다.

그러나 이러한 몸짓은 의식적이고 고의적인 것이어서 아무래도 효과의 측면에서는 전혀 아무 것도 모르는 사람이 갑작스럽게 받게 되는 충격에는 뒤지는 것이었다.

그런데 저능하든가 미치광이든가에 관계없이 인간은 모두 정도의 차는 있지만 사정을 어느 정도 알고 있는 상태에서 행동을 하는 쪽이고 다른 한편 기계는 어떠한 것이든지 미리 정해진 작업밖에 하지 않는 것이므로 그것도 역시 그가 바라는 것에는 그리 합치하지 않는 쪽이었다.

살아 있으면서도 전혀 아무 것도 모르는 동물만이 동작에 요구한대로의 의외성을 가져올 수 있다고 생각했다.

마르세이유에서 돌아온 직후 이리조의 연구를 하고 있던 때에 금괴를 받게 된 칸트렐은 알이 얼마나 단단한지 보려고 흔들어대는 암컷의 꼬리의 미친 듯한 움직임을 사용하면 사람들은 물이 물구나무를 서는 것을 보면서 스릴을 느끼게 되는 효과를 얻을 수 있을 것이라고 생각했다.

그는 금괴를 특수한 판으로 다시 만들게 했다. 이리젤이 가지고 있는 덮개의 밑에 고정된 이 판은 알을 선별할 때에 그 견인력이 미치는 범위 안에 있는 용기 속의 물을 거의 전부 끌어당겼다. 새의 튼튼하고 힘센 꼬리는 이중의 중하에 힘들어 하는 것도 없이 떨어지는 물에 그가 원하던, 우연하면서도 격렬한 움직임을 주면서 알을 공격했다.

이 빠르게 움직이는 스펙타클에 매료된 칸트렐은 오늘 그것을 다시 한번 그대로 재현할 생각을 했던 것이다.

우리 속에 들어가 다시 조용해진 이리젤은 알을 따뜻하게 안고 있었고 금의 판자 밑에 붙어 있는 물은 거의 움직이지 않게 되어 있었다.

펠리시테는 부목을 댄 꽃처럼 줄기 하나하나가 그것보다 긴 막대에 침으로 말려져 있는 쐐기풀 한 무더기를 책상 위에서 두

제 6장

손으로 들어올렸다.

이 늙은 여자는 마법의 풀로 불리는 이것들을 사용해 우리들의 성격을 알아맞힐 수 있다고 했고 그 가운데를 잡아서 그것들을 뒤섞은 다음 아무 것도 붙어있지 않은 맨 앞을 우리들 중 가장 열심히 이걸 보고 있던 시인 르뤼투르 쪽으로 내밀었다.

그중에서 하나를 뽑은 르뤼투르는 펠리시테의 명에 따라 반대쪽에 묶여져 있는 쐐기풀의 무더기를 가지고 소매를 걷어붙인 채 올라오는 뤽의 팔을 세게 때렸다.

늙은 여자는 바로 피부에 나타나는 빨간 멍이 삐뚤빼뚤하긴 하지만 다음과 같이 문자를 이루고 있는 것을 우리에게 보여 주었다.

HOCHE

COUARD

[hoche는 '머리를 흔들다'는 뜻. couard는 '겁이 많다'는 뜻-옮긴이]

그리고 나서 그녀는 속담을 섞어서 장광설을 늘어놓은 다음 르뤼투르가 변덕이 심한 사람이라고 결론지었다.

그 지적이 너무도 정곡을 찌르는 것이어서 자신의 결점을 자각하고 있던 르뤼투르를 포함해 모두가 크게 웃음을 터뜨렸다.

시인은 실제로 상투적인 표현을 아주 싫어하는 재기 넘치는 인물로 기발한 생각을 아주 냉철하게 개진해서 사람들의 의표를 찌르는 것으로 인기를 끌고 있었다.

피부에 문자가 나타난 것은 여전히 의문에 쌓인 채였다. 눈을 가까이 해서 봐도 쐐기풀에는 아무런 특이한 점이 없었던 것이다.

멍이 든 곳을 신경질적으로 문지르는 뤽의 모습을 보고

동정심이 생긴 우리들의 부탁을 듣고 칸트렐은 다른 사람을 가지고 여전히 이 성격 맞추기를 계속하려고 했던 펠리시테에게 몸짓으로 그만하라고 말했다. 그리고 그는 이 문자의 비밀을 알려주었다.

이 여자 점쟁이는 처음에 공연을 하면서 구경꾼들을 유심히 관찰하고 태도와 대답을 통해 손님의 특징적인 성격을 바로 간파한다는 것이다. 그리고 관찰이 끝나면 미리 준비한 쐐기풀이 붙어 있는 막대를 꺼내서 그것을 '포스드 카드'[forced card. 마술에서 특정한 카드를 갖게 하면서 그것이 자신의 자유의지로 뽑은 카드로 생각하게 하는 것을 말한다-옮긴이]처럼 사용해 교묘한 손놀림으로 상대에게 확실히 전달되도록 한다.

펠리시테는 미리 쐐기풀에 그 잎의 분비물 속에 포함된 유독성분을 제거할 수 있는, 무색의 이상한 약을 문자를 만들어 낼 수 있는 부분만 제외하고 발라놓는다는 것이다. 별로 특색이 없는 것만을 선택해놓은 이들 쐐기풀에 있어서는 그 꾸러미를 잘 잡아서 미리 준비를 해놓은 그 두 개 중의 하나를 선택할 수밖에 없도록 하는 것이다. 얻어맞은 뤽의 피부는 약을 바르지 않은 부분의 영향을 받아 염증을 일으키게 되고 거기에는 때린 사람의 기질을 보여주는, 그의 머리에 나타날 것 같은 문구가 빨간 멍의 형태로 나타나는 것이다.

쐐기풀 무더기 안에는 이처럼 때린 사람의 성격과 단점을 암시하는 단서가 미리 들어가 있는 것이다.

그런데 역사상 가장 신성불가침한 군사상의 업적을 '겁먹은 행동'이라고 하는 것만큼 변덕스러움을 상징하는 것도 없을 것이다.

제 6장

르뤼투르가 태연한 표정으로 이리젤에 대해 내뱉은, 사람들을 놀라게 하는 독설이 펠리시테로 하여금 신탁을 내리는 쐐기풀에 써넣을 문구를 떠올리게 했던 것이다.

쐐기풀 무더기를 옆에 두더니 여자 점쟁이는 뚜껑이 없는, 낡은 가죽으로 된 가방에서 커다란 타로트 카드를 꺼내 그중의 하나를 바깥쪽 면이 위가 되도록 책상 위에 놓았다. 그러자 조금 있다가 특별히 두꺼운 편이 아니어서 내부에 장치가 있을 거라고 생각되지 않는데도 은방울 소리 같은 음악이 카드에서 들려왔다. 누군가가 기분에 따라 즉흥적으로 만든듯한 맥락이 없는 아다지오, 기묘하지만 하모니가 틀린 데가 전혀 없는 멜로디가 들려왔던 것이다.

처음 카드의 옆에 놓인 두 번째 카드는 보다 경쾌한 음악을 들려주었다. 테이블의 위에 차례로 놓이는 다른 카드들도 전부 맑고 금속적인 소리를 가진 음악을 연주해 주었다. 카드는 각각이 독립적인 오케스트라를 닮았고 한꺼번에 놓이자 완급과 분위기가 명확한 하나의 심포니를 연주하기 시작했다. 약간 주저하는 듯한 느낌의 그 곡의 의외성에는 누군가가 실제로 연주하는 것은 아닐까 하는 생각을 갖게 하는 데가 있었다.

귀에 거슬리는, 하모니에서 벗어난 소리는 결코 들리지 않았다. 단 여러 가지의 앙상블의 다양성만이 사람들을 헷갈리게 하는 것이었는데 그래도 소리가 약한 편이어서 동시에 들려도 결코 소음이 될 정도는 아니었다.

로쿠스 솔루스

틀림없이 음악이 들리고 있는 것이니 믿기 어려운 일이지만 그 얇은 타로트 카드 안에 미세한 장치가 들어가 있는, 기적 같은 일이 일어났다고 생각할 수 밖에 없었다.

펠리시테가 일을 계속하면서 '은자와 태양', '달과 악마', '전사와 심판', '여자 교황과 운명의 차' 등 적당히 두 매가 한 조를 이루도록 카드를 놓는 사이에 칸트렐은 책상 위의 상아로 된 주걱 가까이에 있는, 하얀 가루가 들어있는 금속으로 된 둥그런 상자를 열었다. 가루는 파라켈수스[1493-1541, 중세의 유명한 의학자이자 과학자-옮긴이]의 유명한 플라셋, 즉 장기추출액 요법의 여러 가지 약을 분비액에 통해 얻기 위해 고안된 조합물을 그대로 재현한 것이었다.

그 주걱으로 상자에서 가루를 꺼낸 다음 흑인 여자 실레시스의 팔의 앞부분에 엷고 넓게 뿌렸다.

그 다음에 칸트렐 선생은 그 약의 효과가 나타나는 것을 기다렸다. 그 사이에 뤽은 그때까지 테이블의 다리에 기대서 놓아두고 있었던, 커다랗고 평평한 어떤 것이 들어 있는 것으로 보이는 검은 서지로 된 주머니를 들어올렸다.

이제 펠리시테에 의해 전부 다 테이블 위에 배치된 타로트 카드는 수정처럼 매혹적인 소리를 다투어서 들려주면서 자기들만의 대단한 콘서트를 열고 있었다. 그녀는 각각의 카드의 음악을 비교하기 위해 귀를 기울이고 있었고 리듬이 활기가 없는 것은 제거하려 마음먹고 그런 카드를 잡아서 세우면 신기하게도 바로 소리가 사라져버렸다. 얼마 지나지 않아 몇 매의 아주 그럴듯한 음악을 연주하는 카드만이 남게 되었는데 그것도 차례로 제거되어 마지막에는 '신의 집'만이 남게 되었다. 이것은 그 알레그로 비바체의 밝은 쾌활함이 다른 모든 카드보다 앞선다고 생각되는 카드였다.

이상한 침투력을 가진 가루는 바로 그 수단 여자 피부 속으로 스며들어 갔다. 마지막 입자가 흡수되자 칸트렐은 펠리시테에게 신호를 보냈다. 그녀는 테이블 쪽에 몸을 기울여서 그 카드에 얼굴을 가까이 하고 달콤하고 멜랑콜릭한 노래를 부르고 있었다. 그러자 타로트 카드는 바로 알레그로를 중단하고 모든 하모니를 버리면서 그 노래로 불려진 멜로디를 아주 울림이 풍부하게, 2 옥타브 떨어진 고음부와 저음부를 동시에 연주하는 것이었다. 이것은 느릿하면서 슬픈 멜로디이면서 애수에 넘친 곡으로 그 악보는 다음과 같다.

처음의 소리와 함께 반지보다 작은, 8개의 에메랄드 그린의 밝은 원이 타로트 카드 위에 수평으로 나타났는데 그것들과 카드는 언뜻 아무런 관계도 없는 것으로 보였다. 카드 모양이 붙어 있는 표면의 3 밀리 위에 떠 있는 이 가는, 후광과 같은 빛의 원은 눈에 보이지 않는, 가상적인 8개의 같은 정방형의 중심을 점하고 있었다. 이들 정방형은 두 개씩이 한 짝을 이루고 있어서 만약 실제로 존재한다고 하면 카드의 전 표면을 좌우 균등하게 분할하는 데 도움이 될 것임에 틀림없었다.

펠리시테는 16 소절을 끊임없이 반복했고 타로트 카드 안에 숨어 있는 이상한 연주가들은 그 뒤를 따라서 충실하게 계속 연주했다. 빛의 원은 번쩍번쩍 빛나면서 녹색의 강렬한 빛을 만들어

냈다. 멜로디 자체가 그가 밝히고 있는 수수께끼의 불꽃에 부채질을 하는 것 같이 생각되었다.

칸트렐이 갑자기 뭐라고 한마디 하자 뤽은 서지로 된 부드러운 주머니에서 호화로운 액자에 담긴 그림을 꺼냈고 그것을 갑자기 실레이스의 눈앞에 내밀었다.

달이 볼론이라는 서명이 들어가 있는, 이 놀랄 만큼 입체감이 있는 그림을 밝게 비추고 있었다.

제 6장

아프리카를 무대로 한 사람의 흑인 무용수가 그곳의 과일을 피라미드 형으로 쌓아올린 세 개의 간소한 바구니를 몸의 밸런스를 잘 유지하면서 머리와 양 손으로 운반하고 있었는데 오른쪽에 있는 추장들 무리 사이의 왕을 향해 다가가면서 춤을 추고 있었다. 왼손의 바구니에서 빨갛고 커다란 장과가 떨어지면서 무용수를 놀라게 하고 있었고 두 명의 흑인 사형 집행인이 곧 처형할 듯이 무기를 손에 들고 그녀를 덮치려고 하고 있었다. 그 작품 전체가 드물게 보는 박력이 있었고 그녀의 눈에 떠오르는 공포의 빛은 더할 수 없이 강렬한 인상을 주었다. 특히 과일은 많은 정물화로 유명한 이 화가의 특수한 재능을 더욱 돋보이게 하고 있었다. 곧 땅에 떨어질 장과는 빛나는 듯한 분홍색이었다.

갑자기 작은 신음소리가 들려서 시선을 돌리자 실레이스가 무시무시한 발작을 일으켰다. 공포로 인해 크게 뜬 눈으로 그림을 쳐다보면서 그녀는 숨이 끊어질 듯 했고 얼굴을 찡그리면서 신음을 하고 있었다. 이러한 갑작스러운 징후를 아주 즐거운 듯이 쳐다보고 있던 칸트렐은 그녀의 맨 팔을 들어 올려서 극도의 공포로 인해 이 수단 여성이 얼마나 닭살이 돋아 있는가를 보여주었다.

펠리시테는 이제 반쯤 닳은 두 손으로 둥그렇게 선을 그리면서 가지런하게 늘어놓은 손가락 끝에 '신의 집'을 올려놓고 있었다. 포르티시모로 반복되는 이 타로트 카드를 향해 같은 비가를 계속 부르면서 이 늙은 여자는 빛의 원이 강력한 빛을 잃지 않도록 노력하고 있었다.

칸트렐은 변함없이 그림의 동일한 한 지점을 멍하니 쳐다보고 있는 실레이스의 팔을, 밑을 보기 위해 고개를 숙이면서 떨어진 두 손을 수평으로 지탱하면서 아래로 내려가게 했고 아까 하얀 가루를 뿌렸던 살의 부분을 거의 닿을 정도로 빛의 원에 가까이 다가가게 했다.

우리들이 관찰해보면 고통이 있는 것처럼 보이지 않았고 피도 나오지 않는데도, 피부에 빛나는 녹색의 원을 바닥에 둔 것 같은 원추형의 깊은 구멍이 생긴 것이다.

얼마 후 이 구멍에서 빨간 물방울이 '신의 집' 위에 떨어져서 칸트렐로 하여금 환성을 올리도록 했다.

그는 수단 여자의 팔을 조금 올려서 수평 방향으로 움직이다가 다시 밑으로 내렸다.

같은 빛의 고리 위에 있으면서 새로운 구멍이 생겼다. 그것은 이미 반쯤 수축해버린 처음의 구멍에서 그다지 멀지 않은 곳에 생긴 것으로 역시 빨간 물방울을 흘리고 있었다. 같은 조작을 몇 번이나 계속해서 신속하게 수행했다. 칸트렐 선생은 흑인 여자의 팔을 타로트 카드와 평행하게 지탱하면서 그것을 올리거나 내리는, 무언가 미스테리어스한 방법을 충실히 반복하면서 파라켈수스의 플라셋에 덮혀 있는 범위 내에서의 실레이스의 피부 여기 저기에 구멍을 만들었다. 원추형의 구멍은 모두 같은 것으로 각자가 빨간 물방울을 만들어낸 후에 흔적도 남기지 않고 조용하게 다시 닫혔다. 물방울은 녹색의 빛의 고리의 가운데를 통과해 카드 위에 떨어졌다. 칸트렐은 볼론의 그림이 준 극도의 공포에 의해 수단 여자가 빠진 실신상태를 이용하려는 듯이 신속하게 행동했다. 물방울은 8개의 녹색의 빛의 고리가 더욱 더 아름답게 빛나는 사이에 펠리시테가 반복해서 부르는 노래를 열심히 따라서 부르는 '신의 집'의 정중앙에 쌓이면서 모였다.

드디어 칸트렐은 실레이스의 팔을 밀치고 손을 놓음으로써 실험이 끝났다는 것을 알렸다. 그녀는 뤽이 서둘러 주머니에 그 그림을 집어넣어 버림으로써 비극적인 그림을 더 보지 않게 되어서인지 신경의 발작을 일으키지 않을까 하는 순간에 다시 침착함을 되찾았다.

펠리시테도 갑자기 노래를 그쳤기 때문에 타로트 카드는 어떻게 해야 할지 모르는 상황에 빠졌고 가이드 없이도 그 서정적인 노래를 계속하려고 했지만 잘 되지 않았다. 끊어진 곡의 이어지는 부분을 찾으려고 시도를 거듭한 끝에 그것은 다시 원래의 기묘한 심포니로 돌아갔고 빛의 고리도 사라졌다.

칸트렐은 작은 개울 쪽으로 향하면서 목격자가 필요하다면서 빨간 물방울의 산에서 눈을 떼지 말라고 우리에게 부탁했다. 우리들은 펠리시테가 변함없이 열 개의 손가락 끝에 수평으로 올려놓은 채 신중하게 운반하고 있는 '신의 집'에 눈길을 주면서 그의 뒤를 따라갔다.

50보 정도 걸어가서 개울가의 바위 앞에까지 왔을 때 우리들은 칸트렐의 지시에 따라 다른 사람들이 물방울을 지켜보고 있는 사이에 한 사람씩 순서대로 작은 인공의 동굴 안이 완전히 비어있다는 것을 확인하지 않으면 안 되었다. 이 동굴은 광산의 동굴처럼 되어 있고 아주 긴 도화선이 나와 있었다.

펠리시테는 이제는 침묵하고 있는 '신의 집'을 적당한 장소에서 일정의 방향으로 기울게 한 후 작은 동굴의 안쪽으로 모든 물방울을 흘러가게 했다. 칸트렐은 도화선의 끝에 불을 붙이더니 곧 폭발할 것이라면서 아까 우리가 있었던 그 테이블이 있는 장소까지 조심해서 우리들을 데리고 왔다.

거기서 도화선의 불이 천천히 타고 있는 사이에 그는 우리들에게 다음과 같은 사실을 알려주었다.

어느 날 아침 펠리시테는 마르세이유의 아름다운 거리에 있는 유명한 시계공 프랑켈의 가게의 쇼윈도우에서 평평한 시계가 옆으로 누운 채로 전시되어 있는 것을 보고 그것에 큰 관심을 품었다. 그녀는 거의 두께가 없는 평평한 공간에 그처럼 복잡한 장치가 들어간 것에 놀라면서 이러한 압축방법을 사용해서 신비스러운 구경거리를 만들어 내면 자신의 공연에 도움이 될 것이라고 생각했다. 즉 그녀가 매일 사용하는 낡은 타로트 카드 안쪽에 그냥 보아서는 알 수 없는, 음악을 연주하는 장치를 집어넣으면 곡의 성질과 리듬에 따라서 점을 칠 때 청중들의 관심을 끌 수 있는 새로운 요소가 될 것이라고 생각했던 것이다.

그러나 그 목적에 어울리게 하려면 즉 음악이 지구 밖에서 온 것 같은 주술적인 힘에 지배된다고 생각하도록 하기 위해서는 관찰력이 있는 사람이면 바로 간파할 수 있는, 태엽 장치를 이용한 것이어서는 안 되며 음악이 그 자체로 혼자서 등장하는 것일 필요가 있고 게다가 그 음악은 통상의 음악과는 다른, 우연하고 예측하기 힘든

제 6장

것이어야만 했다. 그녀는 카드 안쪽에 어떤 생물을 집어넣는 것만이 바라는 대로 자발적이고 예상하기 힘든 음악이 나올 수 있도록 할 것이라고 생각했다.

그녀가 사는 옥상 바로 아래 다락방의 5개 층 아래에는 많은 별 볼일 없는 책을 사서는 중고 가격으로 파는 늙은 박물학자 바지르가 살고 있었다.

이웃이어서 안면이 있는 그에게 찾아가서 펠리시테는 자신의 목적에 맞는, 곤충에 관한 책이 있는지를 물었다.

노인은 삽화가 많이 들어간 여러 권의 곤충에 관한 책을 그녀에게 주었다. 그녀는 시간을 두고 이 책들을 읽었다.

책을 계속 읽다가 그녀는 에므로[émeraud. 이 단어의 어미에 e를 더하면 에메랄드의 의미가 된다-옮긴이]라는 곤충의 그림을 보게 되었다. 그 곤충은 그 몸이 아주 엷어서 그녀의 주의를 끌었다.

그 그림에 딸린 설명에 의하면 스코틀랜드의 중앙부에 서식하는 특수한 식물인 칼레도니아 녹제초에 기생하는 반시류半翅類의 곤충인 에므로는 때때로 밤에 자신보다 높게, 몸 전체와 평행하면서 몸에서 완전히 떨어진 장소에 일종의 녹색의 원광을 간헐적으로 만들어 내는 성질이 있다는 것이다. 이 곤충은 발광현상이 계속될 때 보통은 하얀 색인데 원광 탓에 그 이름의 유래가 된 멋진 에메랄드색을 띤다는 것이다.

펠리시테는 간격이 약간 엷더라도 결코 빛을 잃을 일은 없을 것이라 생각했고 타로트 카드의 위에 기적처럼 뜨게 될 이 원광은 점을 칠 때 정말 멋진 것이 될 거라고 보아 에므로를 사용하기로 마음먹었다. 그 모양도 그녀의 목적에 딱 맞는 것이었다.

그 다음에 어떻게 해야 할지 몰랐던 펠리시테는 바지르가 여러 대도시에 책을 공급해주는 사람이 있다는 것을 알고는 이 곤충의 입수를 그에게 부탁했다. 그는 에딘버러의 책 공급자에게 편지를 썼다. 그는 친절하게도 여기저기 알아본 다음에 테이 강의 유역에서 채집한 에므로가 기생하고 있는 칼레도니아 녹제초가 하나씩 담겨 있는 화분을 6개 보내주었다.

정밀기계를 만드는 데 있어 명인인 프랑켈만이 이 기적 같은 일을 실현시킬 수 있을 거라고 생각한 펠리시테는 그에게 상담을 했고 이 시계공은 자신이 이것을 나중에 개발할 생각이 있으니 이 아이디어의 독점권을 준다면 무료로 협력해주겠다고 했다.

계약이 체결되었다. 프랑켈은 일을 진행하는 데 있어 에므로가 필요하다고 말하면서 6개의 칼레도니아 녹제초의 화분 중에서 하나를 가져갔다. 다른 다섯 개의 식물에 붙어 있는 곤충을 조사한 펠리시테는 어느 날 밤 예상대로 빛의 원이 나타나는 것을 보았다. 그것은 불타는 듯한 녹색의 원을 그리면서 반시류의 위에서 빛나면서 그 곤충이 어디를 가더라도 따라다녔다. 점차 다른 에므로도 전부 같은 원광을 떠올리게 되었다. 무언가 하나의 원인이 모든 곤충의 발광현상을 야기하는 것처럼 생각되었다.

펠리시테는 램프를 숨기고 이들 빛나는 원광을 감탄하면서 바라보았다. 원광은 곤충의 하얀 몸을 녹색으로 물들이면서 서로 교차하면 그 빛은 약간 약해지기도 했다.

몇 분 후에 모든 원광이 하나씩 꺼졌다.

제 6장

프랑켈은 첫 모델로서 8개의 같은 정방형이 좌우 대칭으로 배치된, 거의 두께가 없으며 모두 금속으로 만들어진 장방형의 용기를 만드는 데 성공했다. 이 8개의 정방형의 가운데에는 에므로가 한 마리씩 들어가 있었다. 끊임없이 움직이는 곤충의 다리에는 아주 작은 금속으로 된 각반이 달려 있어서 이 각반은 같은 방향으로 가로로 늘어서 있는 톱니를 움직이는 연접봉에 용접되어 있었다. 작은 톱니가 붙어 있는 바퀴통과 바퀴의 부분은 일렬로 들어가 있어 그 때문에 각 톱니는 속도는 내지 못하지만 대신 강력한 힘을 낼 수가 있었다. 연접봉이 직접 움직이는 첫 톱니는 각반이 말려져 있는 곤충의 다리의 움직임에 따라 쉽게 돌았지만 한편 느리면서도 강력하게 회전하는 뒤쪽의 톱니는 바퀴통에 달린 일련의 톱니를 통해 가는 박편의 맨 끝을 주기적으로 밀었다. 이 박편은 일단 톱니로부터 떨어지게 되면 진동을 하면서 맑은 소리를 냈다. 6개의 다리 각각이 하나의 소리를 내는 8 마리의 에므로는 전부 다 모이면 네 개의 장7도를 포함하는 다음과 같은 음역을 반음계를 포함해서 커버하게 된다.

거기에다 뛰어난 화성학자의 협력을 얻어 만들어진 톱니바퀴의 제어장치가 설치되어 있어 각각 별도로 8개의 존을 지배함과 동시에 그것들을 전체적으로 통제하면서 불협화음을 전혀 만들어내지

않도록 하고 그러면서도 합리적이고 분석가능한 음의 결합을 배제하는 일은 없도록 했다.

이 장치 전체는 브뤼셀의 콩세르바트와르에 있는 '컨포니움'[componium. '작곡 기계'의 의미-원주]의 미니어처를 연상케 하는 데가 있었다.

아주 가볍고 간단히 움직이게 할 수 있는 이 용기는 조금이라도 그 수평 상태에서 벗어나면 안에 있는 장치가 전부 정지하게 되어 있었는데 이것은 실제 공연을 할 때까지는 상자 속에 들어 있는 타로트 카드에서 음악이 들리는 일이 없도록 해달라는 펠리시테의 요망에 따른 것이었다.

짧은 쪽 귀퉁이를 통해 면도날을 집어넣어 안의 것을 드러낸 타로트 카드의 안에는 장방형의 금속의 용기를 간단히 집어넣을 수 있었다. 특별히 외관상의 변화는 없었으며 용기를 집어넣은 귀퉁이가 열려 있다거나 하는 일도 없었다.

프랑켈은 첫 모델과 같은 것을 몇 개나 만들었으며 그래서 언뜻 봐서는 전혀 케이스 같아 보이지 않는 타로트 카드가 모두 8마리의 에프로가 들어가 있는, 간단히 넣었다 뺐다 할 수 있는 얇은 판자형의 악기를 내장하게 된 것이다.

음악적인 면에서의 성과를 보자면 흠잡을 데가 없을 정도로 맑은 소리를 냈으며 거기에다가 바라던 대로 의외성도 갖추고 있었다. 때로는 간격을 전혀 의식하지 않게 할 정도로 원광이 타로트 카드 위에서 빛나고 그 존재-그건 연주하는 곤충 자신들이 음악을 듣는다는 즐거움에서 생기는 것인데-에 의해 콘서트의 가장 그럴 듯한 부분이 좀 더 활기찬 것이 되게 했다.

펠리시테의 노고에 의해 곤충들은 순서대로 동원되었으며 그 후에는 원래의 집인 6개의 화분으로 돌아갔다.

그녀는 녹색의 원광이 더욱 흥취를 가질 수 있도록 밤에 공연을 할 때에 이 타로트 카드를 사용했고 공연은 대성공을 거두었다. 에므로가 어떠한 종류의 음악을 연주하든 이 늙은 여자는 그럴듯한 언변으로 카드의 그림이 보여주고 있는 예언을 보완할만한 소재를 잘 끄집어냈다. 그리고 원광이 떠오르면 그녀 자신도 흥이 나서 이 갑자기 나타난 새로운 재료를 철저히 자신의 예언이 그럴듯하게 보이는 데 이용했다.

타로트 카드가 특별한 것이 아닌 것임에도 불구하고 어디선가 들리는 이 자발적인 심포니와 불타는 듯한 빛의 고리의 미스테리는 구경하는 사람들에게 강한 인상을 주었고 청중의 숫자는 그래서 갈수록 늘어났다.

즉흥연주를 하는 데 있어 에므로들은 어떤 고정관념에 사로잡힌 것처럼 어떤 특징적인 멜로디를 F장조로 연주하곤 한다는 것을 펠리시테는 깨달았는데 그런데 그걸 계속하려고 했지만 별로 잘 되지는 않는 경우가 많았다. 어느 날 밤 많은 청중들 사이에 섞여 있던 한 영국인 관광객이 첫 타로트 카드를 내놓자마자 나오는 그 기묘하면서도 곤충들을 고민케 하는 주제를 듣고서는 그것이 영국의 서정적 민요의 앞부분이란 걸 알아채고는 바로 전곡을 불러주었다. 에므로들은 드디어 찾던 것을 찾았다는 듯이 그의 노래를 반주하면서 두 옥타브나 떨어진 소프라노와 베이스의 음역으로 동시에 연주하면서 멋진 원광을 만들어냈다. 그 빛의 놀랄만한 강렬함은 숙원을 드디어 달성한 기쁨을 보여주는 것 같았다. 이렇게 흉내를 내는 것에 놀란 이 영국인은 노래를 부르면서도 더 잘 들으려고 카드 쪽에 귀를 기울였다. 펠리시테는 그가 다시 몸을 세웠을 때 그 귀와 뺨의 피부에 8개의 구멍이 생긴 것을 보고 깜짝 놀랐다. 이것은 그 대칭적인 배치로 보아 원광이 한 것으로 보였는데 그 자신이 깨닫지 못하는 사이에 전혀 흔적이 남지도 않고 사라져버렸다.

청중들이 질문을 하자 이 영국인은 이 곡이 〈스코틀랜드의 초롱꽃〉이라는 제목의 스코틀랜드 민요라고 했다.

에므로가 스코틀랜드에서 왔다는 것을 다시 깨달은 펠리시테는 호기심에서 이 제목을 기억해두었다가 다음 날 그 전말을 바지르에게 전달했다.

그녀의 부탁을 받고 이 헌책방 주인은 에딘버러의 동업자에게 특별한 질문을 하는 편지를 보냈다. 그러자 부탁한 〈스코틀랜드의 초롱꽃〉의 악보 외에도 여러 가지 자세한 정보를 그는 보내주었다. 여섯 개의 칼레도니아 녹제초는 테이 강 주변의 목초지가 많은 장소에서 젊은 목동이 자주 앉는 돌 벤치 근처에서 뽑은 것으로 목동은 거기에서 양떼들을 바라보면서 백파이프를 연주한다고 했다. 청년이 좋아하는 곡인 〈스코틀랜드의 초롱꽃〉은 원래 F장조로 연주되는 것이었는데 반복해서 연주했기 때문에 곤충들에게도 친숙해진 것이었다. 곤충들은 나중에 음악을 연주할 수 있게 되자 기억 속에서 잠자고 있던 모티브를 어떻게 하든지 연주하려고 노력했던 것이다. 그래서 오늘 드디어 가이드의 도움을 받아 그 전곡을 연주할 수가 있게 된 것이었다. 원광의 빛이 강해진 것은 확실히 그들의 기쁨을 말해주는 것으로 고향의 차가운 기후를 떠올리게 하면서 그들은 깊은 감회를 느꼈던 것이다. 새로운 환경은 너무 따뜻해서 그들에게 향수의 감정을 갖게 했던 것임에 틀림없다.

영국인 관광객에 관한 사건 중 가장 인상적이었던 이 일이 머리에 떠나지 않았던 펠리시테는 〈스코틀랜드의 초롱꽃〉을 열심히 외워서 자신이 에므로들에게 F장조로 노래를 들려주었고-그러면 그들은 곧 그 뒤를 따라서 고음부와 동시에 저음부로 그것을 연주하곤 했다-그래서 원할 때면 빛나는 원광을 떠올리게 하는 것이 가능해졌다. 거기에다가 이상한 것은 곤충들 위에 있는 그녀의 손의 피부에 고통을 전혀 동반하지 않으면서도 구멍을 만들어내는 것이었다. 원래의 음악의 키는 같은 타로트 카드 안의 8 마리 에므로를 서로 경쟁하도록 하게 하여 원광들이 다 제대로 빛을 내게 하는데 중요한 역할을 하는 것 같았다.

공연을 할 때 그녀는 멜로디를 주문처럼 노래했고 원광의 빛의 세기 그리고 손에 생기는 일시적인 구멍도 이용했다. 그 구멍의 깊이와 그것이 사라지는 방식들에 따라 예언을 행했던 것이다.

가이드 없이는 결코 곤충들이 연주할 수가 없었던 〈스코틀랜드의 초롱꽃〉이 만들어내는 원광만이 피부에 구멍을 만들어내는 능력을 갖추고 있었다.

원광의 존재 자체 그리고 피부에 구멍을 뚫는 그 신비한 능력에 호기심을 갖게 된 칸트렐은 여러 책에서 간단히 언급되기만 했고 이제까지 박물학자들도 제대로 다루지 않았던 에므로를 자세히 연구하기로 결심했다.

어느 날 밤 펠리시테가 그 한 사람을 위해 갈라진 목소리로 타로트 카드에서 꺼낸 장방형의 용기 안에 있는 8 마리의 에므로를 향해 〈스코틀랜의 초롱꽃〉을 부르고 있을 때 시계공이 사용하는 렌즈를 눈에 대고 원광을 조사하면서 그는 반대방향에서 빨리 회전하고 있는, 희미하게 빛나는 두 개의 원추형을 발견했다. 그것은 기반이 함께 되어 있었고 한쪽의 끝이 곤충의 머리 위에 두면서 다른 쪽의 끝은 공중을 향하고 있으면서 밸런스를 잘 지키면서 서 있었다. 아래의 원추형은 파란 색이고 위의 원추형은 전부 노란 색이었다.

그 아래에서 닿아 있는 원추의 두 개의 원형의 파란 색과 노란 색이 섞이면서 다양한 색조를 가진 녹색을 띠게 된 것이고 두께가 없고 윤곽이 명확해서 두 개의 움직임이 상쇄되기 때문에 움직이지 않는 것처럼 보였고 그 휘황찬란한 빛은 육안에는 전혀 보이지 않는 원추의 그림자가 엷은 것과 대조를 이루고 있었다.

칸트렐은 죽은 에므로를 해부해보고 그 머리 안에 역시 서 있는 상태이면서 바닥과 바닥이 붙어있는, 마르고 딱딱한 것이 만들어진 두 개의 작고 하얀 원추를 발견했다. 그 두 개의 끝은 그가 그 상부에 메스로 옆 방향으로 구멍을 낸 그 작은 원형의 방의 양극에 접하고 있었다.

칸트렐 선생은 모든 것을 짐작하고 적절한 장소에 강력한 전류를 흐르게 했다. 그러자 그가 예상한대로 두 개의 하얀 원추는 반대방향으로 회전하기 시작했다. 동시에 렌즈로 볼 수 있는 두 개의 빛나는 원추에서 유래하는, 보통의 빛을 내는 원광이 그것들의 바로 위에 나타났다.

그리하여 수수께끼는 이제 풀렸다. 에므로는 무언가 일시적으로 기쁨을 느끼면 미묘한 신경의 지배를 받아 두 개의 하얀 원추형을 서게 하고 이것들은 바로 자신들의 빛나는 이미지를 확대해서 공중에 투영하는 것이었다. 두 개의 원추의 기반은 실제로는 이웃한 것임에도 서로 약간 중첩되어 있는 것처럼 보이는 것은 발광성의 물질의 두께 때문이었다.

칸트렐에게는 원광의 출현은 고양이의 야옹 하는 소리처럼 무언가의 만족감의 표현이긴 하지만 원칙적으로는 반딧불의 빛처럼 구애의 의미이면서 교미를 위한 상대방 찾기인 것처럼 보였다.

그는 해부학의 연구를 더 진전시켰다. 실제의 원추의 각 첨단은 원형의 작은 방의 입구에서 나와 원광의 면과 평행하면서 주위에 신경섬유가 둘러싸고 있는 작고 독립된 원반의 중앙에 도달하고 있었다. 단 하나의 섬유가 여러 개로 가지를 친 것에 지나지 않은 이들 신경섬유는 그 자기작용에 의해 전기모터의 선회운동을 연상케 하는 운동을 만들어내고 있었다. 원반은 회전을 시작하면 그것과 일체가 되어 있는 원추에 그 움직임을 전달하고 있었다.

칸트렐이 변함없이 눈에 렌즈를 댄 채로 강철의 침으로 밑의 원추에 스크래치를 내자 생각했던 대로 절단된 상처와 비슷한, 빛을 내는 파란 선이 보다 확대된 형태로 죽은 에므로 위에서 빛났다. 같은 실험을 위의 원추에 해보니 색만 노란 색으로 바뀌었을 뿐으로 똑같은 현상이 발생했다.

이어서 그는 여러 다른 방향으로 스크래치를 내보았는데 원래의 선과 완전히 같은 모양을 한 것이 보다 확대된 형태로-단 대상이 되는 원추에 따라 색은 변하긴 했지만-빛이 되어 공중에 떠오른다는 것을 알 수 있었다.

이러한 선의 출현은 어떻게 원추가 회전 중에 구형의 방 안에 밀폐되어 있는 공기와의 마찰에 의해 회전을 멈추자마자 사라지며 명확하고 완전히 자신과 유사한 형태를 빛에 의해 그려내게 되는가를 보여주면서 그의 은밀한 추측을 확인시켜 주는 것이었다. 그는 발생하는 색조의 차이는 물질에서의 어떤 차이에서 오는 것임에 틀림없다고 생각해서 가는 브러쉬를 사용해 각각의 원추 위에 어느 정도 조정을 한 물방울을 떨어뜨려 보았다. 그러자 실제로 거기에는 다른 화학 반응이 나타났던 것이다.

어떤 에므로도 똑바로 하든, 비스듬하게 하든 간에 그리고 옆에 하든, 거꾸로 뒤집든 간에 머리 위에 있는 후광처럼 변함없이 같은 원광을 그대로 가지면 두 개의 원추와 그것의 투사란 것은 단 하나의 길고 눈에 보이지 않는 축의 주위를 움직이는 것으로 생각되었다.

빛을 내는 투사의 방향이 상대적으로 일정한 것의 원인을 찾고 있던 칸트렐 선생은 그 작은 방을 만드는 두 개의 반구半球의 색조가 약간 다른 것을 간파했다. 이들 반구는 확실히 다른 두 개의 하얀 물질로 이루어진 것이다. 메스를 사용해 두 개로 절단하고 원추와 신경을 꺼내 보니 위에 작은 구멍이 뚫린 두 개의 반원형을 얻을 수가 있었다. 그 한쪽에는 아까 관찰했던 때에 만들었던 작은 구멍이 변함없이 붙어 있었다.

살아 있는 에므로가 〈스코틀랜드의 초롱꽃〉을 듣고 만들어내는 빛나는 원추형을 가로지르듯이 해서 이 두 개의 가벼운 반원을 차례로 움직여 보았더니 위의 반구가 특수한 투명성-단 이것은 이제까지 시험해 본 많은 에므로의 몸이 가진 것이기도 하다-을 갖추고 있어서 빛나는 원추에게 방해가 되는 일은 전혀 없었고 어떠한 변화도 가져오지 않는다는 것이 명확했으며 마치 태양광선 아래에서 얇은 유리판을 움직이는 것과 다를 바 없다는 것을 칸트렐은 렌즈의 도움을 받아 알게 되었다. 이에 비해 아래의 반구는 곳곳에 혼란이 있었다. 그것은 빛의 입자가 들어가려다 부딪치게 되는 장벽이었다. 빛의 입자는 거기에서 완전한 불투명성 뿐 아니라 반발과 저항까지 보게 되는 것이다. 이것으로 아래의 반구가 곤충의 머릿속에서 반사경의 역할을 수행하고 있으며 게다가 사물을 확대하는 특수한 커브를 만들고 있기 때문에 빛나는 원추의 전체를 끊임없이 자신에게 멀리 떨어진 곳에 투사하게 되는 것이었다.

렌즈로 확대해서 보니 표피에 생기는 구멍의, 육안으로는 결코 알 수 없는 수수께끼의 이유가 명확해졌다. 공중에 떠있는 위의 원추가 회전운동의 결과 꿰뚫고 들어갈 수 있는 힘 즉 천공력穿孔力을 갖게 되어 그 끝을 털구멍에 집어넣고 구멍을 더 크게 했던 것이다.

처음에 만질 수도 없는 단순한 광선이 피부에 상처를 낼 정도의

로쿠스 솔루스

힘을 갖는 것에 놀랐던 칸트렐은 미국에서 무시무시한 회오리바람이 불어 격하게 회전하던 지푸라기의 단이 자기 힘만으로 전신주에 구멍을 뚫었다는 증언이 있었다는 것을 떠올렸다.

그러므로 약한 물체라고 하더라도 빠른 회전에 의해 자기보다 더 단단한 것에 이기는 것도 가능하다는 것이다. 이 사실은 지금의 경우 피부가 비스듬하게 다가오는 광선을 다른 많은 물체처럼 그걸 막는 것이 아니라 그대로 통과시키고 있다는 점에서 그 놀라움은 더욱 큰 것이었다.

천공 방법의 그 유례를 볼 수 없는 교묘함 때문에 구멍에서 결코 피가 나오는 일이 없다는 것을 확인했을 때 칸트렐은 갑자기 사기꾼적인 행동을 빼면 16세기에 가장 위대한 정신의 소유자 중의 한 사람으로 감탄한 바 있었던 연금술사 파라켈수스의 유명한 플라셋[placet. 라틴어로 '바란다', '원한다'의 뜻-옮긴이]의 특징을 떠올렸다.

형이상학적인 기초는 조잡했지만 백신과 장기추출액 요법에 대한 근대과학의 학설에 아주 유사한 플라셋의 이론은 그에게는 놀랄만한 선견성과 천재성이 있는 착상이라고 생각됐다.

파라켈수스는 인체의 각 부분을 사고능력을 가진 개체로 간주했다. 이 개체는 각각 독자적인 사물을 보는 힘을 갖는 마음을 가지고 있고 그렇기 때문에 누구보다도 자신을 잘 알고 있어서 병이 생겼을 때 어떠한 치료법이 가장 좋은가를 잘 알고 있었다. 이러한 귀중한 정보를 얻기 위해서는 의사가 영리한 질문을 하기만 하면 된다는 것으로 실제로 의사의 참된 역할은 바로 그런 것에 있다는 것이다.

이 착상에서 출발해 그는 플라셋이란 이름 아래에 명확하지만 각각 다른 효능을 가진 일정한 종류의 하얀 파우더를 만들어냈다.

이것들은 어느 것이나 질문을 대행하는 것으로 각 기관에 특별하게 작용했다. 그러면 기관 쪽은 곧 그 대답이 되는 약을, 그러니까 간단히 모을 수 있는 미지의 물질을 답의 형식으로 분비하는 것이었다.

엄밀히 말하면 플라셋이라는 라틴어에서 온 호칭은 "...하기를 바란다"는 뜻을 가지고 있는데 이 착상의 형이상학적인 본질을 보여주고 있다. 파라켈수스는 자신이 신비적인 힘의 소유자라고 생각하는 그 기관에 대해 머리 숙이는 탄원자로서 진지하게 말을 거는 것이었다.

어떤 플라셋은 간장에 영향을 주었다. 그러면 간장은 뽑아낼 수 있는 혈액 속에 간장병에 이길 수 있는 물질을 주입해주는 것이었다. 다른 플라셋은 위에 작용을 해서 모든 소화불량에 잘 듣는 약을 같은 방법에 의해 만들어냈다. 세 번째의 플라셋은 심장병의 특효약을 제공해달라고 심장을 향해서 탄원하는 것이었다.

특별히 만들어진 플라셋에 의해 이렇게 재촉을 받게 되면 건강한 인간의 신체 각 부분은 어떤 종류의 성분을 만들어내게 되는데 파라켈수스는 이것을 모아서 환자에게 투여했던 것이다.

예외적으로 몇 개의 플라셋은 먹는 것 대신에 직접 바르는 방법으로 사용되기도 했다.

가령 현명한 인격으로 간주되는 사람의 눈에 대해 그 눈 위에 탄원용 파우더를 뿌리고 눈물의 형태로 만능의 안약을 얻으려고 했으며 다른 파우더는 깨끗한 피부를 가진 사람의 피부에 작용해서 모든 피부병을 치료할 수 있는 연고를 고름의 형태로 분비하도록 했다.

실제로 이런 방법은 파라켈수스가 신체의 각 부분의 현명한 지성과 상담을 해서 그 지시 사항을 얻으려고 했음에도 불구하고 그 아주 독단적인 사변으로 인해 확실한 형태로는 전혀 결실을 얻지 못하고 말았다.

유명한 파우더에 의해 얻어진 분비물에는 치료의 효능은 전혀 없었다. 그 처방이 아직도 남아 있는 이들 분말은 사실 무해한 자극제에 지나지 않았던 것이다. 그 결실의 빈곤에도 불구하고 그 착상은 나중에 제너, 이어서 파스퇴르의 손에 의해 치료학에 혁명을 일으키게 되는 방법의 선구가 되기는 했으며 그런 점에서 아주 흥미롭다. 콩트에 따르면 파라켈수스는 백신의 원리의 신학적 시대를 대표하는 인물이라는 것이다. 이 원리는 그 후 아주 짧은 형이상학적인 과도기를 거쳐서 실증주의의 시대에 도달했다는 것이다.

칸트렐은 연구를 통해 16세기에 이미 플라셋이라는 말이 간청을 가리키는 말로 사용되었다는 것에 확신을 가졌고 이것은 파라켈수스가 간청의 대상인 몸의 각 부위의 주권을 인정하고 그 자유의지를 믿었다는 것을 뒷받침해주는 것이었다.

그런데 플라셋에 대한 두꺼운 저서 "De Vero Medici

Mandanto"['참된 탄원 치료법'의 의미-옮긴이]에서 파라켈수스는 많은 예 중에서 다음의 주목할 만한 사실을 인용하고 있다.

현지의 방언 연구의 관점에서 서아프리카에 있는 어느 흑인 부족에 대해 특별한 관심을 갖고 있던 그의 친구이자 탐험가인 레티아스는 현지에서 시작한 연구를 집에서도 계속할 생각으로 밀네오라는 그 부족에서 가장 영리한 남자를 데리고 돌아왔다. 이 남자는 아내인 도센과 함께 갈 수 있다면 오겠다면서 그를 따라온 것이었다.

아주 오래전부터 밀네오는 그가 자란 곳의 풍토병인 피부병을 앓고 있었다. 유럽에 돌아오자 레티아스는 치료를 위해 그를 파라켈수스가 있는 곳으로 데리고 갔다. 파라켈수스는 자기의 학설에 집착하는 편이어서 흑인의 피부는 동족의 피부에서 얻어진 약에 의해서만 치료할 수 있다고 생각했다.

그는 밀네오의 같은 부족 출신인 도센이 실험에 딱 맞는다면서 그녀의 팔에 특제의 플라셋을 발랐다.

얼마 지나지 않아 화농이 시작되었는데 그 색깔은 유럽인의 피부와는 다른 반응을 보여주는 것이어서 흑인을 택한 것이 옳은 선택이었다는 것이 증명되었다. 파라켈수스는 고름 속에 적혈구가 섞여 있는 것을 깨닫고 분석해본 결과 놀랍게도 그것은 로저 베이컨[영국의 철학자, 자연과학자-옮긴이]이 3세기 전에 발명한 검은색 화약의 성분과 같아서 '숯, 유황, 초석硝石'을 주성분으로 하고 있었다. 그러나 이들 미세한 입자들은 그것을 만들어낸 분비물에 녹아버리고 말아서 여러 차례 건조작업을 시도했음에도 불구하고 그

폭발력을 잃어버린 상태로 남았다.

생각지도 못한 발견에 콧대가 높아진 그는 강력한 폭발을 일으킨다면 자신의 발견에 금상첨화가 될 것이라고 생각해 액체가 나와서 습기가 생기기 이전에 가루 화약이 피부 속에서 형성되는지 아닌지를 알고 싶어졌다. 새로운 실험을 할 때 플라셋을 바른 직후에 정교한 철로 된 도구를 사용해 고통을 잘 견뎌준 도센의 피부를 일부 잘라서 전혀 고름이 섞여 있지 않은 몇 개의 혈구를 채집할 수가 있었고 그를 통해 긍정적인 결론을 얻었다. 그러나 이 적출방법은 출혈을 일으키게 되고 파라켈수스가 아무리 조심을 해도 소용이 없어서 혈구는 바로 피에 젖어서 쓸모가 없게 되었다.

그러는 사이에 연금술사는 탄원을 받아서 피부가 내준 고름을 그대로 진통제로서 사용해 밀네오를 치료했다. 그의 고통은 명백히 그 혼자 힘으로 해결이 되었던 것이다.

이 이야기에 대해 이러저리 생각한 끝에 칸트렐은 문제의 플라셋을 만들어보았다. 예의 저서에 기록되어 있는 처방은 정확한 분량으로 베이스가 되는 물질로 다음의 것들을 지정해놓았다. 수산화나트륨, 무수아비산, 염화암모니늄, 규산칼슘, 초산칼륨.

호기심에서 그는 그것을 어느 흑인의 피부에 발라보았다. 그러자 예상한대로 생긴 고름에서 많은 혈구를 볼 수가 있었다. 분석해보니 그중에는 연금술사가 든 세 개의 물질이 주성분으로 포함되어 있었다.

인체가 탄소와 유황을 함유하고 있다는 사실을 생각해서 칸트렐 선생은 바로 이 현상을 이해했다.

초산칼륨이 풍부하면서 플라셋은 초석과 탄소를 바라는 수산화나트륨과 유황을 또한 원하는 무수아비산을 직접 포함하고 있으므로 피부 속에 산재해 있는 아주 소량의 이들 두 개의 물질을 잡았던 것이다.

그런데 흑인의 피부에 색을 부여하면서 많은 화학적 친화력을 갖는 특수한 색소는 수산화나트륨, 무수아비산, 초산칼륨을 포함하는 일곱 개의 물질을 끌어들인다. 이 색소에 의해 초석과 동시에 끌려온 수산화나트륨과 무수아비산은 아주 최근 획득한 탄소와 유황을 가져온다. 이러한 우연의 결합에서 화농을 준비하는 피부 속에 생기는 여러 가지들이 합치는 움직임 때문에 혈구가 생기는 것이다.

색소가 주요한 역할을 하고 있다는 것은 칸트렐이 확실히 해 준대로 백인종에 의한 같은 반응에서는 신비스러운 혈구가 전혀 존재하지 않는다는 사실에 의해 명백해진 것이다.

그는 이렇게 해서 가루 화약을 폭발시키는 것에 강한 관심을 가지고 있었고 고름 속에서 채취할 때에는 아무래도 습기가 많을 수밖에 없는 이 놀랄만한 혈구를 피부에서 뽑아내려고 역시 강철로 만든 정교한 기구를 사용해 보았지만 파라켈수스의 경우와 마찬가지로 불가피한 상처에 의해 생기는 출혈로 젖어버리고 말아 실패했던 것이다.

그런데 그는 혈관을 전혀 손상시키지 않고 피부에 구멍을 파는, 에므로의 빛의 도구를 사용해 목적을 달성할 수가 있게 되었던 것이다.

어느 날 밤 플라셋을 바른 후 화농이 생기기 전에 흑인의 피부가 8개의 눈에 보이지 않는 빛나는 원추의 첨단의 공격을 받게 되었는데 그건 펠리시테의 노래에 이끌려 장방형의 용기가 고음과 저음으로 〈스코틀랜드의 초롱꽃〉을 연주하는 도중이었다. 이렇게 해서 펠리시테는 칸트렐의 부탁을 받고 에므로에게 강한 천공력을 가진 원광을 만들어내게 하는 유일한 수단을 사용했던 것이다.

그는 렌즈를 눈에 대고 에테르상의 원추가 아무런 장애도 없이 유리를 통과하는 빛처럼 절개하지 않고 피부를 뚫고 들어가는 것을 보았다.

주지하다시피 흑인의 피부는 우리의 피부보다 더 단단한 편이어서 원추의 뾰족한 끝은 그 털구멍 속으로 쉽게 들어가지를 못했다.

다른 흑인의 경우도 남녀를 불문하고 마찬가지의 부정적인 결과를 냈다.

칸트렐은 실패를 인정하기 싫어해서 '닭살' 혹은 '작은 죽음'이라고 불리는, 몸의 모든 털이 일어서는 현상을 이용하면 털구멍이 넓어져서 들어갈 수 있을 것이라고 생각했다.

추위로 닭살을 만들어내는 것은 충분치 않은 것으로 판명되어서 칸트렐은 무언가 강렬한 공포의 효과를 시도할 생각을 했다. 오래 전부터 유럽으로 와서 모든 폭력을 금지하는 그 법률에 아주 친숙해진 흑인들을 데리고는 이것도 쉬운 일이 아니었다.

그는 최근 볼롱의 전시회에서 이 유명한 화가의 걸작으로

제 6장

꼽히는 〈과일을 든 무용수〉 앞에서 받은 깊고 개인적인 감명을 떠올렸다. 카탈로그는 이 작품이 영감을 받았다는 수단의 풍습에 대해 다음과 같이 기록하고 있었다.

"해마다 쿠카에서는 종교적 전통에 따라 양식을 가져다주는 나무들이 그 가지가 기울어질 정도로 과실이 많아지면 거기서 골라낸 첫 과실들은 어려운 스텝을 밟을 줄 아는 무용수에 의해 운반되어 신하들에 둘러싸인 왕의 발 아래에 공물로서 바쳐지지 않으면 안 된다. 춤추는 도중에 과일이 하나라도 떨어지면 그 무용수는 바로 사형에 처해진다. 그리고 다른 무용수가 다시 춤을 추기 시작하는데 같은 실수를 범하면 그녀도 역시 사형을 당하게 된다. 이러한 엄격함은 이 나라의 미신에 따른 것인데 그 미신에 의하면 과일의 처음 수확한 부분이 제대로 왕에게 전달되지 않으면 메뚜기 떼들이 공격을 해서 남아 있는 과일뿐 아니라 다른 농작물들도 어지럽힌다는 것이다. 그래서 공물의 과일이 하나라도 떨어지면 바로 큰 위협이 된다는 것이다. 큰 재해를 몰고 올 수도 있는 이러한 위협을 물리치기 위해 그 무용수가 죽음을 당해야 한다. 메뚜기 떼에 의한 기근이 빈발하는 이 나라에서는 이러한 것에 대해 큰 불안을 갖고 있으므로 수천 명의 목숨을 살리기 위해서는 두 세 명의 무용수를 희생으로 바치는 것은 크게 문제가 되지 않는 것이다. 왕에의 공물은 당연히 최고의 것이 요구됨으로 과일은 언제나 수가 많고 소박한 세 개의 바구니에 피라미드 형으로 쌓이게 된다. 무용수는 복잡하고 빠른 춤을 추면서도 과일이 떨어지지 않도록 해야 하는데 아슬아슬하게 몸의 균형을 유지하기 위해서 머리와 두 손바닥을 사용해야 했다. 이러한 조건 때문에 이 일을 무사히 달성하는 것은 아주 어려운 일이었고 한 사람의 무용수가 운좋게 성공해서 목적을 달성하기 전에 몇 사람의 희생자가 짐을 떨어뜨리는 바람에 그 자리에서 희생물이 되곤 한다. 그러므로 이 일을 수행할 때 불행한 이 여자들은 아주 엄청난 공포에 시달리게 된다."

과일의 탁월한 묘사에 있어서의 그 재능과 인물 조형에 있어서의 의심하기 어려운 그 수완이 잘 결합되어 볼론은 이 그림에서 자신에게 가장 잘 맞는 주제를 찾았다고 할 수 있을 것이다. 그는 무엇보다도 우선 과일이 떨어지는 바로 그 순간을 택했고 게다가 그 과일로 눈을 확 끄는 커다란 빨간 색의 장과를 택해 무용수의 얼굴에 떠오르는 극적인 공포의 표정을 잘 표현하고 있다. 그녀는 두 명의 사형집행인이 덮치려고 하는 것을 보면서도 고관들 사이에 앉아있는 왕을 향하면서 아직 무용의 스텝을 밟으면서 두 다리를 우아하게 교차시키고 있는 와중이었다. 안정을 잃은 세 개의 바구니 속의 과일은 믿기 어려울 정도의 입체감을 갖고 있으며 운명의 장과는 심홍색으로 빛나고 있었다. 그리고 그림 전체는 놀라울 정도의 박진감이 있어서 그림을 잘 모르는 사람들도 감탄하게 할 정도였다. 칸트렐은 원시적인 부족에게는 여전히 어떤 종류의 미신이 그에 반하는 증거에도 불구하고 남아 있다는 사실에 놀라면서 그 그림을 오랫동안 바라보고 있었다. 실제로 무용을 잘 춰서 무사히 과일을 전달했다고 하더라도 메뚜기 떼가 공격해서 이러한 믿음에 찬물을 끼얹는 일도 있었을 것이다. 그럼에도 그것은 예를 들면 거의 효과가 없고 설혹 있다고 해도 우연한 것에 지나지 않는, 비를 내리게 한다는 사람들의 힘에 대한 믿음과 마찬가지로 여전히 남아 있는 것이다.

거기서 칸트렐 선생은 그림의 구성에 대해 무지한 야만인이라면 더욱 경탄할 것이라 생각했다. 가령 간담이 서늘해지는 경험을 하면서도 일 년에 한번 있는 이 시련을 어렵게 통과한 어떤 수단의 여성이 이 그림을 본다면 반사적으로 바로 공포를 느끼고 적당한 순간에 강렬한 닭살의 효과를 일으킬 것임에 틀림없다고 생각했다.

그는 복사품으로는 효과를 낼 수 없을 것이라 생각해 어떤 커다란 화랑에서 팔려고 내놓은 이 작품에 대해 문의를 했다. 그러자 그 화랑에서는 언젠가 알 수 없지만 장래에, 잠시 동안이라도 이 그림을 소유하고 싶다는 그의 신청을 받아 들여 주었다.

보르누[서아프리카에 있는 지명-옮긴이]에 있는 프랑스 영사와 편지를 주고 받으면서 그는 실레시스라는 이름의 무용수에 대해 알게 되었다. 그녀는 5년간 연속 그 공포의 춤을 추는데 성공했으면 6년째에 결정적인 순간에 격렬한 경련을 일으켜서 그 이후 영원히 그 공포의 스텝을 밟는 일에서 해방되었다고 한다. 그 이후에 과민해진 실레시스는 과일의 댄스가 벌어지는 장소는 자신에게 씁쓸한 기억 밖에 없으므로 보기가 힘들다면서 그곳을 지날 일이 있으면 우회해서 갈 정도였다고 한다.

칸트렐로부터 긴급하다는 사정 그리고 돈은 얼마든지 내놓을 수 있다는 말을 들은 영사는 앞으로 있을 강력한 정신적 충격을 미리 대비하게 해서는 안 된다는 생각에 제대로 된 정보를 주지 않으면서 실레시스에게 큰 돈을 내놓을 수 있으니 파리로 가라고 설득했고 결국 목화 상인과 동행해서 파리로 보내는 데 성공했던 것이다.

실레시스의 도착 후 칸트렐 선생은 많은 서명이 들어간 공식적인 보고서를 남기기 위해 실험을 가능한 한 유명한 것으로 만들려고 결심했다. 실험은 경악과 환상이라는, 결코 두 번 다시 반복될 수 없는 것에 의존하므로 당연히 단 한번만 가능한 것이다. 정말로 놀라게 하기 위해서는 화약은 증인들이 보고 있는 가운데 추출되어 흑인의 피부 안쪽에서 광산의 동굴 안까지 중간에 폭발력을 증가시키는 일 없이 운반된 후 바위를 폭파시켜 버릴 필요가 있었다.

우리들의 증언과 서명에 기대하고 있었던 칸트렐은 바위가 많은 개울가를 실험의 장소로 선택하고 펠리시테가 우리들을 위해 하는 공연의 끝 부분을 위해 만반의 준비를 했던 것이다. 그녀는 여러 가지 타로트 카드 중에서 연주하는 음악이 가장 생기가 있는 것을 꺼내도록 해달라는 지시를 받았다. 장방형의 용기는 그냥 덮개가 없이는 작은 혈구를 모으기에는 적당하지가 않았다. 명령에 따라 갑자기 볼론의 그림을 주머니에서 꺼내는 일은 뤽이 하기로 했다.

도화선이 거의 끝까지 타들어가는 것을 보고 칸트렐의 말이 조금 빨라졌다. 그가 말을 끝냈을 때 불길은 이미 광산의 구멍 안에 도달해 있었다.

불안감을 담은 순간이 지나고 바라던 대로 강력하고 귀를 찢는 듯한 폭발음이 들렸다. 바위는 산산조각이 났고 사방 팔방으로 파편이 튀면서 실험이 성공했다는 것을 알려주었다.

칸트렐 선생은 펠리시테로부터 필기용구를 받더니 커다란 종이에 이 실험에 대한 짧으면서도 엄밀한 보고서를 썼고 혈구가 피부의 구멍 안쪽에서 바위 동굴의 안까지 교체되거나 화학물질을 사용하거나 하는 일 없이 직접 우리들 눈앞에서 운반된 사실에 틀림없다는 것을 강조했다. 그리고 그의 의뢰에 따라 우리들 전원이 서명을 했다.

칸트렐이 재촉해서 보니 실레이스의 팔은 플라셋에 반응해서 피부병을 위한 의사擬似 치료약을 분비하기 시작했다.

로쿠스 솔루스

제 7장

강을 등진 채로 칸트렐은 우리들을 울창한 숲의 주변까지 데리고 왔다. 우리들은 그의 뒤를 쫓아 그 그늘에 들어갔다.

이윽고 우리들은 넓고 나름 흥취가 있는 숲 속의 빈터에 도착했다. 거기에는 햇빛에 그을린 얼굴을 한 청년이 산책을 하고 있었는데 그는 거리 한복판에서 구경꾼을 유치하려는 사람처럼 사람들의 이목을 끌려고 하듯이 일부러 넝마를 입고 있었다.

칸트렐은 그를 오래전부터 여기저기 편력하고 있는 노엘이라는 이름의 점성술사라고 말했다.

펠리시테가 로쿠스 솔루스 저택에 있다는 풍문을 듣고 노엘은 경쟁심에서 칸트렐 선생에게 아주 희귀한 것을 보여주기 위해서 전날 여기에 왔다는 것이다. 선생은 나이도, 성도 완전히 다른 이 두 사람의 방랑의 점성술사의 재능을 비교해 볼 좋은 기회라고 생각해서 이 매력적인 숲 속의 빈터에서 직접 솜씨를 보여달라고 부탁을 했다는 것이다.

군인처럼 두 어깨에 짐을 짊어지고 있는 노엘은 옆에서 걷고 있는 민첩한 닭을 '모프쉬스'라고 친근감 있게 부르면서 지켜보고 있었다. 닭은 목에서 꼬리털 사이를 연결한 두 개의 노끈으로 고정된 짐바구니 속에 자기 짐을 넣은 채 운반하고 있었다. 바구니는 약간 커브를 그린 그 모양이 닭의 몸과 딱 맞아 있었고 아주 탄력성이 있는 그물로 만들어져 있으며 그물은 달의 금속적인 빛남을 남기고 있어서 안에 들어 있는 많은 물품을 짐작하게 했다.

노엘은 우리들이 접근하는 것을 보고 땅에 펼쳐놓았던 접이식 책상에 닭을 올려놓은 다음 그 짐바구니를 내리면서 별점을 해

보이겠다고 말했다.

　포스틴느가 앞으로 나아가서 그 청년이 묻는 대로 생년월일을 말했다.

　노엘은 짐바구니에 든 것을 꺼내 책상 위에 널어놓으면서 여기 있는 것들이야말로 앞으로 할 모든 것의 핵심이라고 말했고 쌓여있는 것들 중에서 천체력의 책을 꺼내서 열더니 헤라클레스 자리가 토성과 함께 포스틴느의 최초의 호흡을 주재했다고 말했다.

　그리고 나서 그는 아무 것도 붙어있지 않은 앞의 뾰족한 긴 철봉을 꺼냈고 닭은 그것을 부리로 물었다.

　닭은 책상의 가운데까지 오더니 드러누웠고 오른쪽 다리로 그 철봉의 끝을 잡아서 그 끝이 하늘을 향하도록 수직으로 세웠다. 계속 하늘을 쳐다보면서 노엘은 이 작은 창을 약간 기울게 한 다음 하늘에서 빛나고 있는 토성의 방향으로 향하게 하려고 했다. 그러자 철봉을 통해서 별에서 온 자기磁氣가 전달된 닭은 천리안을 가진 존재가 되었고 포스틴느의 운명을 읽을 수 있게 되었던 것이다.

　꼼짝 않고 누워있는 모프쉬스는 왼쪽 다리를 펼쳐서 몸 가운데로 달 빛을 받는 철봉을 움직이지 않도록 지탱하고 있었다. 그는 확신이 있는 태도로 별이 보내는, 그 실마리가 되는 자기를 몸으로 받아들이고 있는 것이었다.

　닭은 철봉을 부리로 다시 물더니 일어섰고 그것을 물건들 사이로 되돌려 놓았다.

　닭은 그 중에서 염주를 잡더니 확실히 아베[아베 마리아를 낭송하기위한 염주-옮긴이]라고 말하면서 포스틴느 앞에 그것을 펼쳤다.

모프쉬스는 이런 식으로 해서 기도의 문구를 낭독해서 장래의 불행을 액땜 하려고 하는 것이라고 노엘이 가르쳐 주었다. 미신을 믿는데다가 닭의 행위를 보고 크게 동요한 포스틴느는 아베를 손가락으로 잡더니 명령 받은 대로 기도의 말을 읊조렸다.

짐바구니에서 꺼낸 물건 중에는 교묘한 조제법에 의해 물을 빨아들이게 된 성질을 갖게 된 지푸라기가 많이 든 유리의 상자가 있었고 그 곁에는 선홍의 액체가 가득 들어있는 크리스탈 제의 작은 구球가 빛나고 있었다. 거기에는 물을 집어넣는 구멍 대신에 크리스탈 제의 관이 붙어 있었다. 노엘은 상자를 열고 지푸라기를 하나 꺼내더니 그것을 바로 관의 상단에 방금 뺀 코르크 마개 대신에 집어넣었다. 모프쉬스를 머리를 숙여서 관을 부리로 잡더니 그 전부를 포스틴느에게 내밀었다. 그녀는 젊은이의 명령에 따라 손을 펼쳐서 그것을 잡았다. 열의 작용으로 거품을 내면서 액체는 관 안으로 올라왔고 나중에 지푸라기 안으로 올라왔다. 지푸라기는 느리기는 했지만 그 길이의 3분의 2까지 빨간 액체를 빨아올렸다. 상승이 끝나자 닭은 다시 구를 잡아서 노엘에게 되돌려주었다. 그는 액체가 곧 차가워져서 원래대로 되는 것을 기다린 다음 지푸라기를 제거하고 마개를 다시 닫았다.

청년은 과거, 현재, 미래의 나날들에 대해 걱정이 되지 않을 수 없는 것들-설혹 그것이 이미 지난 것이라 해도-을 갖게 한, 행운이든

제 7장

불행이든 불문하고 중요한 사건들을 질문의 형태로 생각해보라고 포스틴느에게 말했다. 그녀는 잘 모른다고 말하면서도 확실히 설명할 수 있는 예를 찾았고 그걸 발견할 수 있었다.

과거에서는 그녀는 행복한 사실로서 "그 사람과의 사이에는 내가 믿고 있는 대로 그도 나만큼 나에 대해 애정을 갖고 있는 것일까?"를, 불길한 것으로서는 "두려워하는 대로 나의 마음과 하나가 되어 있다고 하는 그 사람의 마음에 어떤 경우에는 차마 입으로 내지 못하지만 비난의 감정이 있는 것은 아닐까?"를 선택할 수가 있었다. 현재에도 비슷한 의문이 있었고 미래에도 이러한 질문에 대한 무한의 여지가 있었다.

잠깐 생각하더니 포스틴느는 마음속에서 질문을 하고 있다고 말했다.

청년은 손가락 두 개로 낡은 상아로 된 주사위를 집더니 공중으로 던졌다. 그것은 회전하면서 높이 올라갔다가 책상 가운데에 떨어졌다. 나온 면에는 구석에 1이라는 숫자가 있었고 상아의 결에 생긴 틈새가 만들어낸 모양 같은, 가는 문자로 이루어진 L'ai-je eu?["나는 그것을 가졌던가?"라는 뜻-옮긴이]라는 문구가 빨간색으로 표시되어 있었다.

노엘은 포스틴느에 대해 주사위가 보여준 것에 따르면 그녀의 과거의 어떤 바람직한 사실을 의문의 형태로 생각해낸 것이라고 말했다. 긍정의 뜻으로 고개를 끄덕였지만 그녀는 불안해지고 실망한 표정으로 답은 어떻게 되는 것이냐고 물었지만 대답을 얻지는 못했다. 애초에 청년은 이제까지 한번도 답을 주겠다고 말한 적은 없었다. 피험자가 마음속에서 하는 질문의 내적 성질은 조금 있다가 우리들도 알게 되는 것이지만 아주 커다란 중요성을 가진 것인데 주사위의 목적은 노엘에 따르면 주로 마술적인 것으로 상대가 생각하는 것을 틀림없이 통찰하고 직접 물어본 경우처럼 점성술사의 술책을 뒤집기 하려는 의도적인 거짓말의 여지를 주는 것을 막으려는 데 있다는 것이다.

말하고 있는 사이에 노엘은 주사위를 우리들 앞에 내려놓았다. 1에서 6까지 숫자가 새겨져 있는 여섯 개의 면에는 상아 결의 틈새처럼 보이는 문자로 기록된 "나는 그것을 가졌던가?", "그것을 갖고 있는가?", "그것을 가질 것인가?"라는 세 개의 문구가 보였다. 같은 문구가 한번은 빨간 색, 한번은 검은 색으로 기록되어 빨간 색과 검은 색은 정반대의 면을 차지하고 있었다. 행복한 사건인가 아닌가는 나온 면의 문자가 빨간 색인가 검은 색인가에 의해 알게 되는 것이고 어느 시기에 속하는가는 동사의 시제를 보면 알 수가 있는 것이다. 숫자는 어디서도 문구와 같은 색이었다.

노엘은 낡고 때가 타긴 했지만 파란 색의 호화로운 장정을 한 얇은 책을 열었다. 이것은 그가 그 비밀을 우리에게 알려준 비전의 규칙집 같은 것이었다.

책 전체는 6페이지를 한 그룹으로 하는 몇 개의 그룹으로 나누어지고 각 그룹은 각각의 성좌에 관계하며 거기에는 약간 수수께끼 같은 우화의 형식으로 인간의 운명을 보여주는, 수 행으로 이루어지는 짧은 문장만이 기록되어 있었다. 분량이 같은 이들 각 장에는 별개로 페이지 수가 표시되어 있었다.

제 7장

청년은 이제는 때묻고 더러워지긴 했지만 멋진 송아지 가죽을 장정을 한 이 책에 눈길을 주었다. 세 장마다에 오른쪽 위로, 바깥쪽 구석에 비스듬하게 기록된 성좌의 이름의 대문자가 놀랄 만큼 가는 본문의 문자와 대조를 이루고 있었다. 성좌의 이름의 표제를 읽어간 노엘은 그 연구에 따른다면 토성과 함께 포스틴느의 탄생에 알려주었다는 헤라클레스 자리에 와서 멈추었다. 그리고 주사위에 따른다면 문제의 장의 6 페이지 중 처음 페이지만이 찾고 있던 금언을 포함하고 있다고 단언했다. 이렇게 주사위는 넘버 1의 면이 나오는 것에 의해 지시를 주고 아주 정확한 탐색방법을 보여주게 된 것이다. 실제로 책을 잘 읽어보면 각 장의 각각의 페이지가 6개의 다른 종류의 정신에 의해 지배되는 것을 알 수가 있었다. 그런 탓에 아주 유사한 사고가 첫 번째 페이지 각각을 연결해주고 있었다. 이 책 전체에서 두 번째 페이지도 마찬가지로 일종의 동질적인 그룹을 형성하고 있었고 이하 6페이지까지 예외 없이 마찬가지였다. 마음속에서 하는 질문을 과거, 현재, 미래의 어떤 형태로 하는가에 의해 피험자는 자신의 숨겨진 성격을 해명하는 귀중한 단서를 제공하게 되는데 이 단서는 나아가서 행복한 혹은 불행한 사건의 선택 여하에 의해 보완되게 된다. 낙천주의, 소심한, 우울증, 의심 많음, 경솔함, 세심함, 주의 깊음 등의 성질이 결코 틀리지 않는 마법의 주사위가 간파하는 마음속의 질문을 통해 미묘하게 나타나게 되는 것이다. 채용된 조사방법에서 보아도 각 장이 6페이지의 그룹을 만들도록 구성되어 있지만 본문의 비의적인 문장의 기초가 되고 있는 것은 이러한 여러 가지 감정에 대한 깊은 연구였다. 별에 의해 일단 장이 지정되면 주사위에서 나온 숫자가 찾아보아야 할 책의 페이지가 되었다.

　　노엘은 헤라클레스 자리의 장의 첫 페이지 위에 2등분선이 되도록 크리스탈의 구 속의 액체 때문에 3분의 2까지 빨갛게 된 지푸라기를 놓았다. 인쇄된 부분과 완전히 같은 길이의 이 가는 지푸라기는 상하 두 개의 여백까지 도달해 있었다. 지푸라기의 빨갛게 되어 있는 부분은 제 1행에서 출발해서 어느 패러그래프의 정 가운데에서 끝나고 있었고 청년은 거기를 손가락으로 눌렀다. 거기에 포스틴느의 운명이 쓰여 있는 것이었다. 이번에도 또 지시 방법은 합리적이라고 해도 좋다. 그 정점이 운명의 단락을 보여주게 되는 새로운 지푸라기 속에서의 빨간 액체의 상승은 피험자의 생명력과 그 기질에 좌우되고 있는 것이다. 그래서 그 페이지는 우화적인 이야기 속에 포함되어 있는 예술적인 감흥, 애국심이나 애정이 페이지의 처음에서 끝에 걸쳐서 단락을 쫓아 점차 규칙 바르게 앙양하도록 편집되어 있었다. 그래서 노엘은 지푸라기의 빨간 부분을 위에 두었던 것이다. 이러한 시련이 끝날 때마다 청년은 지푸라기가 빨아들인 양을 보충하기 위해 빨간 액체를 필요한 만큼 구 속에 집어넣었다. 그렇지 않으면 다음의 조사가 틀린 것이 되어버리기 때문이다.

　　노엘은 렌즈를 사용해 우리들을 위해 다음과 같은 수수께끼로 가득찬 문장을 읽어주었다. 모프쉬스는 그것을 주의 깊게 듣고 있는 것처럼 보였다.

　　"고급 창녀인 크리조말로는 비잔티움에 있는 그 저택의

정원에서 왕의 마구를 사용하고 사람들의 도움을 받아 자신이 자랑하는 흑마 바지메스를 올라탔다. 그리고 나서 그녀는 의기양양하게 출발하고 벌판과 숲을 가로질러 달렸다. 저녁 무렵 집에 돌아오려고 노끈을 돌리는 순간에 그녀는 박차가 혼자서 움직여서 말의 옆구리를 규칙적으로 찌르고 있는 것을 느꼈다. 바지메스는 그것을 멈추지도 못한 채 계속 달려갔다. 밤이 되어 길은 이 아마존인 크리조말로가 계속 가는 곳을 따라 녹색의 밝은 빛에 의해 밝아졌다. 빛이 어디에서 오는가를 찾아서 크리조말로는 변함없이 그녀의 발을 이러저리 움직여서 말의 옆구리의 상처를 더욱 심하게 하는 박차가 바닷빛 녹색의 빛을 발해서 주위를 밝게 해주고 있는 것을 깨닫게 되었다. 이 미친듯한 탈주는 몇 년이나 계속되었다. 끊임없이 말의 옆구리를 찌르던 박차는 낮에는 그 빛이 생기를 잃게 되지만 밤이 되면 눈부시게 빛난다. 그리고 비잔티움에서는 누구 한 사람 크리조말로의 모습을 다시 본 사람은 없었다."

청년은 이 이야기를 명쾌하게 해석해 주었다.

서둘러서 산책을 나간 크리조말로와 마찬가지로 포스틴느는 즐거운 마음으로 어떤 정사를 시작하게 될 것이다. 그러나 그녀 자신이 경박스럽고 일시적인 기분으로 시작한 이 애정이 이윽고 잊을 수 없는 것이 되고 어떻게 할 수도 없는 것이 되어서 고통스러운 질투를 동반한 것이 된다. 박차를 몇 번이나 멈추게 하려 해도 안되는 건 운명에 의해 희생자를 끌고 가게 되는 이 사랑의 상징이고 밤길을 밝히는 바닷빛 녹색의 빛남은 큰 연애가 인생의 어두운 페이지에 던지는 비극적이며 날카로운 빛을 나타낸다는 것이다.

과거에 연애로 여러 번 이름을 떨쳤던 포스틴느가 과거에 저질렀던 여러 가지 미친듯한 실수가 이 예언에 기묘한 적절함에 부여하고 있었다.

그녀는 강한 감명을 받았으며 정열적 성질을 갖고 있었기 때문에 온몸을 불태우는 듯한, 아무리 고통스럽다 하더라도, 박차가 예고하는 그 빛을 그녀의 인생에 던지는 격렬한 불꽃을 생각하면서 황홀한 표정을 지었다.

노엘은 닭이 포스틴느에게 짐바구니 속에 들어있는 사루비아 꽃을 하나 꺼내서 부리를 움직여서 그녀에게 그것을 내미는 것을 보고 갑자기 웃음을 터뜨렸다. 그녀가 그것을 받자 청년은 이것은 앞으로 그녀가 겪게 될지도 모르는 고통을 조금이나마 누그러뜨릴 수도 있는 부적이라고 말했다.

닭을 위해 포스틴느의 이름을 확실히 발음하면서 청년은 책상 위에 금속제의 화려한 이젤을 세우고 그것에다 얇고 높은 상아의 판을 캔버스처럼 놓았다. 모프쉬스는 조금 거리를 두고 그 앞에 섰다. 그런데 그는 이상한 경련에 사로잡혀 몇 번이나 머리를 흔들었고 중간에 충혈을 할 정도 목을 비트는 경우도 있었다. 잠깐 움직임을 멈추고 닭은 입을 열어서 격렬하게 기침을 하고 작은 양의 피를 토했다. 피는 목의 안쪽에서 나와서 상아판의 왼쪽 윗부분에 도달했다. 그러자 거기에 작고 빨간 F의 대문자가 나타났다.

제 7장

닭은 다시 기침을 했는데 이번에는 보다 더 아래를 노리고 피를 토해 F의 조금 아래에 A를 썼다. 문자는 목 안쪽에서 모양을 만든 다음에 튀어나와 한꺼번에 기록되는 것이었다.

이어서 여섯 번 같은 일이 반복되어 아까의 대문자 아래에 다른 대문자가 기록되어 마지막에 FAUSTINE라는 이름이 상아판의 왼쪽을 따라서 세로로 기록되었다.

노엘은 거기서 점차 커지는 우리의 호기심을 만족시켜 줄만한 이야기를 시작했다.

이 닭은 오랫동안 훈련시켜온 청년은 그 영리함에 놀래서 만약 모프쉬스가 말을 할 수 있다면 앵무새가 그렇듯이 기계적으로 반복되는 말과는 달리 생각한 문구나 이쪽이 바라는 문구를 들을 수 있을텐데 하고 생각했다.

그러나 닭에게는 말을 하는 새들이 보여주는 어떤 해부학상의 특징이 결여되어 있었으므로 말을 하도록 하는 교육을 시킬 수가 없었다. 그래서 나중에 노엘은 별 수 없이 필기를 생각해 보았지만 닭의 다리는 연필을 쥐는 데는 전혀 어울리지가 않았다.

그래서 청년은 결국 계획을 일단 포기했다. 그때 어떤 우연한 사정으로 이것을 성공시킬 기묘한 방책에 생각이 미쳤던 것이다.

어느 날 아침 여행 중이던 노엘은 시골 마을의 여관에서 모프쉬스를 옆에 두고 조용히 아침을 먹고 있었다. 갑자기 여관 주인의 두 아들이 놀이에 열중하다가 방으로 뛰어들어 왔다. 처음에 들어온 아이가 노엘의 식탁에 부딪쳐서 귀퉁이에 놓여져 있던 안이 두개로 구분된 양념통을 쓰러뜨렸다. 소금은 폭포수처럼 바닥에 떨어졌고 보다 가는 후추는 가벼운 구름을 그 옆에서 형성했다. 후추는 떨어지는 도중에 모프쉬스의 머리를 덮었고 닭은 바로 격렬하게 기침을 했다. 걱정이 되어 닭에게 달려간 청년은 닭이 기침을 할 때마다 아주 작은 양의 피가 나와서 그것이 바닥 위에 아주 기묘한 무늬를 만든 것을 보았다. 그것은 아주 기하학적인 무늬였다.

기침이 멈추자 노엘은 이 기묘한 객혈의 원인을 찾으려고 닭의 부리를 벌리고 보았더니 후두의 점막이 심하게 충혈되어 있고 아주 쉽게 출혈한다는 것을 알게 되었다. 신경이 분포되어 있는 그 표면에는 일시적인 떨림에 의해 기묘한 도형이 만들어진다는 것을 알 수 있었고 그 도형처럼 보이는 가는 선은 갑작스러운 기침으로 다른 부분보다 더 충혈되어 있었다. 닭이 몸을 흔들면서 다시 기침을 할 것 같아서 잠시 뒤로 물러선 그는 다시 바닥에 만들어진 피의 무늬가 아까 점막 위에서 만들어진 무늬와 같은 것이라는 걸 알 수가 있었다.

노엘은 이전의 착상을 떠올리면서 닭에게 문자를 가르치는데 이 현상을 이용하려고 생각했다. 그는 대문자 하나만을 새긴 인장을 알파벳의 26자에 맞추어 26개 주문했다. 좌우의 형상이 다른 문자는 보통의 경우 좌우가 거꾸로 되지만 두 번 재현되기 때문에 원래 방향으로 나오게 된다.

처음 인장의 금속의 표면을 예민한 점막에 밀어넣고 떼어내면 거기에는 요자형의 A가 남았다. 실험을 몇 번이나 반복해서 한 결과 다른 모양은 완전히 제거하고 이 문자만을 모양을 만들어낼 수

제 7장

있게 되었다. 이어서 신경은 우연적인 움직임이 아니라 모프쉬스의 의지에 따르게 되어 닭은 이제 이 모음자를 만들어내는 것을 자기 뜻대로 할 수 있게 되었다. 노엘은 닭의 마음에서 음성과 글자를 결합시키기 위해 이러한 연습을 하는 사이에 계속 이 모음의 발음을 했다.

그후 다른 인장을 사용해서 계속 반복을 했고 그래서 닭은 청년이 발음하는 문자라면 어떠한 문자도 점막 위에 만들어낼 수 있게 되었다. 거기서 청년은 필요한 때에 기침을 할 수 있는 법을 닭에게 가르쳤다. 충혈은 특히 돌출부에서 일어나는 것이어서 객혈을 하면 반드시 그 문자가 나타났다. 이어서 모프쉬스는 보충적인 훈련 덕택에 필요에 따라서 언제나 기침을 해서 점막 쪽에 피의 흐름을 향하게 할 수 있게 되었다.

노엘은 단단하면서 지워낼 수 있는, 하얗고 수직의 표면을 찾았고 그래서 얇은 상아의 판을 입수했다. 이것이라면 이젤 위에 두고 피의 문자를 써넣는데 딱 어울리는 것이라고 생각했다.

더욱 훈련을 거듭해서 음절을 구분할 수 있게 되었고 이어서 단어의 조합도 알게 된 모프쉬스는 이제는 문자를 기록하는 것을 완전히 터득했으며 청년이 기대한 대로 자신의 생각을 표현할 수 있게 되었다. 청년은 더욱 대담하게 여러 운율법을 그에게 가르쳤으며 특히 아크로틱스[각행의 시작하는 문자를 연결해서 읽으면 인명이나 키워드가 되게 되는 시나 문장-옮긴이]를 가르치는데 특히 시간을 많이 들였다. 그 이후 사람들 앞에서 점을 칠 때마다 닭은 점의 대상이 되는 인물의 이름을 사용해서 시를 만들었다.

로쿠스 솔루스

이러는 사이에도 모프쉬스는 계속 일을 해서 이제 상아판 위에는 처음의 8개의 문자와 같은 작은 빨간 대문자을 하나씩 토해서 만든 알렉산드린느의 시 6행이 만들어졌다. 닳은 목을 충혈시키기 위해 간혹 새로운 경련을 일부러 일으켰다. 피의 문자를 만들어내는 기침의 결과, 크리조말로의 우화에 깊이 있고 미스테리어스한 해석을 가능하게 하는 아크로틱스의 마지막 두 행이 만들어졌다.

우리들은 모두 포스틴느와 함께 몇 번이나 그것을 읽었다. 그녀는 변함없이 마음을 뺏긴 상태여서 거의 황홀경에 빠져 있었다.

그녀가 명상에 빠져 있는 사이에 노엘은 상아판과 이젤을 옆으로 치우고 조금 가벼운 물건들을 꺼내서 보여주었는데 그것은 하얀 석면의 그물을 사용한 장방형의 사발로 그것을 받쳐주는 네 다리를 가진 금속제의 받침으로 이루어져 있었다. 그 곁에 그는 뚜껑이 달린, 운모로 만든 투명한 상자를 두었다. 안에는 고성능의 현미경이 아니면 그 디테일을 알 수가 없을 정도로 미세한 무늬가 새겨진, 거의 두께가 없는 금속판이 몇겹이나 말려져 있는 것이 보였다. 육안으로는 이 신기에 가까운 치밀한 무늬의 윤곽 정도밖에 보이지 않았고 게다가 작은 실린더의 표면에는 전체 내용의 20분의 1 정도밖에 나와 있지 않았다.

청년은 몇 센티 정도 되는 마로 된 주머니를 열어서 안에서 잘게 빻갠 숯을 꺼낸 다음 그것을 사발에 넣고 평평하게 했다. 다음에 성냥을 불을 붙이고 그 불꽃을 사발의 안쪽에 넣어 연료 전체에 불을 붙도록 한 다음 이 불길 위에 투명한 상자를 놓았다. 상자는 전혀 사발에서 밖으로 튀어나오지 않았다.

  노엘은 놀라운 변화가 생길 것이니 이 금속의 롤에서 절대 눈을 떼지 말라고 우리에게 말한 다음 아주 옛날에 있었던 일을 큰 소리로 회상하기 시작했다.

  어렸을 때부터 노엘은 나이 많은 음악가인 바스코디라는 사람 밑에서 도제로서 방랑의 삶을 보냈다. 바스코디는 테너의 미성을 가진 사람으로 기타를 반주로 길거리에서 노래를 했다. 언제나 연주가 끝날 무렵에는 노엘은 춤을 추고 모자를 들고 돌면서 돈을 받았다.

  휴게시간에는 그는 노엘에게 자신의 젊은 시절 이야기를 들려주었는데 자주 자신이 20세에서 30세 사이에 연극무대에서 거두었던 커다란 성공에 대해 말하곤 했다. 그 짧은 활동의 절정은 1839년에 오페라 극장의 〈라 벤데타〉에서 주연을 맡았을 때였다. 그 연극의 작가인 뤼오즈 몽샬 백작은 그 전에 오페라 코믹 극장에서 프로망탈 알레비와의 공동 작업으로 〈기다리는 것과 달리는 것〉이라는 소품을 올린 바가 있었다. 당시 초심자였던 바스코디는 작은 역을 맡았는데 그의 멋진 목소리로 뤼올즈 백작에게 깊은 인상을 주었고 그는 나중에 여러 지원자들 중에서 〈라 벤데타〉의 주연으로 그를 낙점했던 것이다.

  바스코디는 이 작품에서의 훌륭한 연기로 빛나는 성공을 거두었다. 매일 밤 그의 맑고 풍부한 목소리가 열광을 불러일으켰다.

  하지만 사고로 후두를 다친 결과 그의 명성의 한복판에서 무대를 떠나야만 했고 그 후에는 성악 레슨을 하면서 살아가야 했다. 늙어서 이제 가르칠 학생도 없게 되자 그는 기타를 손에 들고 거리에서 노래를 불러야 했는데 그나마 그의 좋은 목소리 덕에 약간의 돈을 받을 수가 있었다.

어느 날 그의 방랑의 삶이 그를 누이이로 데려갔을 때 그는 문이 열려 있는 집의 정원으로 들어가 그 조용한 집 앞에서 〈라 벤데타〉의 아리아를 불렀다. 몇 소절이 지나자 한 노인이 문가에 나타나 감정에 복받친 목소리로 말했다.

"아, 이 목소리는....이 목소리는....설마, 이건?...."

그는 더 다가오더니 손을 감싸쥐고 외쳤다.

"바스코디!.....자네로군, 정말로 자네야!"

바스코디는 노래를 멈추고 몸을 떨면서 말했다.

"뤼오즈 몽샬 백작!"

두 남자는 상대의 모습에서 젊은 시절의 기억이 되살아 나면서 감동에 쌓여 서로 껴안았다.

집 안으로 들어가게 된 바스코디는 벗에게 자신의 신세에 대해 말했고 백작도 자신이 어떻게 살고 있는지 얘기해 주었다.

이미 상당히 많은 음악의 업적을 남긴 후에 운명의 장난 탓에 화학의 연구에 몰두하게 된 뤼오즈 백작은 금속에 은도금과 금도금을 하는 유명한 방법을 발견했고 이어서 철을 용해하는 방법도 발견했다. 그 후에는 인을 포함하는 금속을 발명했고 이것은 곧 프랑스 군의 대포 제조에 사용되었다.

이제 뤼오즈는 수 년에 걸친 연구 끝에 아직 비밀로 하고 있는 새로운 발명을 해낸 참이었다. 그는 그 생각지도 않은 노래로 자신을 즐겁게 해주고 좋았던 옛날을 기억나게 해준 옛 친구에게 그 성과를 제일 먼저 제공하기로 마음먹었다. 실험실로 안내하자 그는 바스코디의 앞에 가는 숯으로 타는 불이 그 안에서 타고 있는, 고급 석면으로 된 그물로 되어 있고 네 다리로 받쳐진 쟁반을 놓았고 그리고 그 불 위에 운모로 된 가벼운 상자를 올려놓았다. 그 상자 안에는 육안으로는 그 모양을 정확히 알기 어려운, 이 세상의 것이라고 생각되지 않는 아름다운 금속의 레이스가 빛나고 있었다. 고급 석면 그물의 투명성은 혹시 트릭이 있는 것은 아닌가 하는 사람들의 의심을 쫓아내기 위한 것이었다.

열의 영향을 받아 이 기묘한 레이스는 모든 방향으로 조금 불어나면서 현저히 그 두께와 폭을 넓혀 나갔다. 한편 안쪽으로 말려 있던 표면이 이러한 부풀림의 결과 밖으로 나왔다. 게다가 금속이 부드러워 지고 전체가 확대된 결과 레이스의 작은 윤곽이 눈에 보이는 듯 했다. 마지막에는 띠처럼 감겨져 있던 레이스가 운모의 벽까지 간격이 거의 없을 정도로 상자를 가득히 채울 정도로 부풀어 올랐다.

옆에 붙어 있는 두 개의 작은 손잡이를 잡아 상자를 불에서 멀리 떨어지게 한 다음에 뤼오즈는 전체가 식도록 내버려 두었고 뚜껑을 열어 곧 뻗어나가려고 하는 레이스를 꺼냈다. 바스코디가 손으로 잡아보니 그 놀라운 그물 무늬는 남아 있는 열과 놀라울 정도의 무게 그리고 불타는 듯한 그 빛으로 인해 금속이라는 것을 알 수 있었지만 일류급의 자수보다도 더 부드럽고 섬세한 아름다움을 가지고 있었다.

아주 크게 확대한 다음에도 그 무늬와 모양을 그대로 유지하는, 이 놀랄만한 치밀함은 처음 작업을 할 때의 신기에 가까운 세밀함에 의해 가능해진 것이었다. 이 작업은 바스코디에게 보여준 바에 따르면 고성능 현미경을 사용해 뤼오즈 자신이 했다고 한다. 그러나 이 일의 가치는 백작에게는 아무래도 좋은 것이었고 그는 단지 열 때문에 확장이 되면 성질은 변하지 않으면서 부풀어진 직물처럼 부드럽게 되는, 획기적인 금속을 발견했다는 것에 자부심을 가지고 있었다.

드레스에 맞는 장식품으로 여성들의 욕망의 대상이 될 것임에 틀림없는 이 호화스러운 레이스는 커다란 이윤이 예상되는 것이었다. 뤼오즈는 이 이익의 분배에 바스코디도 참여하도록 한 것이다. 백작은 그에게 투명한 상자와 안을 비운 사발과 함께 처음의 것과 똑같이 변신하는, 네 개의 새로운 금속의 롤-그것은 당시에 있었던 샘플의 모든 것이었다-을 넘겼다. 이렇게 되면 바스코디는 곧 유포되기 전에 이 귀중한 비법을 처음으로 이용해 금속이 변신하는 것을 보여주는 네 번의 실험을 사람들에게 보여줌으로써 돈을 벌 수 있고 그 결과물을 고가에 팔 수도 있게 된 것이다.

이 멋진 선물에 감격한 바스코디는 감사의 눈물을 흘리면서 은인의 집을 떠났다.

다음 날인 1887년 9월 30일 나갔다 돌아온 그는 뤼오즈 백작이 숙환인 심장병으로 인해 갑자기 죽었다는 것을 알았고 그에 따라 그 마지막 발명의 비밀은 그와 함께 영구히 사라져 버렸다는 것을 알고

슬퍼했다.

바스코디는 고인과의 마지막 만남을 글로 써서 발표했으며 어느 부유한 과학 애호가의 거실에서 아주 소수의 관객만을 대상으로 비싼 입장료를 받고 금속팽창의 실험을 했다. 그 애호가는 그 후에 눈 앞에 있는 운모 상자 안에서 약한 불을 받으며 만들어진 눈부신 레이스를 비싼 가격으로 사주었다.

이렇게 해서 얻은 돈은 사실 그에게 일시적인 생활의 도움 이상의 액수 정도에 지나지 않는 것이어서 그는 자신의 노구에 안락과 휴양을 주면서도 방랑의 가수로서 계속 활동을 했다. 5년 후 모아둔 돈이 다 떨어지자 그는 다른 장소에서 같은 방법으로 새로운 수입을 얻었다. 그 이후로 금속의 샘플은 이제 두 개만 남게 되었다.

몇 년이 지났다. 여전히 걱정이 되긴 했지만 모아둔 돈이 그의 빈약한 벌이를 보충해 주고 있어서 힘든 일은 줄어들었다. 그는 매일 뤼오즈에게 감사의 마음을 보내고 있었다. 만약 그를 만나지 않았다면 그의 노년은 빈곤에 시달릴 것이 틀림없었기 때문이다. 여행하는 도중에 바스코디는 얼마전에 홀아비가 된 어떤 노동자의 옆방을 쓰게 되었는데 그는 난폭하고 술주정꾼이며 노엘이라는 이름의 여섯살 짜리 아들을 두고 있었다. 밥을 많이 먹는다는 이유로 아버지한테 두들겨 맞는 아이의 울음소리가 벽 너머로 들렸다.

이 아이는 가끔 찾아와서는 친절을 베푸는 이 늙은 음악가에게 팔에 안겨서 울기도 했다. 아이를 다루는 이 노동자의 태도에 격분한 바스코디는 노엘을 자신의 조수로 쓰겠다고 요청했다. 아이의 순진한 태도가 청중들의 호의를 사는 데 도움이 될 것이라고 생각했다. 이 난폭한 남자는 기꺼이 이 요청을 수락했으며 눈물 한 방울 흘리지 않고 아이를 내놓았다. 그는 바로 그날 아이와 함께 그곳을 떠났다.

지옥과 같은 과거에 비해 새로운 생활이 너무 좋아서 감격한 노엘은 기타 연주에 맞추어 몇개의 춤을 그로부터 배웠다. 이것은 불안정한 수입을 늘리게 해주었다.

그 후 바스코디는 이 아이를 노래 부르는 사람으로 키우려 했지만 그쪽에 별 소질이 없다는 것을 깨달았다. 다른 길을 찾지 않으면 안되게 된 노엘은 어느 마술사로부터 예언술의 기본을 배웠다. 그는 이 기술을 자기 식으로 잘 다듬게 되었다.

바스코디는 어느 날 두 번째로 모아둔 돈이 이제 바닥에 도달했다는 것을 알았다. 세 번째로 실험을 해서 다시 돈을 모았고 그래서 상당한 기간 동안 비교적 편안한 삶을 살 수가 있었다.

하지만 그리고 얼마 지나지 않아서 노인은 아직 사람들의 마음을 흔들어놓는 그 아름다운 목소리를 완전히 잃은 것은 아니었지만 예상보다 일찍 겨울의 한기가 찾아온 어느 날 백세 가까운 노령으로 죽어버리고 말았다. 그는 최근에 벌어들인 돈과 뤼오즈 백작에게서 받은 네 개의 귀중한 금속의 롤 중 마지막 것을 노엘에게 남겨주었다.

노엘은 자신의 은인이자 이 세상에서 유일한 친구가 죽은 것을 보고 슬픔과 공포를 동시에 느꼈다. 소리내어 울면서 그는 혼자서, 정말로 혼자서 늙은 음악가의 시체를 묘지에 가지고 갔다.

그 다음에 그는 비틀거리면서 자신의 유일한 동반자가 누워 있었던 그 방에 돌아왔다.

이제 노엘은 완전히 자유의 몸이 되었다. 지난해 바스코디와 함께 두 사람이 처음으로 만났던 마을을 다시 통과할 때 그는 알콜로 점점 망가지던 아버지가 죽었다는 것을 알았다.

그는 미래의 길흉을 점치면서 계속 방랑을 계속했다. 그리고 고독을 위무하기 위해 동물들을 기르기 시작했다. 동물들은 그의 훈련을 받고 그의 레퍼토리에 흥취를 더해주었다. 그후 모두 죽어버리긴 했지만 개, 고양이, 원숭이가 차례차례 그럴듯한 곡예를 하면서 점을 쳐서 사람들을 놀라게 했다. 가장 나중에 기르기 시작한 모프쉬스는 훈련을 잘 받아서 그런지 앞의 세 마리들보다 훨씬 기술이 좋았다.

노엘은 뤼오즈 백작이 준 금속 샘플의 마지막 것을 여전히 가지고 있었다.

그것을 사용해 큰 벌이를 할 기회를 기다리면서 청년은 자신의 프로그램을 충실히 하기 위해 공연을 할 때마다 간단한 설명과 함께 그것을 사발과 상자와 함께 사람들에게 보여주었다. 우리들을 생각해서 칸트렐은 이 이상한 변화를 하는 그 금속과 그로 인해 생기는 레이스를 오늘을 위해 남겨두라고 노엘에게 돈을 주고 부탁했던 것이다.

청년이 설명을 하는 사이에 금속의 샘플은 열로 인해 덥혀지면서 점차 커졌고 롤의 내부에서 밖으로 밀려 나오면서 이젠 상자를 꽉 채우고도 남을 정도가 되었다.

로쿠스 솔루스

노엘은 아직 팽창이 충분하지는 않다고 하면서 레이스가 더 늘어나서 운모의 여섯 개의 벽에 완전히 닿을 때까지 기다렸다.
　　열에 대비해서 두꺼운 털실로 된 장갑을 끼고 있던 그는 손잡이를 사용하지 않고 상자를 연 다음에 안의 것을 꺼내서 빨리 식도록 레이스를 책상 위에 늘어놓았다.
　　아주 값비싼 발렌시엔느[프랑스 북동부 발렌시엔느에서 나온 비싼 레이스-옮긴이]에 비견할만한 이 멋진 레이스를 앞에 두고 우리들 사이에서는 감탄의 소리가 나왔다. 아주 얇은 것임에도 소재는 금속이고 달빛을 받아 빛나고 있었다.
　　이젠 걱정하지 않고 손을 만져도 될 정도가 된 이 그물무늬의 레이스는 엷은 가제를 연상케할 정도로 부드러워서 우리는 다시금 놀랐다.
　　칸트렐은 레이스를 집어서 포스틴느에게 넘겼다. 그녀는 이 멋진 선물에 약간 겁을 집어먹긴 했지만 그것을 가슴에 대어서 시험을 해보았다. 그것은 그녀의 분홍색의 옷과 잘 어울렸다. 다들 이 빛나는 액세서리를 다시 한번 만지고 싶어 했다. 이것은 이제 완전히 식어서 금속의 차가운 촉감이 느껴졌다.
　　노엘은 공연에 사용했던 모든 물건들-천체력의 책, 쇠의 막대, 염주, 지푸라기가 들어간 상자, 크리스탈의 구, 빨갛게 된 지푸라기, 주사위, 성좌의 책, 렌즈, 사루비아 꽃, 상아판, 이젤, 운모 상자 등등-을 그 신축성이 좋은 짐바구니에 다시 넣었고 그 바구니는 다시 모프쉬스의 등에 부착되었다. 닭은 이미 땅에 내려와 있었다.
　　떠나기 위해 책상을 접고 나서 청년은 사람들 사이를 한 바퀴

제 7장

돌았고 한 무더기의 은화와 감사의 말을 들은 다음 그곳을 떠났다.

그와 그의 닭이 떠나자 칸트렐 선생은 그에게 들은 이야기를 근거로 그 모든 것을 다 꿰뚫어보는 마법의 주사위에 대해서 말해주었다. 손님의 눈에 떠오르는, 정확하냐 애매하냐 그리고 기쁨이냐 슬픔이냐 하는 미묘한 표정에서 그가 마음에 떠올리는 두 개의 의문을 간파하게 되면 노엘은 주사위를 흔들 때 그것의 무게를 잘 조절해 주사위 눈이 자기가 원하는 대로 나오게 할 수 있었다는 것이다.

그리고 나서 칸트렐은 그의 정원의 모든 비밀들을 이제 우리가 다 알게 되었다고 선언하면서 다시 저택으로 가는 길로 들어섰고 우리들도 그를 따라 저택으로 가서 아주 즐거운 저녁 식사를 하게 되었다.

옮긴이 후기

'고독한 장소에서' 혹은 어떤 '문학 기계'의 탄생

레이몽 루셀은 생전에 에드몽 로스탕, 앙드레 지드, 장 콕토 등에게 주목을 받았고 다다이스트, 초현실주의자들의 열광적인 지지를 받았음에도 불구하고 일반적인 문학 독자로부터는 완전히 무시당했다고 해도 좋을 정도의 취급을 받았다. 그의 작품이 전부 다 자비출판으로 발간되었다는 것, 그리고 그의 작품을 무대화한 것도 그가 전부 비용을 부담한 것이었으며『아프리카의 인상』의 초판이 완전히 다 팔리는 데에 22년이 걸렸다는 사실이 이것을 단적으로 보여준다. 그의 작품을 무대에 올릴 때마다 벌어진 소동 혹은 스캔들은 그를 화제의 인물로 만들어주긴 했지만 그를 보는 사람들의 눈에는 항상 야유와 조소의 그림자가 어려 있었다. 그는 제대로 된 작가라기보다는 그냥 어딘가 특이한 데가 있는 '기인' 혹은 무언가 이상한 '해프닝'을 만들어 내는 존재로 여겨졌던 것이다. 그가 재산가였다는 것도 사람들의 반감을 사게 된 원인이 되었다. 모든 것은 '백만장자' 부잣집 아들의 취미활동 정도로 보였던 것이다.

"이 문장을 끝마치면서 내 작품이 거의 모든 곳에서 적의에 찬 몰이해에 마주친 것을 보고 느꼈던 그 고통스러운 감각에 생각이 미친다."

그가 팔레르모에서 자살하기 전에 쓴, 유언이나 다름없는 글이라고 할 수 있는『나는 어떻게 어떤 종류의 책을 쓰게 되었는가』에서 이처럼 쓸쓸하게 말하고 있다. 그리고 그는 마지막 문장에서 이렇게 말하고 있다. "지금 나에겐 내 책이 나의 사후에 약간이라도 인정을 받을지도 모른다는 희망 외에는 위안을 얻을 곳이 없다."

하지만 놀랍게도 루셀의 희망은 현실이 되었다. 그의 작품이 주변적인 영역에서의 약간의 주목이라는 수준을 넘어서서 문학 사상 드물게 대담하고 철저한 언어실험의 빛나는 성과이며 현대의 신화의 창조라는 것이 점차 인정을 받게 된 것이다. 앙드레 브르통, 장 페리, 마르셀 뒤샹, 그리고 부자父子 이대에 걸쳐 루셀과 교류가 있었던 미셸 레리스의 여러 문장이 이러한 평가의 선구를 이루었다. 그리고 루셀 사후 30년을 지난 1960년대에 이르러 그 진정한 복권이 이루어졌다. 자비출판을 했기 때문에 그때까지 입수하기가 쉽지 않았던 루셀의 작품이 장 자크 포베르 사와 갈리마르 사에서 다시 간행되었으며 미셸 푸코, 미셸 뷔토르, 장 스타로뱅스키, 알랭 로브 그리예 등 당대의 유수한 작가, 비평가들이 차례로 루셀에 대한 글을 발표했다. 특히 푸코의 『레이몽 루셀』(1963)은 루셀의 언어의 수수께끼에 도전한 결정적인 저작이었다.

이러한 기운은 현재에 이르기까지 쇠퇴하기는커녕 더 고양되는 분위기이며 특히 프랑스와 카라덱이 루셀의 전기인 『레이몽 루셀의 생애』(1972)를 써서 루셀의 알려지지 않은 삶을 소상히 밝힌 공적도 과소평가할 수 없을 것이다.

이 책 『로쿠스 솔루스』는 1914년 르메르 사에서 발간된 루셀의 두 번째 장편소설이다. 이 작품도 그의 전작인 『아프리카의 인상』과 마찬가지로 호의적인 평가를 거의 얻지 못했지만-사실은 무관심에 가까운 냉대라고 해야 할 것이다-현재 이 작품은 『아프리카의 인상』과 함께 루셀의 최고의 걸작으로 꼽힌다.

'로쿠스 솔루스'란 이 작품의 주인공이자 독신이자 부유한 과학자인 마르샬 칸트렐의 저택의 이름으로 '고독한 장소a solitary place' 혹은 '동떨어진 장소'라는 뜻의 라틴어이다. 4월 초의 목요일에 칸트렐은 친한 사람들을 불러 "파리의 혼잡에서 멀리 떨어진" 광대한 저택의 여기저기에 설치된 그의 발명품을 차례차례 돌면서 구경을 시켜준다. 소설은 그 전부가 일행의 앞에 차례로 나타나는, 사람의 의표를 찌르는 발명품의 묘사와 그 발명에 이르게 된 과정에 대한 설명으로 이루어져 있다. 위에 경비행기가 달린 돌출봉이 등장해서 그것은 인간의 이빨을 운반해서 이빨을 지면에 심어서 스칸디나비아의 전설을 주제로 한 모자이크를 만들어 가는가 하면 '아쿠아 미캉스'라고 불리는 액체가 가득 차 있는, 다이아몬드처럼 빛나는 거대한 수조에는 금발의 무용수가 춤을 추고 털이 없는 고양이가 헤엄을 치고 있으며 당통의 두개골이 떠다니는가 하면 '알렉산더 대왕의 목졸라 죽이려는 거대한 새', '이마의 불꽃의 봉인을 한 빌라도' 등의 모양을 한 잠수인형이 물위로 올라오고 내려오는 상하운동을 한다. 이 책의 가장 긴 부분인 4장에 이르면 칸트렐이 보여주는 기괴한 발명품은 그 절정에 도달한다. 거대한 유리로 된 우리 안에서 펼쳐지는 8개의 활인화tableaux vivant가 펼쳐지는데 이 활인화의 배우들은 대부분 죽은 사람들로 이들은 칸트렐이 만든 '레저렉티느'란 약물을 사용해 잠시 살려낸 것이다. 이 약물은 죽은 지 얼마 안 되는 사람에게 주입하면 바로 살아나 자신의 삶에서 가장 인상적인 장면을 연기한다는 것이다.

로쿠스 솔루스

『로쿠스 솔루스』는 1차대전 후의 1922년 12월에 피에르 프롱데이Pierre Frondaie의 각색에 의해 앙트완느 극장에서 상연되었다. 전작인 『아프리카의 인상』을 연극화한 것이 실패한 것은 아마추어인 자신이 직접 각색을 했기 때문이라고 생각한 루셀은 이번에는 당시 인기 있는 극작가인 프롱데이에게 각본을 써달라고 부탁을 했다. 그러나 결과는 『아프리카의 인상』 이상의 스캔들로 끝나고 말았다. "첫날에는 도저히 말로 표현할 수 없을 정도로 소동이 일어났다. 그것은 전쟁이었다. 거의 대부분이 나의 적이었지만 이번에는 나에게도 적지만 아주 열렬한 지지자들이 있었기 때문이다."라고 루셀은 쓰고 있다. 이 '지지자들'이란 다름 아닌 앙드레 브르통을 비롯한 초현실주의자 무리였다. 브르통, 아라공, 피카비아, 데스노스 등이 미리 장내 여기저기에 자리를 잡고 앉아서는 열렬히 환호를 하다가 무대에 야유를 보내는 관객에게는 욕설을 내뱉었다. 바로 극장은 커다란 소동이 일어나고 결국에는 경찰이 동원되는 사태로까지 이어졌다.

　루셀의 소설은 발표 당시에-사실 비평이라고 할 만한 글도 많지 않았지만-이미 문체 혹은 스타일이 없다는 식의 평가를 받았다. 확실히 그의 문장은 그다지 개성이 없는 것으로 보인다. 뻔한 형용사를 사용하며 비유법이라고 해야 그냥 평범한 직유법을 사용하는 것이 대부분이다. 다시 말하면 복합적인 의미를 담고 있는 것처럼 보이는 문장이 거의 없다. 한마디로 말하면 의미의 투명성이 대단히 높은 문장이라고 보아야 할 것이다. 그러나 막상 읽다보면 이 투명성에도 불구하고 묘하게 독서의 진행을 방해하는 어떤 것이 존재함을 느끼게 된다. 개별적인 문장의 의미가 명확한데도 불구하고 그것을 하나로 엮어줄 어떤 실마리가 주어지지 않는 듯한 인상을 받게 된다. 가령 2장의 경우 비행장치가 달린 '돌출봉'을 묘사하는 데 있어 그 장치의 치밀한 묘사가 질릴 정도로 계속 이어진다. 거의 기계의 사용 매뉴얼을 방불케 하는(실제로 루셀의 문체를 "매뉴얼인 문장"이라고 하는 사람도 많다) 문장이 이어지지만 우리의 머릿속에 그 기계의 이미지는 쉽게 구상화되지 않는다. 정서 혹은 심리를 철저히 배제한 채 현상의 메커니즘만을 철저하게 묘사하는 것, 이것이 루셀이 자신에게 부과한 책무였고 이것은 결과적으로 독자를 거의 '소외시키는' 상황으로 가게 되는 것이다. 루셀의 소설을 연극화한 것이 위에서 본 것처럼 참담한 실패로 끝나고 만 것도 이러한 이미지의 통속화가 결코 쉽지 않다는 것을 입증해준다.

묘사가 어느 정도 은유적 기능을 수행하는 통상적인 소설에서는 독자는 그에 따라 어떤 이미지가 자신에게 주어졌다고 판단하고(대개 진부한 이미지인 것이 십상이지만) 소설을 계속 읽어나가게 되지만 루셀의 작품에선 그런 것이 전혀 주어지지 않는다. 그래서 독자는 글로 쓰인 메커니즘과 공간적 배치를 자신의 머릿속에서 재구성하지 않으면 안 된다. 이것은 당연히 보통 힘든 일이 아니다. 하지만 이 재구성이 제대로 이루어지기 시작하면 그때는 굉장히 선명한 광경이 머릿속에서 전개된다. 마르셀 뒤샹, 살바도르 달리 등의 시각예술의 거장들이 루셀에 대한 열렬한 지지를 표명한 것도 바로 이러한 루셀의 세계가 가진 '깊은' 차원에서의 시각성에 끌렸기 때문이 아닐까 생각된다.

레이몽 루셀은 1877년 1월20일 파리의 마르제르부 거리 25

번지에서 태어났다. 아버지 유젠느는 유능한 주식중개인이었으며 어머니 마르그리트는 대자산가의 딸이었다. 루셀이 그의 반생을 보냈던 누이이의 광대한 저택(현재는 불로뉴 숲의 일부가 되어 있다)은 외가로부터 상속재산이었다고 한다.

집안의 삶은 당시의 그랑 부르주아의 삶 답게 아주 화려한 것으로 가정음악회, 가장무도회 등의 실내 유희를 항상 하던 집이었다고 한다. 우리는 그의 작품 곳곳에서 이러한 그의 어린 시절의 생활의 반영을 볼 수가 있다.

아버지 유젠느는 그가 17세 때 수영 중에 사망하고 말아서 그 이후 그는 어머니 마르그리트와 함께 살게 된다. 루셀은 어머니에게 사랑을 독차지하면서 자란 아들로 "집안에 괴짜가 있다고 한다면 그것은 아들이 아니라 어머니일 것이다."고 전기에서 프랑스와 카라텍이 말하고 있다시피 이 어머니는 여러 유명한 에피소드가 많은 특이한 여성이었다. 그녀는 음악을 아주 사랑해 오페라의 단골손님이었으며 유명 음악가들과 친교가 두터워 그들을 자택에 부르기도 했다. 루셀이 고등음악원의 피아노과에 들어가게 된 것도 이 어머니의 반강제적인 권유에 의한 것이라고 한다.

그녀는 씀씀이가 크고 화려한 것을 좋아했으며 변덕도 심한 사람이었다. 정확히 연대는 모르겠지만 아들과 요리사를 포함한 열 명 정도의 하인을 거느리고 호화 요트로 인도 여행을 간 적이 있었다. 그 때 그녀는 여행 도중에 죽을지도 모른다고 생각해서 관을 배에 실었다고 한다. 겨우 인도의 항구에 도착했다고 생각되자 그녀는 망원경으로 그것을 한참 쳐다보다가 갑자기 "저기가 인도야? 이봐요, 선장! 프랑스로 돌아가죠."라고 했다고 한다.

옮긴이 후기

루셀은 1890년에 파리 고등음악원 피아노과 본과에 입학 시험을 보지만 불합격되었고 이듬해 예비과에 입학해 등록을 하지만 학교를 다니지는 않았다. 1893년에 본과에 정식으로 합격했는데 2년 선배에 작곡가 모리스 라벨이 있었고 동기에는 나중에 유명한 피아니스트가 되는 알프레드 코르토가 있었다. 음악에 계속 정진했으면 그는 피아니스트로서 어느 정도 성공을 거두었을 것이라고 생각된다. 하지만 그는 17세의 어느 날 자신에게는 음악가보다는 시인으로서의 소질이 있다고 생각하게 되었고 "이제부터는 시만을 쓸 것이며 음악을 버릴 결심을 했다."고 말하고 있다.

그러나 음악이 그의 작품에 깊은 흔적을 남긴 것은 틀림없어 보인다. 『아프리카의 인상』과 『로쿠스 솔루스』에는 음악 연주의 장면에 곳곳에 등장하는 등 소재로서 많이 사용되고 있을 뿐 아니라 음악은 그의 작품의 발상과 구조에도 큰 영향을 미친 것으로 보인다.

그는 1896년 첫 작품인 『대역』을 썼다. 이것은 장편의 운문 소설인데 유명한 배우의 대역을 하는 남자가 주인공이라는 점은 상당히 상징적이다. 그는 몇 달이 걸려 침식을 잊을 정도로 일을 했고 점차 이상한 흥분상태에 빠졌다고 한다. 나중에 그의 신경증을 치료한 저명한 정신과의 피에르 자네에게 그는 다음과 같이 말했다.

"나는 어떤 특별한 무언가로부터 자신이 걸작을 썼으며 천재임에 틀림없다는 느낌을 안게 되었습니다..... 나는 빅토르 위고가 70세에 느낀 것, 1811년에 나폴레옹이 느낀 것을 느꼈습니다. 요컨대 나는 영광을 느꼈던 것입니다.....내가 쓴 것은 빛에 쌓여 있었습니다. 나는 커튼을 닫았습니다. 나의 펜에서 나오는 빛이 창문 틈새로 밖으로 새어나가는 것이 두려웠기 때문입니다."

로쿠스 솔루스

이것이 이후 그의 일생을 지배하게 되는 '영광의 감각'이다. 의사인 자네는 루셀의 작품의 가치를 전혀 인정하지 않았으며 그의 천재성도 믿지 않았고 그의 책 『불안에서 황홀로』에서 하나의 사례로서 이것을 기록하고 있을 뿐이다. 하지만 그도 이러한 루셀의 체험을 신비주의자들의 종교적 체험이나 장 자크 루소, 니체 등의 황홀경과 비교하고 있다.

루셀은 이 후 두 번 다시 이러한 감각을 맛보지 못한다. 그는 생애를 통해 이 감각을 되찾기를 원했다. "그 영광을 다시 한번, 잠깐이라고 맛볼 수 있다면 나는 남은 일생의 전부를 던져도 좋다"고 그는 말했다. 창작활동을 포함한 그의 모든 활동은 결국 이 감각을 찾기 위한 절망적인 몸부림이었다고 해도 좋을 것이다.

1897년 《대역》이 르메르 출판사에서 출판되었을 때 루셀은 "커다란 감동을 안은 채" 밖으로 나갔지만 거리에서는 아무도 그를 알아보는 사람이 없다는 것을 깨달았을 때 그의 "영광의 감각과 빛은 갑작스럽게 사라지고 말았다." 당시의 충격은 상당히 큰 것이어서 루셀은 전신에 붉은 반점이 생기는 병이 생겼고 그 이후로 자네의 말에 따르면 "피해망상의 기묘한 한 형태를 수반한, 우울증의 발작이 시작되었다"고 한다.

이러한 충격에서 다시 일어서는 데에는 적지 않은 시간이 걸렸다. 그의 첫 걸작이라고 할만한 『아프리카의 인상』을 쓸 때까지의 13년간 그는 암중모색의 시간을 보냈다. 원하는 대로 글이 써지지를 않아 "바닥을 데굴데굴 구르기도 했다"고 말하고 있다.

여기서 루셀의 소설의 창작의 방법에 대해 살펴보기로 하자. 그는 1935년 사후 출판된 『나는 어떻게 어떤 종류의 책을 쓰게 되었는가』에서 특수한 창작의 방법을 밝히고 있는데 이 이른바 "방법procédé"에 대해 살펴볼 필요가 있다. 위의 책에는 그가 초기에 쓴 17개의 짧은 단편도 실려 있는데 그중에서 "흑인 사이에서Parmi les Noirs"라는 제목의 단편을 보기로 하자.

줄거리는 다음과 같다. '나'는 친구인 작가 발랑시에가 보낸 "흑인 사이에서"라는 작품을 읽고 감명을 받았다. 그것은 배가 풍랑으로 난파해서 아프리카의 연안의 도착해 톰볼라라는 흑인 왕에게 붙잡힌 콤파스라는 백인 선장의 이야기이다. 콤파스는 약탈과 살육을 행하는 톰볼라의 행동을 편지에 자세히 기술한 다음에 전서구의 다리에 묶어 유럽에 있는 아내에게 보낸다. 발랑시에의 이 소설은 이 편지만으로 구성되어 있다. 얼마 후 우연히 '나'는 친구인 플랑보의 저택에서 발랑시에와 오랜만에 만나게 된다. 그 날은 비가 많이 와서 밖으로 나갈 수가 없었기 때문에 플랑보는 어떤 게임을 하자고 제안한다. 참가한 사람들 중에 한 사람이 질문을 받게 되면 그는 옆방에 가서 일정 시간 내에 그 질문의 답을 수수께끼의 형태로 만들어서 다시 돌아와야 한다. 그러면 이 수수께끼를 제일 먼저 푼 사람이 다시 질문을 받게 된다. '나'는 "올해 출판된 책 중에서 가장 감동적인 책은?"이라는 질문을 받고 옆방으로 간다. '나'는 바로 "흑인 사이에서"를 떠올리게 된다. 그리고 그 책의 대략적인 내용을 암호의 형태로 당구대 위의 쿠션에 초크로 쓰게 된다.

그런데 이 단편은 "Les lettres du blanc sur les bandes du vieux billard."라는 행에서 시작해 "Les lettres du blanc sur les bandes du vieux pillard."라는 행으로 끝난다. 이 두 행은 billard의 b를 p로 바꾼 것 외에는 완전히 같은 문장이다. 하지만 그 의미는 완전히 다르다.

첫 번째 문장이 "낡은 당구대 쿠숀 위에 초크로 쓰여진 문자"라는 의미이다. lettre는 "문자"의 의미이며 blanc은 "하얀 색, 혹은 하얀 초크"의 의미이고 bandes는 당구대의 "쿠션"의 의미다. 두 번째 문장에서는 lettre는 "편지"의 의미이며 blanc은 "백인"의 의미이고 bandes는 "일당, 한통속"의 의미가 되어 문장의 뜻은 "늙은 도적의 한 무리에 대한 백인의 편지"라는 의미가 된다. 결국 루셀은 언뜻 거의 같아 보이지만 그 의미는 완전히 다른 이 두 문장을 처음에 생각해낸 다음 그 사이에 무엇을 집어넣어 메꿀 것인가 하는 방식으로 이 단편을 썼던 것이다. 즉 첫 번째 문장에서 시작해 두 번째 문장으로 끝나는 단편을 쓰는 일을 자신에게 부과하고 소설의 내러티브 자체도 이러한 두 문장 사이를 메꾸는 것으로 고안되었던 것이다.

이것은 오로지 언어에만 집착하면서 언어에서 언어를 빚어내는 방법이라고 할 수 있다. 작가는 처음의 한 행에서 출발하면 오직 목표인 마지막 한 행을 향해서 달려갈 수 밖에 없고 그런 의미에서 언어의 외줄타기라고 할만한 것이다. 목표에서 눈을 돌려 다른 곳을 보는 순간에 반드시 추락할 수 밖에 없는 것이다.

"마르샬(루셀을 가리킴)은 문학의 미美에 대해 아주 흥미로운 관념을 가지고 있다. 작품에는 현실의 것이라면 어떤 것도 있어서는 안 된다는 것으로 상상에서 만들어진 조합 이외에는 세계와 정신에 대해 어떠한 관찰도 포함해서는 안 된다고 보았다."

자네가 밝히고 있는 루셀의 이러한 특이한 문학관은 작품을 창작하는 데 있어 그의 태도가 어떤 것인가를 잘 말해주고 있다.

『아프리카의 인상』은 1909년 《골르와 뒤 디망슈》지에 신문소설로 연재된 후에 다음 해 르메르 사에서 출판되었다. 이 책은 명백히 2부 구성으로 이루어져 있다. 제1부는 거의 대부분이 열대 아프리카에 있는 포뉴켈레라는 나라의 흑인 왕인 탈루 7세의 성별식, 그것에 동반하는 여러 가지 행사 그리고 여객선을 탔다가 표류해서 이곳에 억류되어 있는 유럽인들이 연출하는 여러 가지 묘기 및 전시를 기술하는 것에 바쳐진다. 전혀 설명도 없이 기발한 장면이 계속 전개되는 바람에 처음 루셀을 읽는 독자는 당황하지 않을 수 없다. 제2부는 수수께끼가 풀리는 부분으로 륀케우스 호의 난파 및 조난의 경위, 포뉴켈레의 역사에서 시작해 륀케우스 호 승객들이 공연한 것들의 성립까지 모든 사정이 해명이 된다. 이러한 2부 구성은 『로쿠스 솔루스』를 비롯해 그의 많은 작품에서도 발견되는 것으로 명백히 루셀의 발상 그 자체와 밀접하게 연관된 형식이라고 할 수 있다.

이제 막 태동한 초현실주의에 있어 루셀은 위대한 선구자로 비쳤던 것 같다. 하지만 루셀 자신은 이 운동의 의미를 전혀 이해하지 못한 것으로 보인다. 그에게 초현실주의자들은 어디까지나 그의 작품을 열렬하게 지지하는 사람들에 지나지 않았다. 미셀 레리스의 증언에 따르면 루셀은 랭보, 알프레드 자리, 기욤 아폴리네르를 전혀 읽은 적이 없었다고 한다.

그가 존경한 작가는 쥘 베르느와 피에르 로티였다. 이것은 앞에서 이미 본 그의 신념, 즉 '작품은 현실의 것을 포함해서는 안 된다'는 것을 염두에 두면 충분히 납득이 가는 것이라 할만하다. 특히 베르느에 대한 그의 존경은 거의 숭배에 도달할 정도의 것으로 젊은 시절 우연히 아미앵에서 그와 악수를 한 적이 있었는데 이것을 일생의 자랑으로 생각할 정도였다. 그에게 있어 베르느는 SF와 모험소설의 작가가 아니라 오직 상상력만으로 일상생활의 외부에 위대한 언어공간을 만들어낸 창조자로 보였던 것 같다.

그밖에 그가 좋아한 것으로는 라 퐁텐느, 알렉산드르 뒤마의 모험소설, 코난 도일의 추리소설 등이었다. 연극에서도 현대극에는 거의 관심을 보이지 않고 멜로드라마, 인형극, 아동극 등을 자주 보았다고 한다. 루셀이 "현대의 신화의 창조에 도달한" 것은 "평민들과 어린이의 상상력과 같은 원천에서 그 물을 끌어왔기 때문이다."고 미셸 레리스는 쓰고 있다.

그는 생전에 여행가로서 제법 명성을 얻기도 했다. 특히 1920년에는 혼자서 세계 일주를 시도해 오스트레일리아, 중국, 일본에도 들른 바가 있다. 하지만 그는 이러한 여행 체험을 한 번도 작품의 소재로 한 적이 없다. 그리고 『아프리카의 인상』에서처럼 한 번도 가 본 적이 없는 장소를 무대로 해서 그 작품의 대부분을 썼던 것이다.

그는 1925년에는 프랑스어로 roulotte, 즉 요즘 말로는 캠핑카라고 할만한 특이한 자동차를 만들게 하고 그것을 타고 유럽의 여러 곳을 여행을 했다. 이 차는 여행 중에 사람들과 마주치는 것을 싫어하는 그에게 있어 아주 적합한 것이었다고 하는데 그런데 그는 여행 중에 무언가를 보는 것이 아니라 그저 창의 커튼을 내리고 그냥 책만 읽었다고 한다. 그의 여행은 풍경을 보는 것은 하인들의 일이라고 생각한 『80일 간의 세계 일주』의 필리어스 포그의 여행을 떠올리게 한다.

루셀이 동성연애자였다. 그는 1910년 경에 주위의 권고로

옮긴이 후기

사람들의 눈을 피할 목적으로 '공인의 애인'을 만들었다. 이 여성, 샬로트 뒤프렌느는 그와 23년을 살았고 팔레르모에서 그가 자살할 때에도 그의 곁에 있었다. 미셸 레리스는 그녀를 루셀이 자신의 속마음을 털어놓을 수 있는-단 "아주 조금"이지만-이 세상에 유일한 사람이라고 말하고 있다. 루셀의 동성애가 어떤 것이었는지 잘 알 길이 없다. 그의 전기를 쓴 카라덱에 따르면 그 상대는 "전혀 다른 환경의 사람들"이었다고 한다. 물론 그가 자신의 작품에서 동성애를 소재로 한 적은 전혀 없다. 아니, 그는 동성애뿐 아니라 표면적으로는 자전적인 기술 자체가 전혀 없다. 그는 현실을 거부했듯이, 자신의 삶이 작품에 스며들어가는 것도 완강히 거부했던 것이다.

그간 모든 책을 자비 출판으로 발간했으며 거기에다가 그 책을 소재로 해서 공연까지 하는 바람에 그의 막대한 재산도 바닥을 드러내기 시작했고 결국 1928년에 그는 누이이의 저택을 팔고 네이 장군의 증손자와 결혼해 엘싱겐 공작 부인이 된 누나의 저택에 들어가서 살게 되었다. 그는 이 해에 1915년부터 쓰기 시작했던 『새로운 아프리카의 인상』을 13년 만에 완성했다. 그 자신의 계산에 따르면 기껏 백 페이지가 될까 말까 하는 이 운문 소설에 실로 7년간의 시간을 쓴 것이다. "나는 한 행 한 행 피를 흘립니다." 그가 자네에게 말했다는 이 말은 결코 과장이 아니었을 것이다. 이 작품은 이집트의 관광지를 찍은 사진의 묘사를 소재로 삼고 있는데 괄호 속에 무수히 많은 새로운 괄호를 열어 가는 복잡한 구성에다가 쉽게 이해하기 어려운 유머가 버무려져 있는 작품으로 그 난해함으로 인해 오늘날에도 그 수수께끼가 제대로 해명되지 않은 작품이라고

로쿠스 솔루스

할 수 있다. 루셀 연구의 선구자인 장 페리는 이 작품의 해독에 반생을 바쳤으며 J. E. 파시오Juan-Esteban Fassio는 이 작품을 읽기위한 기계를 고안하기도 했다. 그러나 1932년 출간 당시에는 살바도르 달리가 이 작품을 극찬한 것외에는 주목을 받지 못했고 심지어 루셀의 '지지자들'로부터도 이해를 받지 못했다. 카라덱은 이 작품이 묵살당한 것이 루셀의 자살의 직접적인 원인 중의 하나라고 추측하고 있다. 어쨌든 『새로운 아프리카의 인상』 이후 그는 사실상 창작을 포기하고 수면제에서 위안을 얻고 여가 시간에는 체스에 몰두하는 삶을 보냈다. (그는 레이몽 루셀 식이라는 체스의 정석의 발명자이기도 하다.)

1933년 5월30일 그는 『나는 어떻게 어떤 종류의 책을 쓰게 되었는가』의 원고를 출판사에 넘기고 샬로트 뒤프렌느와 함께 시칠리아로 떠났다. 이 시점에서 그는 자신의 죽음을 이미 결심했던 것으로 보인다. 팔레르모의 호텔에서 그는 여러 번 자살의 시도를 했고 그때마다 샬로트의 제지로 간신히 위기를 벗어나곤 했다. 결국에는 그녀의 탄원을 받아들여 자신의 수면제 중독을 치료하기 위해 스위스의 요양원에 가는 것에 동의했다. 하지만 스위스로 떠나기로 한 날인 7월15일 아침 그는 죽은 채로 발견되었다. 그의 나이 56세였다.

옮긴이 후기

레이몽 루셀 연보

<u>1877</u> 1월 20일 파리의 말제르베 거리 25번지에서 태어남.

<u>1893</u> 파리 고등음악원에 정식으로 입학. 피아니스트를 지망했으며 1898년까지 이곳에 적을 두었다.

<u>1894</u> 아버지 유젠느가 수영 중에 익사함. 이후 미셸 레리스의 아버지인 유젠느 레리스가 재산관리의 어드바이저 역할을 함.

<u>1897</u> 6월 10일 장편의 운문소설 『대역 La Doublure』를 르메르 출판사에서 자비출판으로 간행. 이 회심의 데뷔작이 전혀 주목을 받지 못하자 크게 실망함. 이때부터 유명한 정신과 의사인 피에르 자네의 진료를 받게 되고 자네는 나중에 자신의 저서 『불안에서 황홀로』에서 루셀의 병력에 대해 기록함.

<u>1900</u> 병역에 복무.

<u>1909</u> "아프리카의 인상 Impressions d'Afrique"을 《골르와 뒤 디망슈》지에 신문소설로 연재함.

<u>1910</u> 『아프리카의 인상』을 르메르 사에서 출판. 동성연애자인 루셀은 '공식적인 애인'을 만들라는 주위의 권고를 듣고 샬로트 뒤프렌느와 사귀게 됨. 그녀는 그가 죽을 때까지 그의 반려자 역할을 함.

<u>1911</u> 루셀의 어머니의 친구인 에드몽 로스탕은 『아프리카의 인상』에 무대에 올릴 것을 권함. 그는 직접 각색을 해 9월에 페미나

극장에서 상연하지만 거의 주목을 받지 못함.

1912 『아프리카의 인상』을 5월에 앙트완느 극장에서 다시 상연함. 관객들의 야유가 빗발치는 와중에 일부 초현실주의자들만이 환호함.

1913 "부지발에서의 몇 시간"이라는 제목의 소설을 《골르와 뒤 디망슈》지에 신문소설로 연재함.

1914 "부지발에서의 몇 시간"을 『로쿠스 솔루스Locus Solus』란 제목으로 르메르 사에서 출판.

1920 세계 일주 여행에 나섬. 인도, 호주, 중국, 일본 등에 들름.

1922 인기 극작가인 피에르 프롱데이에게 『로쿠스 솔루스』의 각색을 맡긴 다음 앙트완느 극장에서 상영함. 이번에도 역시 관객들의 야유를 들어야 했지만 앙드레 브르통, 루이 아라공 등 초현실주의자들의 열광적인 환호를 받음. 극장 내부의 소란으로 인해 경찰이 출동하기까지 함.

1924 희곡 『이마 위의 별L'étoile au front』 발간.

1926 희곡 『먼지 같은 무수한 태양La Poussière de soleil』 발간.

1928 상속받은 재산을 거의 탕진해 누이이의 저택을 매각하고 엘싱겐 공작 부인이 된 누나 제르멘느의 저택으로 옮겨서 살게 됨. 1915년부터 쓰기 시작했던 장편시 『새로운 아프리카의 인상Nouvelles Impressions d'Afrique』를 완성. 이후 창작을 중단하고 바비튜레이트계 수면제와 체스에만 몰두하면 지냄.

1932 『새로운 아프리카의 인상』 발간.

1933 5월에 "나는 어떻게 어떤 종류의 책을 쓰게 되었는가Comment j'ai écrit certains de mes livres"의 원고를 사후 출판을 르메르 사에 조건으로 넘김. 샬로트 뒤프렌느와 시실리로 떠남. 7월14일 팔레르모의 호텔에서 수면제 과용으로 사망.

1935 『나는 어떻게 어떤 종류의 책을 쓰게 되었는가』 발간.

1963 장 자크 포베르 사에서 루셀의 전 작품이 다시 발간되기 시작함.

  미셸 푸코의 『레이몽 루셀Raymond Roussel』이 갈리마르 사에서 발간.

1977 레이몽 루셀 탄생 백주년을 맞아 《아르크》, 《레트르 누벨》등 여러 잡지에서 루셀 특집호를 발간함. 『아프리카의 인상』를 각색한 드라마가 TV에서 방영됨.

1989 보관회사인 베델 사의 창고에서 레이몽 루셀의 원고와 유품이 발견되어 국립도서관에 기증됨. "20세기 프랑스 문학 최대의 발견"이라고 해서 화제를 모음.

1994 새로 발견된 원고를 포함한 새로운 레이몽 루셀 전집의 발간 시작됨.

로쿠스 솔루스

1판1쇄 인쇄 2014년 7월 10일

1판1쇄 발행 2014년 7월 15일

지은이 레이몽 루셀

옮긴이 오종은

펴낸이 임재철

펴낸곳 이모션픽처스

표지 디자인 Kaester

편집 최영권, 박진희

제작진행 기 플러스 발

등록 2010년 8월 20일 (제 313-2010-263호)

주소 서울시 마포구 공덕동 79-15 401호

전화 02-6382-6138

팩스 02-6455-6133

전자우편 emotionpic@naver.com

(주)이모션픽처스, 2014, Printed in Seoul, Korea

ISBN 978-89-965121-5-8

책 값은 뒤표지에 있습니다.